Kapite

»Ach, findest du das lustig, ja?«, fragt der Typ, der über mir an einem Ast baumelt.

Ich lache schon seit zwei Minuten und kann einfach nicht aufhören.

Statt einem Wolf oder Hirsch ist mir ein Hipster in die Falle gegangen! Strampelt gerade empört in meinem Netz drei Meter über dem Boden herum.

Wieder erfasst mich ein Lachkrampf, schüttelt mich, bis ich Tränen in den Augen habe. Ich muss mich gegen den Baumstamm lehnen und nach Luft schnappen. Dabei fällt mein Blick wieder auf den Hipster im Holzfällerhemd, der durch seine Nerdbrille böse auf mich herabschaut.

»Diese allgemeine Heiterkeit empfinde ich als äußerst unpassend«, merkt er jetzt an. »Und dem Anlass überhaupt nicht angemessen.«

Eine neue Lachkrampfwelle durchzuckt mich, als ich wie ein Pferd loswiehere. Der Hipster ist einfach zu gut. Er sollte seine eigene Comedyshow bekommen! Ich nehme mir sofort vor, ein Video von ihm auf meinen Youtube-Kanal zu stellen.

»Wirklich schön, dass ich dich so erheitern konnte. Würdest du jetzt die Freundlichkeit besitzen, mich loszubinden?«

Ich kreische los und möchte mich am liebsten auf den Boden werfen: »Wieso? Hält das Netz nicht mehr? Ich dachte Hipster wiegen nur ein Instagram!« Dann ist es endgültig um meine Selbstbeherrschung geschehen und ich gebe dem Baum neben mir kurz hintereinander mehrere High Fives.

»Schöne Zurschaustellung deiner Reife. Rotkäppchen, nehme ich an?« Er mustert mein rotes Cape, das ich über meiner Bluse und Jeans trage. »Wie alt bist du?«

»Achtzehn«, japse ich. »Und mein Name ist Red! Oder ist dir das zu Mainstream?« Wieder gackere ich über meinen eigenen Hipster-Witz los, inzwischen sehr zum Leidwesen meines Zwerchfells.

Gerade als ich mein Smartphone aus der Tasche ziehen und ihm anbieten will, ein lustiges Foto für seinen Blog zu machen, schließlich hängt man ja nicht jeden Tag in einer Tierfalle fest, wird es dem Hipster zu bunt. Er flucht, bleckt die Zähne. Und dann passiert etwas Merkwürdiges. Von jetzt auf gleich verwandeln sich seine Hände in Tierpranken mit scharfen Nägeln. Wie ein wildgewordener Luchs faucht er und schlägt dabei um sich, zerreißt das Netz, das sich um seinen Körper spannt.

Als er auf dem Boden aufschlägt, entfährt dem Hipster ein Röcheln. Laub bedeckt seine dunklen Haare, und er versinkt bis über seinen Dreitagebart im Dreck. Aber immerhin höre ich keine Knochen knacken.

Seltsamerweise lugt allerdings plötzlich hinten aus einem Riss an seiner Jeans ein Schwanz hervor. Ein bauschiger Hundeschwanz! Mir schwant Böses. »Du … bist ein Hipster-Wolf?«

»Werwolf«, japst der Hipster. »Und mein Name ist Everton.«

Drei Tage zuvor

Snow, besser bekannt als Schneewittchen, rammt ihr Kuchenmesser in den Tisch. Den Oberkörper über die Tischplatte gebeugt, fixiert sie die anderen Prinzessinnen mit scharfem Blick. »Wie könnt ihr einfach so herumsitzen und Buttercremetörtchen essen, wenn all unsere Happy Ends gestohlen worden sind?«

»Ähm, also Snow, das ist jetzt nicht ganz fair«, schmatzt Rapunzel zwischen zwei Bissen. »Schließlich hast du eben auch noch Törtchen gegessen.« Sie deutet auf das mit Buttercreme verschmierte Messer, das jetzt mit der Spitze im Tisch steckt.

Ich seufze, lehne mich dann in meinem Stuhl zurück und kratze mich am Rücken. Warum müssen eigentlich alle Möbelstücke in Snows Schloss aus Ebenholz sein? Unbequem ist gar kein Ausdruck mehr für diese Sitzgelegenheit. Umständlich und mit steifen Bewegungen massiere ich mir das Schulterblatt. Autsch. Unter halb geschlossenen Lidern schiele ich dabei auf die anderen Teilnehmerinnen unserer wöchentlichen Teeparty, die jeden Samstagnachmittag in Schneewittchens Schloss stattfindet. Die berühmtesten Prinzessinnen des Märchenwalds versammelt. Und ich, Rotkäppchen. Vollkommen kronen- und prinzlos sitze ich wie immer unter ihnen. Nur dass das an diesem Tag gar keinen Unterschied macht, denn gewissermaßen sind wir heute alle ziemlich prinzlos. Ich betrachte meine beste Freundin Rose, die auf dem Ebenholzfolterstuhl neben mir sitzt. Ihr hundertjähriger Dornröschenschlaf endete mit Kuss und Prinz. Aber genau wie alle Prinzen, ist auch ihr Ehemann vor zwei Tagen spurlos verschwunden. Sie bläst sich eine dunkelblonde Haarsträhne aus der Stirn und starrt auf das Kuchenmesser im Ebenholztisch. Dabei macht sie wie immer einen recht müden Eindruck.

Neben ihr spielt Aschenputtel, die wir alle nur Cinder nennen, an ihrem Haarreif herum. Ihre blonde Hochsteckfrisur sitzt wie immer tadellos und steht den Brautfrisuren in allen gängigen Hochglanzmagazinen in nichts nach. Wahrscheinlich wird sie gleich den Mund aufmachen und ungefragt irgendwelche Beautyratschläge in die Runde werfen.

»Der Punkt ist ein anderer«, tut Snow Rapunzels Einwand mit einer Handbewegung ab. »Unsere Ehemänner sind verschwunden und nach zwei Tagen glaube ich nicht mehr, dass sie von allein wieder auftauchen. Ich werde das nicht länger hinnehmen. Niemand nimmt mir mein hart verdientes Happy End weg!«

Ja, arme Snow. Noch nicht mal ihr neunmalkluger Spiegel konnte die Prinzen bisher aufspüren. Und das will was heißen, denn Spieglein findet sonst immer alles und jeden über dessen GPS und soziale Medien. Ganz davon abgesehen, dass er in alle Spiegel des Landes schlüpfen und so jede Maus ausspionieren kann. Ich neige den Kopf zur Seite und betrachte unsere selbsternannte Anführerin eingehend. Snows Gesicht ist zwergenzipfelmützenrot angelaufen. Ihre kunstvoll aufgetürmte Nestfrisur löst sich bereits an einigen Stellen, sodass das Ebenholzhaar strähnchenweise hervorquillt. Sie sieht aus, als hätte sie seit zwei Tagen kein Auge zugemacht.

»Ohne meinen Mann kann ich nicht schlafen!«, beschwert sie sich jetzt bei uns, so als seien wir schuld an ihrem Unglück.

»Wir sind doch zu fünft und darüber hinaus clever«, wirft Cinder jetzt ein. »Warum machen wir uns nicht auf die Suche nach unseren Prinzen?«

Snow stockt. Offensichtlich hat sie mit dieser Frage nicht gerechnet. Vielleicht hat sie auch gehofft, keinen Finger krummmachen zu müssen. Dass ihr Happy End ohne große Anstrengung zu ihr zurückkehrt. Einfach so. Aber nach achtundvierzig durchwachten Stunden und einem erfolglosen Spieglein dämmert wohl auch meiner leicht cholerischen Freundin, dass langsam Handlungsbedarf besteht.

Ich verdrehe die Augen. Dabei hat bisher keine meiner Freundinnen auch nur einen Finger gerührt, und sie haben in schönster Prinzessinnenmanier abgewartet, dass jemand anderes das Problem angehen möge. Oder vielleicht war Cinders Nagellack einfach noch nicht trocken.

»Was ist denn, wenn eure Prinzen sich einfach nur eine Auszeit von euch nehmen? Einen Männertrip machen, sozusagen?«

Für diesen Einwand ernte ich nur verständnislose Blicke.

»Wie kannst du so etwas sagen?«, ereifert sich Snow. »Nie, nie, nie würden die Vier einfach so abhauen, ohne eine Nachricht zu hinterlassen! Unsere Ehemänner kennen uns gut genug. Nein, unter keinen Umständen würden sie unser Happy End gefährden. Davon hast du natürlich keine Ahnung, Red.« Sie zieht eine Augenbraue hoch, was ihr einen abfälligen Gesichtsausdruck verleiht.

Genervt versuche ich, in eine bequemere Sitzposition zu gleiten, was mir nicht so recht gelingen will. Diese vier Freundinnen sind zeitweise nur schwer zu ertragen. Aber was wäre meine Alternative? Noch ein Jahr mit Rehen und Bären über mein Wolf-Trauma diskutieren? Nein, danke, dann würde ich vollkommen durchdrehen. Bei den ganzen Allüren und Traumata der Helden bei uns im Märchenwald würde ein Psychiater sicher gut verdienen. Leider haben wir aber nur Möchtegern-Psychiater zu bieten, die noch gestörter sind als ihre Patienten.

»Schon gut«, wiegele ich also ab. »Was glaubt ihr denn, was passiert sein könnte?«

Cinder, die während meiner Auseinandersetzung mit Snow eine Nagelfeile aus ihrer Tasche gezogen hat, und jetzt so heftig an ihren Nägeln feilt, als ginge es um ihr Leben, betrachtet uns gespannt.

Der Stuhl unter mir knackt in der Stille.

»Ja, alfo …«, beginnt Rapunzel, den Mund noch voll mit Buttercremetörtchen. »Wie wa nohma die Frache?«

»Rapunzel, ab hundert Gramm wird es undeutlich«, teilt ihr Cinder hilfreich mit.

Rapunzels Augen verengen sich und sie würgt den Bissen hinunter. Sie wirft sich ihren meterlangen blonden Zopf über die Schulter. »Na, vielen Dank, Cinder. Wenn ich dich nicht hätte. Wer sollte mir dann all die klugen Tipps geben? Tagein, tagaus?«

»Die Frage war«, beginne ich erneut, bevor sich Cinder ein Buttercremetörtchen von Rapunzel einfangen kann, »was glaubt ihr, was hinter dem Verschwinden eurer Prinzen steckt?«

»Ja, was steckt denn dahinter?« Rose' Kopf ruckt nach oben. Wahrscheinlich ist sie irgendwann in den letzten Minuten eingenickt.

»Das fragt sie doch uns, Mann!« Snow, der anscheinend auch langsam der Geduldsfaden reißt, zieht ihr Messer wieder aus der Tischplatte, betrachtet es dann sorgfältig. »Wenn einer von euch meinen Ehemann verschleppt hat, rückt er jetzt besser sofort mit der Sprache heraus!« Den Droh-Effekt in ihrer Stimme unterstreicht sie damit, dass sie mit dem Buttercrememesser nacheinander auf jede von uns deutet. Quasi ein russisches Roulette. Mit Buttercreme.

Stille. Nur Rapunzel verspeist mit offenem Mund ein weiteres Törtchen. Die Geräusche, die sie dabei erzeugt, kann ich nur als unmenschlich grauenhaft beschreiben.

»Was hat Snow gesagt?«, flüstert mir Rose zu. Ihre Augenlider rutschen ständig nach unten.

»Ich hätte eigentlich lieber noch ein Buttercremetörtchen als deinen Mr-Perfect-Prinzen«, sagt Rapunzel jetzt altklug.

Wieder landet das Messer mit Karacho im Ebenholztisch, sodass Rose und Cinder zusammenzucken.

»Das nimmst du zurück«, sagt Snow gefährlich ruhig, wobei sie sich so weit, wie es nur geht, über den Tisch in Richtung Rapunzel beugt.

»Reg dich ab, das war ein Scherz. Wie war jetzt noch mal die Frage?«

Ich ertrage diese Unterhaltung keine Sekunde länger. Das hier ist ein Irrenhaus. Rapunzel war ja noch nie die Hellste. Ich meine, wer sitzt schon sechzehn Jahre freiwillig in einem Turm, ohne das Ganze zu hinterfragen? Und lässt dann auch noch »ihre Mutter« an ihrem Zopf den Turm emporklettern? Nun ja, ich sollte lieber ganz still sein. Schließlich bin ich auf einen Wolf hereingefallen, der sich als meine Großmutter verkleidet hat. Und Rose hat eine Spindel berührt, obwohl sie wusste, dass ein Spinnrad ihr Tod sein würde … Wir sind wohl alle nicht die hellsten Sterne am Firmament.

»Mädels, ich sage, wir erheben uns und wagen mal was!« Cinder reckt ihre Nagelfeile wie ein Schwert in die Luft. »Wir gehen da jetzt raus und suchen unsere Happy Ends!«

»Ach ja?«, frage ich mäßig überzeugt. »Du suchst doch nur nach einer Gelegenheit, ein paar hübsche Outdoor-Fotos für deinen Blog zu schießen.«

Cinder wirkt ertappt.

Ich hüstele, doch bevor ich hinzufügen kann, dass ich ja gar keinen Prinzen habe und daher eigentlich wunsch- und prinzlos glücklich bin, hebt Snow beide Hände. Das Messer lässt sie dabei auf ihren Teller fallen, wo es klirrend landet. »Noch mal einen Schritt zurück! Was könnte geschehen sein? Eigentlich kann doch nur einer unserer Feinde die Prinzen entführt haben. Wie damals, bevor wir unsere Happy Ends fanden. Jemand will sich an uns rächen!« Sie schaut in die Runde. Wir nicken. An Rapunzels Kinn klebt Buttercreme.

Rose legt den Kopf auf den Tisch. Irgendwie möchte ich ihr das gerne nachmachen, nur eben mit der Stirn voran, und dann mit meinem Schädel mehrmals auf das Ebenholz hämmern. »Was, wenn es eine böse Fee war?«, seufzt sie undeutlich.

»Oder eine Hexe!«, krächzt Rapunzel.

»Oder eine böse Stiefmutter!« Cinders Augen weiten sich.

Rose schlägt sich vor Schreck eine Hand vor den Mund. Vielleicht versucht sie aber auch nur, ein Gähnen zu verstecken. Ich bin mir nicht sicher.

Ich beiße mir auf die Unterlippe. Meine Finger verkrampfen sich, als sie sich fest um meinen Kuchenteller schließen. »Vielleicht ein böser Wolf.« Ach ja, mein Wolf-Trauma. Immer noch nicht überwunden. Aber daran arbeite ich bereits …

Snow nickt, offenbar sehr zufrieden mit uns. »Ganz genau davon rede ich doch die ganze Zeit!«

»So, tust du das?« Ich kneife die Augen zusammen.

Zuerst versucht sie, den Anschein zu erwecken, als hätte sie mich nicht gehört, dann, als niemand anderes mehr etwas sagt, gibt sie zu: »Jedenfalls wollte ich gerade vorschlagen, dass wir eine Liste mit Verdächtigen aufstellen.«

Während ich mir noch im Geiste eine Notiz mache, nächsten Samstag eine ansteckende Krankheit vorzutäuschen, kramt Cinder ein Blatt Papier aus ihrer Handtasche.

»Super!«, freut sich Snow. Sie freut sich sogar so sehr, dass sie das Blatt mit dem Buttercrememesser auf dem Tisch festpinnt. »Das wird unsere geheime Operation!«

»Ach ja? Codename: Happy End, oder wie?«, murmle ich, was allerdings niemand mitzubekommen scheint.

Hektisch schaut sich Rapunzel um. Man könnte meinen, sie suchte das Esszimmer nach bösen Hexen ab. »Hat jemand einen Stift? Womit sollen wir schreiben?«

»Wir schreiben die Namen mit unserem Blut!«, fordert Snow mit gereckter Faust.

Nach dieser Ansage schauen wir alle ziemlich blöd drein.

»Kleiner Scherz«, winkt sie ab. Kurz danach, wir anderen starren sie in der Zeit immer noch verwirrt an, zieht Snow einen Kugelschreiber aus der Tasche ihres Kleids. »So, mal sehen … wer kommt auf die Liste?«

»Welche Liste?« Neben mir rutscht Rose im Halbschlaf beinahe vom Stuhl. Im letzten Moment kann ich sie am Arm packen. Ihre Schlaferitis-Krankheit ist heute mal wieder besonders anstrengend. Eine Nachwirkung von ihrem hundertjährigen Schlaf.

»Wie nennen wir unsere tolle Liste denn?« Cinder beäugt das Blatt interessiert, wobei sie ihr Handy zückt.

»Hör auf darüber zu bloggen«, weise ich sie sofort zurecht. »Das ist keine Geheimoperation mehr, wenn sie auf deinem Blog zu finden ist!«

»Musst du gerade sagen, Miss-meine-tägliche-Zopffrisur-geht-noch-vor-dem-Frühstück-online«, schießt sie zurück.

Ich betaste den kunstvollen, umgekehrten französischen Zopf, der mir über die Schläfe bis zum Schulterblatt reicht, wo er mir zusammen mit meinem übrigen blonden Haar in sanften Wellen über die Schulter fällt. »Na und? Das ist wenigstens nicht geheim!« Außerdem ist mir mein Instagram-Blog heilig.

»Die Verhöre-und-Töte-Liste«, spricht Snow derweil laut mit, während sie den Namen ganz oben auf das Blatt setzt. Damit wäre das auch geklärt.

»Oh, oh!« Rapunzel hüpft aufgeregt auf ihrem Stuhl herum, wobei sie eine Hand hebt, als wollte sie unbedingt als Nächste drangenommen werden.

»Wir sind hier nicht in der Schule, Rapunzel«, sagt Snow, ohne den Blick zu heben. Gerade ist sie viel zu sehr damit beschäftigt, auf ihrem Stift herumzukauen und die Liste zu betrachten. »Vielleicht sollten wir zuerst alle umbringen und erst danach Fragen stellen.«

Na, wenn das so ist, dann weiß ich, wen ich tot sehen möchte.

»Punkt Eins«, sage ich. »Wölfe töten!«

»Zweitens: Hexen töten!«, plappert Rapunzel gleich hinterher. »Und Punkt drei: böse Stiefmütter töten!«

Cinder neigt den Kopf. »Wird es da nicht zu Überschneidungen kommen? Ich meine, wie viele böse Stiefmütter kennt ihr, die nicht gleichzeitig auch Hexen sind?«

Wir überlegen alle ein bisschen.

»Guter Punkt«, meint Snow irgendwann, deutet mit ihrem Stift auf Cinder, die sich stolz aufrichtet und dann heimlich ein Selfie von sich in Siegerpose schießt. Zwei Sekunden später teilt mir mein Handy mit, dass Cinder ein neues Bild auf Instagram hinzugefügt hat.

Derweil fügt Snow eine Randnotiz unter Punkt Drei hinzu. »Wen haben wir jetzt vergessen?«

»Na ganz klar, es fehlt noch Viertens: böse Feen töten«, gähnt Rose. Ich bin ein wenig überrascht, dass sie wach ist und es auch noch geschafft hat, der Diskussion bis hierhin zu folgen.

»Okaaaaay.« Snow zieht das Wort in die Länge, als wollte sie wie Rose im Halbschlaf eine Rechenaufgabe erklären. »Dann wären das also unsere To-Dos.« Mit der Spitze des Kugelschreibers tippt sie auf das Blatt. Ich ziehe ein bisschen daran, um es besser lesen zu können, wodurch eine Ecke einreißt. Denn das Kuchenmesser steckt ja noch darin.

»Die Verhöre-und-Töte-Liste«, lese ich vor, räuspere mich und beginne die vier Punkte herunterzurasseln. Cinder hört mir als Einzige aufmerksam zu.

Danach lasse ich meinen Blick noch einmal etwas langsamer über die schwachsinnigste Liste gleiten, die mir je untergekommen ist:

Die Verhöre-und-Töte-Liste:

1.) Wölfe töten
2.) Hexen töten
3.) böse Stiefmütter töten (wobei das oft mit Punkt 2 einhergeht)
4.) böse Feen töten

Wieso sollten wir sie erst töten und danach Fragen stellen? Das ergibt keinen Sinn. Außer vielleicht bei den Wölfen, denn ich vertrete nach meiner eigenen traumatischen Erfahrung ja den Grundsatz: Nur ein toter Wolf ist ein guter Wolf. Andererseits finden wir auf Snows Art eher wenig zum Verschwinden der Ehemänner meiner vier Freundinnen heraus. Manchmal macht mir Snows Blutrünstigkeit durchaus Angst. Wann ist sie eigentlich so gemein geworden? Damals, durch die Langeweile nach ihrer Hochzeit mit Prinz Philip, oder erst, seit sie bei dieser Castingshow »Märchenwald singt für dich« abgelehnt wurde?

Wie auch immer. Gerade möchte ich absolut keine Fragen mehr stellen. Mein Gehirn dröhnt bereits unter der Last der ermüdenden Gespräche an diesem Tag.

»Wann legen wir los?«, will Cinder wissen. »Ich muss Prinz Charming so schnell wie möglich zurückbekommen. Ohne ihn ist das Schloss einfach zu leer.«

Ihre Probleme möchte ich ja nun wirklich nicht haben …

Snow reckt das Kinn. »Wir fangen sofort an!«

»Moment mal«, werfe ich ein. »Ihr könnt nicht einfach so losziehen und Leute töten. Warum bitten wir nicht erst mal die Jäger um Hilfe?«

Snow wirft mir einen bösen Blick zu. »Nur weil du von einem Jäger gerettet wurdest, heißt das noch lange nicht, dass sie auf unserer Seite stehen.«

»Ach ja? Dich hat der Jäger deiner Stiefmutter doch auch verschont! Ich finde, wir sollten die Jäger bitten, nach Spuren zu suchen. Vielleicht finden sie Hinweise auf das Verschwinden eurer Prinzen.«

»Mein Ehemann kämpft vielleicht gerade irgendwo verzweifelt gegen eine Hexe. Ich werde keine Zeit mit den Jägern vertrödeln, die – seien wir doch mal ehrlich – uns noch nie ernst genommen haben.« Und damit steht Cinder so abrupt von ihrem Folterstuhl auf, dass er hintenüberkippt. Sie scheint ihre prinzlosen Tage keine Sekunde länger ertragen zu wollen.

Rapunzel erhebt sich ebenfalls und Snow steht ja sowieso schon die ganze Zeit. »Wenn du nicht mitkommst, okay. Du hast sowieso keinen Prinzen, den du vermisst.«

Autsch, das tat fast ein bisschen weh.

»Aber du, Rose, kommst mit, oder?«, fährt Cinder fort.

Ich werfe einen Blick auf meine beste Freundin, die mit dem Gesicht nach unten auf der Tischplatte liegt. »Eingeschlafen«, informiere ich die anderen.

Gegenwart

Oh, oh. Gerade habe ich mir noch einen Wolf gelacht, aber jetzt starre ich fassungslos auf den Hipster vor mir, der ganz offensichtlich ein Hipster-Wolf ist!

Sofort meldet sich meine alte Wolfphobie und ich trete einen Schritt zurück. »Das ist ein Scherz, oder?« Ich meine, das ist doch viel zu durchgedreht, um wahr zu sein, und ich habe ja wirklich schon viel verrücktes Zeugs erlebt!

Everton, der gerade seine Brille am Ärmel abwischt, hebt überrascht den Kopf. »Was jetzt genau?«

»Du … Du bist ein Werwolf?«

»Richtig.« Er setzt die Nerdbrille wieder auf und versucht sich an einem zaghaften Lächeln. »Halb Mensch, halb Wolf. Nachts bei Vollmond hauptsächlich Wolf.«

Irgendwie wird mir das gerade alles zu viel. Ein Wolf, nein, ein Halbwolf steht da vor mir und starrt mich an. Automatisch mache ich noch einen Schritt rückwärts. Meine Gedanken rasen. Eigentlich steht dieser Everton damit auf der Verhöre-und-Töte-Liste ganz oben. Genau betrachtet: auf Platz eins! Ich sollte ihn töten, hier und jetzt. Und erst danach Fragen stellen. Doch irgendetwas hält mich davon ab.

»Du siehst ein wenig irritiert aus«, bemerkt der Hipster-Wolf jetzt. »Aber immerhin hast du aufgehört mich auszulachen. Das erfreut mich ungemein.« Seine Mundwinkel heben sich.

»So? Kannst du ja so twittern, wenn du willst. Wäre das nicht auch eine schöne neue Facebook-Status-Meldung? *Werde nicht mehr ausgelacht. Bin hocherfreut.*« Was rede ich da eigentlich? Ich muss mich zusammenreißen. Mein Trauma darf mir nicht immer im Weg stehen! Es ist kein gemeiner, echter Wolf! Nur ein Hipster-Wolf. Wahrscheinlich vollkommen ungefährlich, so wie er aussieht. Trotzdem fühlt sich mein Gehirn wie in Watte gepackt an. Gerne möchte ich fragen, was er hier macht und ob er Menschenfleisch zum Dinner bevorzugt. Doch stattdessen höre ich mich fragen: »Everton? Wie nennen deine Freunde dich dann? Ever?«

Der Hipster-Wolf seufzt. »Ja, das ist quasi mein Spitzname.«

»And they lived happily Ever After …«, rezitiere ich den Schluss aller Märchen.

»Schon gut. Ja, du darfst mich auch Ever nennen, aber dann bitte Themenwechsel.«

Oh, habe ich da etwa einen wunden Punkt getroffen? Egal. Erneut rufe ich mich selbst zur Ordnung. Ich muss laut dem Plan meiner Freundinnen unbedingt ein paar Fragen stellen. Also lege ich los: »Was machst du eigentlich hier? Und hast du zufällig vier recht attraktive Prinzen gesehen?« Hm, subtil ist irgendwie anders. Was macht dieser Hipster-Wolf nur mit mir, dass ich mich hier um Kopf und Kragen rede? »Also wir vermissen vier Prinzen. Haben sie das letzte Mal so vor ungefähr fünf Tagen gesehen.«

»Vor fünf Tagen sagst du?« Er fährt sich über seinen Dreitagebart.

»Ja, was nun? Ich dachte, ihr Hipster seid dem gemeinen Volk immer einen Schritt voraus!« Unter einem herausfordernden Blick verschränke ich die Arme vor der Brust. Dabei fällt mein Handy blöderweise zu Boden, was den überlegenen Effekt ungefähr um die Hälfte reduziert.

»Vor fünf Tagen hat mich fast eine riesige Kutsche überfahren. Wäre möglich, dass darin mehr als zwei männliche Adelige mit Krone gesessen haben …«

Nun werde ich doch hellhörig. Kann ich wirklich so viel Glück haben und auf jemanden gestoßen sein, der Informationen über das Verschwinden der Prinzen hat?

»Aber warum fragst du mich das?«, will er jetzt wissen. »Wer sind diese Prinzen?«

»Tjaaa«, sage ich gedehnt. »Wenn ich dir das verraten würde …« Ich lasse den Satz bewusst unvollendet, sammle stattdessen mein Handy wieder vom Boden auf.

»… dann müsstest du mich töten«, ergänzt Ever den Satz. Dabei grinst er ein wenig blöd und kratzt sich im Nacken.

Ich sehe auf. Wie recht er da doch hat. »Was denkst du, wo sie hingefahren sein könnten? Wirkten sie irgendwie verschüchtert? Denkst du, sie könnten entführt worden sein?«

»Hm«, macht Ever und fragt dann zurück: »Was denkst du denn?«

»Ich denke, ich habe zuerst gefragt.« Gott, am Ende muss ich ihn wirklich umbringen, den nervigen Hipster. Immerhin scheint meine Wolfphobie durch diese Unterhaltung mit ihm so gut wie kuriert zu sein!

Plötzlich geht mir auf, dass das mit dem Umbringen eigentlich gar kein Scherz ist. Jedenfalls nicht sein muss. Schließlich sollte ich diesen Hipster-Wolf laut der Verhöre-und-Töte-Liste wirklich um die Ecke bringen. Also in echt. Ich stöhne leise auf. »Erinnerst du dich, wohin die Kutsche gefahren ist?«

»Hm, ich stand gerade auf der Lebkuchen Lane, ganz im Süden und ja … wie gesagt, ich stand da einfach so, hörte ein paar Demoversionen einer neuen Indie-Band … und dann: Wie aus dem Nichts rauschte diese Kutsche heran. Geschlossen, zwei Pferde. Mir war, als säßen mehrere adelige Männer darin. Alles voller Kronen.«

»Aha.« Mir fällt auf, dass irgendetwas nicht ganz stimmig an der Geschichte ist. »Was genau hast du auf dieser abgelegenen Straße gemacht?« Die Lebkuchen Lane liegt in etwa so abseits von allen Dörfern im Märchenwald wie der Mars.

Er reagiert nicht sofort, rückt sich erst seine Nerdbrille zurecht, von der ich vermute, dass er sie nur aus modischen Gründen trägt. Mein Fuß tappt rhythmisch auf den Boden.

Dann flackern seine dunkelbraunen Augen. »Sollte so eine Art spirituelle Pilgerreise werden. Ich bin Journalist und schreibe für ›Das tapfere Schreiberlein‹, vielleicht hast du schon mal von meiner Kolumne ›Schrot und Korn‹ gehört?«

Oh. Ich muss mich zusammenreißen, um nicht die Augen zu verdrehen. »Das tapfere Schreiberlein« ist ungefähr der größte Mist unter der Sonne. Normalerweise prangen auf der Titelseite Themen wie: »Warum Frösche die besseren Prinzen sind«, »Die goldene Gans – nur ein Alien?« und »Fischzucht mit Chiasamen«.

»Interessant«, sage ich stattdessen.

»Das sagst du doch jetzt nur so.« Seine Stimme klingt eine Spur geschmeichelt.

»Du jagst also im Namen dieses Käse-, ähm … Chiasamenblatts den neusten Trends hinterher?«, will ich wissen. »Oder ist diese Hipster-Hirse schon wieder out? Was kommt als nächstes? Topfpflanzenwurzeln im Tee?«

Langsam geht ihm auf, dass ich mich über ihn lustig mache. »Du würdest dich wundern!«

Das bezweifle ich ja gar nicht. Dennoch keimt in mir das Gefühl wie ein Beutel Chiasamen auf, dass er etwas vor mir verbergen möchte. Ich seufze. »Also du hast auf der Lebkuchen Lane gestanden und dann kam diese Kutsche und fuhr in welche Richtung?«

»Süden.«

»Süden? Wirklich? Dann müssen sie vorhaben, den Märchenwald zu verlassen.« Bei allen sieben Geißlein! Wer von diesen hirnverbrannten Antihelden aus den Märchen über unser Leben kann hinter dieser Sache stecken? Und was haben sie mit den vier Prinzen vor?

Der Hipster-Wolf kratzt sich im Nacken. »Sieht so aus. Sie müssen inzwischen die Grenze in Richtung Wonderland oder Neverland überquert haben.«

Da hat der Hirsejournalist sicherlich recht. Im Süden grenzen an den Märchenwald genau zwei Länder. Während sich über die gesamte westliche Grenze unseres Waldes bis zum Süden Wonderland erstreckt, liegt im Südosten ein Meer, hinter dem sich Neverland befindet. Im Osten schmiegt sich das Morgenland an den Märchenwald und im Norden das Meer der fiesen Ungeheuer, von dem sich alle fernhalten. Das Meer fließt irgendwann mit dem südlichen Meer zusammen und umschließt uns alle. Die Prinzenentführer müssen nach Neverland oder Wonderland unterwegs gewesen sein. Schließlich kommt nach der Lebkuchen Lane nicht mehr viel. »Aber was wollen sie mit diesen vier Nichtsnutzen?«, murmle ich mehr zu mir selbst. Nicht, dass ich die Ehemänner meiner Freundinnen nicht mögen würde, aber nun ja: außer gut aussehen können sie praktisch alle absolut nichts. Genau genommen waren sie alle einmal Märchenhelden, aber dann, nach der Hochzeit mit ihren Prinzessinnen, wurden sie alle sehr ... sagen wir mal gemütlich. Den ganzen Tag Videospiele, Bier und Chips, tragen wahrscheinlich auch nicht gerade zur Gehirnzellenentwicklung bei. Seit die Prinzessinnen allerdings jede einen oder mehrere Blogs führen, sind sie zu beschäftigt, um sich weiter über ihre Prinzen aufzuregen.

»Vier Prinzen sagst du?« Ever starrt auf einen Punkt am Horizont. »Das ist ungewöhnlich.«

»Warum?«

»Vier ist keine magische Zahl. Nur drei, sieben und dreizehn. Oder hast du schon mal von den vier Geißlein gehört?«

Gewissermaßen muss ich ihm da zustimmen. Und was will jemand mit vier Prinzen anfangen? Und dann noch mit Vieren, deren Fähigkeiten sich auf gelegentliches verwegenes Umherstarren und ein attraktives Lächeln für die Kameras beschränken? Zugegeben: Früher, bevor sie ihr Happy End fanden, war das noch anders. Rose' Gatte hatte zumindest vor, sich durch die Dornenhecke zu kloppen. Rapunzels Mann hat es in einem Anfall von sportlicher Höchstleistung immerhin geschafft, an ihrem Zopf den Turm emporzuklettern.

Snows Gemahl … nun ja. Er kam eben im richtigen Moment zufällig vorbei. Ist zwar irgendwie auch eine Leistung, aber darauf kann man sich nicht jahrelang ausruhen.

Also: Was will irgendjemand mit diesen vier Taugenichtsen? Ein paar wirre Ideen geistern mir durch den Kopf, aber ich schiebe sie alle auf den Horrorfilm-Marathon, den ich neulich mit Rose durchgestanden habe. Natürlich hat nur eine von uns beiden die Enden sämtlicher Filme mitbekommen, ohne dabei einzuschlafen. Unnötig zu erwähnen, wer das war und wer jetzt noch überaus verstört ist deswegen … Wie auf ein Stichwort vibriert mein Handy und legt dann einen nervigen Kitschsoundtrack einer Liebesschnulze nach. Auf dem Display erscheint ein Bild von Rose, auf das sie mit Photoshop eine Comic-Spindel gesetzt hat und darüber einen Comic-Kackhaufen. Ernsthaft? »Hast du meinen Klingelton verstellt?«, frage ich ohne ein einleitendes *Hallo*.

»Magst du ›Schlaflos in Seattle‹ etwa nicht?«, kommt es vom anderen Ende der Leitung.

»Nein.«

»Kannst ja wieder dein blödes ›Chasing Cars‹ einstellen, wenn es dir nicht passt.« Sie klingt etwas schläfrig. »Hör mal: Ein Hase und ein Igel haben mir gerade geflüstert, dass sie dich mit einem merkwürdigen Typen gesichtet haben. Einem mit Nerdbrille und buschigem Hundeschwanz?«

Diese Tratschtanten! Wenn ich die erwische, pfeife ich nie wieder als Schiedsrichter ihre Wettrennen! Obwohl mich die Tatsache, dass sie Ever einen Hundeschwanz angedichtet haben, überaus amüsiert. Ich mache ein paar Schritte nach links, damit besagter Hundeschwanzbesitzer nicht mithören kann.

»Was ist los bei dir? Und wo steckst du eigentlich? Um fünf wollten wir uns doch treffen, um der nächsten Hexe einen Besuch abzustatten …«

»Ähm, könntet ihr das vielleicht ohne mich erledigen? Ich bin gerade dabei, mit einem Jäger ein paar Spuren zu lesen. Zwar möchte ich noch nicht zu viel versprechen, aber vielleicht haben wir einen Hinweis gefunden. Wahrscheinlich haben Hase und Igel seine komisch gemusterte Hose fälschlicherweise als Hundeschwanz interpretiert. Du kennst die beiden doch. Haben nur Augen für die Ziellinie …« Ich warte auf eine Antwort, hoffe darauf, dass sie den Köder geschluckt hat und meine Ausrede glaubt. Doch vom anderen Ende der Leitung schlägt mir Stille entgegen. »Eingeschlafen«, murmle ich, starre ihr Bild auf dem Display an, und stecke es dann mit einem Druck auf den Auflegen-Button in meine Hosentasche zurück. Frustriert streiche ich mir einmal kurz über meinen Zopf. Im direkten Sonnenlicht schimmert er mehr rotgolden als blond.

»Steck deinen Schwanz in die Hose, Wolf. Wir sind hier nicht allein!«

Er schaut mich ein wenig überrumpelt an, tut dann aber, was ich von ihm verlange, beziehungsweise konzentriert er sich einmal kurz, schließt dabei die Augen und zwei Sekunden später sind sowohl seine Krallen als auch sein Wolfsschwanz verschwunden.

»Besser?« Er lächelt mich so offen und strahlend an, dass ich für einen Moment in seinen dunklen Augen gefangen bin wie in einer Schneekugel, von deren Anblick man sich einfach nicht abwenden kann.

Als mir das bewusst wird, versuche ich mich loszureißen, bekomme es aber nicht so ganz hin, bis es erneut in meiner Hosentasche vibriert und Jimmy Durante den Refrain von ›Time goes by‹ aus ›Schlaflos in Seattle‹ singt.

Genervt angle ich danach und nehme mir fest vor, Rose demnächst im Schlaf zu erwürgen. Genug Gelegenheiten wird es dafür schließlich geben!

»Ja?«

»Mir ist unwohl bei dem Gedanken, dass du mit einem fremden Jäger herumläufst«, fährt Rose fort, so als wären wir nie durch ihren Sekundenschlaf unterbrochen worden. »Hase und Igel sagen, sie hätten diesen Nerdbrillenträger noch nie zuvor gesehen, und das mit dem Hundeschwanz kommt mir immer noch komisch vor. Was, wenn das ein Wolf im Hipster-Pelz ist? Denk an deine Großmutter!«

»Ich denke pausenlos an meine Großmutter«, versichere ich ihr.

»Gut, ich meine, du weißt doch noch nicht mal, wo er herkommt, oder?«

Der Einwand ist nicht ganz unberechtigt. Aus dem Augenwinkel werfe ich Ever einen Blick zu.

Doch bevor ich etwas anmerken kann, fährt sie schon fort: »Ich muss jetzt los und rufe dich von Snow aus noch mal an. Mal sehen, was sie dazu sagt!«

Oh, bitte nicht! Doch da hat sie schon aufgelegt und ich kann nichts mehr tun, als mein Handy böse anzustarren. Zurückrufen will ich nicht. Würde ja doch nichts bringen. Rose ist sturer als ein Pitbull, der im Garten seinen Tennisball nicht herausrücken will. Wahrscheinlich wird sie sich gleich Snows Meinung anhören und sie danach zu ihrer eigenen machen. Ich kann nur hoffen, dass Snow dieses Thema nicht interessiert, ansonsten könnte es sein, dass die Prinzessinnen versuchen, Jagd auf Ever zu machen. Und es wird für sie keine Rolle spielen, ob er mir gerade wichtige Informationen zur Prinzenentführung weitergegeben hat. Sie werden es einfach als Irreführung ansehen. Doch ich glaube ihm. Ever hat diese ehrliche Art an sich, alle Fakten vor einem auszubreiten und dann nach der Meinung seines Gegenübers zu fragen.

»Wer war das?«, holt seine Stimme mich aus meinen Überlegungen zurück ins Hier und Jetzt. Ich wende mich ihm zu, um ihm zu sagen, dass das Rose, besser bekannt als ›Dornröschen‹ war, doch mir bleiben alle Worte im Hals stecken. Er ist so dicht an mich herangetreten, dass ich fast gegen seine Brust pralle. »Ähm …« Auf einmal habe ich alles vergessen, was sich in den letzten Minuten abgespielt hat. »Hase und Igel sind solche miesen …« Ich klappe den Mund wieder zu, als mir bewusst wird, was ich da für einen Unsinn erzähle. Ever mustert mich mit einer Miene, die gleichzeitig verwirrt und besorgt wirkt. Wahrscheinlich nimmt er an, ich hätte einen Sonnenstich … Eigentlich möchte ich etwas hinzufügen, das mich weniger wie eine entlaufene Irre wirken lässt, doch meine Zunge fühlt sich plötzlich wie Schmirgelpapier an. Lässt sich einfach nicht vom Gaumen lösen. Das muss aufhören! Wirklich! So bin ich zu nichts zu gebrauchen! Beinahe wie diese verdammten Prinzen! Wahrscheinlich sind das die Chiasamen-Ausdünstungen aus seinen Poren … Hastig mache ich einen Schritt rückwärts. »Ich muss jetzt los. Die Prinzen aufspüren, bevor ihre Ehefrauen noch den halben Märchenwald umlegen.« Außerdem kann ich mich nicht mit dem Gedanken anfreunden, hier herumzustehen und nichts zu tun, während die Prinzen womöglich gerade irgendwo in den Ofen geschoben werden.

»Wenn das so ist: Was hältst du davon, wenn ich dich begleite? Das könnte die neue Top-Story für ›Das tapfere Schreiberlein‹ sein. Ich sehe die Schlagzeile schon vor mir: ›Wie Rotkäppchen die vier Prinzen rettete‹ – klingt fast wie ein Märchen.«

Ich atme einmal zischend ein, bevor ich mich zu einer Antwort hinreißen lasse. »Ich kenne dich doch gar nicht. Warum sollte ich dich mitnehmen?«

»Weil ich dir helfen kann? Zum Beispiel mit meinem überragenden Geruchssinn.«

Mit gemischten Gefühlen lege ich den Kopf zur Seite. Irgendwie bringt mich der Gedanke, dass er mich auf meiner Prinzen-Rettungsmission begleiten möchte, ganz durcheinander. »Also … ich jage, also, ich meine, ich bin eigentlich lieber allein unterwegs«, versuche ich, ihn auf freundliche Art und Weise abzuwimmeln.

»Wie willst du die Prinzen denn ohne Spürhund aufstöbern?« Mit dem Daumen deutet er auf seine Brust. Der Stolz auf seinen nichtmenschlichen Geruchssinn strahlt ihm aus dem Gesicht.

Eine Weile starren wir uns einfach nur an. Liefern uns ein Blickduell – Rotkäppchen gegen Wolf. Wieder fällt mir auf, dass meine Wolfphobie überwunden zu sein scheint, weswegen mir ein erleichtertes »Yes!« entfährt.

»Super, dann ist es beschlossene Sache«, freut sich Ever.

»Äh«, mache ich. So hatte ich das ganz und gar nicht gemeint! Aber da hat er sich schon umgedreht und meine Ledertasche vom Boden aufgehoben, die ich an den Baumstamm gelehnt hatte. »Du hast nicht zufällig etwas von einem der Prinzen dabei, dessen Geruch ich aufnehmen könnte?«

Ich denke kurz nach, schiebe alle verwirrten Gedanken von mir. »Prinz Philip hat mir seinen iPod Shuffle zum Joggen geschenkt, weil er ihn nicht mehr braucht«, gebe ich dann widerstrebend zu.

»Oh, das ist gut.« Ever hebt einen Mundwinkel.

Ich suche kurz in meiner Tasche, bis ich den iPod herausgefischt habe.

»Sind das da auch seine Kopfhörer oder deine?«

»Die sind noch von Prinz Philip.«

»Ausgezeichnet!« Er schnuppert ein paar Sekunden daran, wobei ich geduldig danebenstehe. Vielleicht sollte ich das Ganze mal von der positiven Seite betrachten. Schließlich habe ich einen sprechenden Spürhund an meiner Seite.

»Ich denke, ich kann jetzt seinen Geruch von deinem isolieren und ihn mir merken«, informiert er mich irgendwann.

Mein Blick fällt auf die Kopfhörer. Eigentlich möchte ich mir gerade wirklich nicht vorstellen, wie er unseren Ohrenschmalz erschnüffelt und unterschieden hat, tue es aber trotzdem. Also verziehe ich nur das Gesicht und sage: »Die ersten guten Nachrichten an diesem Tag!« Dann werfe ich mir meine Tasche über die Schulter. »Komm, Struppi, lass uns ein paar Prinzen aus ihrem Elend befreien. Auf zu den Grenzen im Süden.«

»Nenn mich nicht so«, knurrt er, klopft sich dann aber die letzten Reste Schmutz von der Jeans und folgt mir wie ein braves Hündchen.

Im Gehen fällt der Riss an seiner Jeans kaum auf.

»Immer der Nase nach, würde ich sagen«, setze ich noch einen drauf und kann mir ein fieses Grinsen nicht verkneifen. »Wenn du die Spur aufnehmen kannst, bekommst du auch ein Leckerli von mir.« Sein Blick verfinstert sich. Aber anscheinend bedeutet ihm die Topstory, die er über die Prinzenentführung für sein Käseblatt gedenkt zu schreiben, so unendlich viel, dass er gewillt ist, dafür meine Sticheleien zu ertragen. Fast bin ich beeindruckt. Diese Willensstärke!

Kapitel 2

Eine gefühlte Ewigkeit später haben wir die Lebkuchen Lane erreicht. So weit entfernt hatte ich sie gar nicht mehr in Erinnerung. Was für ein Gewaltmarsch! Leider ist es so, dass ich mir momentan kein Pferd leisten kann und schon gar nicht zwei für uns beide ausleihen könnte.

»Hier ungefähr war es.« Ever lässt uns anhalten. Wir schauen uns ein wenig um. Und mit umsehen meine ich: Der Hipster-Wolf schnüffelt ungefähr an jedem Stein am Wegesrand. Irgendwann kann ich mich nicht mehr beherrschen. »Weißt du, da hinten steht ein Baum, an dem du dein Bein heben kannst …«

Er wirft mir einen leicht genervten Blick zu, doch bevor er antworten kann, klingelt mein Handy. Verdammt, ich muss unbedingt diesen schnulzigen Klingelton austauschen.

»Ja?«, motze ich deshalb Rose an.

»Hi Red, wo bist du? Ist dieser Nerd noch bei dir?«

Um ihn zu ärgern sage ich: »Ja, der Nerd ist noch bei mir, sucht gerade nach einem Busch zum Pinkeln.«

»Ihhh«, macht Rose, während Ever schnaubt, die Hände in die Hosentaschen steckt und einen Stein über die Lebkuchen Lane kickt.

»Jetzt gib mir mal Red«, beschwert sich eine Stimme im Hintergrund. Es ist Snow. Nach einigem Gerangel scheint sie das Handy in der Hand zu halten. »Hey, sag mal, wie lange wolltest du das vor uns verheimlichen? Laut Hase und Igel hast du einen Hipster-Wolf gefangen?«

Mist, das war doch mein Spitzname für ihn! Und seit wann kann sie so gut kombinieren? Seit Snow diesen Verhöre-und-Töte-Club anführt, wird sie mir langsam suspekt. Und mit diesem Stricknadel-gegen-Messer-Tausch kann ich mich auch noch nicht so recht anfreunden bei ihr.

»Hast du ihn schon verhört?« Sie senkt die Stimme, sicher aus Angst vor seinem Wolfsgehör. Deshalb erwähnt sie auch nicht, dass Verhören bei uns in letzter Zeit in einem Atemzug mit einer anderen Tätigkeit genannt wird, wonach einer der Parteien im Anschluss üblicherweise ein Kopf fehlt.

»Nein«, antworte ich wahrheitsgemäß, entferne mich noch ein paar Schritte mehr von Ever. »Er hilft mir dabei, einer Spur nachzugehen. Außerdem ist er wirklich harmlos …«

»Mensch, Red, wach doch auf! Er ist zur Hälfte Wolf!«

Ist er das? Bisher habe ich ihn nicht darauf angesprochen, wie so was passieren kann. Es erscheint mir nicht richtig. Aber jetzt frage ich mich doch unwillkürlich, ob sein Vater vielleicht ein Wolf war und seine Mutter eine Leseratte oder so.

Schnell wische ich den Gedanken beiseite. Diese pikante Sachlage kann ich später immer noch mit ihm besprechen.

»Das gefällt mir absolut nicht!«, ertönt Snows Stimme vom anderen Ende der Leitung. »Besser, du bringst diesen Halbwolf zu uns zum Verhör. Oder gleich um die Ecke. Was dir lieber ist.«

Na, vor diese Wahl gestellt, fällt mir eine Entscheidung ja ganz leicht! »Wie du weißt, engagiere ich mich stark im Tierschutz …«, versuche ich aus der Nummer wieder herauszukommen, doch Snow unterbricht mich: »DU HAST EINE VERDAMMTE WOLFPHOBIE UND SELBST VORGESCHLAGEN, DASS WIR JEDEN EINZELNEN WOLF ABMURKSEN!«

Ihre Argumentation ist schlüssig, dennoch bemühe ich mich abzuwiegeln: »Ever ist nur ein Halbwolf. Sieht mir auch nicht besonders gefährlich aus.« Ich werfe einen Blick auf Ever, der ein paar Meter von mir entfernt seine Brille putzt und dabei vor sich hin summt. Glücklicherweise scheint er nichts mitbekommen zu haben. »Wirklich harmlos. Als wäre ich mit einem dressierten Frettchen unterwegs …« Ein weiteres Mal schneidet mir Snow, die langsam anfängt, sich in Rage zu schreien, das Wort ab. Wirklich, sie sollte mal wieder ihre Medikamente nehmen. »Und wenn er eins der sieben Geißlein wäre! Ich will ihn hierhaben. Irgendetwas hat er mit der Sache zu tun. Das sagt Spieglein auch!«

Ach Mist, sie hat ihren Spiegel befragt. Ich bin so was von geliefert.

»Ach komm, Spieglein hat doch einen Sprung in der Schüssel«, versuche ich, die Situation zu entschärfen. »Außerdem bin ich ja extra mit ihm unterwegs, um das Rätsel der verschwundenen Prinzen zu lösen.« Eigentlich will ich noch hinzufügen, dass das geradezu nach einem Märchen schreit, das über uns geschrieben werden sollte. ›Die tollkühne Red und das Rätsel um die verschwundenen Prinzen‹ oder so, und dass der Hipster-Wolf ebendies vorhat, doch mal wieder lässt sie mich nicht ausreden: »Bring ihn mir! Heute Abend!«

»Ach Mensch, Snow, was, wenn er helfen kann, deinen Ehemann zurückzubringen? Gib uns wenigstens etwas mehr Zeit. Danach kannst du ihn immer noch töten.«

»Ich gebe dir eine Woche! Sieben Tage, dann will ich ihn hierhaben! Lieber tot als lebendig.«

Oho, sie bemüht die magische Zahl! Wenn das Wort Drei oder Sieben in ihrem Sprachgebrauch fällt, ist es immer ernst. Mit der Dreizehn hat sie es dagegen nicht so. Wahrscheinlich Aberglaube, oder sie bevorzugt die Sieben wegen ihren kleinen Freunden, den Zwergen …

»Das ist mein Ernst, Red. Bring ihn mir oder wir kommen euch holen. Spieglein wird wissen, wo ihr steckt.«

Dieses schwachsinnige, selbstverliebte Stück verspiegeltes Silber!

Spieglein soll sich um seinen eigenen Scheiß kümmern, möchte ich sagen, aber aus irgendeinem Grund schweige ich. So oder so, sie wird ihn am Ende umbringen, wird mir klar.

Snow ist praktisch nicht mehr aufzuhalten. »Keine Ausreden. Das ist mein letztes Wort!« Danach wird mein Bildschirm schwarz, abgesehen von ein paar bunten Funktionsbuttons. Immer wieder eine Freude mit Snow zu telefonieren …

»War das wieder eine deiner Freundinnen?« Ever ist unbemerkt von hinten an mich herangetreten.

»Ja, das war Snow … Sie hat uns für nächste Woche zum Tee eingeladen«, bringe ich hervor.

Natürlich hat Ever keinen blassen Schimmer, wobei es bei dieser Einladung wirklich geht, also setze ich nur ein verbindliches Lächeln auf, während er sich freut. Tatsächlich fährt er sich durch die Haare und strahlt mich wie ein kleiner Junge an. »Das ist unheimlich nett von deinen Freunden.« Wie gut es das Wort ›unheimlich‹ trifft, ahnt er selbstverständlich nicht.

Ich kralle meine Fingernägel in die Handballen, um nicht laut aufzustöhnen.

Dann begibt er sich wieder zu seinen Steinen und dreht jeden von ihnen sorgfältig in der Hand hin und her, nachdem er an ihnen gerochen hat.

Ich gebe vor, nach Spuren von Kutschenrädern zu suchen, aber eigentlich starre ich die ganze Zeit über nur auf seinen Rücken.

Eine Woche! Mir bleibt nur noch eine Woche, bevor sie den Hipster-Wolf umlegen und befragen wollen. Und dabei haben sie sich sicher noch nicht auf eine genaue Reihenfolge festgelegt. Ich starre auf seine schmalen Schultern. Von hinten wirkt er wie ein niedlicher Student in seinem karierten Hemd. Absolut nicht gefährlich. Außerdem könnte er uns helfen!

»Ich glaube, ich habe eine Fährte gefunden«, verkündet er jetzt. Mit einem Stein in der Hand dreht er sich zu mir um.

Ich sehe nur einen Stein, warte aber gespannt. Besser, er beeilt sich. Schließlich habe ich nur noch eine Woche Zeit, bevor …

»Gut, dass es nicht geregnet hat. Hier an diesem Stein klebt der frische Geruch eines Kutschenrads, Holz und Metall. Mit etwas Glück ist das der ganz spezielle Geruch der Kutsche mit seinen Insassen.«

Das klingt mir alles etwas zu verrückt, um wahr zu sein. Trotzdem nicke ich.

»Jedenfalls … wenn ich es schaffe, mich auf diesen einzigartigen Geruch zu konzentrieren, kann ich erschnüffeln, wo sie langgefahren und abgebogen sind.«

»Okay, du Spürhund, dann mal los. Du gehst vor. Wir haben ein paar Prinzen zu retten!«

Das ist ihm natürlich klar. Nach meinem schlechten Scherz sieht man die Muskeln in seinem Gesicht zucken. Offenbar schwankt er zwischen »mir eine Erwiderung an den Kopf werfen« und »meinem Vorschlag folgen«. Am Ende entscheidet er sich dafür, einfach vorzugehen. Ganz der eingeschnappte Wolf auf zwei Beinen.

Doch wir kommen nicht weit. Schon bald sehe ich den Hipster-Wolf an der nächsten Kreuzung hin und her wanken. Er macht einen Schritt nach links, dann nach rechts, dann wieder nach links und dann zwei Schritte zurück, bevor er sich im Kreis dreht.

Ich verschränke die Arme vor der Brust.

»Ähm«, machte er irgendwann, nachdem ihm mein Fußgetappe sichtlich auf die Nerven gegangen ist. »Leider doch nicht so einfach wie gedacht.« Seine Schultern heben sich, dann fährt er sich mit dem Handrücken über die Stirn.

Eine Weile sehe ich ihm dabei zu, wie er in jede Richtung schnüffelt. Aus Langeweile mache ich ein paar Fotos von mehreren bunten Laubfröschen und einem Zaunkönig mit seinen frisch geschlüpften Küken, die ich in einem Baum entdecke. Immer wieder werfe ich Ever Blicke zu, doch es scheint nicht so, als wüsste er, welchen Weg die Kutsche genommen hat. Theoretisch könnten es alle Richtungen sein, doch am Ende würden zwei von ihnen zumindest über Umwege nach Süden führen. Womit die Entführer mitsamt den Prinzen wohl in Richtung Wonderland unterwegs sein müssten. Oder Neverland. Aber falls sie den östlichen Weg eingeschlagen haben, sollten sie inzwischen im Morgenland angekommen sein.

Als ich meine Fotos auf Instagram hochlade, sehe ich in meiner Timeline ein Foto von Hase und Igel auf der Ziellinie, das Igel gepostet hat. Er liegt eine Nasenspitzenlänge vorn. Seit diesem Personaltraining und der neuen Protein-Diät ist er furchtbar flink geworden. Ich rümpfe die Nase und like das Bild bewusst nicht. Diese idiotischen Tratschtanten haben mir die Sache mit Snow erst eingebrockt! Ich scrolle weiter und sehe einen Beitrag von Spieglein, dann ein neues Backrezept von Gretel. Aus einer Laune heraus tippe ich »das tapfere Schreiberlein« ein und tatsächlich: das Chia-Samen-Blättchen hat eine Instagramseite! Nachdem ich mich vergewissert habe, dass Ever noch abgelenkt ist, scrolle ich über die Beiträge, die alle eine Art unfreiwillige Komik ausstrahlen. Überall ernste Hipster mit ihren »I don't care«-Profilbildern und Beiträge über Kornsamen, Vintagefahrräder oder Strickmützen. Es ist zum Totlachen.

Doch dann wird mein Bildschirm schwarz und Snows Gesicht erscheint darauf. Ein Anruf.

Ich gehe ran. »Hi, was gibt's?«

»Du bist ja ganz in unserer Nähe!« Snows Stimme klingt für meinen Geschmack eine Spur zu selbstzufrieden. »Steht so auf Instagram.«

Ach. Verdammter Mist. Hätte ich doch die Ortungsdienste bei meinem Handy ausgeschaltet! Natürlich hat dieses blöde Instagram beim Hochladen der Tierbilder sofort meinen Standort gepetzt.

»Wir sind auf dem Weg zur Hexe des Südens und könnten deine Hilfe gebrauchen. Hast du den Werwolf schon ausgeschaltet?«

»Nein … äh … der …« Ich senke die Stimme, damit Ever mich nicht hören kann. »Den habe ich verloren … gewissermaßen.« Während ich ein paar Schritte zur Seite gehe, reibe ich mir mit der Hand über den Nasenrücken. »Vielleicht besser so. Er … schien Flöhe zu haben.« Auf die Schnelle fällt mir einfach keine kreativere Ausrede ein. Ich kann nur hoffen, dass Snow mich damit durchkommen lässt.

»Uhhh«, kommt es von ihr am anderen Ende der Leitung. »Daran habe ich noch gar nicht gedacht. Na ja, bis Ende der Woche schnappen wir ihn uns schon wieder, nicht wahr?«

»Mit etwas Glück und jeder Menge Anti-Flohspray«, versuche ich einen halbherzigen Scherz. Okay, ruhig bleiben. Strategie überlegen. Einen unschuldigen Eindruck erwecken. Nun, eventuell nicht unbedingt in dieser Reihenfolge.

»Deine Einstellung gefällt mir. Hör mal, ich muss Rose einen Eimer Wasser über den Kopf kippen und brauche dabei beide Hände. Wenn sie dauernd einnickt, ist sie einfach nicht zu gebrauchen.« Sie stöhnt. »Triff uns in einer halben Stunde an der Ecke Lebkuchen Lane und Candy Street.« Dann ist sie plötzlich weg. Aufgelegt.

Ich drehe mich um und schaue direkt in Evers Augen. »Na?«, fragt er. »Du bist ja immer ziemlich beschäftigt mit deinem Handy.«

Mein Magen zieht sich unter seinem Blick zusammen.

»Na ja, ich habe einen Blog …«, beginne ich mich zu rechtfertigen, bis mir einfällt, dass ich eben telefoniert und nicht gebloggt habe. Warum verwirrt mich dieser Hipster eigentlich die ganze Zeit? »Das war meine Freundin Snow. Da kann ich wirklich nichts dafür, wenn sie mich die ganze Zeit nervt.«

»Aha. Richte ihr beim nächsten Mal einfach Grüße von mir aus. Ich freue mich schon auf die Teeparty bei ihr im Schloss.«

Hmpf. Ich presse die Lippen aufeinander. »Werde ich.«

Eine Weile sagt niemand von uns ein Wort. Ever sieht mich an, als warte er darauf, dass ich etwas hinzufüge, neigt sogar abwartend den Kopf. Fast bin ich versucht, ihn wie einen Hund am Kinn zu kraulen, so niedlich sieht er aus mit seinem Dreitagebart. Nein, niedlich ist nicht das richtige Wort. Anziehend trifft es besser. Allerdings muss ich mich wirklich zur Ordnung rufen. Das hier ist nicht der richtige Moment, auch wenn meine Wolfphobie abgeheilt zu sein scheint. Everton ist ein Wolf, steht zudem ganz oben auf der Verhöre-und-Töte-Liste, und ich soll ihn in einer Woche an Snow ausliefern. Ihr dämlicher Spiegel »Spieglein« wird uns so oder so finden, egal was ich tue. Evers Tage sind gezählt. Ich schlucke. Snow aufzuhalten wird schwierig bis unmöglich werden, das weiß ich aus früherer Erfahrung mit ihr. Vor circa einem halben Jahr wollte sie unbedingt eine Tanne in ihrem Garten fällen, ich aber nicht … Das Ende vom Lied war, dass sie mit einer Stange Dynamit den halben Schlossgarten in die Luft gesprengt hat. Glücklicherweise konnte ich mich noch schnell genug in Sicherheit bringen und hatte mich nicht allzu fest an den betreffenden Baum gekettet.

Schweren Herzens reiße ich mich von seinem Anblick los. »Was ist jetzt mit der Spur?«

»Verloren.«

Ich kann seinen Blick auf mir spüren, betrachte aber demonstrativ meine Schuhspitzen. »Aha.« Finde ich jetzt irgendwie nicht so gut. Wie sollen wir, so völlig ohne Spur, rechtzeitig die Prinzen retten und damit Snows Verhöre-und-Töte-Plan stoppen?

»Und jetzt?«, hake ich daher nach.

»Wir sollten den Weg nach Süden nehmen«, schlägt er vor. »Die Chancen stehen gut, dass sie in Richtung Süden gefahren sind. Vielleicht kann ich unterwegs eine Fährte aufnehmen.«

»Was, wenn wir falsch liegen?« Ich schiele in Richtung der Weggabelung, genau auf den Weg, der nach Osten zeigt.

»Irgendwo müssen wir mit der Recherche anfangen.« Der Chiasamen-Journalist rückt sich die Brille gerade.

Da gebe ich ihm in diesem Fall recht, andererseits muss ich jetzt zuerst Snow treffen. Also sage ich: »Gut, was hältst du davon: Du nimmst den Weg nach Süden. Ich muss noch etwas erledigen. Wir tauschen Nummern und du informierst mich, wenn du eine konkrete Spur gefunden hast. Wenn nicht, treffen wir uns heute am späten Abend wieder genau hier.«

Zuerst sieht er eine Spur enttäuscht aus. Doch dann hellen sich seine Gesichtszüge auf. »Bringst du ein Zelt mit? Dann können wir im Wald übernachten.«

Aha. Offensichtlich gefällt ihm die Idee. Wahrscheinlich möchte er auch noch Chiasamen am Lagerfeuer rösten. Kurz rümpfe ich die Nase. »Wenn du das für hilfreich hältst …«

Er nickt. »Halte ich.«

Ich strecke ihm mein Smartphone entgegen und er gibt seine Nummer ein.

Eigentlich fast überflüssig, denke ich. Spieglein wird mir sowieso sagen können, wo er sich herumtreibt. Da Ever aber keinen schnippischen Spiegel mit Hang zu melodramatischen Ausblicken in ferne Orte des Märchenwaldes besitzt oder Zugang dazu hat, gebe ich ihm ebenfalls meine Nummer. Außerdem hat Spieglein erst kürzlich beschlossen, mir das Leben schwer zu machen, nach einem gewissen Vorfall … Vermutlich würde mir der Scherzkeks sagen, Ever befände sich in der Wüste von Morgenland oder der verschneiten Spitze von Neverland.

Ich betrachte sein Handy. Natürlich hat Ever dieses neue Hope-Phone. Alternativ und reduziert. Alles andere wäre ihm sicher zu angesagt und sobald das Hope-Phone den Status »cool« erreicht, wird der Hipster in ihm es sicher wegwerfen.

»Kann man damit auch Schrot und Korn mahlen?«, frage ich daher spitz, als er es mir zur Nummerneingabe reicht.

»Nein. Nur telefonieren. Das reicht mir.«

War ja klar.

Eigentlich will ich mich nicht von ihm trennen. Seine Gesellschaft erheitert mich ja schon ungemein, wie ich zugeben muss. Aber Snow wartet nicht gern und ich habe Angst, dass sie wieder Dynamit dabeihat …

»Also …« Ich schaue nach unten auf meine Schuhe. »Viel Glück bei der Suche. Wir sehen uns ja dann.«

Er lächelt mich an, wobei er heftiger als nötig blinzelt. Dann kratzt er sich im Nacken. Kann es sein, dass der Hipster-Wolf gerade eine

Spur verlegen einen Mundwinkel hebt? »Kein letzter Hipster-Witz mehr?«, will er wissen.

Ich seufze, setze dann aber an: »Also wenn du darauf bestehst, ich hätte da noch einen …«

»Nein, schon gut«, unterbricht er mich, schiebt seine Nerdbrille ein wenig nach oben und starrt auf mich herunter.

Will er mich zum Abschied etwa umarmen? Oder wartet er darauf, dass ich ihn umarme? Das ist mir jetzt irgendwie unangenehm. Also die Situation an sich. Ich meine, ich kenne ihn ja kaum. Irgendwie hätte ich nichts gegen eine Umarmung, aber am Ende sehen uns wieder Hase und Igel oder irgendwelche anderen Petzen … Bei meinem Glück scannt in diesem Moment sicher Google Earth mit einem Satelliten die Wegkreuzung, an der wir stehen …

»Also dann …« Ich halte ihm meine Hand hin. Genauso überrascht wie er schaue ich nach unten auf meinen Arm. Tue ich das gerade wirklich? Tatsächlich reiche ich Ever *meine Hand* zum Abschied! Jedenfalls kann ich jetzt nicht mehr zurückrudern.

Zögerlich ergreift er sie. »Dann bis später, Red.«

»Bis dann, Everton«, sage ich, wobei ich mir nichts sehnlicher wünsche, als dass mir jemand für diese dämliche Aktion mit meiner Tasche heftig eins überbrät.

Kapitel 3

Da bist du ja.« Snows Begrüßung fällt wie immer überaus herzlich aus. Meine Freundinnen sitzen an der Ecke zur Candy Street auf einer Bank, die so aussieht, als bestünde sie aus lauter rot-weiß gestreiften Zuckerstangen. Rose hat den Kopf zwischen die Knie gelegt, während Rapunzel ein Foto von Cinder mit deren Smartphone schießt. Auf ihrer Handyhülle prangt ein großer, durchsichtiger Schuh, durch den bunte Glitzerpartikel rieseln.

»Freut mich auch, euch zu sehen«, sage ich. Immerhin scheint niemand Dynamit dabeizuhaben. Alle stecken in bonbonfarbenen Kleidchen und haben sich zierliche Taschen über die Schulter geworfen.

Ein paar Meter entfernt steht Cinders hellblaue Kürbiskutsche mit den goldenen Verzierungen.

»Du solltest dir wirklich mal ein Pferd zulegen, Red. Dann hätten wir nicht so lange auf dich warten müssen.«

Wenn ich das Geld und einen Stall dafür hätte … Außerdem wohne ich alleine und wer soll sich um ein Tier kümmern, das auf einen Menschen angewiesen ist, wenn ich nicht da bin?

»Ihr hättet mich auch abholen können«, erwidere ich etwas eingeschnappt.

»Oh, hi Red.« Cinder schnappt sich ihr Smartphone und steckt es dann auf ihren Selfiestick. »Dann kann es ja losgehen.«

»Sag jetzt bitte nicht, dass du das Verhör von dieser Hexe mit deinem Handy aufzeichnen willst …« Ich stemme beide Beine fest in den Boden und warte ihre Antwort ab.

Snow steht auf und macht dabei eine abwinkende Handbewegung. »Lass sie nur. Sie zeichnet eine Art ›Blair Witch Projekt‹ mit ihrem Handy auf. Wird aber erst später veröffentlicht, wenn wir fertig sind.«

Rapunzel erhebt sich ebenfalls und klopft ihr lila Minikleid glatt, das ich in Anbetracht unseres Vorhabens für nicht sonderlich angemessen halte. »Der Selfiestick hat uns heute Vormittag schon gute Dienste erwiesen. Cinder hat ihn einer bösen Fee über den Schädel gezogen … Sie wusste übrigens nicht, wo sich die Prinzen aufhalten.«

Hat sicher auch keine Chance bekommen, irgendetwas dazu zu sagen, denke ich. Irgendwann wird sich diese »Erst töten dann Fragen stellen«-Methode noch rächen.

»Damit haben wir schon eine Fee und einen Wolf abgehakt«, nickt Rose. Ihre Augen strahlen mich an. Ach ja, der böse Wolf von gestern. Trotzdem sind wir noch keinen Schritt weitergekommen.

»Ihr vertrödelt unsere Zeit«, informiert uns Snow. »Gleich geht die Sonne unter und wir haben die Hexe des Südens immer noch nicht aufgespürt.«

»Gut, dann Zauberstäbe … äh, ich meine Selfiesticks raus!«, fordere ich meine Freundinnen auf. Zu meinem Missfallen entgeht allen mein gehässiger Unterton. Jedenfalls nimmt niemand weiter Notiz von mir.

Wir machen uns also auf, tief in den südlichen Teil des Märchenwalds, wozu wir die sicheren Wege verlassen. Die Hexe des Südens, über deren Schicksal ein Märchen namens ›die sechs Schwäne‹ geschrieben wurde, wohnt in einer Felsenhöhle an einem See. Im Gegensatz zu den Inhalten der Märchenbücher, die von den Gebrüdern Grimm gesammelt wurden, leben die meisten Antihelden aus den Märchen noch. Allerdings haben sie eine Strafe auferlegt bekommen, die fast immer dieselbe und äußerst lästig ist. Der Albtraum einer jeden Hexe sozusagen. Aus fast zuverlässiger Quelle (Hase und Igel) weiß ich, dass es der Hexe des Südens nicht anders ergangen ist - auch sie hat das typische Urteil für straffällige Hexen durch die Jäger ereilt. Elektronische Fußfesseln können sich für die Trägerin so viel grässlicher als glühende Kohlen und tanzende Schuhe zusammen anfühlen. Zumindest, wenn sie wie vorgeschrieben mit einem Blockierzauber versehen sind, was die Hexe zusätzlich einschränkt. Somit kann sie sich weder weiter als drei Meter von ihrem Haus entfernen, ohne per Elektroschock gegrillt zu werden, noch richtig zaubern. Nun ja, man sagt, ein paar Haushaltszauber haben sie dennoch drauf. Deshalb sollten wir sie nicht unterschätzen … Wer weiß, wie viel Zeit die

Hexe des Südens hatte, sich Rachepläne für die übrigen Bewohner des Märchenwalds auszudenken.

Bösen Feen dagegen werden meistens die Flügel abgeschnitten und man verdonnert sie zum Müllsammeln am Straßenrand. Die böse Fee, die Rose' hundertjährigen Schlaf verursacht hat, steht ganz oben auf der Verhöre-und-Töte Liste. Nur haben die Prinzessinnen beschlossen, zuerst einmal ein paar ihnen unbekannte Verdächtige zu verhören, um eine Art Routine zu entwickeln. Anscheinend haben alle Angst, im Angesicht ihrer persönlichen Antihelden in Ohnmacht zu fallen oder zumindest einfach nur wie gelähmt dazustehen. Rapunzel kann noch nicht mal den Namen der Hexe aussprechen, die sich sechzehn Jahre lang als ihre Mutter ausgegeben hat. Also üben sie bisher noch an zufällig ausgewählten Hexen, Feen, bösen Stiefmüttern und Wölfen. Random Kill sozusagen. Fast wie dieses neue Videospiel ihrer Ehemänner. Nur in echt.

Rapunzel wird langsam immer mutiger, bemerke ich. Mit gezückter Metall-Nagelfeile läuft sie gleichauf mit Snow vor uns anderen her. Unser Killerkommando bewegt sich also in geschlossener Formation in Richtung des Sees im Süden, der sich gar nicht so weit vom Meer entfernt erstreckt. Schweigend trippelt Cinder neben mir über den unbefestigten Waldweg, macht nur etwa alle hundert Meter ein Selfie mit dieser entsetzlichen Selfiestange, was für ihre Verhältnisse äußerst selten ist. Zumindest, seit sie dieses meiner Meinung nach total überflüssige Snapchat installiert hat. Dieses Snapchat-Storyposting nervt. Ich meine, wer will schon sehen, wie Cinder morgens ihre Socken anzieht, frühstückt, ein paar Hexen und Feen verhaut,

Abendessen isst und schließlich mit ihren Lockenwicklern im Haar einschläft? Genau, kein normal denkender Mensch, der den intellektuellen Erwartungshorizont unserer Gesellschaft einigermaßen erreicht.

»Hör auf, mir den Selfiestick dauernd ins Gesicht zu hauen«, beschwere ich mich. Immer, wenn Cinder ihren Arm nach rechts streckt, um ein Foto zu machen und danach den Selfiestick wieder zurückschwingt, rauscht er nur knapp an meinem Kopf vorbei. »Verdammtes Deppenzepter«, grummle ich, nachdem sie mich einfach ignoriert.

Sie schnaubt. Offensichtlich hat sie zumindest das mitbekommen.

Irgendwann, als ich schon kurz davor bin, Cinder wegen ihres Dauergeplappers über Maniküre zu erwürgen – noch mehr Ratschläge in Bezug auf meine Fingernägel kann ich an diesem Tag einfach nicht mehr ertragen –, kommt der verdammte See endlich in Sicht. Ihr Glück …

»Da!«, flüstert Snow, hält uns andere dann mit einer Handbewegung zurück. Natürlich haben wir alle die Hütte, die direkt in den Felsen gebaut ist, längst gesehen. Zwar steigt kein Rauch aus dem Schornstein auf, aber die Vorhänge und die gepflegten Gemüsebeete verraten, dass hier sehr wohl ein oder mehrere Personen wohnen.

Cinder schiebt sich ein paar Strähnen ihrer Hochsteckfrisur hinter die Ohren. Der Selfiestick in ihrer Hand zittert ein wenig.

»Erbsen«, sagt sie nur.

Oh. Cinder hat recht, überall wachsen Erbsen an Dutzenden von Sträuchern. Ungefähr zeitgleich mit meinem Wolf-Trauma trat bei Cinder ein ausgewachsenes Erbsen-Trauma auf. Wegen der Sache mit ›die guten ins Töpfchen, die schlechten ins Kröpfchen‹.

Rapunzel klopft Cinder aufmunternd auf den Rücken. »Sind doch nur Erbsen.«

Rose nickt bestätigend, lehnt sich dann gegen einen Baumstamm. Sie sieht sehr erschöpft aus, dabei sind wir gar nicht mal besonders lange unterwegs.

»Nur Erbsen?« Auf einmal hört sich Cinders Stimme irgendwie heiser an. »Nur Erbsen? Das sind Erbsen! Überall Erbsen!«

Ach verdammt, auch das noch!

»Beruhige dich«, herrscht Snow sie an. Zwischen ihren Augen zeigt sich eine Falte, wahrscheinlich gerät sie genau wie ich zunehmend in Versuchung, Cinder mit ihrem Deppenzepter zu schlagen.

Sie zieht die sich sträubende Cinder einfach weiter. »Leise jetzt. Besser, wir überraschen die Hexe.«

Genau. Hexen kann man ja so leicht überrumpeln, die ahnungslosen alten Omis. Aber ich verkneife mir jeglichen Kommentar, trotte einfach mit Rose an der Hand den anderen hinterher. Meine beste Freundin sieht gar nicht glücklich aus. Sicher säße sie jetzt auch lieber mit mir bei einem Rosenchampagner auf ihrem Sofa und sähe sich einen alten Schwarz-Weiß-Liebesfilm an. Das ist einer unserer liebsten Zeitvertreibe für verregnete und langweilige Nachmittage.

Ich tauche unter einem tiefhängenden Zweig hindurch. In diesem Teil des Waldes ist es verdächtig still. Zwar rauschen die Blätter, aber man hört keinen Specht hämmern, keinen Vogel zwitschern, noch nicht einmal Insekten summen. Sicher hat kein Tier besonders große Lust, in der Nähe einer Hexe zu leben. Hätte ich auch nicht.

Vor uns deutet Snow mit abgehackten Handbewegungen, wie ich sie schon mal bei einem General in einem Kriegsfilm gesehen habe, nach vorn.

»Was?«, flüstere ich. »Wenn du uns mit Zeichensprache etwas sagen willst, musst du uns die Bedeutung vorher schon im Detail erklären.«

»Kannst du nicht einmal deine neunmalklugen Sprüche sein lassen, Red?«

»Nein.«

Snow stöhnt. »In geschlossener Formation auf die Eingangstür der Hütte zu. Aber leise!«

Na also. Ging ja auch so.

»Was glaubt ihr, hat diese Hexe noch für Tricks drauf?«, fragt Cinder leise.

»Na sicherlich keine Kartentricks«, gebe ich zurück.

Vor mir atmet Cinder laut ein, doch Rapunzel unterbricht sie: »Vielleicht etwas von diesen Rauchwolkenzaubern? Oder Illusionsmagie?«

Snow schaut uns der Reihe nach böse an. »Lasst euch nicht von der Hexe verwirren. Wehe, ihr fallt auf einen ihrer Jahrmarktzauber herein!«

Wir schlucken alle, ziehen dann unsere jeweiligen Dolche oder Nagelfeilen aus unseren Taschen. Nur Cinder nicht, die ihren Selfiestick wie eine Sense hält. Damit sieht sie für mich aus wie der Tod mit einer Fotokamera. Nun ja, zumindest, wenn man sich ihr hellblaues Cape in Schwarz vorstellt. Tue ich jetzt einfach mal.

Rose stolpert und ich kann sie gerade noch auffangen, bevor sie sich den Kopf an einem Baumstamm anstößt. Plötzlich bin ich mir nicht mehr sicher, in welche Richtung unser Killerkommando heute gehen wird. Wer hier am Ende ins Gras beißt, scheint mir noch nicht abschließend geklärt. Besser, ich passe gut auf Rose, Cinder und Rapunzel auf. Snow kann sich, so denke ich, selbst helfen. Bei ihr sollte ich lieber sicherstellen, dass wir vorher noch ein paar Informationen aus der Hexe herausquetschen können, bevor Snow ihr den Kopf abschlägt. Cinder hebt ihr Kleid hoch, als sie über eine Wurzel steigt. Gerade rechtzeitig geht Rapunzel in Deckung, bevor sie der Selfiestick im Nacken treffen kann.

Wir bewegen uns in etwa so unauffällig vorwärts wie ein Karnevalsumzug in Rio de Janeiro. Gerade so kann ich ein Schnauben unterdrücken. Snow verträgt keine abfälligen Geräusche, wenn sie im Angriffsmodus ist. Sie umklammert ihren Dolch so fest, dass ihre Fingerkuppen zittern. Dabei starrt sie mit festem Blick geradeaus.

Die Hälfte des Weges haben wir geschafft, da sehe ich, wie sich einer der roten Vorhänge am Fenster der Hütte bewegt. Oder war das nur Einbildung?

»Ich glaube, sie hat uns gesehen«, flüstere ich.

»Was? Verdammt.« Snow zuckt kurz zusammen, winkt dann aber ab. »Egal, wir ziehen das jetzt durch. Was soll die Alte uns schon entgegensetzen? Ich will mein Happy End zurück, also marsch.«

Unser Killerkommando auf Stöckelschuhen zieht unbeirrt weiter. Unwillkürlich halte ich den Atem an. Am liebsten möchte ich ein Stoßgebet in Richtung Himmel absetzen, aber stattdessen schiebe ich mich vorwärts über den Trampelpfad.

Wir schleichen durch den Vorgarten. Cinder presst die Augen fest zusammen, als wir die Erbsenpflanzen passieren. Ich kann ein paar gemurmelte Flüche hören, aber sie lässt sich immerhin von Snow vorwärtsschieben. Manchmal muss man auch für kleine Dinge dankbar sein. Und gerade bin ich sehr dankbar, dass Cinder nicht laut schreiend durch diesen Vorgarten rennt.

Und dann stehen wir unschlüssig vor der Tür der Hexe. Rechts von uns höre ich die Wellen des Sees an die Felsen schlagen. Niemand von uns sagt ein Wort.

»Anklopfen?«, fragt Rapunzel.

Snow wirft ihr einen vernichtenden Blick zu. »Manchmal frage ich mich wirklich, wie nachhaltig dir diese Turmsitzerei geschadet hat.«

Rapunzel schmollt. Mit ihrer vorgeschobenen Unterlippe sieht sie wie ein bockiges Kleinkind aus, das in den Kleidern ihrer Mutter »Erwachsene« spielt.

»Wir treten einfach die Tür ein«, befindet Cinder. Vorsorglich bringt sie schon mal ihren Selfiestick samt Smartphone in Stellung. Das rote Aufnahmelicht leuchtet.

Genau. Macht man ja auch einfach mal eben so: eine Tür eintreten.

»Ja, klar«, gähnt Rose. »So was mache ich jeden Morgen noch vor dem Frühstück.« Ihre Denkweise gefällt mir.

»Mit eurer Ironie kommen wir auch nicht weiter.« Rapunzel wirft sich die Haare über die Schulter. »Es sei denn, ihr könnt sie als Waffe einsetzen.«

Ich will ihr gerade erklären, dass man Ironie sehr wohl als Waffe einsetzen kann, da schnellt ihre Hand nach vorn. Ohne Vorwarnung betätigt sie die abgenutzte Messingtürklinke. Kollektiv atmen wir anderen ganz killerkommandomäßig ein. Okay, das war Ironie. Wir anderen machen uns fast in die Hose.

Die Tür schwingt auf. Quietscht ein wenig wie meine Schranktür zu Hause.

»Ist offen«, informiert uns Rapunzel überflüssigerweise. Das bockige Kleinkind hat uns soeben eine Lektion erteilt.

»Sehen wir.« Ein wenig schockiert, aber dennoch bestimmt, schiebt Snow Rapunzel zur Seite. Eine Brise weht vom See zu uns hinauf, lässt die Stoffblüten an Rapunzels lila Kleid flattern.

Aus dem Inneren der Hütte wabert uns nur Dunkelheit entgegen. Alle Vorhänge sind zugezogen.

»Das habe ich mir jetzt irgendwie anders vorgestellt«, murmelt Cinder. »Das mit der Fee und dem Wolf war einfacher. Draußen auf einer Lichtung im Wald. Ratzfatz. Außerdem gefällt mir die Sache mit den Erbsen nicht.« Sie schielt über ihre Schulter in Richtung Gemüsebeet.

»Wissen wir«, murmle ich zurück. Nachdenken, ich muss nachdenken! Inzwischen hat uns die Hexe sicher längst bemerkt. »Besser, wir ziehen uns zurück. Vielleicht sollten wir morgen wiederkommen und einen Jäger oder so mitnehmen. Oder eine Palastwache von euch?«

Snow schnaubt. Ich kann die Verachtung in ihrer Stimme deutlich wahrnehmen, als sie sagt: »In welchem Märchen, das du kennst, hat eine Palastwache irgendetwas erreicht? Nein, die Heldinnen, also wir, müssen uns dem Problem selbst stellen. Altes Märchengesetz.«

Auf irgendeine Weise muss ich ihr da zustimmen.

Wir starren also in den dunklen Flur, als warteten wir darauf, dass er uns anspringt. Tut er aber nicht. Auch sonst passiert: einfach nichts.

Immerhin hat Snow nach zwei Minuten eine Idee. Sie zückt ihren Taschenspiegel. »Spieglein, Spieglein in meiner Hand, sag mir, wo die Hexe ist, die ich nicht fand.«

»Toller Reim«, spotte ich.

Snow funkelt mich böse an, widmet sich dann aber wieder dem Spiegel ihrer Puderdose. Er ist rund und von außen mit silbernen Perlen besetzt. Rauch zeigt sich nun hinter dem Spiegelglas.

Dann hustet eine männliche Stimme wichtigtuerisch. Spieglein erscheint. Ein wenig erinnert mich sein Gesicht immer an die Maske aus dem Musical »Phantom der Oper«.

»Schneewittchen, meine Liebe, Schönste im ganzen Land, Anmutigste der Anmutigen, mit welchem Dienst kann ich dich heute erfreuen?«, säuselt er jetzt. Seine Stimme klingt ölig und die Wörter scheint er durch die Nase zu sprechen.

»Hallo, Spieglein. Wir versuchen herauszufinden, wo sich die Hexe in dieser Hütte genau aufhält. Kannst du uns sagen, ob du sie siehst?«

»Na, wenn das alles ist ...«

Ich bin sicher, hätte Spieglein einen Körper gehabt, hätte er sich jetzt mächtig aufgeplustert.

Dann verschwindet sein Gesicht. Ich weiß, dass er jetzt versuchen wird, ein spiegelndes Element wie ein Stück Glas zu finden, von dem aus er das Bild der Hexe »senden« kann. Hoffentlich steht sie in der Nähe von einem solchen Gegenstand. Zum Beispiel einer Glühbirne.

Drei Sekunden später wird der Spiegel schwarz. Komplett schwarz. Wir tauschen Blicke.

»Wird das heute noch was, Spieglein?«, fragt Cinder. »Oder ist das eine Empfangsstörung?«

»Ich muss doch sehr bitten«, ertönt Spiegleins Stimme, bevor er wieder im Spiegel erscheint. »Wenn hier jemand eine Störung hat, dann jawohl du, Aschenputtel mit dem Deppenzepter ...« Er nickt in Richtung des Selfiesticks, worauf ich mir ein Kichern verkneifen muss.

»Die Hexe sitzt irgendwo da drin im Dunkeln. Ich kann sie atmen hören, aber ohne Licht kein Spiegelbild.«

Okay, das leuchtet ein. Gar nicht mal so unclever von der Hexe, die einmal sechs Prinzen in Schwäne verwandelt hat. Deshalb kommt sie uns übrigens besonders verdächtig vor. Scheint es auf Prinzen abgesehen zu haben, das Biest.

»Gut, wenn ihr mich dann entschuldigen würdet ...« Spieglein nickt noch einmal grüßend und verschwindet dann. Kurz darauf klappt Snow ihre Puderdose zu. Praktisch, dass sie Spieglein geerbt hat und er ihr immer in jedem Spiegel erscheint, wenn sie einen Reim für ihn aufsagt.

Wir werfen weiter unschlüssige Blicke ins Innere der Hütte.

»Ich weiß nicht, wovor ich mehr Angst habe«, sagt Cinder schließlich. »Vor diesem dunklen Flur oder vor den Erbsenpflanzen hinter mir.« Sie sieht mich an und rückt sich dann ihren Haarreif zurecht, der schon droht, in ihrer zerzausten Hochsteckfrisur zu verschwinden. Hätte sie sich mal besser beim Anblick der Erbsenpflanzen beherrscht und nicht so unprinzessinnenhaft an den Haarnadeln herumgefummelt.

Cinder und ihre zerpflückte Frisur gehen also vor. Nein, sie machen nur drei Schritte, dann fährt Cinder ihren Selfiestick aus und macht ein Foto mit Blitzlicht vom Inneren der Hütte, ohne selbst hineinzugehen. Beinahe lasse ich mich zu einem anerkennenden Nicken hinreißen.

Wir sehen uns das Foto an. Doch es ist komplett schwarz mit einem leichten roten Schimmer. Wahrscheinlich verursacht durch die roten Vorhänge. Lediglich ein paar Möbelumrisse lassen sich erkennen. Man sieht aber nicht, ob irgendwo Fallen oder gar ein bodenloses Loch im Inneren auf uns warten.

So kommen wir nicht weiter.

Offensichtlich denkt Snow dasselbe wie ich. »Los jetzt. Wir sind in der Überzahl und die Hexe trägt Fußfesseln.« Sie schubst Cinder einfach nach vorn. »Los, sonst lass ich dich Erbsen sortieren!«

Cinder zuckt zusammen.

»He, du kannst doch nicht einfach …«, beginnt Rapunzel, doch da wird sie schon von Snow ins Innere der Hütte gestoßen.

Feinfühligkeit ist eben nicht gerade Snows Stärke. Wahrscheinlich ein Überbleibsel aus ihrer Zeit bei den Zwergen.

Zwar knirscht Rose mit den Zähnen, aber unsere Freunde alleine in die Hexenhütte gehen lassen, wollen wir dann auch nicht. Ich zücke meinen Dolch und meine beste Freundin tut es mir gleich. Hinter Snow betreten auch wir die Hütte.

Drinnen empfängt uns unnatürliche Dunkelheit. Das Nachmittagslicht erhellt nur einen kleinen Bereich an der Tür. Gemeinsam schalten wir erst einmal die Taschenlampenfunktion unserer Smartphones an. Sofort stellen wir fest, dass wir in einem großen Zimmer ohne Flur stehen. Wahrscheinlich das Wohnzimmer der Hexe. Danach leuchten wir uns einen Weg in die Mitte des Zimmers. Irgendwie erinnern mich unsere suchenden Bewegungen mit den Lichtkegeln an die Ghostbusters-Comic-Serie. Ab diesem Moment bekomme ich einen Ohrwurm, der mich sicher den ganzen Tag über nicht loslassen wird. Es ist: die Ghostbusters-Titelmelodie.

Aber dann rufe ich mich sofort zur Ordnung, schließlich haben wir die Hütte einer Hexe betreten, die einem Mädchen wie uns bereits schlimme Dinge angetan hat.

»Wo ist sie?«, flüstert Rapunzel. Wir sehen nichts außer plüschigen Möbelstücken, verstaubten Plastikblumensträußen und Teppichen. Leider hat Rapunzel die Gewohnheit an sich, in angespannten Situationen alles auszusprechen, was sie denkt. Also läuft es die nächsten dreißig Sekunden ungefähr so: »Blumentopf, altes Bild, sehr, sehr alter Teppich, Lampe, Esstisch, Kristallkugel, Stuhl, Spiegel, Sofa, Sessel, verstaubte Tulpen, noch mehr Tulpen, Sonnenblume, Geranien, Lavendel, Treppe, Tür, Tür.« Einfach alles, worauf ihr Taschenlampenlicht fällt, wird thematisiert.

Genervt verdrehe ich die Augen. Was natürlich keiner sieht. Glücklicherweise nimmt irgendwann jemand Rapunzel das Handy weg. Wahrscheinlich hätte ich mir ansonsten demnächst mein eigenes so oft gegen den Schädel geschlagen, bis ich sie nicht mehr hätte hören können.

Doch dann habe ich nicht mal mehr Zeit, mich erneut zusammenzureißen, denn auf einmal wird es gleißend hell im Zimmer, dann wieder dunkel, hell, dunkel, hell ... Wie in einer Disco. Ich kneife die Augen zusammen. Gleichzeitig meldet sich ein fieser Kopfschmerz hinter meiner linken Schläfe.

»Die Hexe!«, keucht Cinder. Wir müssen unbedingt an ihrem Pokerface arbeiten.

Wir drängen uns zusammen. Cinder hält ihren Selfiestick wie ein Schwert vor sich.

Dann erlischt das Discolicht schlagartig wieder, aber einen Atemzug später beginnt etwas, in der hinteren Ecke des Zimmers zu leuchten. Dort, wo der Esstisch steht. Es ist die Glaskugel, wird mir klar. Sie leuchtet blutrot auf. Ein bisschen kommt es mir vor, als könnte dieses Licht auch aus einem Raumschiff stammen. Sciencefictionmäßig. Zauberei! Die Hexe besitzt also noch einen Funken Magie. Mehr als nur einen Funken, wenn man die Sache mit dem Discolicht und der rot glühenden Kugel richtig bedenkt. Ich stöhne. Das könnte alles wirklich noch komplizierter machen. Viel komplizierter. »Zeig dich, Hexe!«, fordere ich. »Und keine Tricks!«

Rapunzel, die links von mir steht, zittert.

»Wehe, eine von euch fällt auf diese lahmen Hexentricks rein, verstanden? Keiner isst Lebkuchen oder so!«, zische ich meinen Freundinnen zu.

Niemand erwidert darauf etwas. Wahrscheinlich machen sich gerade alle vor Angst in die Victoria's-Secret-Unterwäsche.

Nur ich rede immer blödes Zeug, wenn ich nervös bin. Beinahe erinnert mich mein Gezeter an Snow.

Auf einmal ertönen fauchende Geräusche aus der Dunkelheit wie von einem Tigerkäfig.

Cinder wimmert. Die Dunkelheit um uns herum scheint sich unnatürlich zuzuziehen. Aber das bilde ich mir womöglich nur ein.

»Vielleicht sollten wir abhauen«, flüstert Rose. »Die Hexe scheint mehr Magie übrig zu haben, als wir dachten ...«

Wirklich eine blöde Idee von uns, dieses Hexenhaus zu betreten. Andererseits, diese Hexe hat nachgewiesenermaßen eine Affinität zu Prinzen aller Altersstufen! Damit steht sie ganz oben auf der Verdächtigenliste.

Bevor ich noch etwas sagen kann, schlägt die Eingangstür zu. Ein mehrfach klickendes Geräusch ertönt, wie drei einrastende Schlösser.

Hastig leuchten wir wieder mithilfe unserer Taschenlampenapps in alle Ecken. Mir wird ein wenig mulmig im Magen. Gefangen. Wir sind gefangen.

Eine kindliche Melodie erklingt. Ein gruseliges Geräusch, das ich relativ schnell als eine Spieluhr identifiziere. Wenn jetzt noch eine Krähe krächzen würde, wäre das hier die perfekte Kulisse für »American Horror Story Sieben«.

»Leute … Was machen wir jetzt?«, jammert Rapunzel.

Kaum hat sie es ausgesprochen, ertönt plötzlich ein krachendes Geräusch, als hätte sich jemand den Schädel angestoßen. Darauf folgt ein schlimmer Hustenanfall.

Auch erlischt auf einmal das rote Licht in der Glaskugel.

Gemeinsam leuchten wir in die Richtung, aus der das Husten kommt. In diesem Fall ist das der Esszimmertisch. Eine Frau – nein, eine Hexe – kriecht unter dem massiven Möbelstück hervor, das auch gut in Snows Ebenholzsammlung passen würde.

Neben mir berührt mich Rose am Ellenbogen.

»DAS ist die Hexe? Die Hexe, die Swanleys Brüder in Schwäne verwandelt hat?« Prinzessin Swanley ist eine Bekannte von uns. Sie strickt den ganzen Tag, hat zu viele Kinder und sagt fast nie ein Wort. Deshalb legen Rose und ich nicht allzu viel Wert auf ihre Gesellschaft.

Die Hexe hat sich nun aufgerichtet und versucht sich offensichtlich an einem gehässigen Gesichtsausdruck. Genau kann man es nicht sagen, denn ihre Mimik scheint in Stein gemeißelt. Blonde, schulterblattlange Haare umrahmen ein unnatürlich glattes Gesicht mit Hamsterbäckchen und einer zu dünnen Nase. Auf den ersten Blick wird mir klar, dass diese Frau Ende dreißig ein Flohtox-Problem hat. Eindeutig. Hier hat das aus Flohgift gewonnene Hautstraffungsmittel der Schönheits-Chirurgie ganze Arbeit geleistet.

Eigentlich ist das nicht verwunderlich, schließlich kenne ich einige Stiefmütter – Schrägstrich – Hexen, die allesamt Flohtox-Opfer sind, aber diese hier, große Güte …

Die Hexe, die vor uns steht, haben sie wirklich mit der Kohlepfanne gebügelt …

Schließlich hat sich die Flohtox-Hexe ausgehustet. Sie trägt ein mitternachtsblaues Kleid aus Samt. Da hinter ihr ein riesiger Spiegel mit Holzumrandung an der Wand hängt, sieht man, dass das Kleid hinten im Mittelalter-Style über Kreuz geschnürt ist. Wir haben es hier also mit einer recht traditionellen Hexe zu tun. Als sie einen Schritt auf uns zu macht, sieht man die elektronische Fußfessel an ihrem rechten Fußgelenk hervorblitzen. Sie ist barfuß.

»Hexe, Hexe, Hexe«, murmelt Rapunzel.

Wir stoßen uns alle gegenseitig an, leuchten mit unseren Handys die Hexe von oben bis unten ab.

»Mädchen, hat euch niemand gesagt, dass man nicht ungefragt das Haus einer Hexe betritt? Oder legt ihr es darauf an, in Schwäne verwandelt zu werden? Dafür würde meine Magie gerade noch ausreichen.« Die Hexe grinst, wobei man einen guten Blick auf ihre strahlend weißen Zähne werfen kann. Dann hebt sie eine Hand, weswegen Rose und ich einen Schritt zurückweichen. Dabei stoße ich mir schmerzhaft die Schulter an einer Wand.

»Ja! Erzittert nur vor mir!«, freut sich die Hexe. Die Haut über ihren Hamsterbäckchen spannt sich an, als sie versucht zu lachen. »Fürchtet euch vor mir, der schrecklichen Fear!«

Aha. Sie heißt also Fear. Wie passend. Aus den meisten Märchen kann man das ja nicht so leicht herauslesen. Da heißen alle, die keine wichtigen Helden der Geschichte sind: Hexe, König, Königin ... Das kam mir immer schon ein wenig stumpfsinnig vor. Und man kann leicht durcheinanderkommen. Vermutlich, weil ich es selbst hasse, einfach nur Rotkäppchen genannt zu werden.

Jetzt kommt Cinder auf mich zugestolpert, tritt mir auf den Fuß, während ihre Zähne klappern. »O Red, was machen wir denn jetzt?«, flüstert sie mir zu. Ihre Stimme klingt erstickt, so als machte sie gerade den ersten Panikanfall durch. Der Selfiestick zittert in ihrer Hand.

»Wir fürchten uns kein bisschen vor dir, alte Frau!«, wirft Snow dagegen ein. Entschlossen tritt sie vor, den Dolch vor sich ausgestreckt. »Vier gegen eine, was meinst du, wie das für dich ausgehen wird?«

»Du vergisst, dass ich zaubern kann, meine Liebe!« Sie macht noch einen Schritt auf uns zu. Das rote Lämpchen an ihrer Fußgelenkfessel blitzt unter ihrem Kleid hervor.

Ich schiebe die jammernde Cinder von mir weg. Dabei stoße ich mit dem Ellenbogen gegen etwas Hartes. Das Licht geht an und wieder aus. Wahrscheinlich war das der Lichtschalter. Natürlich! Warum sind wir nicht früher darauf gekommen! Die Hexe hat natürlich Strom in ihrer Hütte! Auf einmal kommt mir ein Gedanke.

»Soso, du kannst also zaubern«, sage ich betont zynisch. Die Hexe sieht mich eine Spur irritiert an. Meine Freundinnen auch.

Ich betätige den Lichtschalter. An. Aus. An. Aus. An. Aus. An.

»Hör auf damit«, zischt Rapunzel.

Doch Snow scheint als Einzige zu verstehen. »Du hast nur den Lichtschalter bedient, um uns zu erschrecken, richtig, Hexe?«

Aber immerhin haben wir jetzt Licht. Wir lassen unseren Blick durch das Zimmer schweifen. Links neben dem Spiegel, ganz nah am Esstisch, unter dem die Hexe gesessen hatte, befindet sich ein zweiter Lichtschalter in der Wand. Aha!

Fear versucht sich noch schnell an einem Pokerface, aber für diese Vorstellung wird keiner in diesem Raum mehr eine Eintrittskarte lösen.

»Sie kann gar nicht hexen?«, flüstert Rose mir mit erstickter Stimme zu. »Aber die rote Kugel und die unheimlichen Geräusche?«

»Sie muss eine Spieluhr haben … Ja, da hinten auf dem Regal.« Mit ihrem Dolch deutet Snow auf ein Kästchen, das auf dem Kamin steht. Den Deckel ziert eine tanzende Ballerina.

Cinder kratzt sich am Kopf, wodurch ihre zerrupfte Frisur noch mehr durcheinandergerät. »Und das rote Licht in der Glaskugel?«

Ich werfe einen Blick auf den Tisch. Die Glaskugel steht genau in der Mitte.

»Da wird ein Loch im Tisch sein«, spekuliere ich einfach mal. Mit der LED-Leuchte an ihrer Fußfessel muss sie das Licht erzeugt haben.«

Fear gibt angesichts dieser überwältigenden Beweislage auf und beschränkt sich darauf, finster zu starren.

»Nette Tricks, alte Frau.«

Sicher würde sich jetzt eine Zornesfalte auf Fears Stirn bilden, wenn sie nicht so flohtoxunterspritzt wäre. Beinahe muss ich grinsen.

»Ja, lach du nur, Rotkäppchen. Dabei musst du dir dennoch eingestehen, dass die Haustür magisch verschlossen ist. In die Tür konnte ich noch einen meiner letzten Zauber weben.«

O Mist, sie ist eine Weberin. Stimmt, damals die Sache mit dem Wollknäuel und den Hemdchen für die sechs jungen Prinzen. Hätte ich das Märchen von den sechs Schwänen besser noch einmal aufmerksam gelesen! Fear webt Zauber ein, und die alten sind natürlich noch erhalten geblieben, bevor sie verurteilt wurde!

Ich starre sie böse an. Auch, weil sie mich »Rotkäppchen« genannt hat. Egal, erst mal das Wichtigste an diesem Abend abarbeiten: Die Frage nach den Prinzen. Doch Cinder kommt mir zuvor.

»Frau Hexe«, spricht sie Fear an. »Wie kommen Sie an all das Flohtox, wenn Sie hier seit Jahren eingeschlossen sind?« Natürlich. Cinder beginnt erst mal mit den wirklich essentiellen Beauty-Fragen. Ihr Smartphone ist auf Fear gerichtet. Ein neuer Interview-Beitrag für ihren Blog vermutlich.

»Lieferservice.«

»Im Ernst?«

»Ja. Das Flohtox-Kartell kommt zu mir. Genauso wie der Pizza-Lieferdienst.«

Was für ein netter Vergleich. Und ein hübscher Name für einen Flohtox-Spritzen-Setzer.

»Interessant.« Cinder tippt sich ans Kinn, zieht dann den Teleskopstab des Selfiesticks auseinander. »Würden Sie dazu ein Interview für meinen Beauty-Blog geben?«

Ich wusste es!

Zischend stoßen sowohl ich als auch Snow sie in die Rippen. »Was denn? Für meinen Beauty-Blog! Ohne Fragen zu unserer Geheimoperation!«, beschwert sie sich.

»Kannst du vielleicht mal an etwas anderes denken als an deinen Beauty-Blog? Gibt es da nicht einen Ehemann, den du retten wolltest?«, hakt Snow nach.

»Oh. Ach ja.« Cinder zuckt zusammen, sieht dann plötzlich so aus, als würde sie sich schämen.

»Ach was, es gibt einen Grund für diesen reizenden, unangemeldeten Besuch?« Die Hexe verschränkt die Arme vor der Brust. Der Samtstoff reibt dabei geräuschvoll aneinander.

»Nein, wir kommen nur zum Tee vorbei, weißt du?«, spottet Snow. Sie sieht aus, als wollte sie Fear zwischen ihren Zähnen zermalmen.

Das kann doch alles nicht wahr sein! Ich massiere mir mit einer Hand die Schläfe, weil ich eine Migräne heranrollen spüre. »Um

Frau Holles willen, haltet jetzt alle mal die Klappe!« Ich muss es klug anstellen … Obwohl, wenn ich mich hier umschaue … Ich werfe erst meinen Freundinnen und dann der geflohtoxten Hexe einen Blick zu. Ach, auch egal … »Fear, wir lassen dich sofort wieder in Frieden, wenn du uns eine Frage beantwortest.«

»Ach, ist das so?« Sie neigt den Kopf. »Und was, wenn ich euch nicht mehr gehen lassen will?«

Ich ignoriere ihre spitze Bemerkung. »Du hast nicht zufällig vier Prinzen gesehen? Erwachsen, gut aussehend, alle Helden eines Märchens …?«

Zuerst rümpft Fear die Nase, als sei sie ein Hamster, dann setzt sie ein überlegenes Lächeln auf. »Und du glaubst, ich erzähle euch einfach irgendetwas, nur weil ich so nett bin?« Wenn sie lächelt, erscheinen tatsächlich zwei kleine Grübchen auf den Wangen der Hexe. »Nein, weil wir sonst deine falschen Hamsterbäckchen aufschlitzen«, droht Snow. Ein Hoch auf die moderne Schönheitschirurgie.

Schnaubend drücke ich ihren Arm mit dem Dolch wieder nach unten. »Ruhig bleiben.«

»Nein. Zurück zu Plan A: Erst töten und dann Fragen stellen!«

»Warte noch«, versuche ich sie zu besänftigen. »Wir sind so nah dran. Denk an Prinz Philip!«

Snow wirft mir ihren Laserblick zu. Den von der besonders tödlichen Sorte. Sie grillt mich also ungefähr zweimal, bevor sie faucht: »Das tue ich die ganze Zeit über!«

»Dann lass mich das übernehmen.« Ich hole einmal tief Luft. »Fear, wir können das auf die einfache oder auf die harte Tour machen.«

Fear neigt den Kopf. »Spielt ihr jetzt ›gute Prinzessin – böse Prinzessin‹, oder wie?

Neben mir höre ich Snow, so laut, wie es ihr möglich ist, mit den Zähnen knirschen.

»Denk einfach mal nach«, versuche ich es weiter. »Wir sind zu fünft und haben Waffen. Du bist eine Hexe in magischen Fußfesseln mit nur noch geringer Webermagie. Was denkst du, wie das für dich ausgehen wird?« Okay, ich habe definitiv zu viel CSI gesehen. In mir erwacht gerade der knallharte Cop. Jedenfalls fühle ich mich sehr agentenmäßig, während ich die Hände hebe, um meine Worte mit treffsicheren Gesten zu unterstreichen. »Du: hier drin. Wir: freie Märchenheldinnen mit Waffen. Du: keine Waffen.«

Komischerweise beeindruckt das die Hexe herzlich wenig.

Ach, verdammt. Und dabei könnte ich jetzt so schön zu Hause sitzen und ein Video für meinen Flechtfrisuren-Youtube-Kanal drehen.

»Womöglich bist du es, die hier nicht genug nachdenkt, Rotkäppchen.« Wie die Hexe bei diesem Satz den Mund verzieht, gefällt mir gar nicht. »Immerhin wollt ihr eine Information von mir. Außerdem ist mein Haus magisch abgeriegelt. Wenn ihr mich tötet, lässt es euch trotzdem nicht raus. Auch nicht durch eins der Fenster. Meine Lebensversicherung.« Sie reckt das Kinn, lächelt dann, was extrem gekünstelt aussieht, da ihr Gesicht nicht die kleinste Lachfalte an den Augen zeigt.

Aus meinen eigenen Augenwinkeln sehe ich, wie sich meine Freunde bestürzte Blicke zuwerfen.

Eben dachte ich noch, wir seien cleverer als dieses verdammte Miststück.

»Gut, wenn du meinst. Dann befinden wir uns also in einer Patt-Situation?« Ich versuche, meine Stimme so ruhig wie möglich klingen zu lassen. »Wir könnten einen Deal mit dir schließen.«

»Nein, wir verhandeln nicht mit Hexen«, mischt sich Snow wieder ein. »Aber wir schneiden dir gleich alles Flohtox aus dem Gesicht!« Sie fuchtelt mit dem Messer vor Fears Nase herum.

»Ja, und eine Beule schlagen wir dir auch in deine operierte Nase!«, fügt Rapunzel hinzu, die offensichtlich zu neuem Mut gefunden hat. Ihr Blick huscht zwischen Snow und der Hexe hin und her.

»Davon stirbst du nicht. Nur dein Gesicht!« Rapunzel scheint sehr zufrieden mit sich. Aber ich möchte am liebsten meinen Kopf gegen die Wand schlagen. Die Chancen, dass das hier gut ausgeht, tendieren gerade gegen Null.

»Verflucht noch mal, haltet endlich alle die Klappe!«

Tatsächlich starren mich daraufhin alle verwundert an. Still. Vollkommen regungslos. Ein Handel. Wir brauchen einen Handel …

»Es wird doch eine Möglichkeit geben, wie wir uns einigen können, nicht wahr?«, frage ich zuckersüß. »Ich meine, es gibt sicher etwas, was du gerne hättest, Fear?«

»Du meinst, außer meiner Freiheit, die ihr mir nicht geben könnt?«

Das können wir wirklich nicht. Die Jäger haben in Prinzessin Swanleys Namen entschieden und ihr diese lebenslangen Fußfesseln angelegt.

»Ja, und außer sechs kleinen Jungen, die du in Schwäne verwandeln kannst«, fügt Cinder in ihrer neunmalklugen Art hinzu.

Die Hexe grinst. »Ich will einen König als Ehemann und ewige Jugend. Dann könnt ihr gehen und ich sage euch, was ich weiß.«

»Sie weiß etwas!«, wispert Cinder aus zusammengepressten Zähnen.

Rose, die erstaunlicherweise seit mehr als fünfzehn Minuten relativ wach wirkt, hebt eine Augenbraue. »Sie blufft!«

»Wo sollen wir denn einen König und ewige Jugend auftreiben?«, fragt Rapunzel. Sie klingt einigermaßen ratlos.

Sie wünscht sich also einen König als Ehemann …

Ich tippe mir mit dem Zeigefinger ans Kinn. »Vielleicht eine dritte Möglichkeit?« Aller guten Dinge sind ja bekanntlich drei.

»Euer erstgeborenes Kind jeweils«, kommt es augenblicklich von der Hexe. Vermutlich hat sie nur auf diese Frage von mir gewartet. Allerdings kommt es mir so vor, als wollte sie mich mit dieser Antwort nur ärgern.

»Nein, nicht verhandelbar«, entgegne ich. »Fällt dir nichts Besseres ein als diese alten Kamellen? Genau das ist es doch, was ihr Antiheldinnen immer wollt, richtig? Das Erstgeborene oder den König heiraten. Wird das nicht langsam langweilig? Und wer fällt heutzutage noch auf so einen unzufriedenstellenden Deal herein?«

»Du würdest dich wundern«, meint die Hexe daraufhin. Am liebsten möchte ich ihr das überhebliche Grinsen aus dem Gesicht bügeln. »Einen Gefallen. Ich möchte einen Gefallen von euch einfordern können. Nicht jetzt, aber irgendwann.«

»Hm, hm …« Ich neige den Kopf. »Aber nur, wenn der Wunsch nicht illegal ist. Wenn du uns um ein Verbrechen bittest, platzt der Deal.«

Das Glitzern in den Augen der Hexe lässt mich argwöhnisch meine eigenen Augen zusammenkneifen. Aber jetzt habe ich den Deal schon so gut wie geschlossen. »Unter Verbrechen fällt auch Körperverletzung. Nur, damit wir uns verstehen.« Kaum habe ich das ausgesprochen, macht Fear eine wegwerfende Handbewegung. »Ich bin kein Fan von Gewalt.«

Ach …

Neben mir tritt Cinder von einem Bein aufs andere. Wahrscheinlich muss sie mal aufs Klo. »Also machen wir es so? Einen Gefallen gegen eine Information?«

Wir sehen uns alle kurz an, sogar die Hexe. Wir müssen es tun und zwar schnell. Was soll schon groß passieren? Schließlich kann sie nichts Illegales verlangen.

»Deal«, sagen wir dann gleichzeitig.

Fear lächelt, doch das Lächeln reicht nicht bis zu ihren Augen. Natürlich nicht.

Rapunzel dreht nervös ihren Zopf zwischen den Fingern.

»Also, was weißt du nun über das Verschwinden von unseren Prinzen?«, knurrt Snow. Als ich ihr einen Seitenblick zuwerfe, sehe ich, dass sie mit geballten Fäusten dasteht. Offensichtlich kann sie sich kaum mehr beherrschen, Fear nicht die Hände um den Hals zu legen und zuzudrücken.

»Tjaaa …« Fear macht einen Schritt rückwärts, lässt sich dann auf der Tischplatte nieder, von wo aus sie uns relaxed mit ihren Blicken misst. Ganz klar: Sie genießt es, uns zappeln zu lassen. Kaum habe ich das erkannt, stoße ich ein Schnauben aus. Dieses Miststück.

Nachdem sie sorgfältig und in aller Ruhe die Beine übereinandergeschlagen hat (die, nebenbei bemerkt, so dünn sind, als hätte man ihr vor Kurzem das Fett abgesaugt), lässt sie sich doch noch zu einer Antwort hinreißen. Sicherlich denkt sie an den Gefallen, den wir ihr dafür schulden. »Auf WKWH habe ich vor Kurzem ein Bild gesehen, mit vier Prinzen darauf, die in eine Kutsche gedrängt wurden. Darunter stand: ›Endlich bekommen diese Thronfurzer mal das, was sie verdienen‹. Es war aber nur kurz online.«

WAS? »Moment mal, was genau ist dieses WKWH?«

»Wer-kennt-welche-Hexe«, informiert uns Cinder. »Das ist so eine Internetcommunity für Hexen aus aller Welt. Zum Vernetzen der Hexen.«

»So etwas gibt's?«, frage ich ungläubig.

»Thronfurzer?«, echauffiert sich Snow. »Wo ist dieses Bild aufgenommen worden? Und von welcher Hexe?«

Fear hebt eine Augenbraue. Wahrscheinlich überlegt sie, ob wir ihr für eine weitere Antwort jetzt eine Niere schulden. »Das Bild ist an einem der nördlichen Seen aufgenommen worden, nehme ich an. Wie gesagt, es wurde gelöscht, aber ich erinnere mich an einen See und Tannen im Hintergrund. Mhm, wer hatte das Bild noch mal hochgeladen? Rexia, Decay, Pain oder Bane.«

Neben mir beginnt Rapunzel zu zittern. Dennoch frage ich: »Welche Hexen sind das?«

»Rexia ist die Hexe, die Hänsel und Gretel gefangen hielt, Pain ist die Hexe, die den Fluch über Brüderchen und Schwesterchen legte. Tja, Bane und Decay solltet ihr dagegen eigentlich kennen.« Fear wirft uns einen bedeutungsvollen Blick zu, bevor sie fortfährt: »Bane ist die Hexe, die Schneewittchen in den Wald trieb und Decay … Ich glaube, das kann euch Rapunzel am besten beantworten.« Mir schwant Böses. In diesem Moment halten wir alle die Luft an, so kommt es mir jedenfalls vor.

»Das ist der Name der Hexe, die dich in diesem Turm …?«, will ich von Rapunzel wissen.

Mit bebenden Lippen nickt Rapunzel daraufhin. Oh, verdammt.

»Dann müssen wir diese Vier als Nächstes verhören«, schlägt Snow vor. Ihre Stimme klingt dumpf, was wahrscheinlich daran liegt, dass sie somit ihrer persönlichen Endgegnerin Bane gegenübertreten muss.

Im Geiste notiere ich mir diese Informationen und baue ein paar Eselsbrücken zu dem Namen und der jeweiligen Geschichte der Hexe. »Gibt es noch etwas, das du uns in diesem Zusammenhang sagen kannst, Fear?«

Die Hexe schüttelt den Kopf. Falls sie gerade die Stirn über meine dämliche Frage runzelt, schließlich würde sie mir so ganz umsonst sicher nichts verraten, kann man es nicht einmal erahnen.

»Dann lass uns gehen«, unterbricht Rose meine Gedanken. Vermutlich glaubt sie, dass Fear uns jetzt tatsächlich gehen lässt. Einfach so. Manchmal muss selbst ich ihren Optimismus bewundern.

Die Hexe lacht. »Wenn ich die Tür für euch öffnen soll, müsst ihr einen weiteren Handel abschließen.«

Snow zieht die Augenbrauen zusammen, wodurch sie diesem berühmten Gemälde dieser spanischen Frau mit der Mono-Augenbraue verblüffend ähnlich sieht. »Noch ein Handel? Du bekommst doch schon einen Gefallen von uns? Was willst du noch?«

Fear stößt sich von der Tischkante ab, rutscht nach vorne, bis ihre nackten Füße den Fußboden berühren. Zwischen den Lagen ihres Kleids blitzt die Fußfessel hervor, verschwindet aber gleich wieder. Dann richtet sie sich aus ihrer gebückten Haltung Wirbel für Wirbel – sozusagen in Zeitlupentempo – auf. Hat sie sicher mal in einer Märchen-Doku gesehen. So jedenfalls würde ich es machen, wenn ich eine Hexe wäre und in einer Geisterbahn kleine Kinder erschrecken wollte. Beinahe ein wenig beeindruckt, hebe ich eine Augenbraue. Fehlt nur noch eine dramatische Rauchwolke, die um sie emporwirbelt. Aber da sie nur eine Weberin ist, die Magie in Dinge einweben kann, hat sie natürlich nichts dergleichen in ihrem Zaubertrickkasten.

Rechts und links von mir treten sowohl Cinder als auch Rapunzel einen Schritt zurück.

»Spuck es aus, Fear«, fordere ich sie auf.

»Ich will eure Schönheit.«

»Ja klar, und ich will Weltfrieden«, antworte ich nach einem Zungenschnalzen.

»Ein Zauber, der eure Schönheit auf mich überträgt. Nur ein kleiner Webezauber. In einem Kleidungsstück, das ihr anlegt …«

»Ich finde dich eigentlich so schon ganz schön. Schön genug jedenfalls«, mischt sich Rose ein. »Wie eine dieser älteren britischen Ladies aus dem Sonntagabend-Fernsehprogramm.«

Fear stutzt. »Wie schmeichelhaft«, presst sie dann hervor. Irgendwie muss ich Rose recht geben. Fear sieht aus wie eine dieser pferdegesichtigen, abgemagerten reichen Ladies aus diesen Serien, die gewöhnlich mit einem Flug über die englische Küstenlandschaft beginnen.

»Alles im Leben hat seinen Preis. Ihr wollt eure Freiheit zurück? Dann gebt mir, was ich mir wünsche.«

Oh, oh, dieses Gespräch entwickelt sich in eine vollkommen unangenehme Richtung.

»Wie wäre es damit …« Snow deutet mit ihrem Messer auf Fear. »Wir spielen ein Spiel und der Gewinner bekommt, was er sich wünscht.«

Was? Ist sie jetzt vollkommen durchgeknallt? »Du kannst doch nicht ernsthaft vorschlagen, mit einer Hexe um unsere Schönheit zu spielen?« Ich schnappe nach Luft. »Bist du total bescheuert? So beginnen normalerweise Horrorfilme! Die mit dem Typen auf dem Dreirad und der Clownsmaske!«

»Reg dich ab, wir sind zu fünft und sie alleine«, zischt sie mir zu.

»Snow, das ist eine Hexe!« Nicht zu vergessen, dass sich der Durchschnitts-IQ meiner Freundinnen auf einem bedenklich niedrigen Level befindet. Zu ihrer Verteidigung muss ich allerdings sagen, dass das nicht immer so war. Nachdem sie alle ihre Abenteuer bestanden hatten, sind sie durch die anhaltende Langeweile einfach langsam verdummt.

»Abgemacht«, flötet Fear.

Meine Finger verkrampfen sich, während ich meine Augen in Richtung Decke wende. »Und was wollt ihr Profis spielen?«

»Schere, Stein, Papier, Drache, Meerjungfrau?«, schlägt Cinder vor.

»Nein«, sage ich. »Auf keinen Fall.«

Als ich die Hexe ansehe, bemerke ich, wie sie ihre Fingerspitzen zusammenlegt und dann aneinander reibt. »Wir machen es auf die traditionelle Art: Ihr löst ein Rätsel.«

Wir sind verloren.

»Okay«, höre ich Snow sagen. »Her damit.«

Gleich falle ich in Ohnmacht. Gleich!

Mein Schnauben lässt Snow mit den Zähnen knirschen. »Jetzt bleib ruhig, Red. Sicher bringt sie dieses alte Sphinx-Rätsel, das mit den drei Beinen.«

Irgendwie bin ich mir da nicht so sicher …

»Abgemacht. Also dann!« Fear macht einen Schritt rückwärts, verschränkt die Hände hinter ihrem Rücken. »Löst das Rätsel und ihr bekommt, was ihr euch wünscht.« Sie räuspert sich, macht dann einen Schritt nach links. Dadurch ist es uns nun nicht mehr möglich, mithilfe ihres Wandspiegels Fears Rückseite zu betrachten. Eine Sekunde später verstehe ich auch, warum sie das getan hat. »Wenn ihr erratet, was ich in meiner Hand halte, seid ihr frei.« Sie lächelt uns an, so offen, als sei sie unsere Mutter, die uns eventuell Schokolade aushändigen wird. Eventuell aber auch nicht.

Sie ist gerissen. Diese unterspritzte Hexe ist überaus gerissen!

Nach Fears Ankündigung tauschen wir Blicke untereinander aus. Rose versucht sich sogar unauffällig zur Seite zu schieben, um doch noch in einem optimalen Winkel mithilfe des Spiegels des Rätsels Lösung herauszufinden. Doch ohne Erfolg. Dieses Biest.

»Nichts. Die Antwort ist ›Nichts‹«, raunt uns Snow zu. »Wir haben doch alle gesehen, dass sie nichts in ihrer Hand hatte!«

Irgendwie bin ich mir da nicht so sicher.

»Wartet«, fahre ich sie an. Dann ziehe ich meine Freundinnen ein Stück zurück in Richtung Tür. »Wir müssen uns kurz beraten«, murmle ich in Richtung der Hexe.

Sie nickt, was wohl bedeutet, dass nichts dagegenspricht. Immerhin.

»Was, wenn wir falsch liegen? Ihr könnt nicht einfach voreilige Schlüsse ziehen!«, herrsche ich die anderen an. »Damit bringt ihr uns in Teufels Küche!«

Rapunzel schaut betreten auf ihre Schuhe. Scheinbar schlagen diese trüben Aussichten selbst ihr auf das immerzu sonnige Gemüt. »Was sollen wir in diesem Fall machen?«

»Vielleicht nachdenken?«, herrsche ich sie an.

Snow neigt den Kopf. »Aber was soll sie sonst in der Hand haben? Wir haben sie doch nicht aus den Augen gelassen!«

»Hallo? Sie ist eine Hexe – mit Weberkräften! Hast du das Märchen über sie vergessen? Sie hat sechs kleinen Prinzen verzauberte Hemden übergeworfen und sie dadurch in Schwäne verwandelt, und außerdem einen Schweigezauber auf das siebte Kind, die Prinzessin gelegt. Fear darf man nicht unterschätzen!«

»Na, und was machen wir dann? Versuchen wir uns in sie hineinzuversetzen? Vielleicht hält sie einen Lippenstift hinter ihrem Rücken? Oder einen Lockenstab? Würde beides zu ihr passen«, schnaubt Snow verächtlich.

Cinder nickt eifrig und rattert ein paar Schönheitsmittelchen herunter, die es noch sein könnten, allerdings steige ich bei »Wimpernzange« aus. Es muss einen anderen Weg geben. Es muss einfach!

Schließlich, als Cinder »Vielleicht eine Puderdose« sagt, zucke ich zusammen. Das ist es!

»Schnell, gib mir deine Puderdose«, fauche ich Snow an, allerdings so leise, dass Fear uns hoffentlich nicht hören kann.

»Bist du jetzt verrückt geworden?« Snow sieht mich an, als würde sie erwarten, dass ich gleich durchdrehe und meinen Namen tanze. Damit sie sich ein bisschen mehr beeilt, tue ich so, als würde ich in ihre Wange beißen. Meine Zähne schnappen zu, aber sie bringt sich gerade noch so in Sicherheit. »Ist ja gut, Miss Haifisch-Gebiss.« Mit einem unterdrückten Knurren rückt sie ihre Puderdose raus.

Bedächtig nehme ich sie entgegen. Dabei benutze ich meine Freundinnen als Sichtschutz, sodass Fear keinen guten Blick mehr auf mich hat. Ohne noch mehr Zeit zu verlieren, klappe ich das silberne Döschen auf, dann räuspere ich mich, bevor ich flüstere: »Spieglein, Spieglein in meiner Hand, wer ist der klügste Spiegel im ganzen Land?«

»Also wenn du Spieglein kontaktieren willst, warum rufst du ihn nicht einfach an? Er hat neuerdings eine eigene Nummer.« Mit einer Handbewegung bedeute ich Snow zu schweigen. »Nicht jetzt.«

Der Spiegel in der Puderdose erwacht zum Leben. Seine Oberfläche schimmert, dann erscheint das maskenhafte Gesicht von Spieglein.

»DU schon wieder«, begrüßt er mich. »Warum mache ich mir eigentlich die Mühe hier zu erscheinen, wenn dann doch nur wieder DU es bist, die mich ruft. Und die richtige Antwort lautet natürlich: Spieglein.« Er schüttelt sich ein wenig in seiner arroganten Manier, so als würde er seine nicht vorhandene Haarpracht über die Schultern werfen. Ich kann mir auch Schöneres vorstellen, als mit einem dauereingeschnappten Spiegel zu diskutieren, der mit seiner eitlen Attitüde jede Operndiva vor Neid erblassen lassen würde.

Aber darauf kann ich jetzt wirklich keine Rücksicht nehmen. »Hör mal, wir brauchen deine Hilfe und mit ›wir‹ meine ich auch deine beste Freundin Snow!« Jetzt wird Spieglein doch hellhörig. Das erkenne ich daran, wie er seine Augen, die eigentlich nur schwarze Löcher sind, aufreißt.

»Wenn wir dieses Rätsel nicht lösen, verliert Snow womöglich ihre Schönheit!«, spiele ich meinen Trumpf aus. Und es wirkt.

»Nein!«, haucht Spieglein. »Alles – nur das nicht!«

Ich verdrehe die Augen. Wie überaus vorhersehbar. Dennoch bin ich froh, damit seine ungeteilte Aufmerksamkeit erlangt zu haben. »Du musst uns bei diesem Rätsel helfen. Was hält die Hexe in ihrer Hand?«

Spieglein blinzelt. Versteht dann aber sogleich, auf was ich anspiele. Immerhin ist er vorhin schon einmal zu Spionagezwecken durch alle Spiegel in Fears Haus spaziert, um die versteckte Hexe zu lokalisieren.

In der nächsten Sekunde ist er verschwunden.

»Tut so, als würdet ihr darüber diskutieren, ob Fear nichts in der Hand hält oder vielleicht doch Kuchen«, weise ich meine Freunde ein wenig zerstreut an. Hoffentlich dreht sich jetzt niemand zum großen Spiegel um, der hinter Fear an der Wand hängt.

Spieglein muss es unbemerkt wieder zurückschaffen, bete ich im Stillen.

Kaum hat Cinder einmal gezuckt und laut den Verdacht geäußert, Fear halte ein Stück Erdbeertorte in ihren Händen, taucht Spieglein wieder in der Puderdose auf.

»Ich hab's!«, flüstert er.

»Nicht wahr! Du konntest tatsächlich einen Blick auf ihren Rücken werfen?«, freue ich mich so leise wie möglich.

»Nein, ich habe nur unter ihren Rock geschaut«, schnaubt Spieglein.

»Diesen Sarkasmus empfinde ich in einer brenzligen Situation wie dieser als ziemlich unangebracht«, bemerke ich. Himmel, ich höre mich schon wie Ever an.

»Ich deinen auch«, gibt Mister Selbstgerecht zurück.

Snow kneift mich in den Arm. »Könnt ihr euch vielleicht später streiten?«

Kaum hat sie das Wort erhoben, gibt Spieglein sich wieder handzahm. »Die aufgedonnerte Hexe hält ein Wollknäuel in der Hand. Ein verzaubertes, würde ich sagen, wenn man bedenkt, dass sie eine Weberin ist und noch ein paar kleine Funken Magie in sich trägt. Trotz der Fußfessel.«

Natürlich! Beinahe bin ich versucht, mir mit der Hand ins Gesicht zu schlagen. Ihre magischen Fäden!

»Danke, Spieglein. Ruf dich später wieder an«, meint Snow, dann klappt sie den Spiegel wieder zu. Er brummt noch irgendetwas, aber das ist jetzt nicht mehr wichtig. Schließlich haben wir die Antwort.

Ein merkwürdig erhebendes Gefühl macht sich in mir breit. Jetzt bloß keinen Fehler begehen …

Langsam drehe ich mich zu Fear um. »Wir glauben zwar, dass du nichts in der Hand hältst …« Ich hebe meine eigene Hand. »… aber das ist nicht unsere Antwort. Noch nicht.« Ich wähle meine Worte mit Bedacht, während Fear ein hämisches Siegergrinsen zur Schau trägt.

»Wir möchten den Einsatz erhöhen. Wenn wir richtigliegen, bekommen wir das, was du in der Hand hältst. Wenn wir falsch liegen … bekommst du Snows erstgeborenes Kind.«

Hinter mir schnappen die Prinzessinnen kollektiv nach Luft. »Manchmal würde ich schon ganz gerne auf meine Rolle in diesem Drama vorbereitet werden«, bemerkt Snow.

Fears Nasenflügel zucken. »Und was, wenn ich NICHTS in meinen Händen halten würde?«

»Dann gewinnen wir nichts. Unsere Freiheit und nichts. Das ist auch super. Ich wollte schon immer mal *nichts* machen und an *nichts* denken müssen.«

Als Fear das Prinzip versteht, lächelt sie mich an. »Du bist merkwürdig, Rotkäppchen. Sehr merkwürdig. Ein bisschen so wie ich.«

Mhm. Irgendwie kein richtiges Kompliment. »Also ist es abgemacht?«

Als Antwort nickt die Hexe.

Ein wenig erleichtert atme ich einmal tief durch. Jetzt muss es nur noch stimmen. Ich kann nur hoffen, dass Spieglein sich keinen Scherz erlaubt hat.

Meine Wangenknochen schmerzen, so heftig habe ich in den letzten Minuten mit den Zähnen geknirscht. Dann ist es so weit: »Du hältst ein magisches Wollknäuel hinter deinem Rücken. Doch jetzt ist es meins.«

Augenblicklich verdüstert sich Fears Gesicht.

»Was? Das hat dir der Teufel gesagt!«, tobt sie.

Damit liegt sie gar nicht mal so weit von der Wahrheit entfernt.

Immerhin ist sie keine allzu schlechte Verliererin, denn sie fackelt nicht lange und wirft mir das Wollknäuel vor die Füße.

Rose hebt es für mich auf.

Eine Sekunde später fummelt Fear am Ärmel ihres Kleides herum, reißt dann einen Faden ab. Daraufhin springt die Haustür auf.

»Zauberei!«, wispert Cinder.

Ich nicke. Genau genommen Weber-Zauberkraft.

Von draußen dringt fast kein Licht mehr herein. Die Sonne ist bereits untergegangen. Ein schwaches Zwielicht quält sich durch die Bäume des Waldes.

»Vielleicht habt ihr diese eine Schlacht gewonnen, aber noch nicht den Krieg«, behauptet Fear.

Wo hat sie nur immer diese innovativen Sprüche her?

»Wenn ihr aus dem Wald wieder herausfinden wollt, biete ich euch einen Handel an. Einen Wegfindezauber …«

Doch Cinder unterbricht sie: »Danke, wir haben eine Navi-App.« Um ihre Worte angemessen zu unterstreichen, schwenkt sie ihr Handy in Richtung der Hexe.

Die Hexe wirkt schockiert.

Sicher muss sie schon recht lange in dieser Hütte gefangen sein, wenn sie keine Ahnung von moderner Technik hat.

»Von was redet die Erbsenzählerin da bitte?«

Jetzt wird Cinder böse. »Du! Nenn mich nie wieder so!«

Eilig zerre ich sie an ihrem Ellenbogen nach draußen. »Komm, wir haben keine Zeit zu verlieren. Da draußen gibt es noch ein paar andere Hexen, die du vermöbeln kannst.«

Snow, die uns nach draußen gefolgt ist, hält plötzlich inne. »Vermöbeln! Eigentlich sollten wir Fear kaltmachen.«

»Nein«, sage ich bestimmt. »Diese Fußfesselsache ist aus psychologischer Sicht viel grausamer für sie.«

»Mhm«, brummt Snow daraufhin.

»Tschüss Flohtox-Hexe, hab noch viel Spaß mit deinen Schönheits-OPs!« Rapunzel hüpft an uns vorbei. »Red hat recht. Hast du nicht gehört, was ihre größten Wünsche sind? Einen König heiraten, ihre Jugend zurückerhalten und ihre Freiheit. Bekommt sie mit dieser Fußfessel alles garantiert nicht.«

Gähnend reicht Rose mir das verzauberte Wollknäuel. »Hab so ein Gefühl, dass wir sie noch mal wiedersehen. Fear, meine ich.« Ich verstaue es in der Seitentasche meiner Hose. Es fühlt sich weich zwischen meinen Fingern an, kribbelt ein bisschen. Das kann schon sein. Oder sie ruft uns an wegen des Gefallens, den wir ihr schulden. Aber so schlimm wird das nicht werden, nach den Einschränkungen, die wir ihr dazu auferlegt haben. Richtig?

»Und jetzt?«, will Cinder wissen, nachdem wir die Erbsenpflanzen passiert haben. Mir ist nicht entgangen, dass sie dabei die Luft angehalten hat.

Snow bedenkt sie mit einem tödlichen Blick. »Na, was wohl. Wir statten allen vier Hexen, die Fear erwähnt hat, einen Besuch ab.« Dann müssen wir allerdings auch bei Snows Stiefmutter, die extrem gefährlich ist, vorbeischauen. Und dazu noch bei Rapunzels verrückter Ex-Mutter.

Und eigentlich habe ich heute auch noch etwas anderes vor …

Mitten in meinen Überlegungen werde ich durch ein merkwürdiges Geräusch unterbrochen. Eine Art Melodie erklingt, bevor eine mir sehr bekannte Stimme singt: »Mirror, mirror on the wall, who's the fairiest of them all?«

Verwundert werfe ich einen Blick auf mein Handy. Das ist doch … gar nicht mein Klingelton! Spieglein, diese verfluchte zweidimensionale Knalltüte hat schon wieder mein Handy gehackt! Wie aufs Stichwort taucht ein kleiner gerahmter Spiegel auf meinem Display auf, der sich immer weiter ausdehnt. Dann erscheint ein Bild von Snow im Spiegelrahmen. Spieglein pfeift anerkennend, während die Spiegel-Snow sich das Haar über die Schulter wirft. Dann geht das Ganze von vorne los. Ich kneife die Augen zusammen. Der Anrufer ist Spieglein selbst. Hat seine neue Nummer bereits bei mir eingehackt, so wie es aussieht.

Neben mir kichert die echte Snow. »Spieglein muss schrecklich langweilig sein.«

Sie hat ja keine Ahnung. Eingeschnappt ist er und leiden konnte er mich auch noch nie. Nun ja, genau genommen seit diesem einen Vorfall nicht mehr … Aber das tut jetzt nichts zur Sache. Genervt stecke ich mein Handy wieder ein, höre dabei aber noch Spiegleins Stimme flüstern. »Sie ist die Schönste im ganzen Land.« Natürlich weiß ich, wen er damit meint. Seine Gefühle für Snow bleiben niemandem verborgen … außer Snow.

Dieses verrückte Stück männliche Selbstgerechtigkeit! Gekonnt ignoriere ich Spiegleins Singsang in meiner Tasche.

So schnell wir können, versuchen wir den Trampelpfad zu finden. Da wir zum Sprechen zu schnell laufen, hasten wir einfach in aller Stille in Richtung Candy Street.

»Wir sollten uns aufteilen«, schlage ich nicht ohne Hintergedanken vor, als die Candy-Bank in Sicht kommt, auf der wir vor zwei Stunden noch gesessen haben. »Ich will noch einen Wolf fangen. Dieser Hipster hat irgendeine Spur zu den Prinzen gefunden, denke ich. Außerdem sollte Rapunzel nicht ihrer Ex-Mutter und Snow nicht ihrer Stiefmutter begegnen müssen«, schiebe ich eilig hinterher.

Snow betrachtet mich aufmerksam.

Sofort setze ich einen unbeteiligten Gesichtsausdruck auf. Unter keinen Umständen darf sie mitbekommen, dass ich mich mit Ever treffen will.

»Das halte ich für zu gefährlich. Was, wenn sich die anderen Hexen nicht mit einem Rätsel zufriedengeben?«

»Dann macht es zusammen und betretet nicht ihr Zuhause. Eins müsst ihr doch nach der Sache mit Fear gelernt haben: Die Hexen haben noch den ein oder anderen Trick drauf. Wenn ihr ihnen etwas mitbringt, was sie sich wünschen, dann geben sie euch vielleicht die Information, die ihr wollt.« »Ja, oder wir legen sie einfach um.« Snow schlägt sich mit der Faust auf die offene Handfläche.

Ich blinzle. »Könnte dann nur etwas schwierig werden, aus der Hexe herauszubekommen, ob sie das Foto mit den Prinzen gemacht hat oder nicht.«

Cinder fummelt an ihrer braven Hochsteckfrisur herum. »Wir finden unsere Ehemänner auch so. Irgendwo müssen sie schließlich sein.« Gegen diese geballte Logik kann selbst ich nicht ankommen. Wahrscheinlich ist der einzige Mensch, der noch weiter weg von der Realität wohnt als Cinder, Peter Pan. Das sage ich aber nicht, sondern winke einfach nur zum Abschied, nachdem Snow mir zugenickt hat. »Wenn was ist, ruft mich einfach an.« Erleichtert darüber, so einfach davongekommen zu sein, lächle ich Rose an, die mir zuzwinkert. Sicher ahnt sie etwas.

Als ich mich schließlich umdrehe, klopft mein Herz plötzlich schneller, was nicht daran liegt, dass ich meine Freunde allein den nächsten Hexen gegenübertreten lasse. Nein, das ist es nicht. Warum auch immer, ich kann es kaum erwarten, das Lächeln im Gesicht dieses schlaksigen Hipsters wiederzusehen. Warum eigentlich? Irgendwie kann ich mir das selbst nicht erklären. Vielleicht ist es die Faszination, die mit meinem Wolf-Trauma einhergeht. Denn jetzt bin ich tatsächlich mit einem Wolf unterwegs auf geheimer Mission! Ein Wolf wie der, der mich damals gefressen hat. Eine Gänsehaut breitet sich prickelnd zwischen meinen Schulterblättern aus. Aber dann fällt mir ein, dass ich noch mein Zelt und einen Rucksack von zu Hause holen muss, bevor ich mich mit Ever treffe. Mein Blick fällt auf meine Armbanduhr, die mir verrät, dass wir schon fast sieben haben. Der Fußweg von hier bis zu meiner Hütte ist weit, allerdings hoffe ich auf eine Mitfahrgelegenheit.

Tatsächlich begegne ich nur wenig später Hans im Glück, der mit einer Kutsche unterwegs ist und zufällig in meine Richtung fährt. Das nenne ich mal Glück.

»Red, da brauchst du wirklich nicht zu fragen, ich freue mich jedes Mal über deine Gesellschaft«, sagt er und schenkt mir ein Lächeln. Mit seinem strohblonden Haar, das unter der Mütze hervorlugt, erinnert er mich immer an einen kleinen Jungen. Also steige ich auf und lasse mich von Hans nach Hause fahren. Genau genommen lässt er mich eine Kreuzung vor Großmutters Hütte im Wald raus, die ich bewohne, seit sie diese Ayurvedakur in Wonderland macht. Die Hütte liegt etwas abseits, ist zudem auch etwas windschief, aber sehr gemütlich und perfekt als Ausgangpunkt für meine Streifzüge durch den Wald. Mit meiner Mutter im Dorf zu wohnen, kann ich mir schon gar nicht mehr vorstellen. Innen ist zwar jeder Zentimeter der Hütteneinrichtung von irgendeiner Spitzentischdecke bedeckt oder mit lustigen Stricküberzügen versehen, aber das macht mir nichts.

Kapitel 4

Eine halbe Stunde später, nachdem ich gepackt und mir ein schwarzes Shirt samt grüner Tarnjacke übergestreift habe, laufe ich zu Fuß zurück Richtung Lebkuchen Lane. Auf dem Rücken trage ich meinen Rucksack, in den ich Proviant und zwei Mikroschlafsäcke sowie die notwendigsten Dinge gestopft habe, inklusive meines roten Lieblingscapes. Das Zelt in der handlichen Trageverpackung werfe ich mir über die Schulter. Außerdem habe ich ungefähr zehn Minuten verloren, weil ich auf Instagram ein Foto meiner neuen Flechtfrisur hochgeladen habe. Das musste aber sein. Was dem anderen sein Baby ist, ist mir mein Blog. Ich fahre mit einer Hand über den Zopf, den ich mir einmal um den Kopf geflochten habe und der jetzt wie ein Haarreif über meinen übrigen Haaren liegt. Glücklicherweise habe ich genug portable Ladegeräte für mein Handy dabei, sonst würde ich diesen Wildnis-Trip mit Ever sicher nicht überleben. Ich puste mir eine meiner blonden Strähnen aus der Stirn. Was man für einen Hipster mit Jagdhund-Geruchssinn nicht alles tut. Der Gedanke an Ever, der mit der Nase am Boden über den Waldweg robbt, erheitert mich so sehr, dass ich in Gekicher ausbreche.

»Was ist denn hier so lustig?«, fragt eine Stimme.

Verwundert zucke ich zusammen. Doch ich kann niemanden sehen. Zwar erleuchtet der fast volle Mond den Weg, aber taghell kann man das jetzt auch nicht gerade nennen.

»Hier unten«, meldet sich die Stimme von ungefähr der Höhe meines linken Knies erneut. Ich schiele nach unten und sehe Hase neben mir her joggen. Sein weiß-rotes Stirnband hängt ihm so tief über den Augen, dass ich mich einen Moment wundere, wie er mich überhaupt erkannt hat.

»Oh, hi. Wo hast du denn Igel gelassen?«

»Weit, weit hinter mir, was denkst du denn!« Hase reckt seinen Brustkorb. Alter Angeber.

»Was machst'n hier?«, will der neugierigste Athlet aller Zeiten mit zwei Löffelohren wissen.

»Geht dich nichts an.« Außerdem fällt mir in diesem Moment wieder ein, dass ich noch sauer auf Hase und Igel bin, weil sie mich bei Snow verpetzt haben.

»Du bist aber nicht unterwegs zu diesem Halbwolf?«, hakt Hase jetzt neugierig nach. »Ich meine, das ist gewissermaßen ein Werwolf, nicht wahr? Eine sehr gefährliche Spezies!«

»Hast du nicht ein Rennen zu gewinnen?«, frage ich zurück. Wenn ich noch langsamer gehe, rennt er hoffentlich irgendwann ohne mich weiter.

Doch Hase spielt den eingeschnappten Star-Athlet. »Igel schlage ich rückwärts mit verbundenen Augen!«

Ich schlage ihn gleich noch mit ganz anderen Dingen! Mit meinem Zelt zum Beispiel, wenn er nicht sofort weiterzieht.

»Weil, wenn das so wäre, kann ich nur davon abraten. Werwölfe sind nicht natürlich, weißt du? Und ich bin neulich durch ein Dorf gelaufen, dessen Bewohner einen Werwolf vertrieben haben, der mitten unter ihnen lebte. Hat einen Schäfer angeknabbert oder so …«

Sein Geplapper sticht meine Nerven empfindlicher als eine der antiken Silberbürsten von Großmutter. Mit aufgerissenen Augen werfe ich einen Blick über meine Schulter. »Oh, da kommt Igel angeflitzt. Hallo, hier sind wir!« Ich hebe meine Hand, um dem imaginären Igel zuzuwinken.

»Was?«

Zufrieden stelle ich fest, dass sich Hases Stimme um einige Oktaven nach oben orientiert. »Muss los, muss los, Red! Und vergiss nicht! Halt dich von diesem Wadenbeißer fern!« Man könnte meinen, er vergleicht Ever mit einem Terrier. Ich sehe Hase hinterher, der ein paar Blätter auf dem Waldweg aufwirbelt, als er davonrast. Wahrscheinlich wartet Igel oder Igels Frau schon an der Ziellinie auf den armen Irren. Seine Worte lasse ich, ohne weiter darüber nachzudenken, verhallen. Was weiß er schon? Und überhaupt: Warum glaubt er, dass gerade ich Tipps von ihm nötig hätte? Da sollte er mal lieber bei Rapunzel und Cinder anfangen, die ungefähr genauso lebensfähig sind wie zwei Oktopusse mit verknoteten Gliedmaßen. Da fällt mir wieder ein, auf welcher Mission die beiden gerade sind und dass ich sie alleingelassen habe. Ich schlucke. Muss ich mir Sorgen machen? Nein, eigentlich nicht. Schließlich haben sie noch Rose, Snow und Spieglein.

Meine Mission ist auch wichtig. Meine eigene Spurensuche. Bevor diese Spur kalt wird, muss ich sie gemeinsam mit Ever, meinem Bluthund, verfolgen. Mein linker Mundwinkel hebt sich, als ich an ihn denke.

Am Ende wird zumindest eine von unseren beiden Gruppen einen brauchbaren Hinweis zum Verbleib der Prinzen ergattern, oder nicht? Ich halte mich an Ever. Fertig. Er hat die Prinzen schließlich auch gesehen.

Und dann kommt schon der Teil der Lebkuchen Lane in Sicht, an dem wir verabredet sind. Tatsächlich erkenne ich, obwohl es beinahe schon stockfinster ist, wie Ever am Rand auf dem Boden sitzt und an einem Grashalm kaut.

»Na, gönnst du dir noch einen Salat?«, begrüße ich ihn. »War Grashalmkauen eigentlich nicht früher schon cool, bevor …«

»Jaja«, unterbricht er mich. »Auch schön, dich wiederzusehen. Du kommst spät.«

Ich kicke ein Steinchen über den Weg, weil ich nicht weiß, was ich darauf erwidern soll. Also entscheide ich mich für eine Hipster-Stichelei. »Du hättest ja eine SMS schicken können, oder ist dir das zu Mainstream?«

Er schnaubt, worauf wir eine Weile schweigen. Aus den Augenwinkeln bemerke ich, wie er meine Ausrüstung begutachtet.

»Mhm«, brummt Ever irgendwann. »Wollen wir aufbrechen?«

Ich nicke. »Richtung Süden?«

»Ja, das macht am meisten Sinn.«

Eigentlich finde ich, dass man sich über Sinn und Unsinn im Märchenwald durchaus streiten kann, aber dennoch folge ich ihm, als er aufsteht. Am Rande bemerke ich, dass Ever langsam aufzutauen scheint und nicht mehr so gestelzt mit mir redet wie noch heute Mittag. Womöglich liegt das auch an meinen konstanten Sticheleien ihm gegenüber.

»Gib mir das Zelt«, fordert er mich auf. Gentlemanmäßig hält er mir seine Hand hin.

Blinzelnd starre ich darauf. Das letzte Mal, als ein Wolf mir seine Hand gereicht hat, wurde ich kurz darauf verschlungen. Mit Haut und Haar.

»Ist irgendetwas?« Seine Stimme klingt verwundert.

»Nein«, sage ich. Es ist nichts. Warum fühlt sich meine Kehle auf einmal wie eine Käsereibe an? Rau und irgendwie schal. Ein merkwürdiges Gefühl kämpft sich in mir nach oben, ja, ein Wunsch beinahe. Ein Wunsch, für den ich mich in diesem Moment selbst verachte. Doch so sehr ich verdränge, dass ein Teil von mir diesen Wunsch verspürt, muss ich doch akzeptieren, dass es genauso ist, wie es ist. Warum auch immer: Ein Teil von mir wünscht sich, Ever würde seine Hand nach mir ausstrecken und nicht nur nach dem Zelt.

Ich schlucke, bevor ich ihm mit zitternden Fingern das Zelt überreiche. Dabei kann ich ihn nicht ansehen. Kann nicht seine dunklen Augen betrachten, die mich auf diese intelligente Art mustern; nicht sein weißes Shirt, über dem er heute Abend eine schwarze Weste trägt. Also starre ich wie immer auf meine Turnschuhe und wünsche mich an meinen Laptop, wo ich jetzt in Ruhe sitzen und bloggen könnte.

Doch dann spüre ich auf einmal seine Hand auf meiner Schulter. »Bereit, die Wahrheit zu finden?«

Unwillkürlich halte ich den Atem an.

»Na klar«, wispere ich mit belegter Stimme. »Lass uns die Happy Ends zurückholen.«

Himmel, meine Stimmungsschwankungen machen den von Schwangeren und Frauen in den Wechseljahren wirklich alle Ehre.

Der Journalist in ihm freut sich. »Klasse. Das wird ganz groß!«

Natürlich denkt er nur an die Topstory für sein Käseblatt. Seufzend folge ich ihm. Mein Zelt, das jetzt an einem Gurt über seiner Schulter hängt, schlägt mir dabei beinahe ins Gesicht.

»Lange bleibt uns nur heute nicht mehr, bis wir unser Nachtlager aufschlagen müssen«, erklärt Ever nach kurzer Zeit. Der Mondschein erhellt die rechte Seite seines Gesichts unnatürlich stark. »Lass uns noch ein Stück laufen und dann das Zelt aufbauen.«

Auf unserem Weg legt sich die Nacht wie eine sanfte Decke um uns. Weder Zirpen noch Vogelgeschrei ist mehr zu hören. Vielleicht einmal abgesehen von dem einen oder anderen Ruf eines Uhus.

Kaum haben wir eine Meile zurückgelegt, da ertönt mitten in der Stille des Waldes eine Melodie.

Sofort zuckt Ever zusammen, doch ich verdrehe nur genervt die Augen, während Spiegleins Singsang gedämpft aus meiner Hosentasche dringt. Bis ich das Smartphone aus meiner engen Jeans gefischt habe, hat er seinen selbstgedichteten Reim über Snow einmal komplett aufgesagt.

Unter hochgezogenen Augenbrauen wirft mir Ever einen Blick zu.

Entschuldigend zucke ich mit den Achseln und nehme das Gespräch an.

»Was ist?«, blöke ich also ins Telefon.

»Code Red«, flüstert mir Rapunzels Stimme entgegen.

»Was?«, frage ich. Was will die Gestörte jetzt wieder?

»Code Red!«

»Auf die Gefahr mich zu wiederholen: Was willst du?«

»Wir brauchen dich, Red!«

Aha. »Warum jetzt genau?« Ich betrachte meine Fingernägel, unter denen unglücklicherweise Erde klebt, wobei ich meine Chancen abwäge, unbehelligt aus dieser Situation herauszukommen.

»Pain hat Snow in ein Reh verwandelt«, erklärt Rapunzel.

»Was?«, kreische ich los. »Kann man euch denn keine Sekunde aus den Augen lassen?«

Mein Herz hämmert. Diese hirnverbrannten … Und wie zum Teufel hat die Hexe das angestellt?

»Kannst du kommen?«, flüstert Rapunzel jetzt.

Verflucht noch mal! Ja, wahrscheinlich sollte ich das. Aber was mache ich mit Ever?

»Wo seid ihr denn?«

»Ziemlich weit im Südosten. Warte, ich schicke dir unseren Standort aufs Handy.«

Immerhin nicht allzu weit entfernt. Und jetzt? Macht es Sinn, Ever erneut hier auf mich warten zu lassen? Nachdem ich einmal tief eingeatmet habe, sage ich: »Na gut, dauert aber ein wenig. Wir sind zu Fuß unterwegs und ich muss Ever mitbringen.« Vielleicht gar nicht so schlecht, wenn gerade er Snow rettet. Dann legt sie ihre Vorurteile ihm gegenüber womöglich ab. Zumindest hoffe ich das.

Wie konnten meine Freunde da nur wieder hineingeraten? Ein Summen kündigt an, dass Rapunzel mir ihren Standort gesendet hat. Nur eine halbe Stunde Fußmarsch. Immerhin.

Ever runzelt die Stirn.

»Wohin musst du mich mitbringen?« Natürlich kann man von ihm keine Diskretion erwarten.

»Meine Freundinnen sind schon wieder ohne Aufsicht, also stecken in der Klemme gewissermaßen … Ich muss sie retten. Und du wolltest sie doch sowieso kennenlernen?« Ich hebe den Kopf und schaue ihn direkt an. Wahrscheinlich ist es so das Klügste. Schließlich wird Snow ihn nicht direkt umlegen, nur weil er halb Wolf ist. Und als Reh kann sie es schon gleich gar nicht. Außerdem scheint die Spur, die wir von Fear erhalten haben, eher nicht auf einen Wolf als Täter hinzudeuten.

»Weißt du«, fahre ich fort, »sie verhören die Hexen des Märchenwalds. Du weißt schon. Alle, die zu Hausarrest verurteilt wurden. Fear, die Hexe des Südens, hat uns von einem Foto erzählt, das eine der anderen Hexen von den Prinzen gemacht hat, als die gerade in eine Kutsche gedrängt wurden.«

»Und das sagst du mir erst jetzt?«, schnaubt Ever.

»Ganz genau, ich wusste das schon, bevor es cool war, was mich streng genommen zu einem Hipster-Informanten macht.« Angriffslustig verschränke ich die Arme vor der Brust.

Ever schürzt die Lippen, macht dann einen Schritt zur Seite. »Weißt du, manchmal führst du dich wie ein bissiger Terrier auf. Man möchte dich einfach nur schütteln.«

Ist er eigentlich noch zu retten? Seine Worte überrumpeln mich, sodass ich zwar den Mund aufreiße, aber kein Wort über meine Lippen kommt. So sieht er mich?

»Sie, also meine Freunde, hätten mich sicher angerufen, wenn ihre Spur aktuell geworden wäre«, sage ich dann. »Du mit deiner Spürnase bist meiner Meinung nach die heißere Spur.« Sobald ich es ausgesprochen habe, möchte ich mir am liebsten eine Hand auf den Mund schlagen.

Sofort heben sich Evers Mundwinkel, als würde eine unsichtbare Macht mit zwei Angelhaken sie nach oben ziehen. »Ich bin also eine heiße Spur in deinen Augen?« Das passt mir nun überhaupt nicht. »Mach dich nicht lächerlich«, sage ich deswegen und schiebe eine abwerfende Handbewegung hinterher, die selbst für meine Verhältnisse aufgesetzt wirkt.

Allerdings habe ich für Kindereien wie diese gerade keine Zeit. »Hör mal, meine Freundin Schneewittchen, also Snow, braucht meine Hilfe. Eine Hexe hat sie in ein Reh verwandelt.«

Ever blinzelt, reibt sich dann die Augen, wobei er seine Brille anheben muss. Da das irgendwie total süß aussieht, bessert diese Geste meine Laune ein wenig. »Was ist das nur mit euch? Dauernd musst du deine Freundinnen retten oder zum Tee treffen.«

Es ist mehr eine Feststellung als eine Frage. Also spare ich mir die Antwort. »Heißt das, du kommst mit? Wenn du willst, können wir uns auch später wieder treffen. Zwei Meilen südlich von hier. Du könntest das Zelt schon mal …«

»Rede nicht so einen Unsinn«, unterbricht er mich. »Als ob ich dich im Dunkeln allein durch den halben Wald laufen lasse.« Er hebt das Kinn etwas an. Wird also keinen Widerspruch dulden. Ein wenig gerührt betrachte ich seinen gereckten Unterkiefer mit dem Dreitagebart. Dann, nachdem ich ihn lange genug angestarrt habe, bedeute ich ihm, mir zu folgen.

Ever räuspert sich. »Nicht, dass dich im Wald noch ein böser Wolf frisst, Bloggergirl.«

Ich kneife die Augen zusammen. Das wäre nun ganz und gar nicht nötig gewesen.

»Vielen Dank für dein Mitgefühl. Dass du in diesen engen Hipster-Jeans überhaupt mit mir Schritt halten kannst, überrascht mich doch ungemein. Um nicht zu sagen: Ich bin erstaunt! Was ist dein Geheimnis?« Ohne den Kopf drehen zu müssen, weiß ich schon, wie genervt er gerade dreinblickt. Aber ich kann mich nicht zügeln. Das ist das Problem an mir. »Wenn du willst, können wir auf dem Weg ja spielen: ›Ich sehe was, was ich schon vor dir gesehen habe‹ …«

»Wann wirst du mir mal endlich den Gefallen tun und die Klappe halten?«, unterbricht er mich.

Ich überlege einen Moment und bin versucht »Gar nicht!« zu sagen, doch er kommt mir zuvor. »Kein Wunder, dass du und deine Freundinnen euch in solche Schwierigkeiten gebracht habt und dann von Prinzen gerettet werden musstet! Schau nicht so. Ich kenne die Märchen über euch. Heldentaten, die andere für euch begangen haben.« Erstaunt klappe ich meinen Mund wieder zu. In meinem Fall hat mich genau genommen ein Jäger und kein Prinz gerettet, aber auf irgendeine Weise kommen mir seine Worte dennoch wahr vor, erreichen einen wunden Punkt in meinem Inneren, reißen an ihm, bis meine Sicht verschwimmt. Glücklicherweise ist es an dieser Stelle des Waldes so dunkel, dass er es nicht sehen kann.

Schweigend folge ich dem Weg, strecke nur ab und zu eine Hand aus, um einen Tannenzweig zu berühren. Das piksende Gefühl an meinen Fingerspitzen beruhigt mich, lässt mich spüren, dass ich lebe. Bloggergirl … Wie abwertend er das gesagt hat. Sicher denkt er über mich, ich sei nur so eine oberflächliche Bloggertante und rede zu viel … Hat er da vielleicht recht? Sollte ich mehr an meine Freundinnen denken? An Snow, die gerade mit vier statt zwei Beinen ausgestattet irgendwo in der Nähe kauert?

Zwanzig Minuten zuvor

»Rück meinen Ehemann raus!«, kreischt Snow, bevor sie sich auf Pain stürzt.

Pain kann sich gerade noch auf ihren Zahnstocherbeinchen vor der wildgewordenen Prinzessin in Sicherheit bringen. Ihre elektronische Fußfessel streift dabei ein Tischbein. Die etwa zweihundert Fläschchen, gefüllt mit bunten Flüssigkeiten, die auf dem Tisch in ihrem Wohnzimmer stehen, klirren bedenklich. »Zum letzten Mal: Ich habe keinen eurer Ehemänner jemals leibhaftig zu Gesicht bekommen!« Ihre grauen Augen, die aus ihrem gestrafften Gesicht wie Eiskristalle hervorstechen, funkeln Snow böse an. Sie sieht aus wie ein Skelett.

Kein Gramm Fett am Leib. Unter ihrem beigefarbenen Spitzenkleid zeichnen sich ihre Rippen ab. Die blonden Haare trägt sie in großen Wellen, die ihr über die Schultern fallen. Ein verzweifelter Versuch, jung zu wirken.

»Du lügst! DU hast das Bild von den Prinzen auf ›Wer kennt welche Hexe‹ hochgeladen!«, brüllt Snow, holt aus und wirft sich dann auf Pain, so als sei sie ein ausgebildeter Sumoringer.

Dann geht alles ganz schnell: Die beiden gehen zu Boden, Snow packt Pains Kopf mit den Händen und schlägt ihn gegen das Tischbein. »Gib! Mir! Meinen! Ehemann!« Beim vierten Schlag rutscht ein glitzerndes rotes Fläschchen vom Tisch, landet auf Snows Schulter, wo es zerspringt. Klebrigrote Flüssigkeit wie Kirschsaft rinnt ihr über den Arm, zischt dabei. Erschrocken lässt Snow Pains Kopf los, hält sich den Arm.

Die anderen Prinzessinnen schnappen im Hintergrund nach Luft, während Snow, die immer noch auf Pain sitzt, versucht, die Flüssigkeit abzuwischen. Doch es ist zu spät. Ihre Konturen beginnen bereits zu verschwimmen. Ihr Körper dehnt sich aus, zieht sich dann wieder zusammen. Den Mund zu einem stummen Schrei aufgerissen, sieht Snow zu, wie braunes Fell aus jeder Pore ihres Körpers sprießt, ihre Hände und Füße sich zu Hufen verformen. Zwei Atemzüge später kriecht an ihrer Stelle ein Reh unter ihrem Kleid hervor.

»Snow!«, japsen Cinder und Rapunzel so synchron wie eineiige Zwillinge. Beide sehen aus, als wollten sie am liebsten in Ohnmacht fallen. Nur Rose behält einigermaßen die Nerven. Sie schnappt sich das Reh an seinem puscheligen Schwanz und zieht es nach draußen. »Mitkommen!«, kommandiert sie dabei die beiden anderen an. »Wir kommen zurück, Hexe. Freu dich nicht zu früh!«

Pain richtet sich langsam auf. Fast, wie es ein paar Stunden zuvor noch Fear getan hat. Ein gehässiges Lächeln kräuselt ihre Lippen. »Ich freue mich schon drauf. So viel Spaß hatte ich das letzte Mal, als Rumpelstilzchen und Pechmarie mein Wohnzimmer zerlegt haben.«

Gegenwart

Schon von Weitem erkennen wir Cinder, Rapunzel und Rose an ihren hellen, pastellfarbenen Kleidchen. Sie kauern gemeinsam mit einem Reh hinter dem gewaltigen Stamm einer Eiche, der zu zwei Dritteln mit Moos überzogen ist.

Als Ever und ich näher an sie heranschleichen, bemerke ich, dass Cinder ihren Selfiestick hochhält und trotz der nächtlichen Sichtverhältnisse ein Video für ihren Blog dreht. Fassungslos wird mir klar, dass das ein Interview mit Snow, dem Reh, werden soll. Mondlicht reflektiert am Stab der Selfiestange.

»Ich glaub' das jetzt nicht«, fauche ich, reiße dann das Deppenzepter aus Cinders Hand. »Wir waren uns doch einig, dass geheim »geheim« heißt!«

Bevor sie antwortet, zieht Cinder den Kopf ein. »Aber ich hätte doch nichts zu unserer Geheimoperation verraten! Nur ein paar Fragen an Snow, wie es sich so anfühlt, Fell zu haben, und wie sie gedenkt, es zu pflegen. Hätte ich mir aber sparen können. Sie antwortet einfach nicht!«

Wütend ziehe ich Cinder mit ihrem eigenen Snapchat-schau-mich-an-Degen eins über. »Denk doch einmal nach, bevor du dein Smartphone einschaltest!«

Hier leben einfach alle nach dem Motto: lieber etwas unheimlich Dummes gemacht, statt einmal nachgedacht!

»Gehirn einschalten wäre für uns alle mal ein tolles Ziel der Woche«, meint Rose, wobei sie ein Gähnen nicht unterdrücken kann. »Wen hast du da mitgebracht, Red? Ist das der Wolf, der dich therapiert?«

Ich zucke zusammen, was Cinder sofort ausnutzt, um mir den Selfiestick aus der Hand zu pflücken. Irgendwie scheint Rose hier etwas durcheinanderzubringen.

Doch Ever rettet die Situation.

»Hi, ich bin Everton. Journalist beim *tapferen Schreiberlein.* Und natürlich bin ich kein echter Wolf.« Er lacht so offen und herzlich, als hätte Rose nur einen Scherz gemacht.

»Ohhhh«, machen meine Freundinnen anerkennend. Bis auf Snow selbstverständlich. Aber selbst die mustert Ever interessiert aus ihren Rehaugen.

Ich schnaube genervt.

Das plötzliche Interesse meiner Freundinnen scheint Ever verlegen zu machen. Er kratzt sich im Nacken, wobei sein Blick zu mir huscht. Ich beschließe, ihn nicht zu retten. Das hat er jetzt davon. Bloggergirl wird nicht zu seiner Hilfe eilen.

»Was schreibst du da so?«, fragt Cinder. »Hast du auch einen Blog?«

»Magst du mal etwas über mich schreiben?« Rapunzel wirft sich die Haare über die Schulter und drückt den Rücken durch.

Ever blinzelt. »Ähm, ja, warum nicht?«

Mein Lächeln wird von Sekunde zu Sekunde breiter. »Das wäre doch mal was. Bist du nicht auf der Suche nach einer Story über zwei hübsche, abenteuerlustige Prinzessinnen? Hier hast du sie.« Ich deute auf Cinder und Rapunzel.

Doch dann macht Rose den Mund auf und verdirbt mir den ganzen Spaß. »Snow hat gesagt, er könnte einer der Verdächtigen sein. Besser ihr freundet euch nicht mit ihm an. Am Ende steckt er hinter den Entführungen.«

Sofort tauschen Rapunzel und Cinder Blicke aus. »Komisch, so gefährlich wirkt er gar nicht. Bist du sicher, dass er ein Werwolf ist, Red?«, will Cinder wissen.

»Todsicher«, sage ich bestimmt.

Das Reh knirscht in diesem Augenblick auffällig laut mit den Zähnen. Ach ja, richtig …

»Würdet ihr mich mal aufklären, was hier passiert ist? Warum hat Snow auf einmal vier Beine?«

Betretenes Schweigen.

»Wir waren zu viert da drin«, antwortet Rose letztendlich und erzählt mir die ganze Geschichte.

Kaum habe ich begriffen, was geschehen ist, tritt Ever näher an uns heran. »Diese Hexe, Pain, muss eine Trankmischerin sein. Das ist ihre Zauberkraft. Natürlich hat sie noch einige Tränke auf Vorrat, wahrscheinlich sogar versteckt gehabt, als sie bestraft wurde. Sie trägt auch eine dieser modernen Fußfesseln?«

»Genau!« Rapunzel nickt eifrig.

Ich werfe einen Blick in Richtung der Hexenbehausung. Sie liegt nur einen Steinwurf entfernt. Bei genauerer Betrachtung sieht sie wie eine Holzfällerhütte aus. Komplett aus runden Holzbalken gebaut mit Blumenkästen vor den Fenstern, in denen schwarze Veilchen wachsen. Sehr einladend …

»Wenn sie einen Trank hat, der Leute in Rehe verwandelt, dann hat sie höchstwahrscheinlich auch einen, der Snow zurückverwandeln kann. So wie damals bei Brüderchen und Schwesterchen. Das Märchen. Ihr wisst schon.«

Die anderen sehen so aus, oder tun jedenfalls so, als hätten sie verstanden.

»Wir brauchen den verdammten Trank. Lasst uns klopfen«, sage ich.

»Klopfen?« Ever rückt sich seine Brille zurecht, starrt mich dann verständnislos an. »Da drin wartet eine hinterhältige Hexe auf uns und du willst anklopfen?«

»Ach, weißt du«, winke ich ab. »Mittlerweile denke ich, dass mich nichts mehr in einer Hexenhütte von den Socken hauen kann. Schließlich habe ich Fear kennengelernt. Kennt man eine Hexe, kennt man alle.«

Ever rümpft die Nase, wirkt alles andere als überzeugt. Aber er war bei Fears Besuch ja auch nicht dabei.

»Vielleicht sollten wir einen der Jäger rufen«, schlägt Rapunzel vor, doch Snow beißt sie ins Bein.

Wie wir Snow wieder zurückbekommen, ist mir auch relativ egal. Es sollte nur bald geschehen, schließlich habe ich auch noch anderes zu tun, zum Beispiel vier Prinzen aufzuspüren …

Wahrscheinlich hat Snow ebenso wenig Lust unsere Niederlage einzugestehen wie ich. Nein, jetzt wollen wir es auch alleine durchziehen. Die Hexe verhören. Das hier wird unser Märchen! Die Erzählung über unsere Heldentaten. Mir kommt ein Gedanke: Wenn ich am Ende die Prinzen ganz alleine rette, werden mir sogar die Jäger endlich Respekt zollen! Keiner wird mehr denken, ich wäre das arme Rotkäppchen, das vor einem Wolf gerettet werden müsste! Aus den Augenwinkeln schiele ich in Richtung Ever. Vor ihm muss ich allerdings sicher nicht gerettet werden.

»Lieber Himmel, was für ein Tag«, seufzt Ever jetzt. »Zuerst das Netz …«

»Jaja«, unterbreche ich ihn unwirsch. »Später kannst du immer noch meckern. Außerdem kann ich nichts dafür, wenn du so dumm bist und in meine Wildfalle trittst, die für Menschenaugen wirklich mehr als offensichtlich ausgelegt war.« Und damit laufe ich los, in der Hoffnung, dass alle anderen mir folgen. Tun sie glücklicherweise auch. Entschlossen balle ich die Hände zu Fäusten.

In gespannter Erwartung sehen sie mir dabei zu, wie ich vor Pains Haustür die Faust hebe. Ein Streifen Mondlicht erhellt den oberen Teil der Tür. Nach kurzem Zögern klopfe ich tatsächlich an. Hinter mir wird kollektiv die Luft angehalten. Selbst das Reh gibt keinen Ton von sich. Nur von Ever meine ich, ein leises Seufzen zu hören. Wahrscheinlich fühlt er sich wie in einer Seifenoper.

Ich auch, Ever. Ich auch …

Nachdem ich geklopft habe, warte ich noch ungefähr eine halbe Sekunde, dann reiße ich Pains Haustür auf.

»So!«, sage ich, bevor ich nicht mehr weiß, was ich jetzt sagen wollte. »Da bin ich!«

»Ja, da bist du«, sagt eine dürre Hexe, die keine fünf Meter von mir entfernt an einem Tisch voller bunter Glasfläschchen steht. Kurz halte ich inne, um Pain zu mustern. Auf irgendeine Weise wirkt sie viel zu schmal für ihre voluminöse blonde Haarpracht. Überall an ihr scheinen spitze Knochen hervorzustehen. In ihrer rechten Hand hält sie ein Fläschchen von der Form und Farbe eines Granatapfels. Vorsichtshalber behalte ich es genau im Auge. »Du musst Pain sein«, stelle ich fest, während meine Freunde hinter mir über die Schwelle treten. Das Zimmer wird durch zwei Glühbirnen unter honigfarbenen Lampenschirmen erhellt, die auf einer dunklen Kommode stehen. Ebenholz. Links von mir führt neben einem Herd eine Holztreppe in den Keller. Die Hexe wirft das Granatapfel-Fläschchen in die Luft und fängt es dann geschickt wieder auf. Hoch und runter, hoch und runter. Reine Provokation.

»Hör mal.« Ich deute mit dem Zeigefinger auf sie, als wollte ich einen Aufzug rufen. »Wenn du weißt, was gut für dich ist, dann rückst du besser sofort das Gegenmittel für Snow heraus.«

»So?« Pain neigt den Kopf. »Tue ich das?«

»Ja. Frag doch Fear.«

»Ach, die gute Fear«, seufzt Pain. »Lebt sie noch?«

»Ja. Tut sie.«

»Verdammt. Wirklich? Du lügst, oder?«

Ich bin mir nicht ganz sicher, was sie jetzt hören will. »Könnte sein, dass sie noch lebt, vielleicht aber auch nicht. Oder doch noch ein bisschen«, sage ich daher vage. »Wenn du mir ein Gegenmittel gibst, kann ich mich vielleicht besser daran erinnern.«

Pain schürzt die Lippen. »Vergiss es. Und wenn du glaubst, du kannst mich überrumpeln: Das kannst du gleich streichen. Wenn dieses Fläschchen hier zu Boden geht, werden wir alle als Rehe enden.«

An der Bandbreite ihrer Zauber muss sie offenbar noch arbeiten …

Hinter mir höre ich meine Freundinnen zurückweichen.

»Rehe? Hast du nichts anderes auf Lager?«, will ich wissen.

Pain blinzelt. »Hirsche, Rehe und mit etwas Glück: ein Wildschwein.«

»Aha«, sage ich.

Gleichzeitig tritt Ever an meine Seite. »Hier muss keiner als Paarhufer enden. Wir wollen nur ein Gegenmittel und eine Information und dann sind wir auch schon wieder weg.«

Das sehe ich allerdings anders.

»Haha!«, sagt die Hexe darauf prompt.

Wusste ich es doch. Wahrscheinlich fehlt Ever einfach die nötige Hexenerfahrung.

»Und was bekomme ich dafür?«, ergänzt Pain. Sie wirft die Flasche bis beinahe an die Decke, bevor sie sie mit flinken Fingern wieder auffängt. »Umsonst ist nur der Tod.«

Hinter mir höre ich Zähne klappern. Es ist Rapunzel.

»Ähm, vielleicht noch eine Fettabsaugung?«, schlage ich vor. Allerdings könnte es sein, dass sie die nächste nicht überlebt. Gut, das würde unterm Strich auch irgendwie Arbeit sparen. In einer anderen Farbe und mit der entsprechenden Maserung könnte sie die leibliche Mutter von Pinocchio sein.

Pain zögert. Winkt nach einem Moment des Überlegens dann aber doch ab. »Ach nein, du willst mich nur reinlegen. Da stehe ich drüber. Genau wie über diesem Social-Media-Wahn.« Sie nickt in Richtung von Cinder, die gerade ihren Selfiestick in Stellung bringt.

»Wie wäre es, wenn wir jetzt alle mal runterkommen und gefährliche Zaubertränke zur Seite legen?«, versucht es Rose auf diplomatische Art. Sie wäre eine tolle Richterin. Wie die in der Vormittagsserie auf diesem Hausfrauensender.

»Nein. Keine Lust. Ihr seid wirklich unterhaltsam. Hat euch das schon mal jemand gesagt?«

Gesagt nicht, aber gedacht. »Und du bist klappriger als mein Kleiderständer, verdammt dünn eigentlich für eine gemeine, kinderfressende Hexe, hat dir das schon mal jemand gesagt?«, fragt Rapunzel zurück.

»Ja, und außerdem sind wir total kalorienreich«, betont Cinder vorsichtshalber.

»Genau. Uns saugt man nicht so einfach weg«, ergänzt Rapunzel, wobei sie ein schmatzendes Geräusch von sich gibt, das sich wie ein Kuss anhört, nur irgendwie rückwärts. Das mit der Fettabsaugung hat sie womöglich noch nicht richtig verstanden.

Pain macht eine wegwerfende Handbewegung. »Ach, ich habe schon seit 1998 kein Fleisch mehr gegessen und seit Neuestem lebe ich vegan. Und Brüderchen und Schwesterchen habe ich am Ende nicht mal angeknabbert. Ein bisschen Recherche vor der Hexenjagd hätte euch auch nicht geschadet. Aber pauschale Vorverurteilungen kommen euch wohl eher entgegen.«

Ich blinzle. Was ist nur aus den guten alten Märchen geworden? Ich meine, nicht dass ich mich beschweren möchte, dass ich heute Abend offenbar nicht gegessen werde, aber diese neuen Sitten kommen mir doch recht ungewöhnlich vor.

Nach einem Kopfschütteln wäge ich unsere Lage ab: Die Hexe steht zu nah an einem Tisch voller Tränke und hält dazu noch ein Fläschchen voller Eau de Reh in der Hand.

Obwohl Pain aussieht, als könnte ein Windstoß sie von den Füßen reißen, möchte ich doch kein Risiko eingehen.

Im nächsten Moment rauscht etwas an mir vorbei und mäht die Hexe um. Ein Reh. Okay, so geht es auch. Mit dem Kopf voran rammt das Reh Pain, bohrt sich geradezu in deren Bauch, sodass die Hexe nach hinten fliegt. Dabei segelt das Granatapfelfläschchen in die Höhe, rotiert um sich selbst, bevor es wieder nach unten fällt. Mit aufgerissenen Mündern verfolgen wir alle die Flugbahn.

Bevor einer von uns reagieren kann, prallt es genau auf Snows Reh-Hinterteil.

Oh, oh. Ich schnappe nach Luft. Doch das Reh verwandelt sich nicht. In was auch, wenn das ein Reh-Trank ist. Ich kratze mich am Kopf. Was sollen wir jetzt tun?

Doch das Reh weiß hier Rat. Es setzt sich umgehend mit dem Po auf die zeternde Hexe, die wie ein kleines Kind am Boden brüllt. Offensichtlich hat sie keine besonderen magischen Fähigkeiten mehr, um dem Paarhufer etwas entgegenzusetzen. Vom Gewicht her ist sie auch nicht gerade die typische Ringerin. Und dann, gerade als Snow auch etwas von der roten Flüssigkeit von ihrem Fell auf Pains Armen verteilt, verzerren sich die Konturen der Hexe. Keine zwei Sekunden später kriecht ein zweites Reh unter Pains Kleid hervor. Ziemlich dürr und mit verschrecktem Blick in den dunklen Augen. Na toll, irgendwie hatte ich mir das anders vorgestellt. Jetzt haben wir auch noch zwei von der Sorte.

»O nein«, jammert Rapunzel. »Jetzt können wir sie nicht mehr nach dem Foto fragen!«

Ever schiebt sich die Brille zurück. »Mach dir darüber keine Sorgen. Sie sagte doch, dass sie kein Fan von sozialen Medien ist. Dann war sie das mit dem Foto sicher nicht.«

Das untergewichtige Reh mit der elektronischen Fußfessel am Bein nickt energisch. Das halte ich für absolute Zustimmung. Okay, ich muss nachdenken. Was gar nicht so leicht ist, wenn Cinder neben mir Schnappatmung bekommt. Vielleicht sollte ich sie noch mal mit ihrem Selfiestick schlagen … Eigentlich ganz praktisch, dieses Ding.

Aus dem Augenwinkel bemerke ich, wie Rapunzel sich auf das linke Reh zuschiebt, das eindeutig Snow ist, und das Tier von dem Pain-Reh wegzerrt, so als hätte sie Angst, es könnten Flöhe oder andere Krankheiten überspringen. Fehlt nur noch, dass sie aus ihren Haaren ein Lasso bastelt und eins der Rehe einfängt.

Ich verdrehe die Augen. »Leute, jetzt flippt hier mal nicht aus.«

»Genau«, stimmt mir Ever zu. »Wir brauchen eine Lösung für dieses Reh-Problem.«

Und dann sagen wir beide gleichzeitig: »Moment mal, das ist es!«

Er wirft mir ein strahlendes Lächeln zu, was meinen Herzschlag unwillkürlich zum Stolpern bringt. Hitze strömt mir den Nacken hinauf und direkt in meine Wangen. Offensichtlich haben wir gerade dieselbe Idee.

Nachdem er sich eine seiner dunklen Haarsträhnen einmal um den Finger gezwirbelt und mir einen schüchternen Blick zugeworfen hat, spricht Ever das aus, was ich auch soeben verkünden wollte: »Eine der Flaschen auf dem Tisch muss ein Gegenmittel enthalten. Und die Hexe will es sicher genauso dringend haben wie wir.«

»Na klar!« Rapunzel schlägt sich mit der Hand gegen die Stirn. Weil das Snow-Reh sie aber mitten in der Bewegung schubst, erwischt sie ihre Stirn nur mit dem unteren Handballen.

Cinders Blick huscht über die Dutzenden von Fläschchen … »Aber woher sollen wir wissen, welches das richtige ist? Und was, wenn einige dieser Tränke noch viel Schlimmeres mit einem Menschen anstellen, als sie nur in Rehe zu verwandeln?« Als die das Wort »nur« ausspricht, malt sie Anführungszeichen in die Luft.

»Ganz einfach.« Ich stemme die Hände in die Hüften. »Wir probieren jeden Trank zuerst an Pain aus.«

Das untergewichtige Reh zuckt zusammen. Gut so. Soll sie ruhig vor Angst erstarren!

»Ein sehr guter Plan!«, lobt Ever mich. Langsam habe ich das Gefühl, wir beide führen hier eine nicht vorher eingeübte Show für Pain auf. »Verwirr-die-Hexe« oder so.

»Oder …«, fahre ich nach einem Nicken fort. Meine Lippen kräuseln sich. »Das Reh zeigt uns einfach das richtige Elixier, um das Ganze abzukürzen.« Keins der beiden Rehe wirkt so richtig überzeugt, aber davon lasse ich mich nicht irritieren. »Ansonsten passieren hier gleich ein paar Elixier-Unglücke …«

Pains Rehohren drehen sich einmal in alle Richtungen. Fast könnte man meinen, ihre Ohren hätten Epilepsie.

»Ich könnte mir vorstellen, dass einige dieser Elixiere Menschen in Kröten verwandeln oder in Kakerlaken oder in Wildschweine!«, setze ich noch einen drauf.

Darauf stößt das Pain-Reh merkwürdige Geräusche aus. Fast wie ein Winseln.

»Muhuhuhu«, macht Rapunzel. Sie freut sich schon mal vor.

Tatsächlich zuckt das Reh einmal kurz mit dem linken Auge, dreht dann den Kopf und deutet mit seiner Nase auf eine dünne Phiole mit hellblauer Flüssigkeit. Das Tierchen ist ja wirklich zum Knuddeln.

»Los, ausprobieren«, weise ich Ever an. »Sie ist unser Versuchskaninchen. Also, ich meine Versuchsreh.«

Der folgende Versuch erweist sich als überaus erfolgreich. Kaum drei Tropfen sind notwendig, und aus Pain dem Reh wird wieder Pain, die auf jugendlich operierte Hexe. Ich bin sehr zufrieden.

Auch Snow sieht sehr zufrieden aus, nachdem sie wenig später wieder fellfrei in ihrem Kleidchen auf dem Boden sitzt.

Rapunzel hilft ihr auf. Ihr Zopf wirkt wie einmal von einem Wiederkäuer durch den Rachen gewürgt. »Das tut gut, dich zu sehen. Ohne dich wären unsere Teepartys einfach nicht mehr dieselben gewesen. Du machst schließlich die besten Buttercremetörtchen.«

Ach, wie herzig. Was für ein Liebesbeweis.

Snow schaut genauso drein, wie ich mich fühle. Sie streicht ihren Rock glatt und bringt sich vor Cinders Umarmung in Sicherheit.

»Ich bringe sie um!«, kreischt sie dann so laut, dass wir alle zusammenzucken. Bevor wir reagieren können, stürzt sie sich auf Pain, die sich in ebendiesem Moment an ihrem Ebenholztisch hochzieht. Durch die Wucht des Aufpralls knallt Pains Kopf gegen ein Tischbein.

Autsch, das muss wehgetan haben …

Schmerz zeichnet sich in Pains Gesicht ab, auch wenn es natürlich wenig bis gar keine Falten zieht.

Wieder und wieder schüttelt Snow die Hexe.

»Lass gut sein«, mischt sich jetzt Rapunzel ein. »Wir überlassen sie hier ihrem traurigen Schicksal. Das ist Strafe genug. Sie hat uns alles gesagt, was willst du denn noch? Besser wir gehen und klappern nach Sonnenaufgang die nächste Hexe ab.« Ihre Stimme zittert ein wenig bei ihren letzten Worten.

»Ja, eilt nur los, Prinzessinnen. Immer schön den Hexen die Schuld in die Schuhe schieben«, krächzt Pain.

»Ach, nicht nur«, winkt Snow ab. »Wir haben schon eine Fee um die Ecke gebracht …«

Cinder nickt. »Und einen Wolf!«

Unter ihren Worten zuckt Ever zusammen.

Pain schnaubt, wankt dann ein Stück von uns weg. »Wenn ihr euch da mal nicht verkalkuliert habt. Wie auch immer. Macht, was ihr wollt.«

Ich starre sie an, während sie ihre Gliedmaßen sortiert. Was genau will sie uns damit sagen? Nachdem ich einmal tief eingeatmet und dann die Augen zusammengekniffen habe, zerre ich Ever außer Hörweite. »Denkst du, was ich denke?«

»Dass wir hier einen besonders schweren Fall von Schönheitswahn haben?«

»Nein, du Doofie.« Ich knuffe ihn gegen die Schulter. Doch dann sehe ich ihn lachen und weiß, dass er mich nur auf den Arm nimmt.

»Schon klar. Pain weiß etwas«, raunt er mir zu.

Genau. Das dachte ich mir auch. Ich nicke in ihre Richtung dann zweimal in Richtung Ever und dann wieder zu Pain.

»Du hast ganz schön komische Zuckungen. Hast du das schon mal untersuchen lassen?«

»Haha«, mache ich. Aber mir ist trotz seiner Hänseleien klar, dass er verstanden hat.

»Los, Bloggergirl, lass uns die Hexe in die Enge treiben.«

Habe ich das gerade richtig verstanden? Hat Ever mir ernsthaft gerade zugezwinkert und sich gleichzeitig über mich lustig gemacht? Ich fasse es nicht. Allerdings schlucke ich die brodelnden Gefühle rund um meinen Brustkorb herunter.

Bloggergirl … Mein linkes Auge zuckt, während ich zurück in Richtung Pain schlendere.

»Also nach Norden?«, fragt Cinder Snow gerade. »Verhören wir dann Decay als Nächstes?«

»Himpfü!« Pains übertriebenes Hüsteln scheint nur mir aufzufallen. Ich werte das als Zeichen, dass wir mit Norden falschliegen.

Mit meinem Zeigefinger tippe ich mir ans Kinn. »Vielleicht besser nach Westen?«

»Mimihühü«, macht Pain, klopft sich dann ein paar Staubflocken vom Kleid. Ihre Knochen knacken. Wäre Ever jetzt ein Hund, hätte Pain ein Problem …

Dann wendet sich die Hexe von uns ab und lacht sich ins Fäustchen.

Aber so dumm ist Snow nun auch wieder nicht. »Du lachst über uns, Hexe! Wag es ja nicht …«

Genervt drehe ich mich zu Ever um. Wenn Snow sich gekränkt fühlt, folgt normalerweise immer eine lange Strafpredigt für denjenigen, der nur einmal kurz gekichert hat.

»Scheint so, als denkt die Hexe, im Norden und Westen würden wir nur unsere Zeit verschwenden.«

»Das stützt unsere Theorie, dass die Prinzen nach Süden gebracht wurden«, nickt Ever.

»Hm«, mache ich, lege mir dann einen groben Verhör-die-Hexe-Plan zurecht. Doch bevor ich ihn in die Tat umsetzen kann, wird es plötzlich laut in der Hütte.

»Du lachst hier gleich rückwärts!«, kreischt Snow. »Also so was von gar nicht!« Und mit diesen Worten reißt sie Cinder den Selfiestick aus der Hand. Das Nächste, was ich sehe, ist Snow, die der Hexe mit Cinders Snapchat-Schwert eins überbrät. Sofort geht die Hexe mit einem knirschenden Geräusch K.o.. Ihr lebloser Körper stürzt zu Boden.

Herrje! Fluchend kneife ich die Augen zusammen. Ich muss Snow besser im Auge behalten!

Ein wenig betreten starren wir alle auf die reglose Pain.

»Könnt ihr euch nicht einmal zusammenreißen?«, zische ich. Wirklich, wir waren so nahe dran gewesen. »Sie wusste eindeutig mehr, als sie uns verraten hat!« Am liebsten möchte ich Snow schütteln.

Doch Snow scheint sich keiner Schuld bewusst zu sein. Lässig bläst sie sich eine dunkle Haarsträhne aus der Stirn. Den bockigen Gesichtsausdruck kenne ich.

Da kommt mir eine Idee. »Okay, neuer Plan: Ihr lasst Spieglein das Internet nach diesem gelöschten Foto mit den Prinzen durchsuchen.« Spiegleins Hacker-Tricks sind … ich möchte nicht sagen: legendär, aber doch irgendwo über Grundschulniveau. »Dann geht ihr die anderen Hexen besuchen, fangt mit Rexia im Osten an. Ever und ich verfolgen eine Spur nach Süden. Könnte sein, dass wir im Ausland suchen müssen.«

»Was?«, japst Rapunzel. Sie wird immer gleich unruhig, wenn man nur etwas weiter als aus dem Wald raus will.

»Keine Angst, du bleibst hier«, sage ich bestimmt.

Sie wirkt erleichtert, aber Snow kneift die Lippen aufeinander. Sofort weiß ich, was ihr missfällt. »Du willst alleine mit diesem Wolf–«

»Halbwolf«, wirft Ever ein.

»– alleine mit diesem Halbwolf ins Ausland. Was ist, wenn er dich unterwegs frisst? Hast du nichts dazugelernt?«

Sobald Snow geendet hat, warte ich auf das unangenehme Gefühl, das jetzt eigentlich in mir aufsteigen sollte. Wegen meiner Wolfphobie. Dieses flaue Gefühl, das mich wie gelähmt zurücklässt. Aber nichts tut sich.

Erleichtert lasse ich die Luft wieder aus meinen Lungenflügeln entweichen. War mir gar nicht aufgefallen, dass ich sie angehalten hatte.

»Ich lebe vegan«, behauptet Ever jetzt.

»Siehst du.« Mit dem Daumen weise ich auf den angeblichen bösen Wolf. »Er lebt vegan.« Natürlich. Was auch sonst.

Nach dieser Verkündung schaut Snow nicht gerade freundlicher drein. »Das kann ja jeder sagen.«

Ich verdrehe die Augen. »Snow, das ist mein Risiko. Sei dankbar, dass wir deinen Ehemann suchen. Ever und ich gehen jetzt nach Süden und ihr knöpft euch die anderen Hexen vor.« Das wird mir hier alles zu viel und zu verrückt. Ich meine, noch verrückter als sonst. In diesem Chaos fällt es mir schwer zu denken.

»Na gut«, gibt Snow zähneknirschend nach. Wahrscheinlich kann sie es nicht erwarten, die nächste Hexe zu vermöbeln, und knickt daher ein. »Wir telefonieren nachher. Alles klar?« Sie sieht mir einmal fest in die Augen und nickt mit dem Kinn dann in Evers Richtung. Sofort wird mir klar, dass sie ihren Plan, Ever in einer Woche abzumurksen, noch nicht aufgegeben hat. Sie scheint fest entschlossen, ein Exempel zu statuieren. Alle Bösewichte auszuschalten ist zwar ein ehrbares Ziel. Aber so? Außerdem erschienen mir Pain und Fear jetzt nicht übermäßig gefährlich.

Dennoch erwidere ich nichts, tausche nur einen Blick mit Ever.

Als Erste ergreift Cinder danach das Wort. »Dann lass uns jetzt nach Hause fahren und morgen treffen wir Vier uns zur Hexenjagd.«

Rapunzels Kopf ruckt nach oben. Ihre Augen schimmern verdächtig. »Okay«, schluckt sie. »Treffen wir uns da, wo sich Hase und Igel gute Nacht sagen?«

Kaum merklich versucht Rose ein Gähnen vor uns zu verstecken. »Also unter der großen Eiche?«

Die anderen sind einverstanden. Die große Eiche, an der sich Hase und Igel nach ihrem Training gute Nacht sagen, liegt genau in der Mitte zwischen Snows und Cinders Schloss.

Danach kann ich Ever gar nicht schnell genug aus Pains Hütte hinausschieben. Aber er will die Hexe erst noch auf ihr Sofa legen. Von mir aus.

Kapitel 5

Draußen schnappe ich mir unsere Campingausrüstung und drücke alles Ever in die Hand. Solange ich Snow in meinem Rücken spüre, kann ich nicht denken. Ich will weg, weit weg von ihr. Rennen, laufen, so viel Abstand wie möglich zwischen uns bringen. Ohne ein Wort zu sagen, folgt mir Ever in völliger Dunkelheit den Trampelpfad entlang. Wie kann Snow es wagen, mir diese Bedingung aufzuerlegen?

»*Nur, weil sie es kann*«, flüstert eine leise Stimme in meinem Kopf. Sie ist Prinzessin. Mit Schloss und normalerweise auch Prinz. Ich habe nichts. Bin nichts. Der Gedanke nagt an mir. Obwohl ich mich sonst immer für schlauer als sie gehalten habe, vielleicht auch für lebensfähiger, erkenne ich doch, dass sie eigentlich die meiste Macht in unserer Welt besitzt. Sie kontrolliert sogar streng genommen die Jäger.

Meine Stirn legt sich in Falten, so stark, dass meine Augen nach kurzer Zeit schmerzen.

»Hey, Bloggergirl«, spricht mich Ever nach einigen Metern an. »Hier sollten wir nach links abbiegen.« Er nickt in Richtung Süden.

Die Kreuzung muss ich irgendwie übersehen haben, doch Ever hat genau in ihrer Mitte angehalten. Jetzt betrachtet er mich eingehend. Mondschein spiegelt sich in seinen Brillengläsern. Auf irgendeine Art beruhigt mich sein Anblick. Er sieht so niedlich aus. Wie ein Waschbär mit schiefgelegtem Kopf. »Bist du vor irgendetwas auf der Flucht?«

Als Antwort schnaube ich nur, doch er scheint meine Gedanken erraten zu können. »Ist es wegen deiner Freundin Schneewittchen? Ich habe da eine leichte Spannung zwischen euch gespürt.«

Ach, hat er das?

Wieder entfährt mir ein Schnauben, aber dieses Mal gluckse ich davor beim Einatmen ein wenig. »Sehr einfühlsam von dir, Hirse-Journalist.« Weil ich nicht weiß, was ich als Nächstes sagen soll, schiebe ich meine Hände in die Hosentaschen. Dabei umschließt meine rechte Hand etwas Weiches. Einen Moment bin ich verwirrt, doch dann kommt die Erinnerung zurück. Fears magisches Wollknäuel! Wie in Trance ziehe ich es heraus, fahre bedächtig über die weichen Fäden. Sofort sind Snow und meine Streitigkeiten mit ihr vergessen. Ganz weit weg wie ein verschwommener Traum. Ist die Wolle dunkelblau? Oder doch eher lila? Ich kann es nicht genau sagen.

Ever stellt das Zelt und die Schlafsäcke ab, fährt sich dann mit einer Hand durch die Haare in seinem Nacken. Interessiert beugt er sich zu mir.

»Was ist das?«

Langsam hebe ich den Kopf und strahle ihn an.

Obwohl er noch nicht weiß, was ich zu sagen habe, strahlt er zurück. Ob aus jeder Pore von mir das Glück eines magischen Zufalls strömt?

»Das, mein Lieber, ist die Lösung unserer Probleme.« Wieso habe ich da nicht schon früher dran gedacht? »Es ist ein Wegweiser. Verzaubert von Weberinnenmagie. Kennst du das Märchen über Prinzessin Swanleys Leben? Das über die sechs Schwäne? Sie war das siebte Kind, die Prinzessin. Im Märchen hat die Hexe ein magisches Wollknäuel benutzt, um das verborgene Haus der Königskinder im Wald zu finden, wo sie sich vor ihr versteckt hatten.«

In Evers Augen glitzert sein scharfer Verstand. »Du hast es von der Hexe, die ihr heute Mittag besucht habt«, stellt er fest.

»Genau«, sage ich nur, betrachte es dann eingehend, während Ever sich in Bewegung setzt, um es sich ebenfalls genauer anzusehen. Von Fear habe ich Ever bereits auf dem Weg zu Pains Hütte erzählt.

Sobald ich aufblicke, steht er direkt vor mir. So nah, dass sich unsere Oberkörper beinahe berühren. Vor Überraschung bleibt mir die Luft weg. Ganz langsam lasse ich meinen Blick über ihn gleiten. Nachts wirken seine Haarsträhnen wie flüssiges Pech, fast ein wenig wie die Haare eines Panthers.

»Darf ich es mal sehen?« Ever streckt die Hand aus. Sein Blick ist starr auf das Wollknäuel gerichtet, während ich meinen Blick nicht von ihm lösen kann.

Ein wenig widerstrebend reiche ich ihm das aufgerollte Stück Wolle. Als er es nimmt, berühren sich unsere Zeigefinger für einen Moment. Ever scheint es nicht einmal zu bemerken.

»Ein magischer Wegweiser also«, höre ich ihn murmeln. »Wie genau funktioniert er? Ist er wunschbetrieben?«

»Ich nehme es an. Wünsch dir einen Ort, an den es dich führen soll und dann wirf es.« Meine Stimme klingt belegt, beinahe so, als sei ich krank.

Zuerst atmet Ever einmal tief durch, dann sagt er laut: »Weise mir die Richtung zu dem Ort, an den die vier Prinzen gebracht wurden.« Dann wirft er das Wollknäuel.

Aus einem Reflex heraus halte ich den Atem an, möchte gerne nach seiner freien Hand greifen, reiße mich aber im letzten Augenblick doch noch zusammen.

Das Dunkelblaue-lila-oder-vielleicht-doch-violette-Wollknäuel schlägt auf dem Boden auf und entrollt sich dann wie von Zauberhand, bis es den Weg nach Süden erreicht hat, wo es wie eine Schlange liegen bleibt.

»Nicht zu fassen«, flüstert Ever. »Nützliches kleines Ding.«

Vielleicht wird diese Suche doch nicht so hoffnungslos, wie ich vermutet hatte …

»Wir sollten deine Freundinnen anrufen und ihnen sagen –« Ever wirft mir einen Blick zu, bemerkt anscheinend mein Stirnrunzeln und hört mitten im Satz auf zu reden. »Okay, du hast recht. Besser nicht.«

Ganz genau. Wenn ich eines sicher weiß, dann dass wir keine der Vier dabeihaben wollen. Auch wenn Rose meine beste Freundin ist und darüber hinaus die am wenigsten Anstrengendste. Allerdings nickt sie dank ihrer Schlafkrankheit ständig ein. So würden wir kaum vorankommen. Nein, besser die Vier verhören noch ein paar Hexen. Vielleicht kommen sie an die eine oder andere nützliche Information.

Statt also die nicht ganz so fantastischen Vier anzurufen, sammelt Ever unsere Campingausrüstung wieder ein. In der Zeit checke ich einmal schnell mein Smartphone. Keine neuen Nachrichten. Meinen Klingelton habe ich inzwischen auf das Game-of-Thrones-Thema eingestellt … bestens. Da die Nacht womöglich noch lang wird, schließe ich es an mein portables Ladegerät an. Nachdem Ever auch das Wollknäuel wieder eingesammelt hat, sehe ich zu ihm hinüber. »Dann ist unser nächstes Ziel also Wonderland?«

Ever richtet sich auf, um mich anzusehen. »Oder Neverland. Please fasten your seatbelts«, scherzt er dann.

»Haha«, mache ich. »Voll der gute Witz, wenn wir am Polarstern links abbiegen und so.« Dabei kommt man seit dieser gewonnenen Wette von Peter Pan gegen die Meerjungfrauen neuerdings auch zu Fuß nach Neverland. Oder mit der Fähre, wie man hört.

Ever ringt sich ein kleines Lächeln ab. »Lass uns noch eine halbe Stunde laufen und dann schlagen wir das Zelt auf.«

Ich bin einverstanden. Kurze Zeit später, nachdem wir ungefähr zwanzig Schritte gegangen sind, fällt mir ein, dass wir nur ein Zelt dabeihaben! Für uns beide! Augenblicklich bin ich dankbar dafür, dass es so dunkel ist. Andernfalls würde man jetzt meine feuerroten Wangen sehen. Gut, eigentlich hätte es mir schon längst auffallen müssen.

Egal wie sehr ich versuche, an etwas anderes zu denken: Immer wieder schweifen meine Gedanken zu dem Moment ab, in dem Ever und ich nebeneinander in einem Zelt liegen werden … Mit anderen Worten: In den nächsten Minuten stolpere ich über jede Wurzel und jeden Stein, verwirrt von meinen eigenen Vorstellungen über unser Nachtlager.

Einmal muss mich Ever am Ellenbogen festhalten, weil ich ansonsten dank einer Wurzel in einen Busch gefallen wäre. Hitze strömt von der Stelle, an der er mich berührt, bis in meinen Nacken hinauf. Mein Gesicht scheint einem Vulkan von der Temperatur her in nichts nachzustehen. O nein! O nein! Das darf einfach nicht passieren! Ich kann mich unmöglich hier und jetzt in diesen Hipster-Wolf verknallen! Immerhin ist er ein Wolf! Zumindest zur Hälfte!

Eilig schiebe ich ihn von mir weg.

»Bist du sehr müde?«, will er wissen. »Mir kommt es so vor, als würdest du schlafwandeln.«

So kann man es zwar auch nennen, aber ich schüttele als Antwort nur den Kopf. Außerdem möchte ich heute Abend noch ein Stück weiterkommen, bevor wir das Zelt aufschlagen. Mit schlafen retten wir die verschwundenen Prinzen nicht.

Wortlos laufen wir weiter. Auch Ever scheint mit den Gedanken woanders zu sein. Wo, das würde ich schon gerne wissen, traue mich aber nicht zu fragen. Deswegen bemühe ich mich, auf den Weg zu achten, der in diesem dichten Teil des Waldes kaum auszumachen ist. Inzwischen haben sich Wolken vor den Mond geschoben und erschweren uns unsere Rettungsmission. Irgendwann zückt Ever seine Handytaschenlampe. Das hilft aber nicht besonders. Sehen tun wir so auch nicht viel besser und ich habe ehrlich gesagt mehr Angst, dass irgendetwas Gefährliches uns sieht.

»Ich glaube, diese halbe Stunde ist schon dreimal um«, gähne ich eine Weile später.

Ever bleibt stehen, sodass ich direkt in ihn hineinrenne. »Nein, eigentlich sind nur zwanzig Minuten vergangen.«

»Kann nicht sein«, behaupte ich. »Fühlt sich wie drei Stunden an.«

Ever lacht. »Gut, dann sollten wir jetzt unser Nachtlager aufschlagen und zu Bett gehen.«

Das halte ich für eine sehr gute Idee. Als ich über den zweiten Teil seines Satzes nachdenke, schießt mir das Blut ins Gesicht. Gleich werden wir Seite an Seite in einem Zelt liegen … Prompt trete ich in ein Hasenloch, stolpere, verfluche dabei Hase und Igel und pralle gegen Evers Schulter. Bei unserem Zusammenstoß schlagen meine Zähne aufeinander.

»Geschicklichkeit ist nicht unbedingt eins deiner Talente, nehme ich an?«, neckt er mich.

Sofort will ich ihn vom Gegenteil überzeugen, schließlich bin ich äußerst geschickt mit meinen Messern, beim Jagen und beim Fallenstellen. Hallo? Da kann gerade er jawohl ein Lied davon singen, aber irgendetwas lässt mich zögern. Was ist nur mit mir los? Bis gestern hatte ich mein Leben auch vollkommen prinzlos im Griff! Warum muss ich, seit ich Ever kenne, ständig rot anlaufen? Außerdem ist er ein halber Wolf! Ich kann einfach keine Gefühle für einen Halbwolf entwickeln. Unmöglich! So ein blöder Mist und was für eine unglaubliche Zeitverschwendung. Dafür habe ich nun wirklich keine Zeit! Schneller als ich schauen kann, richtet der Hipster-Wolf unser Zelt ein. Dabei investiert er die meiste Zeit in Gemecker darüber, dass Wurfzelte so was von Mainstream seien und er ein Modell mit Stangen bevorzugt hätte. Auf einem kleinen Flecken Moos steht es nun, eingequetscht zwischen dicht aneinanderstehenden Eichen. Eben rollt Ever unsere Schlafsäcke aus, zieht dann noch die Regenschutzplane über dem blauen Zeltdach glatt, bevor er einen Schritt zurücktritt. »Und da sagt mein Dorf über mich, ich wäre zu nichts zu gebrauchen.«

Der zufriedene Gesichtsausdruck auf seinem Gesicht lässt mich grinsen. »Dich kann ich mir wunderbar als Zeltaufbauer vorstellen, sollte das mit der Journalisten-Karriere nichts werden. Gerade im Morgenland, wo schon mal tausend Zelte am Stück für eine Karawane aufzubauen sind …«

»Ist ja gut«, unterbricht er mich sichtlich genervt. »Ich hab's kapiert. Du hältst mich auch für einen nutzlosen Hirse-Fresser. Ist okay.«

So hatte ich das eigentlich nicht gemeint. Mit gerunzelter Stirn neige ich den Kopf. Eigentlich würde ich das gerne aufklären, aber da krabbelt Ever schon in unser Zelt. Ich schnappe mir den Rucksack und folge ihm. Im Zelt sieht man kaum die Hand vor Augen, was einerseits gut ist, denn so kann ich mich ungesehen umziehen, andererseits reiße ich so auch zweimal fast das Zelt ein, als ich gegen die Stoffwand stürze. Das Ganze ist mir furchtbar peinlich.

Von Evers Zelthälfte her vernehme ich ein Stöhnen.

»Um Frau Holles willen, bitte lass das Zelt stehen.«

Ich grunze beleidigt. Andererseits benehme ich mich wirklich wie ein Volltrottel in seiner Nähe …

Nach einer Weile fügt er hinzu: »Willst du noch einen Müsliriegel?«

»Danke, ich habe keinen Hunger.« Seit er diese abwertende Haltung mir gegenüber eingenommen hat, ist mir tatsächlich der Appetit vergangen. Zum wiederholten Male möchte ich den Kopf über mich selbst und diesen verrückten Tag schütteln. Hier sitze ich mit einem Halbwolf in einem Zelt!

Dann, als ich endlich in meinem Schlafsack daliege und meinen Zopf neu flechte, vibriert mein Handy. Gut, dass ich ein Akkuladegerät mitgenommen habe. Es ist eine Nachricht von Snow.

Auf dem Weg nach Hause haben wir einen Wolf erschlagen. Den, der das Haus der drei Schweinchen umgepustet hat. Wolfgang. Wie läuft es mit deinem Wolf?

Mir bleibt fast die Spucke weg. Ist das ihr Ernst?

Mein Wolf und ich haben eine Spur gefunden und leben daher beide noch – tippe ich, bevor ich mein Smartphone wütend in die Ecke schleudere.

»Bei allen sieben Geißlein, jetzt schlaf einfach«, zischt Ever mir zu.

Ich schlucke, vergrabe dann meine Hände tiefer im Schlafsack. Das Schaffell im Inneren kratzt ein wenig, aber mir gefällt das Gefühl unter meinen Fingern. Irgendwie beruhigend. Wahrscheinlich bin ich einfach zu laut für Evers Geschmack. Ob es das ist? Eine Weile starre ich an die Decke über mir. Bin ich zu laut und zu wenig prinzessinnenhaft, um jemals einen Prinzen für mich zu gewinnen? Meine Augen haben sich so weit an die Dunkelheit gewöhnt, dass ich das Blau des Stoffes erkennen kann. Ever liegt so nahe neben mir … Wenn ich eine Hand ausstrecken würde, könnte ich ihn berühren, über seinen Dreitagebart streichen …

Dann rolle ich mich auf die Seite, um Ever in seinem Schlafsack anzusehen. Er hat sich nur halb zugedeckt. Trägt ein Shirt einer mir unbekannten Rockband. Seine Brust hebt und senkt sich. Ohne seine Brille sieht er noch niedlicher aus. Diese Gesichtszüge gleichen einem dieser Indie-Rockband-Sänger. Vermutlich wäre er ein gefeierter Star, wenn er etwas mehr aus sich herauskommen und Musik machen würde. Aber wahrscheinlich bedeutet dem Hipster in ihm Berühmtheit rein gar nichts. Ein einzelner leiser Schnarchlaut entweicht seinen Lippen. Offenbar ist er schon ins Reich der Träume geglitten, der Glückliche. Wirklich, ich sollte aufhören, ihn so anzusehen. Im Gegensatz zu mir, die sich hier schlaflos hin und her wälzt, ist ihm unsere pikante Situation, sprich Seite an Seite einzuschlafen, anscheinend völlig gleich. Himmel, warum denke ich eigentlich so viel über diesen Hipster-Wolf nach? Er ist ein verdammter Wolf und ich Rotkäppchen! Was denke ich mir eigentlich?

Seufzend rolle ich mich zurück auf den Rücken. Wenn ich das doch auch nur so einfach hinbekommen würde. Sorgenfrei einschlafen. Meine Gedanken driften zu Rose ab und dann wieder zu Ever. Die nächsten Minuten sehe ich nur sein Lächeln vor mir, dabei knibbele ich an meinem Schlafsack herum, ziehe ein paar einzelne Fäden daraus hervor. Keine Spur mehr von Müdigkeit.

»Schlaf jetzt, Bloggergirl«, murmelt Ever. Er nimmt meine Hand und zieht sie vom Reißverschluss des Schlafsacks weg, an dem ich herumgespielt habe. Sicher habe ich ihn damit genervt. Die Stelle an meinem Arm, an der er mich berührt, kribbelt. Bloggergirl. Wie abwertend das aus seinem Mund klingt. Nein, dieser Mann scheint keine Gefühle für mich zu hegen. Ich befinde mich auf einer Einbahnstraße, wie mir langsam klar wird. Jedes weitere Wort bleibt mir im Hals stecken. Also schließe ich die Augen. Ever scheint wieder eingeschlafen zu sein, hält aber weiterhin mein Handgelenk fest umschlossen. Ich schiele auf unsere Hände. Obwohl ich davon überzeugt bin, so auf keinen Fall jemals einschlafen zu können, döse ich kurze Zeit später doch ein. Ich muss mir diesen Hipster-Wolf aus dem Kopf schlagen, wenn ich nicht an einem gebrochenen Herzen leiden will. Das wäre dumm und gar nicht meinem üblichen Verhaltensmuster entsprechend: glücklich irgendwelche Leute im Wald herumzukommandieren. Fallen zu stellen. Mit mir im Reinen zu sein. Allein. Und dann bin ich endlich weg, falle in den ersehnten, traumlosen Schlaf.

Vogelgezwitscher weckt mich. Und ein Specht, der es sich augenscheinlich zum Ziel gesetzt hat, meine Nerven genauso wie diesen Baum zu durchbohren, den er gerade bearbeitet.

»Guten Morgen«, gähnt Ever neben mir. Er streckt sich und dreht sich dann auf die Seite, sodass er mich direkt ansieht. »Gut geschlafen?«

»Normalerweise fragt mich das niemand vor meinem ersten Kaffee«, maule ich, während ich mir über die Augen reibe. Mist, daran habe ich gar nicht gedacht. Wo soll ich an diesem Morgen Kaffee auftreiben?

Ever lacht. »Autsch, da sollte ich wohl besser aufpassen, dass du mich heute nicht vor lauter Koffein-Entzug beißt.«

Beißen. Das bringt mich auf ein ganz anderes Thema. »Ja, sehr witzig. Bei dir brauche ich mir heute keine Sorgen zu machen, richtig? Wann ist Vollmond?«

Augenblicklich verdüstert sich Evers Gesicht. »In zwei Tagen.«

Oh, das ist bald.

Eigentlich will ich ihn fragen, was genau dann mit ihm passiert und ob er sich beherrschen kann oder an Vollmond zu einem wilden Wolf wird, vor dem ich mich besser in Acht nehmen sollte, doch da springt er schon auf und beginnt, seinen Schlafsack hektisch in die dafür vorgesehene Tasche zu stopfen. »Lass uns gehen, Red. Vielleicht treiben wir unterwegs noch einen Kaffee für dich auf.«

Zehn Minuten später laufen wir müsliriegelkauend nebeneinander her. Und zwar weiter nach Süden. Bisher hat Ever nur missmutig irgendwelche Steine aus dem Weg gekickt, aber kein Wort gesprochen. Wahrscheinlich bereitet ihm der Gedanke an die Vollmondnacht Sorgen.

Während wir den Wald verlassen und auf einen Weg gelangen, der sich über eine saftiggrüne Hügellandschaft windet, zupfe ich an meiner Zopfkranzfrisur.

»Du siehst aus, als wolltest du um einen Maibaum im Dorf tanzen«, bemerkt Ever daraufhin.

Meine Finger halten inne. »Du hast nur einfach keine Ahnung, welche Frisur gerade unter Bloggern angesagt ist.«

Ever atmet prustend aus. »Das möchte ich auch gar nicht.«

Ach? Ich lasse mich zwei Schritte zurückfallen und äffe dann seinen letzten Satz lautlos nach. Trotzdem scheint er zu bemerken, was ich gerade tue und sieht mich über seine Schulter hinweg an. Wie macht er das bloß? »Bist du jetzt eingeschnappt, Bloggergirl?«

»Nein«, sage ich eingeschnappt. »Dir ist wohl der vegane Hirse-Riegel zu schnell in die Blutbahn geraten!« Ich stoße ein verächtliches Schnauben aus, zupfe dann an meinem roten Cape. »Und jetzt schau nach vorn auf den Weg, oder ist vorwärtszulaufen und gleichzeitig nach hinten zu gucken der neuste Hipster-Trend, den das gemeine Volk erst nächstes Jahr entdecken wird?«

Wieder bleibt Ever cool. Offensichtlich versucht er, sich nicht mehr von mir provozieren zu lassen.

»Wir sind gleich an der Kreuzung Richtung Neverland und Wonderland. Zeit, das Wollknäuel zu werfen«, informiert er mich nur.

Gut, soll er doch das blöde Wollknäuel werfen. Ob Fear es schon vermisst? Oder hat sie vielleicht noch mehr davon? Braucht sie ja eigentlich sowieso nicht in ihrer Hütte. Warum mache ich mir eigentlich Gedanken um die geflohtoxte Hexe? Ich halte inne. Vermutlich habe ich so etwas wie Mitleid für sie entwickelt?

»Hörst du mir zu?« Ever schnippst mit den Fingern vor meinem Gesicht herum.

Aus irgendeinem Grund ärgert mich das. Vielleicht gerade, weil er sich nicht über meinen Hipster-Spruch ärgert. »Wenn du deine Finger behalten willst, lass das gefälligst«, knurre ich.

»Warum so aggressiv?«

Ich zucke mit den Schultern, während meine Schritte langsamer werden.

Vielsagend neigt Ever den Kopf. »Verstehe.«

»Was verstehst du?«

»Alles. Deine aufbrausende Art und warum du diese ganze Rettungsaktion durchziehst.«

Na, da bin ich aber mal gespannt, mit welcher Theorie er jetzt aus der Hüfte schießt! Nachdem ich mehrfach heftig geblinzelt habe, hebe ich eine Augenbraue. »Ach, ist das so? Hast du einen Psychologen verschluckt oder wie?«

»Nein.« Er wirft mir einen pikierten Blick zu. »Aber dein Verhalten ist so offensichtlich.«

So? Offensichtlich? Ganz dünnes Eis, Herr Hipster. Kaum habe ich den Mund geöffnet, fährt Ever schon fort: »Du fühlst dich unterlegen und versuchst deshalb, die Menschen um dich herum runterzubuttern. Um dich überlegen zu fühlen. Deshalb musst du dich ständig über andere lustig machen.«

Mir bleibt die Spucke weg. »Bestimmt! Deshalb renne ich durch einen tautriefenden Wald und suche die Ehemänner meiner Freundinnen. Aus reiner Bosheit und Arroganz. Und Zeit habe ich auch zu viel. Ich weiß kaum, wohin damit!«

Ever bleibt stehen und sieht mich direkt an.

»Alle deine Freunde haben einen Prinzen geheiratet und Snow zieht dich sogar damit auf. Du willst es ihnen beweisen und die Prinzen auf eigene Faust finden, damit hinterher alle anerkennen müssen, wie toll und wie mutig du bist. Keiner soll mehr über dich sagen: *Red hat aber keinen Prinzen so wie ihre Freundinnen abge-*

kriegt. Das wird dann nebensächlich sein. Nur deswegen suchst du nach ihnen.«

Das glaube ich jetzt einfach nicht!

»Wenigstens weiß ich jetzt, wie du dir deine Storys für dein Magazin zusammenfantasierst.« Ich schaffe es, äußerlich cool zu bleiben, und schlage zurück, bevor er sich erholen kann: »Vielleicht sollten wir mal über dich reden, Herr Hirse-Journalist. Nenne mir doch mal fünf plausible Gründe, die dich dazu bringen, hier mit mir durch den Wald zu rennen und die Ehemänner meiner Freundinnen zu suchen. Okay, weil du es bist, nenne mir EINEN Grund. Gehen dir die Leser aus? Gibt's nichts Neues mehr an der Eichenmoos-gegen-Fußpilz-Front?«

Jetzt läuft der Hipster-Wolf rot an. »Das hat überhaupt gar nichts mit deinen Problemen zu tun. Hör auf, vom Thema abzulenken.«

»Vom Thema ablenken ist das Stichwort! Der Wolf schnüffelt nach einer Story und ich werde das Gefühl nicht los, dass das nicht alles ist!« Langsam gewinnt meine Stimme an Schnelligkeit und Lautstärke.

»Du verstehst das nicht. DU bist Rotkäppchen …!«

Eine Weile geht das so weiter, wir schreien uns gegenseitig an, bis uns beiden die Luft ausgeht. Ich muss mich sogar an einem Straßenschild abstützen, an dem zwei Holzpfeile mit verschlungener Schrift angebracht sind. »Neverland« und »Wonderland« steht darauf. Mein Blick folgt dem Wonderland-Pfeil Richtung Westen. Wie soll ich unsere Rettungsmission mit diesem Hobby-Psychologen überstehen? Am Ende bringe ich ihn noch um, bevor Snow es tun kann.

Ein Stück Wolle fliegt an mir vorbei. Geworfen von Ever.

Ich verfolge es mit meinen Blicken. Die magische Schnur rollt und rollt. Mitten an der Weggabelung hält sie kurz inne, entrollt sich nach Süden, Richtung Neverland, doch dann ganz plötzlich ändert sie die Richtung und krabbelt doch noch nach Wonderland.

Ever, dessen Atem wie eine Blechschüssel rasselt, kratzt sich im Nacken. »Hast du das gesehen?«

»Wer weiß schon, mit welchem egoistischen Hintergedanken meine Antwort ausfällt. Vielleicht will ich dir damit ja irgendwas beweisen!«, bemerke ich spitz. Offensichtlich versteht er den Seitenhieb.

»Lass das. Wir können später weiterstreiten. Jetzt geht es um Wichtigeres.«

Da stimme ich ihm ausnahmsweise einmal zu. »Dass die Schnur zuerst in Richtung Süden wies und jetzt nach Westen ist doch ungewöhnlich, oder? Was kann das bedeuten?«

»Auf jeden Fall stimmt hier etwas ganz und gar nicht«, spekuliert Ever. »Aber was?«

»Vielleicht ein Verwirrungszauber? Jemand könnte versuchen, die Spur der Prinzen zu verwischen?«

»Möglich.«

Hm … Mit gemischten Gefühlen ziehe ich mein Smartphone aus der Tasche. Dann wähle ich Snows Nummer.

Nach nur einem Mal klingeln hebt sie ab. »Hallo? Red? Was gibt's?«

»Hi, Snow« Ich schlucke kurz meinen Ärger hinunter, um mich zu sammeln. »Ever und ich stehen an der Weggabelung an der südlichen Grenze. Ich weiß, Spieglein kann die Prinzen nicht aufspüren, aber vielleicht kann er wenigstens sagen, was es zu bedeuten hat, wenn sich Fears magisches Wollknäuel zuerst in eine Richtung entrollt und dann in eine andere?«

»Merkwürdige Frage, aber ich gebe sie mal an Spieglein weiter.« Es wird still in der Leitung. Dann höre ich, wie Snow etwas weiter entfernt den Spiegel befragt.

»Chaosmagie«, blökt Spieglein. »Warum bin ich da nicht schon früher draufgekommen?«

Chaosmagie?

»Huhu«, schmatzt eine andere Stimme in den Hörer. »Watn so los. Lebtn der Wuff noch?«

»Man versteht dich so schlecht durch das Buttercremetörtchen, Rapunzel«, sage ich. Sicher meint sie den Wolf. Ever.

Bevor Rapunzel die zweihundert Gramm Törtchen hinunterwürgen kann, bringt Snow das Telefon nach kurzem Gerangel wieder in ihre Gewalt. »Hallo? Bist du noch dran, Red? Spieglein meinte etwas von Chaosmagie und dass er das Internet durchforsten will. Könnte sein, dass Rumpelstilzchen dahintersteckt. Den sollten wir uns vorknöpfen. Sonst hat Spieglein leider noch nichts herausgefunden. Auch dieses gelöschte Foto von WKWH ist unauffindbar. Wie auch immer. Mädels: Planänderung!«, schreit sie die anderen an. »Ich rufe dich später zurück, Red. Mach's gut!«

Was? Für einen Moment bin ich sprachlos. Da hat sie doch tatsächlich aufgelegt. Einfach unser Gespräch abgebrochen. Snow tut ja gerade so, als hätte sie das alles herausgefunden ...

Langsam lasse ich das Handy sinken, schiele dann in Richtung Ever. »Hm, dieser Zauber, der uns die Prinzen nicht aufspüren lässt, dehnt sich anscheinend auf diese Grenze hier aus. Das Wollknäuel wurde womöglich absichtlich in die Irre geführt.«

»Welches Wort hat Spieglein benutzt?«, hakt Ever nach. »Chaosmagie?«

Ich nicke. »Sie vermuten, dass Rumpelstilzchen dahintersteckt.« Nachdenklich tippe ich mir ans Kinn. »Wenn uns dieser Zauber verwirren soll, wenn es wirklich Chaosmagie ist, die alles durcheinanderzubringen versucht, dann müssten wir doch einfach nur das Gegenteil von dem tun, was uns das Wollknäuel anzeigt, oder?«

»Vermutlich?« Evers Gesicht ist ein einziges Fragezeichen und in mir keimt der Verdacht auf, dass er die Verantwortung für die durchgedrehte Wolle auf mich abwälzen will. Er betrachtet das Wollknäuel, das zunächst nach Neverland wollte und dann einen U-Turn Richtung Wonderland hingelegt hat. »Dann wohl Neverland?« Sein Blick flattert zwischen den beiden Wegabzweigungen hin und her.

Aber irgendeine Entscheidung müssen wir treffen und ich bin fest entschlossen, Ever zu zeigen, wer hier der bessere Mensch beziehungsweise Halbwolf ist. Also sage ich bestimmt: »Neverland.«

Ein wenig später, ein Stück weiter nördlich im Märchenwald

Rapunzel hält Rumpelstilzchen am Hals gepackt, sodass seine winzigen Füße kaum mehr den Boden berühren. Kurz zuvor hat er mit einem Roundhouse-Kick Rose auf die Knie gezwungen und damit ausgeschaltet. Sie schläft also am Rande des Schlachtfelds den Schlaf der Ex-Rosenhecken-Geisel. Rechts von ihm schwingt Cinder drohend ihren Selfiestick.

Zufrieden betrachtet Snow das Geschehen. »So. Du denkst also, du kannst es mit uns Vieren aufnehmen und dann auch noch behaupten, du hättest unsere Ehemänner NICHT entführt!«

»Was seid ihr?«, röchelt Rumpelstilzchen. Seine Stimme klingt wie die eines bockigen Kleinkindes. »Die Schneewittchen-Gang?«

Snows Lächeln hat etwas Raubkatzenartiges. »Erzähl mir mehr von dieser Chaosmagie. Du benutzt sie, richtig?«

Da Rumpelstilzchen inzwischen blau angelaufen ist, stellt Rapunzel ihn auf den Boden, damit er Snows Frage beantworten kann. Ihre Bewegungen wirken beinahe routiniert.

»Die hellsten Glühwürmchen im Unterholz seid ihr schon mal nicht, das steht fest.« Rumpelstilzchen bewegt den Nacken, als wollte er testen, ob sein Kopf noch an seinem Platz sitzt. »Ja, ich benutze Chaosmagie, genau wie ein Dutzend anderer Bewohner des Märchenwaldes auch!« Chaosmagie. Reine Magie, die alles durcheinanderbringt. Und nur eine der unzähligen Magieformen auf dieser Welt.

Mit ihrem Messer tippt sich Snow gegen das Kinn. »Soso. Interessant. Das grenzt die Sache irgendwie ein. Obwohl … Was ist mit den anderen Ländern? Wer benutzt noch Chaosmagie?«

»Na ja. Im Morgenland praktisch alle, außer den Dschinns. Die verwenden Wunschmagie.«

»Verdammt«, flucht Cinder.

Das ist nicht gerade die Antwort, auf die Snow gehofft hat.

»In Wonderland gibt es natürlich die Herzkönigin … und in Neverland … das weiß ich gar nicht so genau. Dort ist alles so anders. Dieser Nicht-Alterungszauber, den sie dort haben, überlagert irgendwie alles.«

»Verstehe. Aber irgendwo müssen wir mit dem Verhören und Töten anfangen«, nickt Snow sachlich. »Was uns wieder zurück zu dir bringt. Mit dir beginnen wir.«

Rumpelstilzchens Blick flackert kurz, dann reißt er sich wieder zusammen. Mit Rapunzels Hand an seinem Hals kann er sein Pokerface nicht aufrechterhalten, bemüht sich aber, so gelassen wie möglich zu wirken. »Das könnt ihr euch sparen. Ich habe nichts damit zu tun.«

»Glauben wir dir nicht!« Cinder lässt ihren Selfiestick wie ein Laserschwert kreisen, pikst ihn dann ein paarmal damit in die Rippen.

»Bei allen tanzenden Schuhen, kann mir mal jemand diese Wahnsinnigen vom Hals schaffen?«, beginnt Rumpelstilzchen zu schreien.

Snow zuckt nicht mal mit einem Augenlid. Eine eher rhetorische Frage. Hier in diesem abgelegenen Waldabschnitt kommen nicht mal Hase und Igel vorbei.

»Prinzessinnen, wir könnten das doch auch ganz anders regeln.« Seine Stimme klingt plötzlich sanft und ein paar Töne tiefer.

Rapunzel fletscht die Zähne. »Du glaubst doch nicht etwa, dass wir dir unsere Erstgeborenen für einen Gefallen überlassen? Dieses Angebot hatten wir gestern schon mal. Da hättest du früher aufstehen sollen.«

»Inakzeptabel«, bestätigt Cinder, während Snow auflacht.

Der Himmel verdüstert sich zusehends. Eine Gewitterbrise weht die Haare der Prinzessinnen über deren Schultern, spielt mit ihnen, was die drei wie Rachegöttinnen wirken lässt. Rose schlummert immer noch friedlich. Ihre Brust hebt und senkt sich in regelmäßigen Atemzügen. Nur ihr rosarotes Kleid mit den Glockenärmeln sieht ziemlich mitgenommen aus.

»Okay, ein Deal«, wiederholt Snow. Sie zieht eine Augenbraue spöttisch nach oben. »Wir machen dir ein Angebot, das du nicht ausschlagen kannst: Du verrätst uns alles, was du über das Verschwinden unserer Ehemänner weißt und wer hinter deren Entführung steckt. Dafür bekommst du dann ein Buttercremetörtchen.«

Jetzt ist es an Rumpelstilzchen, spöttisch aufzulachen. »Wirklich ein wahnsinnig attraktives Angebot, aber ich sehe mich außerstande, es in Erwägung zu ziehen. Das bedeutet NEIN.« Von einer Sekunde auf die andere sprühen plötzlich Funken aus seinen Fingerspitzen. Chaosmagie!

Rapunzel erschrickt, passt einen Moment nicht auf, was Rumpelstilzchen zu seinem Vorteil nutzt. Blitzschnell entwindet er sich aus ihrem Griff, duckt sich und macht zwei Schritte zur Seite. »Ha! Dämliches Prinzessinnen-Pack! Zum Verhören und Töten gehören immer zwei! Einer, der es macht, und einer, der es mit sich machen lässt!« Triumphierend reckt er die Faust, zeigt den Prinzessinnen reihum den

Mittelfinger. »Auf Nimmerwiedersehen, Schneewittchen-Gang!« Und damit macht er zwei Schritte rückwärts. Dabei scheint er vergessen zu haben, dass Rose genau hinter ihm auf dem Boden liegt. Rumpelstilzchen stolpert über die leise schnarchende Prinzessin, rudert wild mit den Armen.

Snow, Rapunzel und Cinder beobachten mit mehr oder weniger offenen Mündern, wie er in einem kleinen Bogen zu Boden segelt und dann mit dem Hinterkopf hart aufschlägt. Ein widerliches Knacken ertönt, worauf alle wachen Prinzessinnen gleichzeitig das Gesicht verziehen.

»Autsch«, würgt Cinder hervor. Sie wirft Rumpelstilzchen einen prüfenden Blick zu. Doch der liegt reglos am Boden, mit weit aufgerissenen Augen, die in den Himmel starren. Jeglicher Funke Leben ist aus ihnen gewichen.

Snow lässt ihre Knöchel knacken. »Tja, das war es dann wohl … Er ist hinüber.«

In Rapunzels Stimme liegt ein jammernder Unterton, als sie sich zu ihren Freundinnen umdreht. »Warum passiert uns das nur immer wieder? Das ist ja fast so wie vorhin bei Pain!«

Offensichtlich hat sie damit gar nicht mal so Unrecht. Schon wieder ein Unfall, bei dem sich einer der Antihelden den Kopf aufgeschlagen hat wie ein Ei in einer Bratpfanne. Wenn das so weitergeht, füllt sich die Verhöre-und-Töte-Liste im Handumdrehen mit toten Verdächtigen. Mord ist ihr Hobby. Könnte man sagen.

Abwägend lässt Snow die Schultern kreisen. »Wir brauchen einen neuen Plan. Irgendwelche Vorschläge?«

Cinder seufzt, wobei sie sich am Kopf kratzt. »Wir müssen noch mehr Chaosmagie-Anwender befragen. Irgendjemand hat Reds Wollknäuel mit Chaosmagie beeinflusst, um uns davon abzuhalten, unsere Happy Ends zu finden.«

»Denke ich auch!«, stimmt Rapunzel hastig zu. Sie rückt näher an ihre Freundinnen heran, wippt dann auf ihren Füßen auf und ab. Ein paar Tannenzweige haben sich in ihrem langen Zopf verfangen.

»Gut«, freut sich Snow. »Wo hat er gleich gesagt, stecken die meisten Chaosmagie-Anwender?«

»Oh, oh.« Rapunzel beginnt, noch höher zu hüpfen. »Ich weiß: im Morgenland! Vielleicht kommen die Täter von dort! Könnte es nicht sein, dass einer der Wüstenbewohner diese ganze Chaosmagie über unsere Ehemänner gelegt hat, damit wir sie nicht finden können?«

Wo sie recht hat, hat sie recht. Schließlich ist selbst Spieglein bei der Prinzensuche ratlos. Die Spuren sind zu gut verwischt. Als Snow sie für ihre Schlussfolgerung lobt, laufen Rapunzels Wangen himbeerweinrot an. »Zumindest stehen die Chancen dort am besten. Dann lasst uns fürs Morgenland packen. Wir nehmen meine Kutsche!«, erhebt Snow ihre Stimme. Ein paar Vögel flattern erschreckt aus den Baumwipfeln auf. Sicher haben sie Angst, Snow könnte sie verspeisen und danach ihre Knochen als Zahnstocher benutzen.

Von Snows Geschrei aufgeweckt, räkelt sich jetzt auch Rose auf dem Waldboden. »Hab ich was verpasst? Ist irgendwas?«

Cinder atmet einmal tief ein, klappt dann ihren Selfiestick zusammen. »Nein, nichts. Wir brechen nur in Richtung Morgenland auf … und … du hast gerade Rumpelstilzchen um die Ecke gebracht.«

~Red~

Die Würfel sind gefallen. Nächster Halt: Neverland. Zwar koche ich immer noch auf ungefähr fünfundvierzig Grad nach unserem Streit, dennoch versuche ich, mich der Sache wegen zusammenzureißen. Also laufe ich schweigend neben Ever her, in Richtung der Landesgrenze. In Neverland war ich bisher noch nie. Mutter und Großmutter wollten mich nie gehen lassen, allerdings habe ich viele Geschichten über dieses Land gehört. Vor allem, dass man dort nicht erwachsen wird. Die Bewohner leiden also am Peter-Pan-Syndrom. Das kommt mir schon irgendwie bekannt vor.

Irgendwann spüre ich Evers Blicke auf mir, ignoriere sie allerdings so gut es geht. Genau genommen starre ich absichtlich in eine andere Richtung und fahre dabei über meine Zopffrisur. Anstatt mit ihm zu reden, täusche ich vor, ein paar lose Strähnen zurechtstecken zu müssen.

Nach fünfzehn sehr schweigsamen Minuten, in denen nur das Knirschen von Kies unter unseren Schuhen zu hören ist, erreichen wir die Grenze. Ein Schild markiert den Ort des Übergangs von einem ins andere Land. »Sie verlassen nun den Märchenwald. Beehren Sie uns bald wieder. Wir haben auch Käse!«, steht ganz oben darauf. Ich frage mich, welche Touristenbehörde diesen cleveren Marketing-Spruch gebrainstormt hat. Das sorgt sicher für Traffic auf den verschlungenen Waldpfaden. Ganz unten auf dem Holzschild hat jemand noch den obligatorischen Hinweis eingeritzt: »Hinter diesem Schild beginnt Neverland. Viel Spaß beim Nicht-Erwachsen-Werden.«

Ich lasse meinen Blick in die Ferne schweifen. Nach ein paar Metern endet der Weg im südlichen Meer. Man muss ein Schiff nehmen, um Neverland zu erreichen, oder den Nimmermeer-Tunnel. So sagt man. Nur weiß ich leider nicht, wo der zu finden ist. Ever auch nicht, als ich ihn danach frage.

Ob Google das weiß? Skeptisch zücke ich mein Handy, aber wie erwartet, kann Siri nichts mit diesem Begriff anfangen, noch nicht mal mit einem Google-Link dienen.

Von dieser ereignislosen Suche frustriert, lehne ich mich gegen das Wegweiserschild, das unter meinem Gewicht bedenklich knarrt. »Na toll. Was jetzt? Warten wir auf das nächste Schiff?«

Ever kratzt sich im Nacken. »Falls wir niemanden finden, der uns zeigt, wo dieser neue Tunnel liegt, ist das wohl die einzige Möglichkeit.«

Da uns wirklich nichts anderes übrig bleibt, begeben wir uns zähneknirschend auf den Landungssteg, der ins Meer ragt. »Neverlandfähre – Anlegestation. Stündlicher Verkehr von acht bis zwanzig Uhr«, verkündet ein verrostetes Schild.

Nach einem kurzen Seufzer meinerseits, setzen wir uns auf die Holzplanken. Unser Gepäck lege ich demonstrativ zwischen uns. Daraufhin wirft er mir einen Blick unter hochgezogenen Augenbrauen zu, den ich jedoch ignoriere.

Je mehr Distanz ich zu ihm aufbaue, desto besser, rede ich mir ein. Schließlich hat er eindeutig kein Interesse an mir und unglücklich verliebt zu sein ist so ziemlich das Letzte, was ich jetzt gebrauchen kann. Nach dieser einen Woche wird sich Ever seine Story schnappen und zurück zu seinen Nerd-Freunden verschwinden. Auf Nimmerwiedersehen sozusagen. Schneller als ich »Handgemachter Jutebeutel« sagen kann.

Ungefähr alle zwei Minuten schaue ich auf meine Uhr, was die ganze Warterei nur noch unerträglicher macht. Außerdem piksen mich ein paar große Holzsplitter durch meine Hose in den Hintern.

»Warten ist nicht gerade deine Spezialität, oder?«, bemerkt Ever nach acht Minuten und dreiundzwanzig Sekunden.

Der Sherlock Holmes unter den Werwölfen …

»Möglich. Wenn ich etwas richtig gut kann, dann ist es Warten und mir einen Ehemann suchen. Ja, wirklich. Das hab' ich im Schlaf drauf«, gebe ich zurück.

Schweigen.

»Ich dachte, du bist langsam wieder auf einem normalen Level an Kratzbürstigkeit angelangt … Doch offensichtlich ist es dafür noch zu früh.«

Wie hat er das bloß erkannt? Wirklich, für seine Kombinationsgabe kann man ihn nur in den Himmel loben. Als Nächstes wird er noch zwei und zwei zusammenzählen und feierlich verkünden, dass das unter Umständen vier ergeben kann. Ich reibe mir über die Stirn. Diese verdammten Prinzen müssen gefunden und zurück auf ihre jeweiligen Schlösser verteilt werden und zwar pronto!

»Da, sieh nur! Hoffnung am Horizont!« Ever springt auf und deutet in die Ferne. Tatsächlich. Ein Schiff. Genauer gesagt: ein dreimastiges Segelschiff. Es kommt auf uns zugeschossen, so als würde es von Magie angetrieben werden. Als ich die Augen zusammenkneife, erkenne ich den Namen des Schiffs, der auf dem Rumpf zu lesen ist: »Hoffnung«.

Wir werden also mit *Hoffnung* nach Neverland reisen. Gerne würde ich jetzt hysterisch auflachen, verkneife mir diese Reaktion aber. Schließlich will ich Ever nicht noch mehr Angriffsfläche für seine Theorie »Red ist frustriert und hat einen Komplex, weil sie keinen Prinzen abgekriegt hat, weswegen sie sich ständig beschweren und beweisen muss« liefern. Also rolle ich nur die Augen gen Himmel und werfe mir dann den Rucksack über die Schulter. Als ich wieder aufblicke, legt die *Hoffnung* direkt vor uns an. Wirklich. Magie. Vielleicht sogar Tinkermagie …

»Hohoho! Ihr Landratten!« Ein blonder Matrose kommt auf die Reling gesprungen. Er kann nicht älter als zwölf Jahre sein. Unter seinem blau-weiß gestreiften Hemd lugt reichlich Babyspeck hervor. Und was ist das an seinem Gürtel? Ein Kurzschwert aus Holz? Selbst geschnitzt? Hinter ihm wird gerade eine Planke ausgefahren, die bis auf den Steg reicht. Rothaarige Zwillingsjungen ächzen, als sie endlich aufliegt. Der linke rutscht daraufhin auf Socken die Holzplanke hinunter, als sei es eine Rutschbahn. Dann vertäut er das Schiff.

Ich blinzle. Neben dem Blonden tauchen noch mehr kleine Jungen auf. Fast alle Jungs tragen Basecaps oder Wollmützen mit angenähten Tierohren. Ein sommersprossiger Junge trägt sogar einen gefalteten Papierhut mit angetackerten Stinktierohren. Das müssen die verlorenen Jungs sein. Von denen habe ich gehört! Offensichtlich führen sie hier den Fährbetrieb.

»Ja, ähm … Aye, aye Käpt'n?« Was sagt man denn so im Seemann-Fachjargon zur Begrüßung?

»Was die Lady hier sagen möchte«, ergreift Ever das Wort, »seid gegrüßt, Seeleute. Was kostet denn eine Überfahrt mit euch?«

Der blonde Kapitän nimmt seine weiße Matrosenmütze mit den Eisbär-Ohren ab, drückt sie sich dann in einer theatralischen Geste ans Herz. »Zwei Silberstücke. Oder einen Kuss von der hübschen Lady! Pro Person.«

Ich schaue mich um, stelle dann aber fest, dass wir allein sind. Damit bin dann wohl ich gemeint. Alles klar. Ich grinse breit. Plötzlich sind alle Augen auf mich gerichtet. Mich beschleicht das Gefühl, in einen Hinterhalt gelockt worden zu sein und mein Lächeln verblasst nach und nach. Ich zupfe ein wenig an meinem roten Cape. Selbst die Plüschohren wirken wie aufmerksam in meine Richtung gedreht. »Einen Kuss für meine Überfahrt. Der Hipster hier zahlt selbst.« Mit dem Daumen deute ich auf Ever, der mich daraufhin böse ansieht.

Der Kapitän freut sich. »Dann auf, auf. Hinauf mit euch.«

»Warte mal«, bremse ich ihn. »Du meinst doch einen Wangenkuss für dich, richtig?«

»Nein, einen Zungenkuss für Hooks Krokodil«, zwinkert er mir zu. »Aber zu einem Kuss mit Zunge würde ich auch nicht nein sagen.«

Ever ist schon halb die Planke emporgeklettert. »Ist nicht drin, dafür bist du zu jung, Kleiner.«

Ich habe das Gefühl, für diese Bemerkung würden ihn die verlorenen Jungs gern über die Planke springen lassen. In das offene Maul eines Krokodils oder so.

Nach ein paar Sekunden des säuerlichen Anschweigens winkt Blondie ab. »Alter ist relativ.«

Seine Kollegen nicken zustimmend. Die Öhrchen wackeln dabei lustig. »Sie sieht aus wie Tinkerbell, nur in Groß«, höre ich einen der rothaarigen Zwillinge flüstern. Ausgestreckte Finger deuten auf mich.

Fabelhaft.

Die letzten Meter ziehen mich die Zwillingsmatrosen nach oben. Nachdem ich aufs Deck gesprungen bin, muss ich mich erst einen Augenblick an die schwankenden Bewegungen des Schiffs unter mir gewöhnen, bevor ich mich umsehe. Alle hier tragen dieselben weißen Hosen und gestreiften T-Shirts. Blondie scheint unter ihnen der Anführer zu sein. Ich zähle durch und komme auf neun verlorene Jungs. Sollten das nicht mehr sein? Als ich meine Hand zum Gruß hebe, erklingt eine Melodie. Es ist Spiegleins Reim-Gedicht, das er für Snow geschrieben hat. Peinlich berührt ziehe ich mein Handy aus der Tasche. Es ist Spieglein persönlich. Seine neue, sicherlich gehackte Telefonnummer. Und meinen Klingelton hat er natürlich auch gleich mit dazu gehackt. Erneut.

»Was willst du?«, zische ich.

»Was machst du in Neverland?«, fragt er zurück.

»Eine Spur verfolgen? Und hör damit auf, mich ständig zu orten!«

Spieglein lacht höhnisch auf. »Du machst es einem aber auch fast schon zu leicht! Schon mal was von einer Firewall und digitalen Abwehrsystemen gehört?«

»Schon mal was von Privatsphäre gehört?«

Über meine Schulter werfe ich Ever einen Blick zu und flüstere: »Es ist Spieglein, Snows besserwisserischer Taschenspiegel.«

»Das habe ich gehört, Red. Jedenfalls«, fährt Spieglein fort, »die anderen verfolgen eine bedeutend vielversprechendere Spur als ihr, wollte ich euch nur mitteilen. Vielleicht möchtet ihr euch anschließen? Sie führt Richtung Morgenland.«

Ich werfe einen Blick in die Runde. Zu Ever, der direkt hinter mir steht, dann in Richtung des blonden Anführers, bis ich jeden von den verlorenen Jungs einmal angesehen habe. Die ganze Schiffsbesatzung starrt mich ehrfürchtig an. So als hätten sie noch nie zuvor ein Mädchen gesehen.

Ever räuspert sich. »Ihr bekommt nicht oft weiblichen Besuch, oder?«

»Was ist jetzt?«, quakt Spiegleins Stimme aus meinem Handy.

»Nein, danke«, sage ich mechanisch. »Wir versuchen unser Glück zuerst in Neverland. Ihr schafft das schon. Lasst euch nur nicht von zwielichtigen Teppichhändlern über den Tisch ziehen.«

»Haha«, äfft Spieglein meine Stimme nach. »Aber in sechs Tagen erwartet Snow den Kopf von diesem Wolf. Am besten auf einem silbernen Tablett und du solltest –«

Doch bevor er weiterreden kann, um mir mitzuteilen, was ich *sollte*, lege ich auf. Sicherlich wird er mir dafür später noch eins auswischen. Einen neuen, ekelhaften Sperrbildschirm aus einem Horrorfilm einrichten oder alle meine Songs auf der Musik-App gegen Schlagerversionen tauschen. Aber das ist mir jetzt erst mal egal. Soll er doch. Nachdem ich mein Smartphone in der Tasche verstaut habe, bemerke ich, dass immer noch alle Blicke der Anwesenden auf mir ruhen. »Ähm, wann legen wir denn ab, Käpt'n?«, frage ich, um die Stille zu durchbrechen.

Blondie strahlt mich an. »Nach der Bezahlung. Und du kannst mich ruhig Bailey nennen.«

»Aha«, sage ich. »Hallo, Bailey. Mein Name ist Red und das ist Everton. Vom tapferen Schreiberlein. Das Magazin.«

Die übrige Besatzung winkt uns zu. Stinktierohr kichert.

»Also?«, wiederholt Ever meine Frage. Ihm liegt offensichtlich nichts an dem Austausch von Höflichkeiten mit der Besatzung. »Wann legen wir ab?«

Bailey stößt sich von der Reling ab und kommt zu uns nach unten gesprungen. Dort wo er landet, ächzen die Schiffsplanken unter ihm. Obwohl er einen halben Kopf kleiner ist, plustert er sich wie ein stolzer Pfau vor mir auf. Dann zwinkert er mir zu. »Wie gesagt: nach der Bezahlung.«

Hinter mir knirscht Ever mit den Zähnen.

»Ich wäre dann so weit, holde Maid«, reimt Bailey. Er stellt sich sogar auf die Zehenspitzen, um seine Bezahlung einzufordern. Wie putzig. Über sein gesundes Selbstvertrauen muss ich schmunzeln.

»Hier sind vier Silbermünzen.« Plötzlich ist da eine Hand voller Silber. Es ist Evers Hand und sie deutet Richtung Bailey. »Damit ist alles beglichen und sie muss dich nicht mehr küssen.«

Wind kommt auf, weht mir die Haare mitten ins Gesicht, sodass ich einen Moment brauche, um zu antworten.

Bailey kommt mir zuvor. »Ich habe meinen Preis genannt und Red hat bereits zugestimmt.« Er schnappt sich zwei Silbermünzen. »Das ist der Preis für deine Fahrt. Red zahlt in Küssen.«

Evers Gesicht verdunkelt sich. Plötzlich beschlägt seine Nerdbrille. Er muss sie abnehmen, fährt sich dann einmal kurz über die Augen. Ohne Brille hat er etwas von einem französischen Laufstegmodel, fällt mir auf. Und das schon zum zweiten Mal.

»Wird sie nicht.«

Mir klappt der Mund auf.

»Wird sie doch«, ruft Bailey.

Interessant. Ein Streit unter Männern.

»Ich zahle für sie!«

»Sie zahlt mit einem Kuss!«

Ein relativ kleiner Junge mit braunen Locken, der eine Basecap mit Braunbärohren trägt, tritt nach vorne. »Klärt das doch unten auf der Wiese. Everton darf die Waffen wählen!« Die anderen Jungs jubeln. Ein dickes Kind mit Mäuseohren auf der Strickmütze hüpft auf und ab.

Was diese Jungen brauchen, ist ganz klar eine Erzieherin.

Ever guckt irritiert. »Ihr meint einen Holzschwertkampf, richtig?«

Überschwängliches Nicken.

»Auf keinen Fall, Jungs!«

»Schere, Stein, Papier, Drache, Meerjungfrau?«, schlage ich scheinheilig vor. »Dann bricht sich auch niemand von euch harten Jungs einen Fingernagel ab.«

Der Blick, den Ever mir daraufhin zuwirft, kann man nur als abgrundtief beleidigt beschreiben. »Ich streite nicht mit kleinen Jungs.«

Langsam verliere ich die Geduld. Wie lange wollen wir denn noch darüber streiten, ob ich einen Zwölfjährigen, der vermutlich schon seit fünfzig Jahren zwölf ist, küsse oder nicht küsse. Lächerlich.

»So oder so«, versuche ich, die angespannte Lage aufzulösen. »Ich möchte jetzt nach Neverland. Und zwar sofort. Mit Kuss oder ohne.«

»Ohne«, sagt Ever.

»Mit!«, ruft Bailey.

Die verlorenen Jungs stimmen ihrem Kapitän zu.

Also irgendwie finde ich, dass die Romantik hier langsam flöten geht.

Manchmal wünsche ich mir auch so eine Selfiestange, wie Cinder eine hat. Obwohl ... So viele Selfiesticks kann es auf der Welt gar nicht geben, wie ich Kopfnüsse verteilen möchte. Seufzend mache ich einen Schritt auf Bailey zu, denn ich möchte die Sache mit der Bezahlung einfach hinter mich bringen.

Doch im letzten Moment packt mich jemand am Arm.

»Du musst das nicht tun«, zischt Ever mir ins Ohr. »Red, du musst dich hier nicht prostituieren.«

Was? Ich muss mich verhört haben. Ever kann nicht gerade angedeutet haben, dass ich mich wie ein billiges Mädchen benehme. Vor Empörung fühle ich meine Ohren heiß werden, als ich zu ihm herumwirbele.

»Bist du noch zu retten? Das ist ein Kind.« Ich deute auf Bailey. »Und ich bin sicher keine Prostituierte!« Mein Zeigefinger deutet kurz auf mich, bevor er von meinem Mittelfinger abgelöst wird, der nur ein paar Zentimeter unter Evers Nase schwebt.

Ever läuft im Gesicht mindestens genauso rot an wie meine Ohren. »Du küsst niemanden! Hast du vergessen, was Küsse bewirken können? Denk doch mal an Rose, deine beste Freundin!«

»Nur ein Wahrer-Liebe-Kuss kann etwas auslösen!«, halte ich entgegen.

Vor lauter Wut zerquetscht Ever seine Hipster-Brille mit der Hand, scheint es aber kaum zu bemerken.

»Kein Kuss für dich«, knurrt er.

»Kuss, Kuss, Kuss, Kuss!«, fordern die verlorenen Jungs. Allerdings bin ich mir plötzlich nicht sicher, wen von uns sie damit meinen.

Auf einmal steht Bailey zwischen uns, zückt sein Holzschwert und deutet mit dem Spielzeugding auf uns. »Ich glaube, zwischen euch beiden ist schon lange ein Kuss fällig.« Sein breites Lächeln steht dem der Grinsekatze in nichts nach.

»Kuss, Kuss, Kuss«, kommt wie aufs Stichwort das Echo von den kleinen Matrosen. Okay, damit können jetzt nur Ever und ich gemeint sein. Sind wir so auffällig? Die Spannung zwischen uns ist den verlorenen Jungs, so wie es scheint, nicht verborgen geblieben.

Evers Nase zuckt. Offensichtlich bin ich nicht die Einzige, die verstanden hat, was hier gerade passiert.

»Vorschlag«, gibt sich Bailey ganz gönnerhaft. »Wir bekommen beide einen Kuss von der holden Maid. Du darfst auch zuerst, Everton.«

Obwohl es kaum möglich ist, läuft Ever noch eine Spur röter an. Seine Augen wandern in Richtung meiner Lippen. Ist das Wut, oder … Nein, das kann nicht sein. So abweisend wie er mich immer behandelt …

»Nein«, bringt Ever gerade so röchelnd hervor. »Keine Küsse.«

Bailey rückt sich mit der Spitze des Holzschwerts seinen Hut zurecht. »Weißt du, mein Lieber, zwischen dir und Red herrscht so eine unterschwellige Anspannung, ich bin sicher, ein Kuss würde das lösen. Wie eine Massage einen Nackenkrampf behebt.« Mit dem Daumen deutet er auf seine Schultern.

Ich glaube das jetzt einfach nicht. Hat Bailey das gerade wirklich gesagt? Ich seufze. Da spricht wohl der Experte aus ihm.

»Hier herrscht gar nichts zwischen uns«, fährt Ever Bailey an.

Anscheinend hat Bailey auf diese Reaktion nur gewartet. »Verstehe. Dann macht es dir doch sicher nichts aus, wenn Red mich mit einem Kuss bezahlt.«

»Nein. Ja. Ich meine, nein.« Missmutig starrt Ever zu Boden.

Langsam wird mir das Ganze zu dumm. Ever weiß ja nicht einmal, was er will. Also packe ich aus einem Impuls heraus Bailey am Kragen. Bevor mich irgendwer daran hindern kann, ziehe ich den Leichtmatrosen zu mir, bücke mich und drücke ihm einen Kuss auf die Lippen.

Um uns herum johlen die verlorenen Jungs. Weil ich nicht weiß, ab wann dieser Kuss als Zahlungsmittel gilt, zähle ich bis drei. Das muss reichen. Was man hier alles leisten muss, um vier affige Prinzen zu finden … Aus den Augenwinkeln bemerke ich, wie Ever mich aus zusammengekniffenen Augen mustert. Sein Pech. Herr Hipster wollte das Bloggergirl ja nicht selbst küssen.

Bevor Bailey auf die Idee kommen kann, doch noch seine Zunge ins Spiel zu bringen, lasse ich von dem kleinen Gauner ab.

Er wirkt überaus mit sich selbst zufrieden, als der Kuss endet, hebt seine Mütze hoch und streicht sich über die Haare.

»Puh. Das war toll. Ein echter Kuss. Habt ihr das gesehen, Jungs? Ein echter Kuss!«

»Ein echter Kuss«, echoen seine Freunde. »Mehr, mehr, mehr!«

Ich hebe eine Augenbraue. »Für mehr müsst ihr erst mal erwachsen werden.«

Der Einwand sitzt. Ich ernte eingefrorene Gesichtszüge.

»Wir legen dann mal besser ab«, meldet sich Bailey nach ein paar Sekunden wieder zu Wort, woraufhin ein geschäftiges Treiben ausbricht. Die Planke wird eingeholt, Segel gehisst, mehrere Jungs stürzen sich auf das Steuerrad und ein ganz, ganz kleiner Junge beginnt tatsächlich so etwas wie Feenstaub zu beiden Seiten des Schiffs über die Reling zu werfen. Die Sonne kitzelt mich im Nacken, während ich den Jungs mit den lustigen Hüten zuschaue.

Doch dann packt Ever mich am Arm und bevor ich weiß, was geschieht, hat er mich schon unter die Treppe gezogen, die zum Heck mit dem Steuerrad führt.

»Das war ja mal so was von billig«, zischt er mir zu.

»Billig?«, japse ich.

»Du hast einen Zwölfjährigen geküsst!«

Jetzt wird es mir aber wirklich zu bunt. Was ich tue, ist allein meine Sache. Außerdem hatte ich einen guten Grund, oder nicht? Und wenn schon? Mit welchem Recht darf Ever mir Vorwürfe machen?

»Bailey ist schon mindestens dreizehn«, höre ich mich dick auftragen. »Und das seit fünfzig Jahren!«

»Trotzdem! Du hast ein Kind geküsst!«

»Und du hast dich beinahe mit einem Kind geprügelt!«

Wir funkeln uns gegenseitig böse an. Keiner ist bereit, die Argumente des anderen als logisch anzuerkennen.

Schweigen.

Nach einer Weile gestikuliere ich wild mit den Händen vor Evers Gesicht herum. »Und jetzt komm mir nicht wieder mit: Weißt du denn nicht, was ein Kuss auslösen kann? Das eben hatte nichts zu bedeuten!«

»Ach so. Hatte also nichts zu bedeuten?«, lacht Ever auf. »Für dich vielleicht nicht, aber für Bailey schon!«

Ich frage mich ernsthaft, ob wir hier noch über Bailey sprechen.

»Spinnst du? Das ist doch Wahnsinn! Alles, was Bailey braucht, ist eine Mutter und keine Geliebte! Was diese Jungs brauchen, ist –«

»Jedenfalls nicht dich«, unterbricht er mich.

Will er damit jetzt sagen, dass ich mich zu wichtig nehme, oder wie ist das gemeint?

»Noch mal zum Mitschreiben.« Ich atme tief ein. »Dieser Kuss mit Bailey hatte nichts zu bedeuten.«

Ever atmet tief ein »Ach ja?«

Wirklich, ich verstehe sein Problem nicht.

»Hatte also nichts zu bedeuten?«, äfft er mich nach.

»Genau. Nichts.«

»Also nichts.«

»Ja.« Bei allen Federn aus Frau Holles Kissen! Diese Diskussion treibt mich noch in den Wahnsinn! »Auf die Gefahr hin, mich zu wiederholen. Dieser Kuss mit Bailey hat keine Weltkriege beendet, keinen Hundertjährigen Schlaf beendet und auch keine Toten zum Leben erweckt. Es war einfach nur ein Kuss!«, keife ich.

»Nur ein Kuss?« Ever lacht auf.

Meine Augen brennen vor Wut. Diese Diskussion steckt in einer Endlosschleife fest.

»Ja. Nur ein Kuss. Bedeutungslos, so wie dieser!« Warum ich es genau tue, weiß ich nicht. Wahrscheinlich will ich Ever, aber vor allem auch mir etwas beweisen. Oder ihn einfach zum Schweigen bringen. Ich packe also Ever im Nacken, stelle mich auf die Zehenspitzen und presse meine Lippen auf seine. Der Kuss hat etwas Raues an sich. Evers Lippen fühlen sich aufgescheuert an, so als würde er darauf herumbeißen. Zuerst bin nur ich es, die die Lippen bewegt. Doch nach ein paar Sekunden entspannt sich der Hipster-Wolf und küsst mich zurück. Seine Hände legen sich um meinen Rücken, ziehen mich an ihn, so als würde er mich nicht mehr loslassen wollen. Ich schließe die Augen. Ein Seufzer entfährt mir. Die Gewissheit, dass ich gelogen habe, liegt beinahe spürbar um uns herum in der Luft. Dieser Kuss bedeutet mir sehr wohl etwas. Verdammter Mist!

Zwei Herzschläge später ertönt eine Glocke.

»Wir sind da!« Es ist Baileys Stimme, die uns auseinanderfahren lässt. Oh.

Ich habe Ever geküsst, durchdringt mich langsam die Erkenntnis. Während ich meine Lippen mit den Fingerspitzen berühre, bemerke ich, wie sich Ever fest mit dem Ärmel über seine reibt.

»Ja, schon verstanden«, bringt er hervor. Seine Stimme klingt abgehackt. »Deine Küsse haben nichts zu bedeuten. Danke für die Demonstration, aber tu das nie wieder.« Und damit dreht er sich um. Lässt mich einfach stehen. Ohne mich noch einmal anzusehen. Und da stehe ich, verwirrt blinzelnd. Mit seinem Geschmack immer noch auf meinen Lippen. Meine Nase zuckt.

Langsam begreife ich, was hier gerade passiert ist. Nur mein Gehirn will diese Information nicht verarbeiten, deshalb fühle ich mich wie in Watte gepackt. Beobachte stumm, wie die verlorenen Jungs die *Hoffnung* vertäuen, die Planke ausfahren. Immer noch dreht Ever mir am anderen Ende des Schiffs den Rücken zu.

Seine Ablehnung schneidet in mein Fleisch wie Snows Messer in Buttercremetörtchen. Mein Herz sinkt zu Boden, wobei gleichzeitig ein Gefühl der Hoffnungslosigkeit in mir emporsteigt. Eine Empfindung, die mir zuwispert, dass ich nach diesem Korb von Ever nie wieder glücklich sein werde.

Kapitel 6

Zur selben Zeit im Morgenland

Die Trostlosigkeit von Morgenland hebt nicht gerade die Stimmung der vier mordlustigen Prinzessinnen. Obwohl Rumpelstilzchen genau genommen nur durch einen unglückseligen Unfall den Löffel abgegeben hat. Dennoch. Keiner von ihnen ist in Feierlaune. Zugegebenermaßen ist die erste Fee zuvor auch eher durch eine Verkettung ungünstiger Umstände über die Klinge gesprungen, genau wie die beiden toten Wölfe. Aber sei es drum. Snow und ihre Gang wollen Ergebnisse sehen. Oder Blut.

Unglücklicherweise kommt ihre Kutsche nicht wirklich gut durch die Wüstenberge voran. Immer wieder bleiben die Wagenräder im Sand stecken. »Das ist der Moment, in dem ich mir eins dieser Automobile mit Allradantrieb wünsche«, seufzt Cinder. Ihre Ballerinas sinken knöcheltief im Sand ein, als sie aus der Kutsche springt. »Die aus diesen Science-Fiction-Filmen.«

Rose folgt ihr. »Bist du verrückt? Diese Benzinschleudern würden doch nur die Luft verpesten. Kein vernünftiges Lebewesen würde sich so ein Teil anschaffen. Das wäre, als würde man sich sein eigenes Grab schaufeln.«

Cinder hebt eine Augenbraue. »Ach? Hat nicht gerade dein Ehemann so ein Ding gebastelt und meinen Mann vor zwei Wochen damit abgeholt?«

»So ein Quatsch, warum sollte Cedric das tun?« Rose tippt sich an die Stirn. »Er ist so ein Engel.«

Rapunzel seufzt. »Ach, ihr zwei müsst gerade reden. Ständig fallen eure Ehemänner nachts betrunken in mein Zuhause ein!«

»Was?«, japst Cinder. »Das … Das kann nicht sein! Davon würde ich doch wissen?«

»Bei mir auch.« Snow, die die Kutsche als Letzte verlässt und den Kutscher anweist, zurück zur Grenze zu fahren, nickt zustimmend. »Eure Männer waren in letzter Zeit etwas außer Rand und Band, wenn ich es mir recht überlege.«

»Das nimmst du zurück!«, verlangt Rapunzel.

Rose leert ihren Schuh, der voller Sand ist, auf dem Wüstenboden aus. »Jetzt beruhigt euch mal. Unseren Männern ist eben langweilig. Außer Videospielen haben sie in letzter Zeit kaum mehr etwas gemacht. Vielleicht waren sie nachts auf einer geheimen Mission.«

Snow dreht sich zu ihr um. »Betrunken? Eher nicht. Na, was soll's. Darum können wir uns später noch kümmern, wenn wir sie zurückhaben.« Mit einem abenteuerlustigen Blitzen in den Augen lässt sie ihren Blick über die unendliche Wüstenlandschaft gleiten. Fest entschlossen, ohne fremde Hilfe das zu erreichen, was sie will. Ihr Happy End zurückzubekommen. Ein neues Märchen über sich selbst als große Heldin zu schreiben. Aus der Masse an Märchenprinzessinnen herauszustechen.

»Auch wieder wahr«, stimmt ihr Rapunzel zu. »Nur wo fangen wir an? Dieses Land hier ist riesig.« Snow hält einen Moment inne, sieht sich um. Tatsächlich ist das Morgenland mit Abstand am größten von allen vier Ländern. »Am besten befragen wir zuerst Prinzessin Jasemin. Sie hat doch diesen Dschinn und eine Wahrsagerin oder so. Vielleicht können die uns helfen.«

Sie deutet Richtung Osten, in die Richtung, in der sie ungefähr den Palast vermutet. Dann läuft sie los. Die anderen folgen ihr, immer in Richtung des östlichen Horizonts.

Die aufgehende Sonne verleiht Cinders hochgesteckter Haarpracht ein goldenes Funkeln. Ähnlich wie Rapunzel, die etwa alle zwanzig Meter über ihren langen Zopf stolpert.

Nur Rose mit ihren dunkelblonden Haaren leuchtet Snow nicht hinterher wie ein Schutzengel.

»An sich nicht schlecht. Aber habt ihr nicht von diesem Märchen über die Wüstenkreaturen gehört? Hier soll es lebende Sandstürme und Wüstenwürmer geben!«

Rapunzel blinzelt. »Das sind doch nur Gerüchte. Die Wonderlandtypen müssen sich immer aufspielen mit ihren Supermonstern. Dabei sind die Viecher alle gephotoshopt, das seh ich doch.«

Gerade noch rechtzeitig packt Rapunzel Rose am Arm, bevor die in ein Sandloch treten kann. Wie aufs Stichwort erhebt sich vor ihnen ein Sandhaufen. Etwas unter ihnen im Sand gräbt sich nach oben wie ein überdimensionaler Maulwurf.

»Was ist das?«, kreischt Rapunzel, deren Zopf sich einmal um Cinder schlingt. Alle springen näher an Snow heran, die ihren Dolch zückt. »Keine Ahnung. Bleibt zusammen.«

Der Sand vor ihnen türmt sich immer weiter auf.

»Hätten wir doch bloß Red mitgenommen! Sie weiß immer, was zu tun ist«, jammert Rapunzel.

~Red~

Galant hilft Bailey mir die Planke hinunter. »Es war mir eine große Ehre, Mylady. Ich hoffe, Sie bald wieder auf unserem bescheidenen Schiff begrüßen zu dürfen.« Obwohl mein Herz sich wie in einen Frostnebel gehüllt anfühlt, muss ich bei seinen so förmlichen Worten schmunzeln.

Bevor ich antworten kann, ergreift Ever das Wort. »Wir hätten da noch eine Frage an euch. Und zwar …« Er hält vier Finger in die Luft. »… sind wir auf der Suche nach vier königlichen Prinzen. Wahrscheinlich wurden sie entführt. Wisst ihr etwas darüber? Habt ihr etwas Ungewöhnliches bemerkt?«

Zuerst starren die verlorenen Jungs ihn verdattert an, dann brechen sie alle gleichzeitig in Gelächter aus.

Ever schaut etwas pikiert drein. Offensichtlich ist er sich nicht sicher, ob sie ihn auslachen oder was sonst der Grund für dieses vielstimmige Gepruste sein könnte.

Selbstverständlich verspüre ich nicht das Bedürfnis, ihm in dieser Angelegenheit beizustehen, also verschränke ich nur die Arme vor der Brust.

»Entschuldige«, kichert Bailey schließlich zwischen zwei Lachanfällen. »Hier in Neverland gibt es nicht viel, was man als ›nicht-ungewöhnlich‹ beschreiben könnte, obwohl wir uns eigentlich schon längst daran gewöhnt haben sollten.«

Aha. Jetzt bin ich nicht schlauer als vorher.

»Außerdem«, fährt der kleine Junge mit dem Papierhut und den Stinktierohren fort, »ist Käpt'n James Hook der einzige Bösewicht bei uns. Wenn man von den Meermädchen einmal absieht. Die können auch richtig gemein werden. Aber ich habe keine Angst mehr vor ihnen!« Seine Stimme finde ich auf Anhieb sympathisch. Vor allem dieses kleine Lispeln durch die Vorderzähne. Stinktieröhrchen lächelt mich stolz an. Daher lasse ich mich zu einem Zwinkern hinreißen.

Bailey deutet auf ihn. »Danke, Louis. Richtig. Sicher, bei euch ist es anders im Märchenwald, aber hier bei uns, ist nur eine Person so dreist, Verbrechen zu begehen. Und das ist Käpt'n Hook. Wir anderen pinkeln noch nicht mal an nicht dafür ausdrücklich ausgewiesene Bäume.«

Jemand hustet.

Beschwichtigend hebt Bailey beide Hände. »Okay, okay. Wir anderen sind nahezu allzeit brave Neverland-Bürger, will ich damit sagen. Kein Falschparken, keine Entführungen … nichts. Selbst die Indianer halten sich zurück.«

Wenn das so ist, bleibt in diesem Land wirklich nur ein Verdächtiger übrig. Aber wo sollten wir mit der Suche nach Hook beginnen? Ich sehe mich um. Neverland habe ich als nicht besonders groß in Erinnerung. Etwas kleiner als der Märchenwald und umgeben von Meer. Hier scheint alles eine Spur bunter zu sein als bei uns. Glockenblumen in allen Farben wehen im Wind. Kurz hinter der Anlegestelle beginnt ebenfalls ein Wald, aber dieser hier scheint vor lauter tropischen Pflanzen geradezu zu bersten. Nicht weit entfernt höre ich einen Wasserfall rauschen.

Ever räuspert sich. »Und wo finden wir Hook?« Man merkt, dass er es kaum erwarten kann, von hier abzuhauen.

»Um diese Uhrzeit?« Bailey wirft einen Blick auf sein Holzschwert, hält es dann in Richtung Sonne und kneift ein Auge zusammen. Ich schiele auf meine Uhr. Es ist halb zehn morgens.

»Wahrscheinlich bei einem Übungskampf mit Peter Pan vor den Wasserhöhlen. Um die angestauten Aggressionen abzubauen. Oder auf Schatzsuche bei den Wasserfällen«, informiert uns Bailey.

Stinktierohr-Louis meldet sich. »Vielleicht jagt er auch das Krokodil, das ihm eine Hand abgebissen hat. Das ist immer noch seine liebste Freizeitbeschäftigung. Dass es eigentlich mehrere Krokodile sind, die hier leben, weiß er aber nicht«, setzt er flüsternd hinzu. Seine Freunde kichern über seine Worte.

Diese Jungen sind ja so was von herzig. Gerne möchte ich sie alle Neun knuddeln. Trotzdem stehe ich wie erstarrt neben Ever, weiß nicht, was ich jetzt tun soll. Am liebsten möchte ich für immer bei den verlorenen Jungs bleiben und Ever alleine nach Hook suchen lassen. Aber wie feige wäre das? Die Prinzen und meine Freundinnen zählen auf mich. Wie kindisch meine Gedanken manchmal werden! Ich beiße mir auf die Innenseiten meiner Wange, bis ich Blut schmecke. Versuche, den Schmerz über Evers Ablehnung herunterzuschlucken. Das Einfachste wäre, wenn ich mich ganz auf unsere Mission konzentriere, Ever nur wie einen Geschäftspartner behandele. Je schneller wir die Prinzen finden, desto schneller werden sich Evers und meine Wege wieder trennen. Sobald er die Story für sein Käseblatt geschrieben hat, braucht er mich nicht mehr. Er wird seine Sachen packen und verschwinden. Wir sagen auf Nimmerwiedersehen. Ende aus. Leider kein Happy End. Kein Wahrer-Liebe-Kuss. Ich lasse den Kopf hängen. Wahrscheinlich sollte ich akzeptieren, dass das Leben für mich kein Happy End bereithält. Für alle anderen Mädchen schon. Aber nicht für mich.

Wolken schieben sich vor die Sonne und lassen mich frösteln.

Neben mir sehe ich, wie sich Ever zum Gehen wendet. »Danke für die Auskunft. Zeit für uns, sich zu verabschieden.«

Unwillkürlich zucke ich zusammen, bis ich merke, dass er damit die verlorenen Jungs und nicht mich gemeint hat. »Kommst du, Red?«

So schnell wie es mir möglich ist, nicke ich. Wahrscheinlich sieht das für die anderen wie in Zeitlupe aus. Meine Gedanken verknoten sich, bilden irgendwie keinen sinnvollen Satz mehr. »Bye, Bailey. Louis. War nett mit euch.« Ich hebe eine Hand und winke lahm.

Deutlich enthusiastischer als ich winken sie zurück.

Ein paar Sekunden gönne ich mir noch, in denen ich meinen Blick über diese Ansammlung an Jungs mit putzigen Hüten schweifen lasse. Doch dann schließen sich Evers Finger um mein Handgelenk. Ohne Vorwarnung zieht er mich mit sich den Landesteg hinunter. In der anderen Hand und unter seinen Arm geklemmt trägt er unser komplettes Gepäck. Anscheinend kann der Herr es nicht erwarten, so schnell wie möglich von hier wegzukommen.

»Bitte komm bald zu uns zurück, Red!«, höre ich Louis mir hinterherrufen. Meine Augen brennen. Aber dieses Mal vor Rührung.

»Lass mich los«, zische ich Ever an, sobald wir außer Hörweite der verlorenen Jungs sind. Immer noch kann ich ihre Blicke in meinem Rücken spüren. Sicher hätten sie mich, die lebensgroße Tinkerbell, gerne behalten.

Sofort lässt Ever meine Hand fallen, als hätte er sich daran verbrannt.

Ich beiße mir auf die Lippen. Eigentlich habe ich nichts anderes erwartet, nur eben eine vielleicht nicht ganz so … intensive Reaktion. Auf der anderen Seite bin ich froh, so wenig Körperkontakt wie möglich mit ihm haben zu müssen. Besser ist es. Ich möchte diese Anziehungskraft, die er auf mich hat, unterbinden; dieses sanfte Prickeln in meinem Magen loswerden, wenn ich ihn ansehe. Vor allem, wenn er wie jetzt keine Brille mehr trägt. Die zerquetschte Brille musste er zurücklassen, weswegen er jetzt tatsächlich wie ein französisches Laufstegmodel mit Dreitagebart aussieht. Seufzend atme ich aus. Nicht ständig daran denken!

Währenddessen beschleunigt Ever seine Schritte mehr und mehr. Ich muss eigentlich nicht fragen, wo er hinwill. Denn abgesehen davon, dass er weg von Bailey und seinen Kumpanen will, gibt es nur einen der drei angegebenen Orte in Neverland, an denen Hook sich womöglich momentan aufhält, den wir auf Anhieb finden können. Die Wasserfälle. Mir fällt ein, dass Prinz Philip, Snows Ehemann, uns letzte Weihnachten allen einen Kalender geschenkt hat, in dem er auf jeder Seite in einer lächerlichen Modelpose zu sehen war. Im Monat Juli auch unter einem Wasserfall. Da hatte er sich gerade effektvoll die Haare nach hinten gestrichen und mit der Kamera geflirtet. Dieser Gedanke hebt meine Stimmung dann doch ein wenig. Fast entfährt mir ein Kichern, doch dann streift mein Blick Ever, der gerade seine Brille nach oben schieben will und dann bemerkt, dass er gar keine mehr trägt. Als er sich daran erinnert, schnaubt er und schaut dann böse in meine Richtung. So als wäre sein brillenloses Dasein ganz allein meine Schuld. Zur Antwort ziehe ich eine Grimasse und verdrehe dann die Augen. Diesen Hipster soll mal einer verstehen. Schließlich war er es, der das Ding zerbrochen hat. Außerdem braucht er sie sowieso nicht. Genauso wenig wie Cinder ihr hundertvierunddreißigstes Paar Schuhe.

Mit jedem Schritt wird das Rauschen des Wasserfalls lauter und der Urwald dichter, so kommt es mir vor. In immer kürzeren Abständen müssen wir Lianen aus dem Weg schieben. Der Weg steigt zudem mehr und mehr an. Als ich an einer weniger bewachsenen Stelle einen Blick zurück zum Meer werfen kann, bemerke ich, dass wir uns inzwischen schon weit oben auf der Insel befinden.

Wir biegen um eine Ecke, die von überdimensionalen Glockenblumen gesäumt wird, in denen irgendwelche Tiere herumkrabbeln. Und auf einmal sehen wir den Wasserfall direkt vor uns.

»Wow!« Ich bin beeindruckt.

Auch Ever macht große Augen, als wir plötzlich am Rande einer Klippe stehen. Unter unseren Füßen geht es steil nach unten. Moosbewachsene Steine ragen hier und da empor, bis sie auf den See treffen. Von so etwas habe ich schon mal gehört. Ist das eine Urwald-Lagune? Ich glaube ja. Dahinter, uns direkt gegenüber, stürzen die Wassermassen herunter. Etwas höher als an dem Punkt, an dem wir stehen, muss ein Fluss oder so etwas enden. Mir fällt nur ein Wort ein, um den Zauber dieses Ortes zu beschreiben: magisch.

Tief sauge ich frische Luft durch meine Nase ein. Wie schön es doch wäre, hier mit seinem Liebsten Hand in Hand zu stehen, oder noch besser: gemeinsam mit seinem Ehemann von diesen Klippen ins Wasser zu springen. Obwohl es ganz schön tief ist.

Natürlich steht mir keine dieser Optionen offen. Ich verziehe meine Lippen zu einem schiefen Lächeln. Wahrscheinlich wird das immer ein Traum von mir bleiben. Da kann ich mir gleich eine Hexe ohne Warzen wünschen, die mir Tee kocht und … Okay, das ist jetzt ein schlechter Vergleich. Das Bild von Fear und Pain taucht vor meinem inneren Auge auf. Die beiden haben ihre Warzen per Schönheits-Operation entfernen lassen, was mich wiederum darauf schließen lässt, dass das ein aktueller Trend unter Hexen sein muss. Man geht offenbar auch hier mit der Zeit.

Wenn ich mir meine Begleitung so ansehe, wären mir die Hexen fast lieber. Bei Fear und Pain hätte ich jetzt nicht dieses flaue Gefühl im Magen, als hätte ich Blei geschluckt. Verfluchter Hipster-Wolf! Aus zusammengekniffenen Augen fixiere ich sein Profil, während er nach unten in die Lagune starrt. Wäre er mir doch nie über den Weg gelaufen, nie in meine Falle getappt … nie –

»Überlegst du gerade, wie du mich von den Klippen stoßen und es wie einen Unfall aussehen lassen kannst?«, unterbricht Ever meine Gedanken.

Wie? Oh, er muss meinen Blick bemerkt haben.

»Eigentlich denke ich an ein Rezept für Käsekuchen«, sage ich leichthin. Mist.

»Ach ja? Deswegen siehst du mich so böse an?« Ever hebt eine Augenbraue. »Dazu kann ich dir gerne ein veganes Rezept weiterleiten.«

Einen Moment verstehe ich nicht, was er mir damit sagen will, bis ich begreife, dass wir immer noch über den nicht existenten Käsekuchen sprechen. »Soll das heißen, du kannst Hook nirgends ausmachen?«, knurre ich. Dämlicher Halbwolf.

»Wenn du damit fragen willst, ob ich ihn rieche: nein. Denn dazu bräuchte ich ein Kleidungsstück von ihm. Oder kannst du mir spontan beschreiben, wie so ein einarmiger Pirat riecht?«

Wieso muss er mich deswegen so anpflaumen! Dieser Hipster hat Nerven! Gleich trete ich ihm auf den Fuß, dann hopst er!

Eine Weile starren wir uns angriffslustig an. Außer dem Rauschen des Wasserfalls und Vogelgezwitscher ist nichts zu hören.

»Nein, kann ich nicht«, zische ich irgendwann.

»Na dann.« Ever scheint sich zu entspannen. »Sehen kann ich auch keinen.«

Ich auch nicht. »Dann sollten wir diese Wasserhöhlen suchen, das ist immerhin besser, als das ganze Meer nach Hook zu durchforsten.«

»Hook?«, piepst ein Stimmchen ganz in der Nähe.

Verwundert drehen wir uns um.

»Was war das?«, flüstere ich.

Fast unauffällig rückt Ever näher an mich heran, schiebt sich schützend vor mich.

»Hat da eben jemand Hook gesagt?« Wieder diese Stimme!

»Es kommt von da drüben!« Ever nickt in Richtung des Fußwegs, auf dem wir hergekommen sind.

Er hat recht. Eine Sekunde später späht ein winziges Gesicht aus einer der Glockenblumen hervor.

Oh, ist das eine dieser Feen? Eine Tinker? Das ist gut, oder nicht? Wir sollten Kontakt aufnehmen. Also mache ich einen Schritt nach vorn. »Hallo? Ja, richtig. Wir haben Hook gesagt. Weißt du zufällig, wo wir ihn finden können?«

Die Winz-Fee erstarrt. Stößt sich aber kurz darauf, als ich fast schon glaube, dass sie sich totstellt, doch noch von der Glockenblumenblüte ab und kommt auf uns zugeflogen. Ganz in der Nähe meines Gesichts setzt sie sich auf einen Ast. »Wieso sucht ihr nach ihm?«

O großer Gott, wie niedlich ist diese Fee denn bitte? Verzückt strahle ich das kleine Geschöpf an. Als sie die Arme hinter ihrem Rücken verschränkt, kann man den Babyspeck, den sie mit sich herumschleppt, deutlich erkennen. Ihre kastanienbraunen Haare trägt die Tinkerfee an den Seiten zu zwei geflochtenen Schnecken gedreht. Und anstatt in einem Kleid steckt sie in einem purpurfarbenen Etwas ... ist das eine Garnrolle? Allerdings. Die Fee hat sich mitsamt Babyspeck in eine Rolle Garn gequetscht. Genauer gesagt, in das Loch in der Mitte. Alle Achtung. Anerkennend schürze ich die Lippen.

»Wir ...«, beginne ich, halte dann aber mitten im Sprechen inne. Vielleicht sollten wir nicht gleich alle unsere Geheimnisse verraten. »Also erst mal: Ich bin Red und das ist Ever«, stelle ich uns vor.

»Oh, hi.« Die Mini-Fee im Garnrollen-Kleidchen winkt uns zu.

Ich bin entzückt. Entzückter als entzückt!

»Wie kann so eine dicke Fee denn fliegen?«, raunt Ever mir zu. »Verstößt das nicht gegen irgendein Naturgesetz?«

Er soll in der Hölle schmoren!

»Mein Name ist Tinkerneat«, fährt das entzückende und nein, in meinen Augen gar nicht dicke, sondern nur mit reichlich Babyspeck ausgestattete Ding fort. »Aber ihr sagtet etwas von Hook? Wenn ich euch einen Tipp geben darf: Haltet euch von ihm fern. Vor allem du, Mädchen. Red? Also Rotkäppchen? Und du hast …« Ihr Blick flattert kurz von meinem roten Cape zu Ever und dann wieder zurück zu mir. »… den bösen Wolf mitgebracht?«

Oh, die Pummelfee verfügt über ausgezeichnete Instinkte.

Ja, möchte ich am liebsten sagen, reiße mich dann aber doch zusammen. »Nein, das ist bloß so ein veganer Hipster-Wolf. Vollkommen harmlos.« Ich bin nun wirklich nicht dafür bekannt, mir Sprüche verkneifen zu können. Auch nicht, wenn es drauf ankommt. Immerhin bin ich nicht der Versuchung erlegen, ihn von den Klippen zu stoßen. Jedenfalls noch nicht. Vielleicht wird Tinkerneat dieses Verlangen in fünf Minuten ebenfalls verspüren. Der Zustand ihres Nervengerüsts wird darüber entscheiden. Sie könnte meine Partnerin in Crime werden.

Momentan macht sie allerdings einen eher gehetzten Eindruck. »Hook kann ganz schön … Süßholz raspeln, um ein Mädchen zu beeindrucken. Und dann … lässt er sie einfach fallen.«

Ich muss mir Mühe geben, nicht laut aufzulachen. Na klar, ich und der einarmige Pirat.

Offenbar bemerkt sie, dass ich ihre Warnung nicht ernst nehmen kann. »Red, das ist nicht zum Lachen. Hook hat schon zahlreiche Feen und Menschenfrauen ins Unglück gestürzt. Frag Peter Pan oder Asher.« Dann fügt Tinkerneat noch etwas Gemurmeltes hinzu, was sich wie »oder Ashers Mutter« anhört.

Wer zur Hölle ist Asher? Tinkerneat betont das A in diesem Namen wie ein sehr, sehr lautes Ä.

Doch bevor ich nachhaken kann, ertönt in ohrenbetäubender Lautstärke Spiegleins Reimsong: »Mirror, mirror on the wall, who's the fairiest of them all?« Dreimal verflucht! So schnell es geht, fische ich das Telefon aus meiner Hosentasche. »Ja?«

»Hi, ich bin es«, meldet sich Snow am anderen Ende der Leitung. »Wir haben hier ein … ähm, kleines Problem und brauchen deine Hilfe.« Ihre Stimme klingt gehetzt. Höre ich da ein wenig Verzweiflung heraus? Dann rauscht es in der Leitung, als würde sich Snow inmitten eines Schneesturms befinden.

»Seid ihr schon im Morgenland?«, frage ich daher. »Ich hoffe für euch, ihr sitzt gerade gemütlich in Prinzessin Jasemins Palast und braucht meine Hilfe nur in Bezug auf die Frisurentipps.«

»Nicht ganz.«

Das klingt nicht gut.

»Hör mal, ein Sandwurm versperrt uns den Weg. Er wird uns fressen, wenn wir sein Rätsel nicht lösen.«

Oh, von Sandwürmern habe ich in der Tat schon gehört. Diese Viecher können bis zu zehn Meter lang werden und sind so dick wie aufeinandergestapelte Wassereimer.

»Ist das dein Ernst, Snow?«

»Ja. Du bist unser Telefonjoker, also lass uns jetzt bloß nicht hängen!«

Ich verdrehe die Augen. Nur keinen Druck erzeugen. Ein Rätsel! Auch das noch!

Inzwischen haben Tinkerneat und Ever ihre Diskussion zum Thema Hook beendet und beobachten mich interessiert. Vor lauter Spannung hat die Fee einen Schluckauf bekommen, der sie ordentlich durchschüttelt, während sie vor Ever in der Luft schwebt. Zum Schießen.

»Das Rätsel …«, fährt Snow am Telefon fort. »… Du hörst mir doch zu, oder?«

Eilig bestätige ich ihr, dass sie momentan meine volle Aufmerksamkeit genießt.

»Wie lautet der Vorname des Rehs?«

»Was?« Ich bin verwirrt.

»Was ist nicht die richtige Antwort. Konzentrier' dich. Wie heißt das Reh mit Vornamen?«

Ich blinzle. Das muss eine Scherzfrage sein. Allerdings komme ich nicht sofort auf die Lösung. Wie war das? Der Vorname des Rehs? Als ich bemerke, wie intensiv Ever mich beobachtet, laufen meine Ohren heiß an. Sicher hat er mit seinen Wolfsohren das Gespräch zwischen Snow und mir mitgehört.

Bei den drei goldenen Haaren des Teufels! Was für einen Vornamen sollte ein Reh schon haben? Was ist das für eine Fangfrage? Ich bin kurz versucht, mit dem Fuß gegen einen Baum zu treten oder wahlweise das Handy über die Klippen zu werfen. Kurz hintereinander stoße ich mehrere nicht jugendfreie Flüche aus, bis mir Ever das Telefon aus der Hand reißt. »Lass mich mal machen. Du kommst ja doch nicht drauf.«

Ach? Tue ich nicht? Zuerst möchte ich ihn für diese Unverschämtheit erwürgen, doch dann erinnere ich mich daran, dass meine Freundinnen Hilfe brauchen, weswegen ich das Erwürgen auf später verschiebe.

»Der Vorname des Rehs lautet: Kartoffelpü«, sagt Ever jetzt in den Hörer.

Stille.

»Wer ist das? Everton?«, will Snow wissen.

»Ja und die Lösung ist Kartoffelpü-Reh, sozusagen. Die Scherzfrage habe ich erst neulich auf der letzten Seite des *tapferen Schreiberleins* abgedruckt.«

Verstehe. Der Hirse-Journalist begeistert seine Leser also gern ab und zu mit tiefsinnigen Scherzfragen. Kartoffelpü-Reh! Vor Ungläubigkeit schüttle ich mich.

Ever reicht mir das Smartphone zurück, wodurch ich gerade noch mitbekomme, wie Snow dem Sandwurm die Lösung zuruft. Das Gejubel, das anschließend ertönt, lässt mich darauf schließen, dass keiner gefressen wurde und Kartoffelpü damit stimmt. Noch nie in meinem Leben habe ich meine Existenz stärker in Frage gestellt als in diesem Moment. Bin ich eigentlich ausschließlich von Irren umgeben? Ohne ein weiteres Wort legt Snow auf. Da habe ich die Antwort auf meine rhetorische Frage auch schon.

»Kartoffelpü?«, frage ich deshalb, als ich mich mit hochgezogenen Augenbrauen zu Ever umdrehe.

Er zuckt mit den Schultern, wendet sich dann sofort Tinkerneat zu. »Wir müssen die vier verschwundenen Prinzen aus dem Märchenwald aufspüren. Die Happy Ends müssen wiederhergestellt werden.« Er sieht die Mini-Fee eindringlich an, die daraufhin ernst nickt.

Wow, die beiden wären ein gutes Team, geht es mir durch den Kopf. Meine Nase zuckt. Offenbar bin ich eifersüchtig auf eine Fee. Eine Fee, die mich eigentlich absolut verzückt.

»Eure Happy Ends wurden gestohlen. Verstehe.« Tinkerneat fliegt einmal um Evers Kopf herum. Beinahe kann man das Rattern in ihrem Kopf hören, während sie nachdenkt. »Es ist nicht zufällig Prinz Cedric unter den verschwundenen Prinzen?«

Vor Überraschung weiten sich meine Augen. »Doch, genau der! Der Ehemann von Rose!«

»In letzter Zeit habe ich ihn häufiger hier gesehen«, erklärt Tinkerneat.

Was? Wie bitte? Seit wann reist einer der Prinzen mehrfach nach Neverland? Die verlassen doch kaum mehr das Schloss, seit sie die Playstation haben! »Im Ernst?«

»Ja«, nickt die Fee.

Auch Ever scheint diese Nachricht überrascht zu haben. »Bist du dir sicher? Woher weißt du das so genau?«

»Ein anderer Mann war bei ihm und hat ihn Prinz Cedric genannt. Das war unten am Strand, glaube ich. Da haben sie mit den Meermädchen gesprochen. Dort bin ich ihnen zum ersten Mal begegnet.«

Meine Gedanken rasen. Was kann das bedeuten? Ob noch mehr hinter der Entführung der Prinzen steckt, als wir bisher angenommen haben?

Mein Herz beginnt, schneller zu schlagen. »War der andere Mann vielleicht Hook? Hat er etwas damit zu tun?«

Tinkerneat schüttelt den Kopf. »Nein, das war ganz sicher nicht Hook. Das war niemand von hier. Vielleicht noch ein anderer von euren Prinzen.«

Das würde zumindest Sinn ergeben. Alleine würde Prinz Cedric eher nicht in dieses Land reisen. Wenn, dann nur gemeinsam mit seinem besten Freund, Prinz Adrian, Rapunzels Ehemann. Oder ihrem Cliquenanführer, Prinz Philip.

Ever räuspert sich. »Wie auch immer. Besser, wir finden diesen Käpt'n Hook früher als später. Wenn er der einzige Bösewicht in diesem Land ist, müssen wir ihn dringend verhören.«

»Richtig«, stimme ich ihm zu.

Die Fee flattert zwischen uns in der Luft. »Ich kann euch helfen. Allerdings halte ich es für keine gute Idee, wenn du mitkommst, Red.

Du solltest Hook nicht unterschätzen. Er hat einen dieser Dating-Kurse belegt und seither …«

»Verstehe.« Ich verdrehe die Augen. Ist das ihr Ernst?

»Was ich damit sagen will, ist: besser, du wartest hier auf uns. Ever und ich werden Hook suchen.«

Ich werfe Ever einen Blick zu, der unschlüssig zwischen mir und der Fee hin- und hersieht.

Einerseits möchte ich gerne so viel Abstand zwischen mir und Ever haben wie möglich, andererseits will ich ihn auch nicht alleine gehen lassen.

»Wahrscheinlich hat Tinkerneat recht«, meint Ever irgendwann. »Sie scheint aus Erfahrung zu sprechen. Und wenn sie meint, du würdest dich bei dieser Mission nur unnötig in Gefahr begeben, dann sollten wir auf sie hören.«

Ungläubig kneife ich die Augen zusammen. Habe ich das gerade richtig verstanden? Sehe ich etwa aus wie ein Anfänger? Ein kleines Mädchen? Meine Nasenflügel beben, als ich sage: »Gut, dann warte ich eben hier auf euch. Ich wollte eh mal wieder meditieren.« Und Ever für ein paar Minuten los sein.

Ever und die Fee nicken mir synchron zu. Dass sie nicht auch noch Beifall zu meinen Worten klatschen, ist wirklich alles.

Tinkerneat kratzt sich am Hals. »Gut, dass du das verstehst. Wir werden uns auch beeilen. Immerhin kann einer von uns beiden fliegen.« Sie kichert.

Darüber kann ich jetzt irgendwie weniger lachen. Selbst wenn Ever Flügel wachsen, würden sie mich ja doch hier zurücklassen wollen.

Demonstrativ drehe ich mich um. Je schneller sie weg sind, desto besser.

Ich höre, wie mir Ever noch »Bis gleich und pass auf unser Gepäck auf« zuraunt, aber ich zucke nur mit den Schultern. Nach und nach verklingen seine Schritte im Urwald. Er lässt mich hier einfach mit all unseren Sachen sitzen. Wie einen überzähligen Schlafsack. Sie brauchen mich nicht. Aber das ist egal, versuche ich mir einzureden. Schließlich bin ich schon immer gut alleine zurechtgekommen, Hipster-Wolf hin oder her. Und warum sollte ich nicht auch etwas zu dieser Suche beitragen können? Zuerst überlege ich, etwas über Hook auf dem Handy zu googlen, aber dann kommt mir eine Idee, weswegen ich das Handy wieder in meine Hosentasche zurückstecke. Wenn Tinkerneat hier in einer Glockenblume herumgehangen hat, dann könnten ganz in der Nähe doch noch mehr kleine Tinkerfeen sein! Vielleicht hat eine von ihnen Informationen für mich oder ist sogar in der Stimmung, gemeinsam mit mir nach Hook zu suchen! Mit klopfendem Herzen sehe ich mich um, rase dann zur nächsten Glockenblume, um in ihre trichterförmige Blüte hineinzuspähen. Dann zur nächsten und zur übernächsten. Nach fünf weiteren Blumen habe ich immer noch keinen Erfolg bei meiner Suche zu vermelden. »Bei allen fetten Schweinchen im Märchenwald!«, fluche ich. »Warum kann ich nicht einmal Glück haben?« Wütend werfe ich in die Hände in Luft, so als wollte ich zu irgendeinem Gott beten. Dann stemme ich knurrend beide Hände in meine Hüften, wie Rumpelstilzchen es tun würde. Ein Rumpelstilzchen mit rotem Mäntelchen. Entnervt lasse ich meinen Kopf kreisen, bis es mehrfach in meinem Nacken knackst.

»Was ist das, was du da machst?«, ertönt auf einmal eine Stimme direkt hinter mir. »Yoga?«

Kapitel 7

Wie? In einer hastigen Bewegung drehe ich mich um, stelle dann aber fest, dass ich meine Arme gerade wieder in einer zornigen Geste gen Himmel gestreckt habe und lasse sie eilig sinken. Vor mir steht ein junger Mann, vielleicht zweiundzwanzig Jahre alt, und er ist: unfassbar gut aussehend. Ich starre ihn an. Komischerweise habe ich plötzlich keinen blassen Schimmer mehr, wie man Fragen beantwortet. Kann meinen Blick nicht von ihm lösen. Diesem verwegenen Lächeln, den hervorstechenden dunklen Augenbrauen, die sein Gesicht unter seinen braunen Haaren zu etwas Besonderem machen. Er trägt ein weißes Langarm-Trainingsshirt und eine schwarze Jogginghose, die den Blick auf zwei gebräunte Beine freigibt. Im Gegensatz zu Ever ist dieser Kerl wahnsinnig gut durchtrainiert. Eilig wische ich mir über den Mund, denn ich habe das Gefühl, gleich zu sabbern.

In einer lässigen Bewegung streicht er sich die Haare aus dem Gesicht. Blicke aus tiefbraunen Augen gleiten über mich.

»Feen-Anlocktanz«, höre ich mich sagen. Was? Wie komme ich denn jetzt darauf?

Er neigt seinen Kopf zur Seite und verzieht seinen Mund zu einem Lächeln. Dabei spannen sich seine Schultermuskeln an. »Wirklich? So etwas gibt es? Und funktioniert's?«

Langsam erwache ich aus meiner Trance. Deute mit einer Hand um mich herum. »Siehst du hier auch nur eine einzige Fee?«

Jetzt kichert er los. Bei jedem anderen würde das kindisch wirken, aber nicht bei ihm. Er lässt sogar Kichern männlich erscheinen. Ich mag ihn auf Anhieb. »Dein Humor ist klasse«, sagt er.

Er mag meinen Humor! Augenblicklich richte ich mich zu meiner vollen Körpergröße auf, versuche mich betont cool zu geben und mir meine Freude über sein Kompliment nicht anmerken zu lassen.

»Keine Ahnung, was du meinst.« Unter halb gesenkten Lidern schiele ich zu ihm empor. Wenn ich gewusst hätte, was für hübsche Jungs in Neverland durch den Wald laufen, wäre ich vielleicht schon früher hierhergereist! Wenn er jetzt noch ein Prinz ist …! Moment, was denke ich denn da? Schluss! Nur weil mir ein heißer Typ über den Weg läuft, kann ich hier nicht einknicken wie Rapunzel bei Buttercremetörtchen!

Nachdem ich einmal tief Luft geholt habe, hebe ich den Kopf. Hübschi fährt sich gerade zum wiederholten Mal durch seine Haare. Wenn er sie jetzt noch schüttelt, würden sich sämtliche Duschshampoo-Models vor Neid die Haare ausreißen, da bin ich mir sicher.

»Ich bin übrigens Jaz.« Er kommt auf mich zu. Diese Bewegung lässt mich unwillkürlich den Atem anhalten. Aus irgendeinem Grund nehme ich an, dass er mich gleich umarmen wird, doch natürlich streckt er mir nur seine rechte Hand entgegen. Natürlich. Ich dumme Gans. Jaz (er betont es wie diese Musikrichtung Jazz mit einem Ä) betrachtet mich aufmerksam.

»Hi, ich, äh, heiße Red.« Nachdem ich mein kindisches Benehmen kurz hinuntergeschluckt habe, ergreife ich seine Hand. Schüttele sie. Die Berührung lässt meine Handinnenfläche kribbeln wie Feenstaub.

»Angenehm.« Sein Lächeln wird breiter und seine Pupillen weiten sich, während er nur zögerlich seine Hand wieder zurückzieht. Wenn überhaupt möglich, wirkt er aus der Nähe noch attraktiver. Dieses markante Kinn, die schelmischen Augen … alles an ihm fasziniert mich. Als mir bewusst wird, dass Jaz mitbekommt, wie unverhohlen ich ihn mustere, senke ich schnell den Kopf. Aber auch jetzt ist mir seine Nähe mehr als bewusst. Fast kann ich spüren, wie er mich ansieht.

Also hebe ich den Blick ganz langsam wieder. Von seinem Brustkorb zu seinen Schultern und schließlich zu seinen Augen. Tiefdunkle Augen wie Esskastanien, die mich anfunkeln. »Und Red, was machst du so in Neverland, abgesehen von diesem niedlichen Feen-Anlocktanz?«

Ich huste. »Eigentlich nicht so viel. Das ist mein erster Besuch.«

»Du kommst aus dem Märchenwald, richtig?«

Woher weiß er das? Langsam hebe und senke ich den Kopf, was in meiner Verfassung einem Nicken am nächsten kommt. »Wie hast du …?«

Seine Schultern zucken, als er wieder in dieses formvollendete Lachen ausbricht. »Ganz einfach: In Neverland leben fast keine Mädchen. Zumindest keine rein menschlichen, abgesehen von der ein- oder anderen Indianerin. Die Mädchen aus Morgenland haben eine dunklere Hautfarbe und, nun ja, die Wonderland-Mädchen haben alle einen kleinen, ähm, Dachschaden.« Mit dem Zeigefinger vollführt er auf Höhe seiner Schläfen einen kleinen Kreis in der Luft.

Oh, er kennt sich also aus mit Mädchen. Offensichtlich hat er schon viele Bekanntschaften aus anderen Ländern gemacht. Dieser Gedanke hinterlässt einen schalen Geschmack in meinem Mund. Für einen Moment schließe ich die Augen. Sobald ich sie wieder öffne, bemerke ich, dass Jaz noch ein wenig näher an mich herangerückt ist. Ein Sonnenstrahl durchbricht das Blätterwerk über ihm und lässt eine Strähne seines Haares kupferfarben glänzen.

»Verstehe. Nun, du wolltest wissen, was ich hier mache. Vereinfacht gesagt, suche ich vier Prinzen.«

Nach meinen Worten bricht Jaz in einen heftigen Hustenanfall aus. »Gleich vier?«

»Vier«, bestätige ich. Was ist nur mit ihm los? Aber dann fällt es mir wie Schuppen von den Augen. Sicherlich denkt er, ich würde nach vier prinzigen Ehemännern für mich suchen! Dieser Gedanke belustigt mich.

Nachdem er noch ein letztes Mal in seine Faust gehustet hat, sieht Jaz mich direkt an. »Was gibt es da zu grinsen?«

»Nichts, nichts«, sage ich schnell. Soll er doch eine Weile denken, ich sei mit hohen Erwartungen nach Neverland gereist. Das ist mir nur recht. Letztendlich, als keiner von uns mehr etwas sagt und ich nur seinem verwirrten Blick begegne, der mich nicht mehr loslässt, räuspere ich mich. »Dir sind nicht zufällig vier attraktive Prinzen über den Weg gelaufen? Fast alle blond?«

»Blond?« Seine Stirn kräuselt sich. »Bevorzugst du vielleicht auch noch eine spezielle Augenfarbe? Würde dir Blau mehr zusagen als Grün?«

Jetzt ist es an mir, in Gekicher auszubrechen. »Nein, nein. So ist es nicht. Ich suche die Ehemänner meiner Freundinnen. Es sind nun mal drei blonde Prinzen. Nur Cinders Ehemann hat braune Haare.

Wirklich, ich kann nichts dafür.« So als wollte ich mich ihm ergeben, hebe ich beide Hände.

Hat er da wahrhaftig eben mehr hineininterpretiert, als er es hätte tun sollen? Seiner Miene nach zu urteilen, die sich gerade merklich aufhellt, ist das wohl so. »Du bist auf der Suche nach den Ehemännern deiner Freundinnen? Und wo sind dann diese besagten Freundinnen? Und wo ist dein Prinz? Ist der nicht verschwunden?«

»Sie folgen einer anderen Spur und ich … also, ich habe keinen Prinzen.«

Seine Augen leuchten. Auf einmal fühle ich mich so leicht, als sei mein Bauch mit Helium-Luftballons gefüllt. Kurz muss ich nach unten schauen, um sicherzugehen, dass meine Fußspitzen noch den Boden berühren. Sie tun es seltsamerweise.

»Und?«, frage ich nach kurzem Zögern.

Sobald ich aufblicke, sehe ich in sein irritiertes Gesicht. »Und was?« Er macht einen winzigen Schritt nach vorne. Sogleich schnürt sich bei mir die Kehle zu. Jaz ist mir so nah … Fast bilde ich mir ein, seine Körperwärme auf meiner Haut zu spüren. »Sind dir in letzter Zeit vier Prinzen über den Weg gelaufen?«

Er schüttelt den Kopf.

Ich beiße mir auf die Unterlippe. »Womöglich wurden sie entführt. Ist dir vielleicht aufgefallen, dass sich jemand komisch verhält? Hast du eventuell diesen Käpt'n Hook dabei beobachtet, wie er sie verschleppt hat?«

Jaz versteift sich. »Nein. Leider kann ich dir in dieser Hinsicht absolut nicht weiterhelfen.«

Ich verstehe. Warum sollte ich auch einmal Glück haben? Na ja, eventuell kann ich noch auf die Feen zählen, also ändere ich meine Strategie. »Okay, zurück zu den Tinkerfeen. Hast du da eine gesehen?«

»Eine?« Er lacht, legt dabei den Kopf in den Nacken, sodass seine Haare nach hinten fallen und beinahe seinen Nacken berühren. Am liebsten möchte ich meine Hand ausstrecken und mit den Fingern hindurchfahren. »Jeden Tag sehe ich Dutzende von den kleinen Biestern.«

Biester? Ich stutze.

»Nimm dich vor denen in Acht, Red. Die meisten sind von Missgunst zerfressen und verbreiten Intrigen wie andere Leute Neuigkeiten. Ihr Hobby ist es quasi, mir auf die Nerven zu gehen.«

Hm, so hat Tinkerneat jetzt allerdings gar nicht auf mich gewirkt. Ich schürze die Lippen. Kann das sein? Habe ich ihr am Ende zu schnell mein Vertrauen geschenkt? Wenn ich so darüber nachdenke, fällt mir auf, wie geschickt sie mich von Ever getrennt hat …

»Das sieht total süß aus, wenn du das machst«, höre ich Jaz sagen.

Ich brauche einen Moment, bis mir klar wird, dass er meine Lippen meint. Oh, ein Kompliment. Geschmeichelt ziehe ich am Ausschnitt meiner Bluse.

»Du hast da was«, murmelt er. Seine linke Hand berührt mein Cape, zupft eine Klette von meiner Schulter. Obwohl sich seine Hand merkwürdig kalt anfühlt, breitet sich an der Stelle, an der er mich berührt, eine Hitzewelle aus, die meinen ganzen Körper in Atem hält. Jaz' pure Präsenz hat mich in seinen Bann gezogen. Unerklärlicherweise fühle ich mich von ihm angezogen wie von einem Magneten. Möchte mich am liebsten von besagtem Magneten in seine Arme ziehen lassen, bis kein Blatt Papier mehr zwischen uns passt. Huch, woher kommen nur diese Gedanken? So etwas ist mir noch nie zuvor passiert. Und so sehr ich dieses angenehme Kribbeln auch mag, das Jaz in mir auslöst, hasse ich ihn doch gleichzeitig dafür. Diese Hitzewelle und alles lassen mich nicht mehr klar denken, haben mich zu einer hirnlosen Schachfigur gemacht, genau wie meine Freundinnen. Ich muss mich zusammenreißen! Schließlich bin ich nicht zum Spaß hier.

»Red, Red, Red«, murmelt Jaz, während seine Hand länger als nötig auf meinem Arm verweilt und dann wie zufällig an ihm herunterfährt. Beim Klang meines Namens aus seinem Mund klopft mein Herz plötzlich schneller in meiner Brust, drängt ihm beinahe entgegen. Die Information aus meinem Gehirn, dass es damit aufhören muss, ist wohl noch nicht zu meinem Herzen durchgedrungen.

»Du bist Rotkäppchen«, schlussfolgert er dann.

Ich nicke beklommen. Meine Lippen zittern. Ist er noch näher an mich herangerückt? Sollte ich einen Schritt zurück machen? »Und du bist …?«, höre ich mich stattdessen flüstern. Gleichzeitig krame ich in meinem Kopf nach Informationen über einen Jaz aus Neverland. Gehört er zu den verlorenen Jungs? Eher nicht. Meermann kann ich auch ausschließen. Vielleicht einer von den Indianern? Nein, dafür ist seine Haut zu mittelländisch gebräunt.

»Oh«, höre ich da eine Stimme ein Stück hinter mir. Es ist Tinkerneat, wie ich wie durch einen Nebel feststelle. Tinkerneat, die mit stockender Stimme sagt: »Du hast Hook gefunden?«

Was? Zuerst verstehe ich nicht, was sie meint. Wer hat Hook gefunden und wo steckt dieser Käpt'n Hook? Ich sehe mich um, kann aber nur Tinkerneat erkennen, die vor Ever in der Luft schwebt. Beide stehen an der Wegbiegung Richtung Lagune und starren zu uns herüber.

Neben mir spannt Jaz die Schultern an, dreht sich um und schiebt sich damit vor mich. Und da verstehe ich endlich.

Auf einmal dreht das Rauschen des Wasserfalls hinter mir auf, prasselt mit den anderen Geräuschen des Urwalds auf mich ein. Meine Ohren surren wie verrückt, als ich erkenne, mit wem ich da die ganze Zeit gesprochen habe. Wie um mich zu versichern, wandert mein Blick zu Jaz' linker Hand, die sich eben so kalt an meiner Schulter angefühlt hat. Unter seinem Langarm-Trainingsshirt lugt eine künstliche Hand hervor, die nach der neuesten Cyborg-Technologie implantiert wurde. Bei genauerer Betrachtung kann man die Steifheit im Gelenk erkennen. Es ist eine Roboterhand, überzogen von dünner menschlicher Biotech-Haut. Meine Augen brennen. Das … das …

Jaz, nein, Hook, hat mich belogen. Ich kann meinen Blick nicht von dieser Cyber-Hand lösen. Es geht nicht. Wie an eine universelle Erklärung klammere ich mich an sie.

»Red, Red!« Irgendjemand ruft meinen Namen und ich brauche eine Weile um zu erkennen, dass es Ever ist.

Langsam hebe ich meinen Kopf. Er streckt mir eine Hand entgegen. »Komm her.« Seine Körperhaltung verrät, dass er einen Kampf mit Hook befürchtet. Neben ihm hat Tinkerneat ihre winzigen Lippen so fest aufeinandergepresst, dass sie lila anlaufen.

»Geh nicht«, murmelt Jaz mir zu. »Glaub nicht, was die Feen dir erzählen. Sie manipulieren dich. Weißt du nicht, wie eifersüchtig diese Biester auf Menschenmädchen sind?«

Ich halte inne. Weiß plötzlich nicht mehr, wem ich glauben soll.

Jaz' Stimme wird eine Spur eindringlicher. »Sie will deinen Wolf für sich, ich kann es in ihren Augen sehen.«

Meinen Wolf?

»Wobei mir schleierhaft ist, warum gerade du mit einem Wolf unterwegs bist.«

Das frage ich mich zwar manchmal auch, aber gerade ist das nicht der Punkt.

»Du wirst doch Hook nicht seine Lügenmärchen glauben!«, empört sich Tinkerneat.

Ich blinzle. Weiß nicht, wem von beiden ich trauen kann. Sowohl Hook als auch Tinkerneat geben mir mehr als einen Grund, misstrauisch zu werden.

Anscheinend spürt Jaz mein Zögern. »Mein Name ist Käpt'n James Hook und ich habe dich nicht belogen«, raunt er mir zu. »Meine Freunde nennen mich Jaz als Abkürzung für James und ich habe dich im Gegensatz zu Tinkerlein nicht von deinem Wolf getrennt und alleine hier zurückgelassen. Wahrscheinlich hat sie ein paar Freunde zusammengetrommelt, um dich in eine Truhe zu stecken und danach drei Meter tief unter der Erde zu vergraben.«

Das scheint mir jetzt doch etwas weit hergeholt. Dennoch lasse ich mir seine Worte durch den Kopf gehen. Kann das sein? Und woher weiß er das alles? Hat er uns belauscht? Oder nur gut kombiniert?

Gerade bemerke ich jedenfalls, dass Tinkerneat Ever etwas zuflüstert.

»Red, komm zu mir!« Wieder streckt Ever die Hand nach mir aus. »Das ist Hook, sieh dir seine Hand an. Er ist gefährlich.«

Ich schiele auf Jaz' Cyber-Hand, die gerade lustige Bewegungen macht. Ein Hase, ein Peace-Zeichen, ein Mittelfinger in Richtung Tinkerneat … Finde ich jetzt nicht so wahnsinnig niederträchtig. Nur bei genauerer Betrachtung merkt man, dass sie nicht echt sein kann. Zu zackige Bewegungen, zu dünne Haut über einem Gebilde aus Stahl und weichem Plastik. Und? Dann hat er eben eine unechte Hand. Immer noch besser als einen Haken. Ich lächle.

»Bei allen Feen des Waldes«, kreischt Tinkerneat plötzlich los, sodass ich zusammenzucke. Ihre Stimme hört sich auf einmal unnatürlich verzerrt an. Auch ihr Gesicht ist rhabarberkuchenrot angelaufen. Jetzt erinnert sie mich mehr an ein wütendes Nashorn als an eine süße Winz-Fee. Genau wie ich wirkt Ever ebenfalls, sagen wir … irritiert.

Nur Jaz bleibt ruhig, so als sei er tagtäglich den Wutausbrüchen von Feen ausgesetzt. »Feenverstärkung in drei … zwei … eins …«, murmelt er.

Noch während er das letzte Wort ausspricht, ist die Luft vom Surren der Flügel dutzender Feen erfüllt, wenn nicht hunderter. Mir klappt der Mund auf, als sie durch das Dickicht brechen. Alle sind nur so groß wie meine Hand, haben dieselbe wütende Miene aufgesetzt und tragen süße Haushaltsaccessoires wie Nähkissen, Reinigungshandschuhe oder Spülbürsten als Kleidung. Wie kann man nur so niedlich und gleichzeitig bösartig aussehen?

Unauffällig schiebt mich Jaz noch ein Stück weiter hinter sich. »Tut mir leid, Red. Wenn du nicht gleich von diesen eifersüchtigen Weibern in Stücke gerissen und dann irgendwo verscharrt werden willst, kommst du besser mit mir.«

Mit ihm? Käpt'n Hook? Aber wohin?

Tinkerneat fletscht die Zähne. »Menschen, die mit Hook gemeinsame Sache machen, sehen wir hier gar nicht gerne! Gebt zu, dass ihr Spione aus dem Märchenwald seid!«

»Sind wir doch gar nicht«, stammelt Ever.

Zwei Feen mit roten Haaren kommen angeflattert. Eine trägt einen gelben Spülschwamm als Kleid, die andere steckt in einem Topflappen mit Erdbeer-Aufdruck. Spülschwamm greift in einen Lederbeutel an ihrer Hüfte, was Topflappen ihr sofort nachmacht. Mit einem kleinen Aufschrei sehe ich zu, wie sie ein glitzerndes lila Pulver über Ever streuen.

»Bewusstseinsverändernder Feenstaub«, knurrt Jaz.

Zunächst sieht es so aus, als würde Ever einfach nur einen heftigen Niesanfall von dem Glitzerzeug in der Luft bekommen, doch dann, als er die Augen wieder öffnet, sehen sie ganz glasig aus, fokussieren auch nicht mehr mich, sondern starren auf einen Punkt am Wasserfall.

Die Feen müssen ihn irgendwie betäubt haben.

Ich schlage mir eine Hand vor den Mund. »Was sollen wir jetzt machen?«

»Hör mir zu«, flüstert Jaz, während die Feen in Jubel über Evers Zustand ausbrechen. Ich höre sogar, wie sich einige um ihn streiten.

»Sobald ich dir das Zeichen gebe, springst du. Du musst hier weg.«

Springen? Nach unten in die Lagune? Aber das sind sicher zwanzig Meter!

»Aber … und was dann?«

»Von dort nehmen wir eine Unterwasserhöhle, die bis zum Meer führt. Ich zeige dir den Weg.«

Oh, der Kapitän zeigt mir den Weg. Moment mal, er will mit mir springen? Aber warum sollte er das tun?

»Jetzt zu dir, Menschenmädchen!«, ruft Tinkerneat mir zu. »Wenn du weißt, was gut für dich ist, wechselst du sofort die Seiten!« Ihre Feenstaubträgerinnen drehen sich bereits zu mir um. Spülschwamms linkes Auge zuckt serienkillermäßig.

Bevor ich weiter über Hooks Motivation in dieser Sache nachgrübeln kann, nimmt er meine Hand, drückt sie und wispert: »Jetzt!« Seine menschliche Hand reißt mich herum.

»Nein! Ever! Komm mit!« Ich werfe einen Blick zurück, doch der Hipster scheint mich nicht gehört zu haben. Ich bilde mir zwar ein, dass seine Lippen meinen Namen formen, doch ansonsten bleibt er völlig regungslos stehen. Selbst seine Arme liegen wie festgeklebt an seinem Becken.

Gleichzeitig zerrt Jaz an mir, reißt mich mit sich, sodass ich gezwungen bin, nach vorne zu sehen, um den Absprung nicht zu verpassen. Hinter uns kreischen die Feen, verfluchen uns dafür, dass wir fliehen wollen, stürzen uns nach.

Mitten im Sprung, wende ich ein letztes Mal den Blick zurück. »Ever!« Mehr kann ich nicht mehr schreien, denn dann fallen wir, fallen, fallen. Meine Hand liegt immer noch in der von Jaz. Meine Frisur löst sich auf und die Haare fliegen mir ins Gesicht, sodass ich fast nichts mehr sehen kann. Außer blonde Haarsträhnen. Mein Cape zerrt an mir, macht flatternde Geräusche wie Taubenflügel, doch die Schleife, mit der ich es um meinen Hals gebunden habe, löst sich nicht.

Und dann explodiert die Welt um mich herum. Schmerz durchfährt meinen unteren Rücken, als wir auf der Wasseroberfläche aufschlagen. Von einem Moment auf den anderen sind alle Geräusche fort. Ich sehe nur noch blau und Luftbläschen.

Dann tauchen wir auf, schnappen gleichzeitig nach Luft. Jaz ist direkt neben mir. Über uns die Feen, die schon wieder ihre Beutel zücken. »Da sind sie!«

»Haltet sie auf!«

»Gib uns das Mädchen zurück, Hook!«

Jaz spuckt Wasser. Seine Haare kleben ihm wie ein Vorhang im Gesicht. »Du musst unter den Wasserfall tauchen. Schnell!«

Mit seinem Oberkörper formt er einen Bogen, so wie ein Delphin es vermutlichen tun würde, und taucht ab.

Ich folge ihm. Was sollte ich auch sonst tun? Es sind nur etwas weniger als zehn Meter, die wir tauchen müssen, dennoch fordert mir diese Leistung nach unserem Sprung alles ab.

Nachdem ich das Prasseln des Wasserfalls über mir spüre, tauche ich auf.

Die Höhle ist düster. Riecht irgendwie vermodert, jedenfalls stark nach Moos. Hier kann ich kaum etwas erkennen, doch das ist egal, denn das Erste, was ich mache, ist nach Luft zu schnappen und direkt danach zu hyperventilieren. Meine Lunge fühlt sich wie zugeklebt an. »Ever!«, japse ich. Ich habe Ever verloren! Zwei Arme packen mich. Einer von ihnen fühlt sich steinhart und kalt unter meiner Schulter an.

»Himmel, Red. Du musst atmen!«

Ich sehe nur noch Sterne. Allerdings bemerke ich, dass es nicht Ever, sondern Jaz ist, der da zu mir spricht. Jetzt schlingt er seinen menschlichen Arm um meine Taille und zieht mich aus dem Wasser, legt mich auf etwas Hartem, Glitschigem ab. Wahrscheinlich dem Steinboden der Höhle. Meine Augenlider flattern. Meine Ohren summen. Oder sind das die Feen auf der anderen Seite des Wasserfalls? Immer noch bekomme ich viel zu wenig Luft.

Ever, Ever! Meine Gedanken schreien seinen Namen. Was haben sie mit meinem Hipster gemacht?

Eine Stahlhand rüttelt an meiner Schulter. »Red. Beruhige dich. Einatmen, ausatmen.« Er streicht mir die Haare aus dem Gesicht, umfasst dann meine Wange und Kinn, damit ich ihn ansehen muss. »Atme!« Als ich es schaffe, unter heftigem Geblinzel sein Gesicht zu fokussieren, sehe ich, dass seine Augen Besorgnis ausstrahlen. Zwar verharrt sein übriger Körper in normaler Anspannung, so als müsste er als Käpt'n die Ruhe bewahren, doch in seinen Augen erkenne ich das Flackern von Angst. Hat er etwa Angst um mich? Ich halte mich an seinem Handgelenk fest, das noch immer an meinem Kinn liegt.

»So ist es gut«, murmelt Jaz. »Schau mich an und beruhige dich. Du hast den Aufprall überstanden.«

Ich klammere mich an seine Worte, versuche, sie zu meinem Bewusstsein durchdringen zu lassen. Alles ist gut. Kein Grund zu sterben. Und dann ganz plötzlich hebt sich mein Brustkorb wieder und mir gelingt es zum ersten Mal in dieser Höhle, tief einzuatmen. Der Sauerstoff füllt meine Lunge. Ein wundervolles Gefühl.

Der Anblick scheint auch Jaz zu freuen. Er lächelt und ich lächle zurück.

Dann fällt mir ein, dass ich klitschnass bin und mein Handy womöglich Schrott ist. Ich ziehe an meiner Bluse, die glücklicherweise nicht durchsichtig geworden ist. Eilig krame ich in meiner Jeanstasche nach meinem Smartphone. Gleich darauf stelle ich erfreut fest, dass es sich so gut wie immer bedienen lässt! Es lebt noch! Gepriesen seien Technikgenies und wasserfeste Smartphone-Hüllen!

»Ja, die Dinger überleben in Neverland erstaunlich lange«, nickt Jaz mir zu. »Schön, dass du auch nicht so schnell totzukriegen bist.«

Das nehme ich jetzt einfach mal als Kompliment.

Wir schweigen beide, bis sich meine Atmung vollends normalisiert hat.

Schließlich rapple ich mich auf. »Ganz schön feucht und laut hier.« Das Prasseln des Wasserfalls und die Gischt, die mein Gesicht benetzt, nerven mich jetzt schon.

Jaz streicht sich mit beiden Händen die Haare aus der Stirn. In etwa so, wie es Männermodels tun, die gerade aus dem Pool steigen. Einen Moment lang vergesse ich erneut, wie man atmet.

»Geht es?« Er wirft mir einen Blick zu. »Du kippst mir doch nicht wieder um?«

Ich blinzle, mache dann eine wegwerfende Handbewegung. »Ach Quatsch.« Für wie hilflos hält er mich eigentlich? Normalerweise kann ich super auf mich selbst aufpassen.

Jaz macht einen Schritt auf mich zu. »Gut, denn wir müssen weiter. Die Feen meiden zwar Wasser, wegen ihrer Flügel, aber wir sollten dennoch so schnell wie möglich weg von hier. Bevor die kleinen Biester noch kreativ werden.«

Mein Unterkiefer zittert. »Aber was ist mit Ever?«

»Dein Wolf? Für den besteht keine unmittelbare Gefahr. Sie werden ihm vorerst nichts antun, sondern ihn wie ihren neuen Prinzen verwöhnen.«

Aus seinem Mund klingt das so harmlos. »Tolle Sache, wenn sie ihn betäubt haben und festhalten.«

Jaz schnaubt, so als könnte er nicht fassen, dass dieses Gespräch über Ever immer noch nicht beendet ist.

»Wir finden eine Lösung. Vertrau mir. Ich weiß, wo ihr Dorf liegt.«

Immerhin etwas. Mit dieser Hoffnung auf eine baldige Rettung von Ever, lasse ich mich von Jaz tiefer in die Höhle ziehen.

Aber nach ein paar Schritten hält er schon wieder an. Man kann kaum etwas erkennen im Dunkeln, daher zücke ich meine Taschenlampen-App. »Hier müssen wir noch einmal tauchen. Aber keine Angst. Das ist nicht weit.« Er zeigt auf eine Ecke des Wasserbeckens. »Ein paar Meter dahinter gelangen wir in eine Höhle, von der ein Gang bis zum Meer führt.«

Augenblicklich wird mir etwas flau im Magen. Schon wieder tauchen? Diesmal in ein dunkles Wasserloch, von dem ich nicht weiß, wie weit es reicht und wo ich wieder auftauchen kann? »Wie weit genau?«

Statt zu antworten, drückt Jaz meine Hand einfach fester. Seine Augen funkeln. Selbst hier drin in der abgedunkelten Höhle. »Vertrau mir. Ich bringe dich heil auf die andere Seite.«

Damit meint er allen Ernstes, ich soll dem berühmt-berüchtigten Käpt'n Hook vertrauen, den ich gerade erst kennengelernt habe? Einarmiger Bandit und Seeräuber? Mein Mund öffnet sich, aber es kommen keine Worte heraus. Eigentlich ungewöhnlich für mich.

Was mich an der Situation am meisten stört, ist, dass dieser Hook oder Jaz andauernd mich rettet, anstatt ich ihn. Irgendwie bin ich das nicht mehr gewöhnt, jedenfalls seit der Jäger damals den Wolf tötete, der mich fraß.

Obwohl, etwas pocht in meinem Hinterkopf. Kann es sein, dass ich etwas übersehe, seit wir in Neverland angekommen sind? Mein Hirn fühlt sich wie Grießbrei an, irgendwie matschig und klumpig. Als hätte es nicht vor, in nächster Zeit mal wieder einen sinnvollen Gedanken zu formen.

Zudem kann ich plötzlich nur noch daran denken, dass ich das hier unbedingt überleben muss, denn Jaz zieht mich mit sich ins Wasser. »Atme tief ein und stoß dich dann von der Wand ab. In diese Richtung«, erklärt Jaz.

Zweifelnd beobachte ich seine Erklärungen.

»Bereit?«

Ich schlucke. »Nicht in einer Million Jahre.«

Jaz zwinkert mir zu. »Dann ist ja gut. Je länger du wartest, desto schwieriger wird es. Also los.«

Dieser Typ hat echt Nerven. Gerade tut er fast so, als sei durch ein schwarzes Loch tauchen der größte Spaß der Welt. Finster starre ich ihn an, bevor ich mich doch noch zu einem Nicken hinreißen lasse.

Jaz lässt meine Hand los. »Gut. Dann wie besprochen. Folg mir einfach.«

Komischerweise fühle ich mich, sobald er mich loslässt, vollkommen allein. Die Kälte des Wassers kriecht in jeden Muskel. Habe ich das vorher gar nicht wahrgenommen?

Und dann taucht Jaz direkt vor mir hinab in die unter Wasser liegende Höhle. Nachdem ich einmal tief Luft geholt habe, folge ich ihm. Sofort wird mir klar, dass das eine beschissene Idee war. Es ist so dunkel, dass ich kaum etwas sehe. Vor mir kann ich Jaz durch die Wellenbewegungen und kleinen Blubberbläschen gerade so ausmachen. Ich taste mich mehr vorwärts, als dass ich schwimme. Wir stecken mehr in einem vollgelaufenen Gang als in einer Höhle. Wenn ich beide Arme ausstrecke, bekomme ich je eine Felswand zu fassen. Meine Lunge brennt. Das überlebe ich dann wohl nicht. Dafür bin ich einfach nicht gemacht. Sicher ist Jaz ein ganz hervorragender Schatztaucher. Nur ich leider absolut nicht. Das hier wird mein Grab. Langsam spüre ich, wie meine Sicht verschwimmt. Meine Lungenflügel schreien nach Sauerstoff, wollen mich überreden, den Mund zu öffnen, um endlich einzuatmen. Aber das geht nicht. Krampfhaft bekämpfe ich den Reflex.

Gerade als ich sicher bin, dass ich keine drei Sekunden mehr zu leben habe, sehe ich Licht am Ende des Tunnels. Schwach, aber es ist da!

Meine Bewegungen werden hektischer, bis mich Jaz auf einmal packt und nach oben zieht. Ich durchbreche die Wasseroberfläche. Dankbar füllt sich meine Lunge wieder. Herrlicher Sauerstoff durchflutet mich.

»Das … mache ich nie wieder!«, pruste ich, worauf Jaz in Gelächter ausbricht.

Zwar kann ich in der Höhle noch weniger erkennen als in der letzten, so dunkel ist es, aber mir wäre jetzt auch eine fensterlose Tiefgarage recht. Alles, außer Wasser. Als ich so auf dem Rücken liege, erkenne ich, dass das wenige Licht, das an der Höhlendecke durch einen winzigen Spalt fällt, von hunderten blauen Kristallen an den Wänden reflektiert wird.

Jaz erscheint über mir und meinem Sichtfeld. Verdeckt mir die Sicht auf die Kristalle. »Du hast dich doch etwa nicht vor lauter Angst nass gemacht?«

Ich überlege ein bisschen. Bin mir da nicht so hundertprozentig sicher.

Doch Jaz übergeht meine fehlende Antwort, zieht mich stattdessen auf die Beine.

Es ist so glitschig auf dem Höhlenboden, dass ich sofort ausrutsche, aber Jaz hält mich, damit ich nicht hinfalle.

Ein wenig verdattert sehe ich zu ihm auf. Irre ich mich oder ist hier übermäßig viel Körperkontakt im Spiel, seit wir uns kennengelernt haben?

Automatisch lege ich eine Hand auf seine Brust, um mich festzuhalten. Als ich merke, was ich da tue, erstarre ich.

»Oh.« Langsam hebe ich den Kopf bis ich Jaz' Blick begegne. Er schenkt mir ein warmes Lächeln. Sieht mich so richtig an. Mit seiner vollen Aufmerksamkeit. Ganz anders, als mich Jungs üblicherweise so ansehen. Wie schön er selbst in diesem klatschnassen Zustand ist … Wer hätte gedacht, dass Käpt'n Hook so attraktiv sein kann?

Leise seufzt er, bevor er sich räuspert. »Wir müssen weiter. Bist du so weit?«

Natürlich. Schnell rücke ich von ihm ab. »Lass uns gehen.«

»Gut.« Er nickt mir zu. »Da lang.« Er zeigt auf einen schmalen Gang, der hinter einer Felsspalte beginnt. War mir vorher noch gar nicht aufgefallen.

Ein Tunnel ins Freie. »Wie innovativ! Hast du den selbst gegraben?«

»Sei nicht albern.« Er betätigt seine Uhr am linken Handgelenk, eine Smartwatch, wie mir auffällt. Das Display leuchtet sofort hell wie eine Glühbirne auf. Dann zwängt sich Jaz in den Tunnelgang hinein. »Den habe ich einfach gefunden, kurz nachdem ich Laufen gelernt hatte.«

Soso. Der große Entdecker. Mit gemischten Gefühlen folge ich ihm. Zwar will ich so schnell wie möglich wieder ins Freie, aber gleichzeitig habe ich das Gefühl, mich mit jedem Schritt weiter von Ever zu entfernen. Und von unserem Plan, die Prinzen zu retten.

Trotzdem bin ich froh, mich zu bewegen. Auf trockenem Land. Relativ trocken jedenfalls. Und eng. Ich muss den Kopf einziehen, um hindurchzupassen. Außerdem geht es hier stetig bergauf, was mich zusätzlich anstrengt. Und nervt. Die Kühle der Höhle trägt dazu bei, dass sich mein Hirn wieder mit frischen statt trägen Gedanken füllt. Wo ich eben noch glaubte, etwas vergessen zu haben, wird meine Sicht auf die Ereignisse nun klarer.

»Sag mal, wenn diese Feen Jungs wie Ever für sich haben wollen, sie sozusagen sammeln, könnte es dann nicht auch sein, dass die Tinker die vier Prinzen in ihrer Gewalt haben?«

Jaz dreht sich im Laufen zu mir um. Was gar nicht so einfach ist, denn auch er muss sich in gebückter Haltung den Gang entlangbewegen.

»Wenn es so ist, finden wir es heraus.« Allerdings sieht er nicht sehr überzeugt aus. »Du machst dir ziemliche Sorgen um diesen Werwolf, obwohl du darauf bestehst, dass er nicht ›dein Wolf‹ ist, sehe ich das richtig?« Bei Jaz' Worten scheint die Temperatur in der Höhle augenblicklich um zehn Grad abzufallen.

Zunächst keimt in mir das Bedürfnis auf, mich zu rechtfertigen, doch dann macht etwas in mir *klick*.

»Woher …«, stammle ich, »weißt du, dass Ever ein Werwolf ist?«

Jaz hebt seine Cyber-Hand. »Dieses Ding hier ist mit der neusten Technik ausgestattet. Es ist praktisch ein Nacktscanner.«

Sofort halte ich mir aus einem Reflex heraus die Hände vor die wichtigsten Körperstellen.

»Nur ein Scherz.« Sein rechter Mundwinkel hebt sich zu einem spitzbübischen Grinsen. »Vor ein paar Tagen war ich auf einer Studienreise im Märchenwald.«

Soso. Studienreise.

»Jedenfalls habe ich in einem Dorf dort von ihm gehört. In einer Zeitung war sein Bild abgedruckt, mit dem Hinweis, dass er kürzlich zum Werwolf wurde.«

Oh. Ever ist also noch gar nicht lange ein Werwolf? Warum er mir das wohl verschwiegen hat?

»Was stand da denn genau in dieser Zeitung?«

»Das solltest du ihn besser selbst fragen.« Damit scheint das Gespräch für Jaz beendet zu sein.

Er scheint Evers Privatsphäre schützen zu wollen und irgendwie rechne ich ihm das hoch an. Also gebe ich mich damit zufrieden und leite einen Themenwechsel ein.

»Tinkerneat, diese kleine Fee. Was kann sie gegen mich und Ever haben? Oder ist sie einfach von Grund auf bösartig? Dass wir keine Spione sind, ist doch wohl klar? Ich meine, kein Spion der Welt hätte sich so auffällig planlos durch den Dschungel bewegt wie wir.«

Die Frage scheint ihn nicht zu überraschen. Im Laufen fährt er mit der linken Hand über die Felswand. Dabei verursacht der mit Gummihaut überzogene Stahl, aus dem sie besteht, kratzige Geräusche. Er zuckt mit den Schultern.

»Was erwartest du von einem Land voller Bewohner, die nicht erwachsen werden wollen? Jeder ist neidisch auf den Lolli des anderen. Gerade die Tinkerfeen wollen alles besitzen, was ihnen über den Weg läuft. Und natürlich verlieben sie sich in jeden hübschen Typen, der nicht bei zwei auf dem Baum ist.«

»Drei«, korrigiere ich automatisch das Sprichwort.

»Nein, glaub mir. Zwei«, meint Jaz leichthin.

Eine Weile laufe ich schweigend hinter ihm her, denke über seine Worte nach und kann meine Gedanken doch nicht richtig sortieren. Jedenfalls nicht so, dass ein konkreter Plan daraus entsteht. Kann Jaz mit seiner Meinung richtigliegen? Haben die Feen die Prinzen verschleppt? Aber sie besitzen keine Zauberkräfte und daher keine Chaosmagie, die das Wollknäuel verwirrt haben könnte. Oder haben sie für so etwas auch eine spezielle Art von Feenstaub? Nachdenklich betaste ich das feuchte Wollknäuel in meiner Hosentasche. Oder hat es am Ende doch die korrekte Richtung angezeigt …? Nein, es hat einen merkwürdigen Schlenker gemacht und … Aber nur Chaosmagie könnte auch Spiegleins Aufspürmagie außer Kraft gesetzt haben. Oder etwas Ähnliches wie Chaosmagie. Erneut checke ich mein Handy. Es scheint voll funktionsfähig zu sein, nur leider habe ich keinen Empfang. Nicht verwunderlich, wenn man sich in einer Höhle befindet. Trotzdem hätte ich gerne Spieglein kontaktiert. Aber das Piq3-Netz bleibt in ferner Reichweite. Kein einziges der drei kleinen Schweinchen am Display, die den Empfang anzeigen, leuchtet rosa. Meine Augen fangen an zu brennen. Wie konnte ich in kürzester Zeit nur in eine Situation wie diese geraten? Ich habe Ever an zähnebleckende Feen verloren und laufe mit Käpt'n Hook durch einen der dunkelsten, gruseligsten Orte, die ich je betreten habe. Dazu bin ich nicht mal zu Hause, sondern in Neverland! Beim Dreck aller Bremer Stadtmusikanten!

»Na ja«, beginnt Jaz irgendwann wieder das Thema aufzunehmen. »Bei euch im Land sind vier Prinzen verschwunden, bei uns jede Menge Kinder. Obwohl man nie wissen kann, ob die nicht einfach nur gerade einen verrückten Ausflug machen. Dennoch: Möglich, dass es hier einen Zusammenhang gibt.« Mit einer Hand reibt er sich über das Kinn. Meine Augen werden groß. Dann fällt mir ein, dass Baileys Besatzung, die Anzahl der verlorenen Jungs, relativ klein war. Das war mir durchaus aufgefallen, da ich sie den Geschichten nach auf viel mehr geschätzt hätte. »Die verlorenen Jungs?«

»Ja, genau.«

Hm. Ich presse die Lippen aufeinander. Zufall? Oder gab es tatsächlich noch mehr Entführungen? Steckt dieselbe Hexe dahinter? Oder ist es gar keine der Hexen? Schließlich könnte es jeder sein, der nur ein bisschen Magie übrighat. Oder mehrere Täter, die sich zusammengeschlossen haben? Im Grunde genommen können wir nichts ausschließen. Genauso gut könnte ein Wolf mit einer Fee zusammenarbeiten. Nur verstehe ich das Motiv nicht. Was bringen diese Entführungen? Ich meine, der Unterhaltungswert der Prinzen tendiert, wenn man von Prinz Philips Wandkalender und seinen Möchtegern-Modelposen einmal absieht, gegen null.

»Die Frage ist«, reißt Hook mich aus meinen Gedanken, »was dahintersteckt. Wofür braucht jemand all die Prinzen und Kinder? Für ein Ritual? Einen Zauber?«

»Sie müssen noch am Leben sein, sonst wären ihre Leichen schon aufgetaucht«, ergänze ich. »Spieglein wüsste davon, wenn sie tot wären.«

Er wirft mir einen Blick zu.

»Der verrückte Spiegel von Schneewittchen«, erkläre ich.

Als wir uns einer Kurve nähern, sehe ich dahinter Sonnenlicht flimmern. Sofort klopft mein Herz aufgeregt. Freiheit! Zumindest ein Lichtblick!

Gleich sind wir da, gleich, gleich! Man kann schon das Meer sehen! Moment mal, das Meer liegt ziemlich weit unter uns, so wie der Blick durch den Höhlenausgang es verrät.

Tatsächlich. Als ich erkennen muss, dass das Ende der Höhle quasi ins Nichts führt, sackt mir mein Herz erneut in die Hose. Was stimmt nur mit diesem Land nicht?

»Ist das dein Ernst?« Wir nähern uns dem kreisrunden Ende des Höhlengangs. Hier wird sie endlich breiter. Nur leider kann ich das nicht genießen. Unter uns geht es steil bergab bis zum Meer. Natürlich. Schließlich sind wir die ganze Zeit bergauf gelaufen! Der ansteigende Höhlenweg hätte mich eigentlich auf diesen Ausblick vorbereiten müssen.

Jaz schweigt, löscht das Licht an seiner Smartwatch, bevor er beide Hände in die Hosentaschen schiebt und rechts von mir stehen bleibt.

Vorsichtig lehne ich mich ein Stück hinaus, wobei ich mich an den Felswänden festhalte. Dieses Mal geht es mindestens zwanzig Meter in die Tiefe, wenn nicht dreißig. Gischt schlägt unter mir gegen die dunklen Felsen. In der Nähe ankert ein Segelschiff. Sollen wir etwa fliegen? So wie Peter Pan?

»Du hast nicht zufällig etwas Feenstaub dabei?«, frage ich Jaz.

»Nein. So etwas rühre ich nicht an. Macht zu schnell abhängig.«

Ich nicke. Irgendwie habe ich auch nichts anderes erwartet.

Der Wind peitscht um den Höhlenausgang, als wüsste er, dass ich hier nicht hingehöre. Meine Augen fangen an zu tränen.

»Wir müssen einfach springen«, informiert mich Jaz. »Siehst du das Piratenschiff gleich dort drüben? Das ist meins.«

Ich folge seinem Blick zu dem Schiff mit den drei schwarzen Segeln. Ganz oben am Mast flattert eine Piratenfahne. »Schwer zu übersehen.«

Also wieder ein Sprung ins Wasser. Mein dritter an diesem Tag. Dabei hätte ich es wissen müssen. Drei ist die magische Zahl.

»Wir springen und schwimmen zum Schiff.«

Meine Nasenflügel beben. »Aus dieser Höhe?«

»Langsam hast du doch Übung darin.« Jaz schielt über den Rand. »Das sind höchstens siebzehn Meter.«

Das bezweifle ich jetzt doch stark. Mit zusammengezogenen Augenbrauen mustere ich erst Jaz und dann den Abgrund. Eine Windböe zieht auf und fährt durch unsere Haare. Mit seiner Sturmfrisur sieht er noch verwegener aus. Jaz. Der einarmige Pirat.

Andererseits will ich auch nicht mehr zurück. Nicht zurück in den Tunnel und nicht mehr zurücktauchen.

»Ähm, wir sollten uns beeilen«, meint Jaz plötzlich.

Einen Moment sehe ich ihn an, dann höre ich es auch. Ein Grummeln, das klingt, als hätte ich Hunger. Nur kommt es von den Wänden.

Eine kalte Hand umfasst meine. Jaz' linke Hand. »Es sind die Feen. Sie schicken Golems.«

Gerade als er es ausgesprochen hat, lösen sich braune Gestalten aus dem Dunkel der Höhle. Als ich einen Blick auf sie werfe, stellen sich mir die Nackenhaare auf. Ein halbes Dutzend Bodybuilder bedeckt mit Schlamm. So kommen sie mir jedenfalls vor. Golems. Schlammkreaturen.

»Zeit, zu gehen«, drängt Jaz. Sein Griff wird fester.

»Was sind diese Viecher?« Viecher, die zudem immer näherkommen.

»Seelenlose Erdmenschen. Hergestellt aus Feenstaub und Matsch.«

»So was wie Zombies?«

»Ich würde eher sagen: Roboter.«

Aha. Mit klopfendem Herzen schiele ich zwischen dem Abgrund und den Golems hin und her, die sich mit zombiehafter Langsamkeit auf uns zuschieben. Einer von ihnen streckt bereits die Arme nach uns aus.

»Tinkerneat sagt: mitkommen.«

Es spricht. Und das, obwohl es zwar leere Augenhöhlen hat, aber keinen Mund. Nicht mal einen Strich. Dennoch kann ich seine dumpfe Stimme hören.

Jaz zerrt an mir. »Jetzt, Red. Wir müssen springen.«

Meine Augenlider flattern. Wind weht mir die Haare ins Gesicht. Meine Finger umklammern den Saum meines Capes.

»Bitte, Red!«

Gleich haben uns die Golems erreicht. Tatsächlich. Das ist der Beweis. Die Feen wollen uns unbedingt haben.

Keine Panik, versuche ich mir selbst einzureden. Ich muss mich zusammenreißen. Konzentration! Springen ist in dieser Situation das kleinere Übel.

Also hebe ich den Blick, sehe direkt in Jaz' Augen und drücke seine Hand.

Er versteht. Zieht mich ein kleines Stück zurück, damit wir Anlauf nehmen können. »Auf drei.«

Kaum merklich nicke ich. Wenn wir noch bis drei haben. Die schlurfenden Golems kommen schließlich immer näher.

»Eins, zwei, drei!« Gleichzeitig machen wir zwei Schritte nach vorn, stoßen uns von der Felswand ab und fallen. Fallen quälende Sekunden lang. Im freien Fall lasse ich Jaz' Hand los, der schneller als ich Richtung Meer segelt. Seine Arme rotieren wie Flugzeugpropeller. Während wir dem Meer entgegenstürzen, habe ich das Gefühl, nicht atmen zu können. Wind rauscht mir um die Ohren.

Dieses Mal fühlt sich der Aufprall an, als sei ich mit voller Wucht auf eine Turnmatte geknallt. Schmerz durchzuckt jede Faser meines Körpers. Wahrscheinlich habe ich mir soeben den kompletten Unterleib geprellt. Wunderbar. Schwärze umhüllt mich. Dennoch setze ich alles daran, mich nach oben zu kämpfen. Richtung Wasseroberfläche. Gerade als es wieder heller um mich wird, und immer mehr Bläschen an meinen Seiten emporsteigen, packt etwas meinen rechten Knöchel.

Verflucht! Was ist das? Sofort strample ich wie wild los, komme aber nicht frei. Im Gegenteil. Etwas zieht mich weiter und weiter hinab in die Tiefe! Mein Cape und meine Arme reißt es der Sogrichtung entgegengesetzt nach oben. Vor lauter Panik mache ich den Fehler den Mund zu öffnen. Salzwasser strömt in meinen Hals und meine Lunge, lässt mich husten. Ich winde mich, rudere mit den Armen, aber nichts hilft. In der Schwärze des Meeres kann ich noch nicht mal erkennen, was mich da genau gepackt hat. Obwohl, sind das da nicht menschliche Finger, die meinen Knöchel umschließen? Das ist das Letzte, was ich denken kann, bevor meine Lunge anfängt, wie Feuer zu brennen, sich mein Sichtfeld immer mehr verkleinert und schließlich alles um mich herum schwarz wird.

Kapitel 8

Zur gleichen Zeit im Morgenland

Die Wachen zucken mit keiner Wimper, als die vier erschöpften Prinzessinnen auf den Palast zumarschieren. Wahrscheinlich erkennen sie sie an ihrer Kleidung und dem königlichem Schmuck und halten sie nur deshalb nicht für Landstreicher. Im Gegenteil, sie besitzen sogar die Freundlichkeit, einen Diener herbeizurufen, der ihnen zuerst Wasserkelche reicht und sie dann zu Prinzessin Jasemin führt. Eigentlich müsste ihnen in diesem Moment klar werden, dass ihr Glück im Morgenland schon etwas überstrapaziert ist, aber die Prinzessinnen trinken arglos das ihnen angebotene Wasser, um dann frisch gestärkt dem Diener zu folgen. Ihr zweiter Fehler im Morgenland. Nach der Sache mit der Kutsche.

Bis auf Snow nehmen alle die Schönheit des Palasts in sich auf. Er unterscheidet sich deutlich von ihren jeweiligen Schlössern. Überall spielt orientalische Musik.

Rose streckt eine Hand aus und lässt sie über die kunstvoll verzierten Wände gleiten. In jeder zweiten Ecke schnarcht ein Tiger oder ein anderes exotisches Tier auf einem Kissen. Räucherstäbchen verströmen einen Duft wie von Tausendundeiner Nacht.

Nur Cinder hat schnell genug von dem berauschenden Anblick von Prinzessin Jasemins Zuhause.

»Ich gehe nicht mehr in diese Wüste zurück«, jammert sie den ganzen Weg über. Ganz genau wie bei ihren Freundinnen, klebt sowohl in ihren Haaren als auch an ihrer Kleidung etwa ein Kilo Wüstensand. Das Einzige, was die Prinzessinnen optisch von einer

Truppe Zombies abgrenzt, sind ihre gesunden Gesichtsfarben. Mit dem verlaufenen Make-up und Frisuren, die mehr an Vogelnester erinnern als an irgendetwas sonst, hätten sie Chancen beim letzten Resident-Evil-Casting gehabt. Rapunzel kann gar nicht mehr aufhören, ihren Zopf zu entwirren, dreht wie im Wahn daran herum.

»Ich brauche eine Dusche. Sofort.«

Snow schnalzt mit der Zunge. »Hört auf, euch zu beklagen. Vielleicht bringen sie uns mit einem fliegenden Teppich nach Hause.«

Während sie einen Torbogen im Flur passieren, schiebt Cinder ihre Unterlippe vor. Rose' Hand hält inne, sobald sie an einer Kunstpalme vorbeiläuft, auf der Papageien auf winzigen Holzschaukeln sitzen.

»Meinst du so einen fliegenden Teppich?« Sie deutet auf einen relativ großen Teppich, auf dem ein winziger Mann mit Turban gerade meditiert. Ein Medi. Gleich hinter den Papageien. Beide schweben.

Voller Ehrfurcht atmet Rapunzel aus. »Wow, nicht schlecht. Wir hätten Jasemin schon früher mal besuchen sollen.« Mit großen Augen passieren alle vier den fliegenden Teppich.

»Oder Aladins Dschinn zaubert uns eine Kutsche, die durch Sand fahren kann«, spekuliert Cinder. Seit sie den Palast betreten hat, fummelt sie praktisch pausenlos an ihrer Frisur herum. Doch damit machte sie alles nur noch schlimmer. Dennoch hat neben den ganzen alten, orientalischen Einrichtungsgegenständen auch die Moderne Einzug im Schloss gehalten. Geschickt integriert sind in jeder Ecke Lautsprecher installiert, aus denen Musik erklingt, und an jeder Tür blinken Touchdisplays. Offensichtlich benötigt man Freigabecodes und keine Schlüssel dafür.

Auch wenn Cinder glaubt, dieser Besuch im Morgenland könne nicht noch merkwürdiger werden, wird sie an der nächsten Ecke eines Besseren belehrt.

Denn da kommt ihnen in einem der zahllosen Flure ein Hase im blauen Jackett entgegen. Gefolgt von Alice, die eine Raupe auf der Schulter trägt. Die Raupe pafft aus einer Mini-Wasserpfeife und bläst Rauchkringel in Richtung der Prinzessinnen. Die drei werden ebenfalls von einem Diener begleitet.

Sofort bleiben Cinder und Rapunzel stehen. Rose schließt zu ihnen auf.

»Hallo Alice, lange nicht mehr gesehen.«

»Keine Zeit für Belanglosigkeiten«, sagt der Hase, wobei er gegen seine goldene Taschenuhr tippt. »Die Gerechtigkeit muss siegen! Und wir müssen den Hutmacher in der Palastküche abholen.«

Bevor die Prinzessinnen auch nur mit der Stirn runzeln können, schlüpft er einfach unter Cinders Beinen hindurch und flitzt flurabwärts davon. Wenigstens macht sich Alice die Mühe zu antworten. »Geht da bloß nicht rein. Jasemin ist heute unausstehlich.« Ihre Pupillen dehnen sich weiter als eigentlich möglich in ihren Augäpfeln aus. Aber das ist so gesehen nicht ungewöhnlich für sie. Im Grunde genommen rauchen alle Bewohner von Wonderland einfach zu viel.

Snow beäugt die Raupe mit ihrer Wasserpfeife. »Was ist denn passiert?«

»Jasemin weigert sich, zu unserer Teeparty zu kommen. Dabei hat der verrückte Hutmacher extra einen Stuhl aus echten Tigern für sie angefertigt.« Alice rümpft die Nase, schielt dann zu ihrer Raupe. »Wir hätten ihr Schrumpfkuchen in den Mokka mischen sollen.«

Die Raupe nickt.

»Aber ihr kommt doch?«, will Alice wissen. »Samstag um fünf.«

»Jaaaa«, sagt Snow gedehnt, obwohl sie keineswegs die Absicht hat, an einer der verrückten Partys von Alice und ihrem Freund, dem Hutmacher, teilzunehmen. Schlimm genug, dass ihre alljährliche Midsummer-Party kurz bevorsteht, die traditionell im Schloss der Herzkönigin stattfindet, das jetzt selbstverständlich Alice gehört, nachdem die Herzkönigin entthront und in ein Verlies gesperrt wurde. Rapunzel nickt. »Wenn uns nichts dazwischenkommt.« Dabei würde gerade sie eher die Ballerspiele ihres Gatten am PC spielen, als für eine kindische Teeparty nach Wonderland zu reisen.

»Super«, freut sich Alice, wobei sie verträumt die Papageien mustert. »Es wird auch Überraschungen geben. Jasemin wird es noch leidtun, abgesagt zu haben, nicht wahr?« Sie hebt eine Hand, worauf die Raupe ihrer Handfläche eine Kopfnuss gibt. Anscheinend ihre Art des High Fives. Wonderland-Style.

Dann pustet die Raupe vier kleine Rauchkronen auf die Prinzessinnen. »Wir haben schon alles für euch vorbereitet, also lasst euch nicht zu viel Zeit mit eurem Besuch, Ladies. Bis Midsummer ist es noch viel zu lang.« Offensichtlich hat er als Einziger erkannt, dass niemand Lust hat, am Samstag vorbeizuschauen.

Hoffentlich bedeutet ›vorbereitet‹ nicht noch mehr Tigerstühle, denkt Snow. Midsummer kann gar nicht weit genug entfernt sein. »War wirklich schön, euch zu treffen, aber wir müssen eine wichtige Angelegenheit mit Jasemin unter vier oder besser gesagt zehn Augen besprechen.«

Alice lächelt. »Schon verstanden. Dann bis Samstag.« Zum Abschied überreicht sie den Prinzessinnen zwei Schrumpfkuchenstücke, die sie aus ihrer Rocktasche gekramt hat. »Hier, falls ihr die schon gegessen habt, die ich euch geschickt habe. Und denkt an meine Worte und die Überraschung!«

»An nichts anderes«, versichert Snow, wobei sie gleichzeitig Cinder und Rose vorwärtsschiebt. Der Diener ist ihnen inzwischen weit vorausgeeilt. »Endlich sind wir diese Verrückte los«, stöhnt sie hinter der nächsten Ecke.

»Sei nicht so hart zu ihr«, entgegnet Rose. »Was erwartest du? Sie isst ständig diese magischen Kuchen und Kekse, die Wer-weiß-Was enthalten. Außerdem diese Wasserpfeifen-Sucht …«

»Jaja, hab's kapiert!« Wütend schlägt Snow nach Rose' Oberarm. Wieder passieren sie einen Torbogen. »Haltet alle mal die Klappe, ich kann nicht nachdenken!«

»Na, wenn das nicht die vier reizenden Prinzessinnen sind, die sich nicht auf meiner Hochzeit haben blicken lassen«, ertönt es plötzlich von irgendwoher.

Die Vier stocken beim Klang dieser Stimme, drehen sich dann nach allen Seiten um. Sie stehen direkt vor einem weiteren Torbogen, dessen halb geöffnete goldene Türen in einen runden Thronsaal führen.

Prinzessin Jasemin beobachtet sie vom anderen Ende aus. Die Hände im Schoß und halb auf einer grünen Chaiselongue liegend, die in der Mitte eines Podests über allem thront. Ein plüschiges, reich verziertes Sofa, das nur eine statt zwei Seitenlehnen besitzt. Das schwarze Haar fällt ihr in einem dicken Zopf bis zum Bauchnabel. Ganz die orientalische Prinzessin, steckt sie in einem hübschen türkisfarbenen Einteiler.

»Oh, hallo!« Sofort versuchen Cinder und Rapunzel einen guten Eindruck zu machen, straffen die Schultern und heben dann gleichzeitig eine Hand. Wie Zombie-Zwillinge in einem rosafarbenen und einem hellblauen zerstörten Kleid treten sie näher, bis fast in die Mitte des Saals. Über ihren Köpfen schaukelt ein Äffchen an einem pompösen Kronleuchter, springt aber kreischend davon, als es den Besuch bemerkt. Auch der Diener wendet sich zum Gehen.

Prinzessin Jasemin kneift die Augen zusammen. Mit dem Schleier, den sie um ihre geballte Faust gewickelt hat, sieht sie mehr wie eine Banditin als wie eine Prinzessin aus. »Schön, dass ihr auch mal vorbeikommt, allerdings ein Jahr zu spät!«

Die letzten Worte knurrt sie. Keine gute Basis, um ein ernsthaftes Gespräch über gestohlene Happy Ends zu beginnen … Dennoch lässt sich Snow nicht von ihr beeindrucken. »Verzeih uns.« Scheinbar reumütig lässt sie die Schultern sinken. »Aber du kennst unsere Ehemänner nicht. Im letzten Jahr sind wir zu wirklichen Stubenhockern mutiert. Das wird sich jetzt ändern. Versprochen.«

Cinder und Rapunzel nicken bekräftigend. Rose gähnt.

»Und wo wir schon mal dabei sind«, fährt Snow ohne Überleitung fort, »das Ziel unserer aktuellen Reise sind Chaosmagier. Wir haben gehört, hier treiben sich einige davon herum?« Man kann sehen, wie betont beiläufig sich Snow bei dieser Frage gibt.

Nur leider vollkommen erfolglos. Denn Rapunzel kann sich nicht zügeln und fügt hinzu: »Ja. Können wir die mal sprechen?«

Jasemin mustert sie von Kopf bis Fuß. »Ihr seid hierhergekommen, um mit Chaosmagiern …« Wieder ein Blick über den Zustand der vier Prinzessinnen aus dem Märchenwald. »… nun ja, was? Tee zu trinken? Denkt ihr, ich bin total bescheuert?« Ihr wütender Blick hätte wohl sicher ausgereicht, um zwei Chaosmagier für immer zu traumatisieren.

Aber Snow zwingt sich, ihrem Blick standzuhalten. »Da ist noch mehr: …«

Doch wieder ist Jasemin schneller. »Ich wusste es!« Sie springt auf. »Ihr steckt dahinter. Ihr habt meinen Vater entführt und wollt mich nun erpressen!«

»Nein, … äh, eigentlich …« Verwirrt blickt Cinder zwischen Jasemin und ihren Freundinnen hin und her.

»Nicht nur, dass ihr an meinem Hochzeitstag fehlen müsst, ihr musstet mir auch noch das Liebste auf der Welt, abgesehen von Aladin, nehmen!« Sie hat sich inzwischen besorgniserregend in Rage geschrien.

»Jetzt komm mal wieder runter, Jasemin!«, fährt Snow sie an. »Wir haben deinen Vater nicht! Was sollten wir denn mit ihm?«

Jasemin durchbohrt sie förmlich mit ihren Blicken. Der Schleier in ihrer Hand knackt, als mehrere Fäden reißen. »Er wurde entführt und dann noch einmal im Westen gesichtet. Sehr wahrscheinlich hat ihn jemand in den Märchenwald gebracht. In euer Land!«

Die Entrüstung ist Rapunzel deutlich anzumerken. Sie zupft ein paar Zweige aus ihrem Zopf. »Na und? Von hier aus gesehen liegen alle Länder im Westen! Außerdem wurden unsere Ehemänner ebenso entführt! Nur deswegen sind wir hier.« Bei jedem ihrer Worte scheint sich ihr Filzhaar noch ein wenig mehr aufzubauschen.

Snow wirft einen Blick auf ihre Freundinnen. Alle drei stehen mit geballten Fäusten vor Jasemin. Aufrecht, das Kinn leicht erhoben. Ihre Frisuren und Outfits mögen absolut zerstört sein. Aber sie sind es nicht.

»Eure Prinzgemahle wurden entführt?« Jasemin löst sich von ihrer Chaiselongue, lässt den Schleier achtlos zu Boden fallen. »Stimmt das oder ist das ein Trick?«

Snow schnaubt. »Als wenn wir dir das verraten würden, wenn es so wäre. Aber nein, zu deiner Information: Das ist kein Trick. Unsere Ehemänner wurden entführt. Genau wie dein Vater. Womöglich besteht hier ein Zusammenhang. Was, wenn es dieselben Täter waren?«

»Das bringt uns eigentlich direkt wieder zum Grund unseres Besuchs.« Rose tritt einen Schritt nach vorn, wodurch sie weniger als zehn Meter von Jasemin entfernt steht. »Es gibt Hinweise darauf, dass ein oder mehrere Chaosmagier hier ihre Hand im Spiel haben. Wie gesagt, wir würden gerne …«

»Es ist mir so was von egal, was ihr wollt!«, unterbricht Jasemin sie. »Nur was die Küchenschaben im Keller wollen, wäre mir noch egaler.«

»Ich glaube nicht, dass es da grammatikalisch eine Steigerungsform gibt«, wirft Cinder ein.

Snow stößt sie in die Seite, bevor sie Jasemin noch mehr zum Ausrasten bringen kann, und wirft dann einen Blick zurück auf die Wachen an der Tür. »Nur einmal angenommen, die gleichen Verbrecher stecken hinter den Entführungen«, beginnt sie ihr Plädoyer. In einem anderen Leben wäre sie sicher eine gute Staatsanwältin geworden. »Wir haben Grund zu der Annahme, dass Chaosmagier dahinterstecken. Denn es scheint ganz so, als würde ein Chaosmagier verhindern, dass wir unsere Ehemänner mit unseren magischen Hilfsmitteln aufspüren.«

»So, magische Hilfsmittel«, grummelt Spieglein aus einer Falte in ihrem Kleid.

»Hör auf zu lauschen, Spieglein«, flüstert Rapunzel ihm zu. Leider eine Unart von ihm. Spieglein, der Hacker und Spion.

Ohne weiter auf seine Einwände einzugehen, fährt Snow fort. »Du solltest mit uns zusammenarbeiten, Jasemin. Wenn wir alle Chaosmagier im Land befragen …«

An dieser Stelle lacht die Prinzessin des Morgenlandes laut auf. »Wenn ihr mich öfter besuchen würdet, statt nur gelegentlich Textmitteilungen an mich zu versenden, wüsstet ihr Faultiere, dass mein Vater alle Chaosmagier im letzten Jahr ausgerottet hat. Es existieren schlichtweg keine mehr im Morgenland.« So blutrünstig wie sie bei diesen Worten dreinschaut, könnte man den Eindruck gewinnen, sie habe auch großes Interesse an der Ausrottung von Prinzessinnen des Märchenwalds.

»Oh«, antwortet Rose an Snows Stelle. »Das wussten wir nicht. Ist das denn legal?« Ehrliches Bedauern liegt in ihrem Blick, was Jasemin jedoch ignoriert. »Natürlich wusstest du das nicht. Du mit deiner Schlafkrankheit bist doch sowieso nur drei Stunden am Tag richtig wach. Woher willst du irgendetwas wissen?«

Dieser Seitenhieb von Jasemin lässt Rose kurz blinzeln. Da sie immer noch ein schlechtes Gewissen hat, weil sie nicht auf Jasemins Hochzeit erschienen ist, zieht sie es allerdings vor, den Kopf zu senken und nichts zu sagen.

Unglücklicherweise ist Jasemin noch nicht fertig mit ihr und ihren Freundinnen. »Endlich seht ihr einmal genauso aus wie eure Seelen. Wie ihr wirklich seid! Hässlich von innen und außen. An eurer Stelle würde ich …«

»Majestät!« Ein Diener kommt angespurtet, hinter ihm poltern Wachen durch den Flur. Sobald der Lärm ertönt, erstirbt Jasemins Schimpftirade. Gemeinsam mit Snow, Rose, Rapunzel und Cinder reckt sie den Hals.

Vier Wachen mit Speeren in den Händen walzen sich den Weg zu ihr frei, stoßen dabei Rose und Rapunzel aus dem Weg. Sie sorgen dafür, dass niemand dem Diener, der offenbar eine Nachricht überbringen will, zu nahekommt.

»Majestät!«, japst der Diener ein weiteres Mal. Schlitternd kommt er vor den drei Stufen, die zu Jasemins Chaiselongue führen, zum Stehen. Es ist ein junger Bursche, ganz in Weiß gekleidet, mit einem weiß-silbernen Turban. »Die Wachen im Hof und die Dienerschaft! Dutzende von ihnen sind mitten am Tag eingeschlafen! Wollen nicht mehr aufwachen!« Er klingt entsetzt. Stolpert beim Reden über seine eigenen Worte. »Die Schlafkrankheit! Ihr müsst euch schützen!«

Eine Ader pocht an Jasemins Schläfe. »Was? Bist du dir sicher?«

»Absolut sicher! Ruft den Dschinn!«

»Das geht nicht. Er ist mit Aladin unterwegs …« Der zornfunkelnde Blick von Jasemin fällt auf Rose. »Du! Ist das dein Werk? Warst DU das? Hast du sie absichtlich angesteckt?«

Sofort weicht Rose einen Schritt zurück. »Nein, Jasemin. Wieso sollte ich? Außerdem ist das unmöglich …« Sollte es zumindest. Im Märchenwald und in Wonderland ist so etwas noch nie zuvor geschehen. Aber es gibt keine Garantie, dass ihre Krankheit sich nicht auf andere Völker übertragen kann.

»Seid ihr deshalb gekommen?«, kreischt Jasemin los. »Wollt ihr uns alle unschädlich machen, um mein Land zu übernehmen? Ist das nur ein Spiel für euch? ›Risiko‹ mit echten Ländern?«

Rose weicht vor Jasemin, der Cholerikerin, zurück. Sie schluckt. »Niemals würde ich so etwas tun. Bitte glaub mir das.«

Während sie noch hofft, Jasemin von ihrer Unschuld überzeugen zu können, ist Snow bereits einen Schritt weiter. Zieht ihren Schminkspiegel hervor.

»Spieglein, Spieglein in meiner Hand. Wir brauchen ein Ablenkungsmanöver im Morgenland«, wispert sie so leise, dass es niemand außer Spieglein hören kann.

Spieglein erwacht und er versteht unglaublicherweise sofort, was nötig ist. Wahrscheinlich war er nie fort, hat die letzten Minuten in ihrem Rock gelauscht wie ein Kind am Weihnachtsmorgen.

Keine zwei Herzschläge später verursacht er einen kompletten Überspannungs-Kurzschluss der Elektrik im Saal. Überall zerspringen Glühbirnen wie Popcorn, es regnet Glas, Lautsprecher kreischen. Sogar Pyrotechnik geht in die Luft. Ein Feuerwerk in Form eines blauen Pfaus direkt hinter Jasemin. Mit aufgerissenen Augen verfolgt die Morgenland-Prinzessin die Flugbahn der Scherben aus ihrem Kronleuchter.

Während sich die Wachen noch nach allen Seiten umsehen, schnappt sich Snow ihre Freundinnen. Ihnen bleibt keine Zeit, die Show zu genießen. Gerade als die Konfettikanonen losgehen, preschen alle Vier aus dem Saal. Aus einem Instinkt heraus zieht Snow die goldenen Türen hinter ihnen zu.

Spieglein feuert sie an, hackt sich dann in die Elektronik und ändert alle Freigabecodes.

Auf der anderen Seite wird es laut. Die Wachen haben bemerkt, was Sache ist, poltern gegen die geschlossenen Türen.

Trotz Spiegleins Hackerfähigkeiten wird sie das nicht lange aufhalten, das ist Snow klar. »Schneller, Richtung Ausgang!«

Natürlich braucht sie das Rose, Cinder und Rapunzel nicht zweimal zu sagen.

Obwohl sich langsam sportliche Aktivitäten in ihrem Leben häufen (meistens bedingt durch irgendwelche Fluchten oder Gewaltmärsche – im wahrsten Sinne des Wortes), geht ihnen schon an der nächsten Ecke die Luft aus.

»Wie sollen wir das schaffen?«, keucht Cinder. Ein Krachen hinter ihnen verrät, dass es den Wachen inzwischen gelungen ist, die Türen des Thronsaals aufzubrechen. Geschrei ertönt, gemeinsam mit Fußgetrappel. Mehr Wachen stürmen alarmiert aus allen Fluren herbei. »O Mist!« Snow rennt einen Diener um, der ihren Weg kreuzt, schnappt sich dessen Tablett mit kunstvoll angeordneten Äpfeln und wirft sie hinter sich in den Flur.

»Da vorne!« Rose deutet auf zwei Wachen, die ihnen vom anderen Ende des Hauptflurs entgegenrennen. »Da kommen wir nicht durch. Es ist unmöglich.«

»Nichts ist unmöglich!« Snow sieht sich nach allen Seiten um. »Hier lang! Sie biegt in einen Flur nach links ab. Gleich in der Nähe schwebt ein Medi auf seinem Teppich. Ohne zu zögern, stößt Snow ihn beiseite. »Runter da!«

Erschrocken kugelt der kleine Mann mit Bart auf die Marmorfliesen.

»Und ihr drei: aufsteigen!«, kommandiert Snow weiter.

Die drei Prinzessinnen raffen ihre zerfetzten Röcke und krabbeln hinauf. Niemand wagt, dieses Unterfangen zu hinterfragen. Dazu bleibt auch schlichtweg keine Zeit. Schließlich werden die Rufe hinter ihnen immer lauter. Gleich haben die Wachen sie erreicht.

»Wie steuert man dieses Ding?« Snow hat sich vorne beide Enden des Teppichs geschnappt und starrt auf ihre Hände, in denen sie die goldenen Bommeln hält. Spieglein ruht auf ihrem Schoß. Man sieht, wie er die Stirn in Falten legt. Nur leider helfen seine Hackerfähigkeiten in diesem Fall nicht weiter.

Rose schaut über ihre Schulter. »Einfach nach vorn lehnen?«

»Egal, was ihr macht: tut es!«, kreischt Cinder. »Jetzt!« Panik steht in ihrem Gesicht geschrieben. Kein Wunder. Hinter ihnen zücken die Wachen ihre Speere, kommen auf sie zugestürzt, als wollten sie die Prinzessinnen aufspießen. Prinzessin am Spieß. Sicherlich wäre das auch in Jasemins Sinne. Ob dasselbe auch den Chaosmagiern widerfahren ist?

»Okay, vorwärts!«, brüllt Snow, wobei sie die Teppichbommeln nach vorn drückt. Merkwürdigerweise hört der Perserteppich aufs Wort. Als er losschießt, klammern sich die drei anderen Prinzessinnen aneinander fest.

»Arghhh. Wohin lenkst du uns?«, schreit Rose gegen den Fahrtwind an. Als ginge es um ihr Leben, krallt sie sich an Snow fest. Der Teppich schlingert in gewagten Bögen in Richtung Decke, dann wieder nach unten. Sturzflug. Der kleine Medi muss sich auf den Bauch werfen, um nicht von Snow und dem Teppich umgemäht zu werden. Ein Stück Schrumpfkuchen trifft ihn am Kopf, als es aus Rose' Tasche fällt.

»Lasst sie nicht entkommen!«, schreit irgendwo weit entfernt eine aufgebrachte Jasemin. Speere fliegen an ihnen vorbei, verfehlen jedoch den Teppich jedes Mal, da dieser wie ein Pony bockt. Ein

Wachmann schläft mitten im Rennen ein. Seine Kumpanen stolpern über ihn.

Irgendwann, als Rose schon alle Stoßgebete aufgesagt hat, ruft Snow endlich: »Jetzt weiß ich, wie es funktioniert! Man muss Bitte sagen!« Und tatsächlich. Sie presst ein »Nach rechts, durch die offene Balkontür, bitte«, hervor. Ganz genau wie Spieglein es laut der Google-Betriebsanleitung für fliegende Perserteppiche herausgefunden hat.

Und es funktioniert. Staunend drückt Rapunzel Cinders Hand. Sie sausen nach draußen, wo die Sonne in ebendiesem Moment in der Wüste versinkt.

»Ist das gerade wirklich passiert?« Ungläubig tauschen die beiden Freundinnen Blicke aus.

»Meinst du, dass Snow *bitte* gesagt hat?«

Rapunzel nickt.

~Red~

Der Nebel lichtet sich. Erfreut stelle ich fest, dass ich wieder etwas sehen kann. Nur was ich da sehe, irritiert mich. Ein verstrubbelter Ever ohne Brille hat sich über mich gebeugt, rüttelt an meiner Schulter. Komischerweise ist da Sand unter meinem Rücken, der mir die Haut aufkratzt wie Schmirgelpapier. Überall spüre ich Sandkörner, selbst in meiner Unterwäsche, was ziemlich nervt. Ein schweißgebadeter Jaz drückt auf meiner Brust herum. Was tut er da? Ist das ein Wiederbelebungsversuch? Ich will die Hand heben, um ihm zu sagen, dass er damit aufhören soll. Doch es geht nicht. Ich kann mich nicht bewegen. Nicht mal den kleinen Finger. Verwirrt schaue ich mich um. Tränen rinnen über Evers Wangen, tropfen von seinem Kinn direkt in die kleine Kuhle oberhalb meines Brustbeins. Weint er um mich? Es scheint fast so. Ansonsten fällt mir keine andere Erklärung für seine Trauer ein. Aber warum? Jetzt hebt er eine Hand, schiebt mir eine meiner blonden Strähnen aus der Stirn.

»Oh, Red. Bitte, du darfst mich nicht verlassen.«

Ich schlucke. Ihn so zu sehen, zerreißt mich fast innerlich. Mein Herz krampft sich zu einem Klumpen aus schwarzem Entsetzen zusammen. Was passiert hier nur?

Gerade will ich ihm sagen, dass ich nicht vorhabe, ihn zu verlassen, da spüre ich es. Etwas zerrt an mir. Zerrt an meiner Seele auf Höhe meiner Wirbelsäule. So etwas habe ich noch nie zuvor gespürt. Es fühlt sich an, als würde ein Flugzeug beschleunigen, mich aber durch den Sitz nach hinten drücken. Raus aus meinem Körper. Was? Es vergehen einige Sekunden, in denen ich versuche zu begreifen. Tatsächlich! Ich werde aus meinem eigenen Körper gedrückt! Wie kann das sein? Ich sehe mich nach allen Seiten um. Doch da ist niemand. Immerhin spüre ich nun absolut nichts mehr. Keine Ängste und keine Schmerzen. Ein tröstliches Gefühl von Frieden hüllt mich ein. Gleichzeitig scheine ich langsam abzudriften. Weg von Ever und Jaz. Nach oben. Ja, ich steige wie ein Heißluftballon nach oben! Immer noch kann ich mich nicht bewegen. Leicht nach vorn gebeugt betrachte ich den Strand unter mir. Sehe, wie sich die beiden Jungs über meinen Körper beugen. Ich kann nichts tun. Nutzlos baumeln meine Arme an mir herab.

Sterbe ich etwa? Soll das das Ende sein? Aber so kann es doch nicht enden? Auf einmal habe ich das Gefühl, keine Luft mehr zu bekommen. Die Schmerzen in meiner Lunge kehren zurück. Alles um mich herum verschwimmt, bis mich die Dunkelheit wieder verschluckt.

Als ich das nächste Mal die Augen aufreiße, klopft mir jemand auf den Rücken, bis ich Wasser erbreche. Salzwasser. »Atme«, ruft eine Stimme. Nach kurzem Überlegen ordne ich sie Jaz zu. Alles ist noch verschwommen. Wasser scheint mir aus jeder Pore zu rinnen, verschleiert meine Sicht. Was mir aber sofort klar wird: Ich bin soeben aus einem Traum aufgewacht! Aus einem Traum, in dem ich vor Jaz' und Evers Augen gestorben bin …

Jaz hält mich an den Armen gepackt. Wir befinden uns keinesfalls mehr an einem Strand wie in meinem Traum, sondern auf einem Felsen und Ever ist auch nicht bei uns. Diese Erkenntnis lässt mein Herz auf den Grund meines Magens sinken. Trotzdem tue ich Jaz den Gefallen und atme. Tief ein und wieder aus. Was sich zunächst fast wie verlernt anfühlt, wird nach einem Krächzen wieder Normalität. Ich bin zurück.

Jaz brüllt irgendetwas. Schrille Kreisch-Stimmen antworten, doch ich verstehe nichts. Ich halte mich einfach nur an dem Felsvorsprung fest. Ab der Hüfte befinde ich mich immer noch im Wasser. Dann sind da plötzlich starke Arme, die mich nach oben ziehen. Immer noch kann ich nicht richtig sehen, was um mich herum geschieht.

Ich lege den Kopf in den Nacken. Da ist Jaz. Aber eigentlich hat es mir schon die Tatsache verraten, dass eine warme und eine kalte Hand mich unter den Achseln gepackt hat.

Irgendetwas um mich herum schäumt. Das Meer. Aber auch noch irgendetwas Lebendigeres. Meine Ohren fühlen sich wie betäubt an. Klingeln sie oder kreischt etwas im Wasser?

Dann lehne ich plötzlich an einer Felswand. Es ist die Wand, von der wir erst kürzlich ins Wasser gesprungen sind. Der kleine Vorsprung, auf dem Jaz vor mir kniet, hat lediglich die Größe eines Surfbretts.

Wieder schüttelt mich ein Hustenanfall. Jetzt bemerke ich, wie Jaz mich besorgt mustert. Endlich gelingt es mir, die Augen komplett aufzureißen. Der Anblick, der sich mir bietet, irritiert mich. Hinter Jaz im Meer schwimmen wütende Mädchen, peitschen mit ihren Flossen Gischt in unsere Richtung. Ihr Zorn richtet sich direkt gegen mich. So ähnlich, wie es mir vor einer Stunde mit den Tinkerfeen erging.

Ever, denke ich. *Ever ist nicht hier.* Das mit ihm war nur ein Traum. Nur ein Traum. Meine Hoffnung auf ein Happy End schwindet.

Jaz' Stimme dringt dumpf zu mir durch. »Bist du bei Bewusstsein? Sieh mich an, Red. Kannst du mich ansehen?« Er rüttelt an meinen Schultern, was dazu führt, dass das Wasser endlich auch aus meinen Ohren fließt und ich wieder hören kann. Sofort trifft mich eine Welle von Kopfschmerzen. Es ist zu laut. Viel zu laut. Diese Meerjungfrauen schreien, dass selbst die Brandung des Meeres kaum noch auszumachen ist. Mit schmerzverzerrtem Gesicht presse ich mir die Hände auf die Ohren.

»Hört endlich auf zu schreien, ihr dummen Gänse!«, brüllt Jaz den Meerjungfrauen-Chor an.

Tatsächlich hören sie auf ihn. Allerdings wechseln sie jetzt von ihrem wütenden Sirenengesang in einen jammernden Betteltonfall. »Jaz, warum bringst du ein Mädchen mit, wenn du doch uns hast?«

Ein Mädchen mit roten Haaren und einem Seestern im Haar zeigt auf mich. »Wirf sie ins Wasser und wir nagen ihr das Fleisch von den Knochen.« Ihre spitzen Zähne erinnern mich an einen Piranha.

Ich sehe mich um. Sie sind zu sechst. Alle mit unterschiedlichen Haarfarben, aber denselben Outfits. Sind das Muscheln an Ketten, die sie zu einer Art trägerlosem Top geknüpft haben? Es scheint fast so. Auch bei ihrem Haarschmuck waren sie ausgesprochen kreativ. Drei von ihnen tragen ein Diadem aus Muscheln, zwei haben sich ihren Pony mit einem Seestern zurückgesteckt und die kleinste von ihnen, eine winzige Blondine, trägt als Haarschmuck eine Seerose. »Runter mit ihrem Speck!«, fordert die Seerosenträgerin jetzt.

Bei manchen Stellen an meinem Körper mag sie da durchaus recht haben, dennoch finde ich nicht, dass sie meinen Speck für sich beanspruchen kann. Ich stehe auf. Meine Beine fühlen sich wacklig an, weswegen ich mich mit dem Rücken am Fels emporschiebe. Diesen Meerjungfrau-Diven gegenüber möchte ich Stärke zeigen. Eine Schwarzhaarige mit Austerndiadem wirft mit einem toten Fisch nach mir. Doch Jaz schiebt sich blitzartig vor mich und schlägt den Fisch zur Seite. Mir fällt auf, dass sein Shirt nur noch in Fetzen an ihm herunterhängt. Es scheint die Bekanntschaft mit spitzen Meerjungfrauen-Fingernägeln gemacht zu haben. Bei allen Schweinchen des Märchenwalds! Sie waren das! Sie müssen mich in die Tiefe gezogen haben. Ich werfe Jaz einen Blick zu, der ebendiesen Moment wählt, um sich mit einem Handgriff das zerfledderte Shirt vom Körper zu reißen.

Kollektiv reißen alle Meerjungfrauen ihre Münder auf. Die Seerosenträgerin simuliert sogar einen Ohnmachtsanfall.

Ich kann es ihnen nicht verdenken. Jaz' durchtrainierter Körper ist eine Augenweide. Selbst von hinten. Kaum fällt mein Blick auf sein V-förmiges Kreuz, werden meine Gedanken wirr. Er hat mich gerettet. Jaz.

Die Rothaarige mit dem Seestern pfeift.

»Was wollen diese Meerjungfrauen von mir?«, flüstere ich Jaz zu. Dabei achte ich darauf, ihn nicht zu sehr anzustarren. Meine

Gedanken müssen klar bleiben. Stattdessen lasse ich meinen Blick über seinen linken Unterarm gleiten. Seine Cyborg-Hand fügt sich in einer winzigen Nahtstelle an seinen Unterarm an. Moderne Technik. Unglaublich. Bestürzt stelle ich fest, dass sich meine Finger wie von selbst in seine Richtung bewegen, über diesen Übergang von Menschenfleisch zu Technik streicheln wollen. Sofort halte ich in der Bewegung inne, als mir klar wird, was ich da im Begriff bin zu tun.

»Meerjungfrauen?«, lacht Jaz. »Glaub mir, das sind schon lange, lange keine Jungfrauen mehr. Fiese, launische Meermädchen sind das!« Er knurrt die letzten Worte. Trotzdem halten seine Beleidigungen die Meermädchen nicht davon ab, ihn weiter anzuhimmeln.

»Komm doch zu uns«, säuselt eine Blondine mit blondem Bob und einem Perlendiadem. »Früher warst du oft bei uns in den Unterwasserhöhlen zu Gast. Wir machen dir Sushi und massieren dich. Lila hat ein neues Lied für dich geschrieben.« Ihre liebliche Stimme ist gerade dabei mich einzulullen, als Jaz mir zuraunt: »Du darfst dich nicht auf ihre Stimmen konzentrieren. Summ ein Lied in deinem Kopf. Nur so kannst du ihnen widerstehen.«

Augenblicklich verstehe ich, was er meint. Ein Lied. Das Erste, was mir einfällt, ist die Titelmelodie von »Saber Rider«, also summe ich los.

Jaz dreht sich wieder zu den Meermädchen um, schirmt mich dabei mit seinem Körper ab. Sogar seine Cyber-Hand hält er schützend vor mich, sodass sie beinahe meine Taille berührt.

Die Meermädchen fauchen bei diesem Anblick.

»Was willst du mit der kleinen Kröte?«, zischt die Schwarzhaarige mit den Austern. »Sie sieht aus wie ein nasser Pudel und ist nicht halb so anmutig wie wir.«

Jaz' Muskeln spannen sich an. »Ich sage es euch ein letztes Mal! Das mit uns ist vorbei. Ihr werdet mich nicht mehr mit eurer Magie einlullen und jetzt verschwindet!«

Offensichtlich erzürnen seine Worte die Meermädchen. Jede von ihnen bleckt die Zähne, wodurch sich tiefe Falten um ihre Augen und an ihrer Stirn bilden. Im Gegensatz zu den Hexen im Märchenwald haben sie offenbar noch nichts von Flohtox gehört.

Sie kreischen so schrill, dass ich mir die Ohren zuhalten muss. Gleichzeitig spritzen sie mit ihren Schwanzflossen Wasser in unsere

Richtung. Ganze Eimer voll Wasser, so kommt es mir vor, landen in meinem Gesicht. Prustend schnappe ich nach Luft. Aber der konstante Wasserschwall, der auf mich niedergeht, erschwert meine Atmung. Offensichtlich können sie mich auch ertränken, ohne dass sie mich berühren müssen.

»Aufhören!«, befiehlt Jaz ein weiteres Mal.

»Gib uns das Mädchen!«

»Wenn wir dich nicht haben können, soll dich keine haben!«, kreischen die Meermädchen.

Aus lauter Verzweiflung klammere ich mich an Jaz fest. Mittlerweile kann ich durch das Wasser kaum mehr etwas sehen. Seine Nähe beruhigt mich. Sanft drückt er mich mit dem Rücken gegen den Felsen. Immerhin ist der von der Sonne gewärmt und hilft mir, nicht unter der Kälte des Wassers zu zittern. Seit zwei Stunden bin ich quasi ununterbrochen klitschnass. Wirklich ein toller Ausflug nach Neverland. Immerhin ist das Wetter frühlingshaft warm – was mir natürlich auch nichts mehr nützen wird, wenn ich gleich ertrinke. Aufrecht stehend und an Land. Toller Tod. Damit gehe ich sicher in die Geschichtsbücher ein. Falls irgendjemand in diesem Land voller kindischer Irrer mit dem Benehmen von Fünfjährigen ein Geschichtsbuch schreiben kann, immer vorausgesetzt.

»Und das, obwohl ihr noch gar nicht wisst, dass die liebe Red hier Ausflüge für die Prinzen des Märchenwalds in unser schönes Neverland plant!«

Augenblicklich halten die Meermädchen inne.

»Prinzen?«, fragt Blondie mit Bob. Ihre Perlen klirren, als sie so plötzlich mitten in der Bewegung erstarrt.

Jaz nickt, spuckt dabei etwas Wasser. Seine Frisur steht einem nassen Wischmob in nichts nach. »Natürlich wollt ihr mich dann nicht mehr. Schon verziehen. Aber wenn Red stirbt, gibt es auch keine Prinzen!« Diese Argumentationskette wirkt. Man kann förmlich sehen, wie es in den Köpfen der Meermädchen arbeitet. Eine nach der anderen reißt die Augen auf. Dabei scheinen sie sich irgendwie in einer Art Trance zu befinden. Sie bewegen sich auf einmal viel langsamer und ihr Blick ist verklärt.

»Prinzen«, murmeln sie immer wieder. «Der letzte Prinz ist schon so lange her.«

Jaz stößt mich in die Seite, wobei er seine schützende Position vor mir noch nicht aufgegeben hat. »Spiel mit.«

Was auch sonst? Schließlich habe ich dieses Ablenkungsmanöver von Jaz seit der ersten Sekunde durchschaut. Allem Anschein nach sind diese Meermädchen besessen von hübschen Jungs. Aber was schlägt einen attraktiven Piraten? Richtig: ein waschechter Prinz!

Also räuspere ich mich.

»Das ist korrekt. Wir planen gerade … ähm, einen Piratenausflug für die Prinzen aus dem Märchenwald. Neverland-Tours. Inklusive Krokodile- und Meermädchenfüttern.« Ich halte inne. Womöglich bin ich soeben ein Stück zu weit gegangen. Doch es macht eher nicht den Anschein, was ich erfreut feststelle.

»Shrimps, wir lieben Shrimps«, flüstert das kleinste der Meermädchen. »Die Prinzen sollen uns Shrimps mitbringen.«

Aber sicher. Wer besteht heutzutage noch auf Schokolade, wenn er Shrimps haben kann? Shrimps sind die neuen Pralinen.

»Vielleicht können wir sogar eine Art Single-Party hier bei euch an der Küste veranstalten«, setze ich noch einen drauf. Zwar sehe ich, wie Jaz die Stirn runzelt, aber ich kann mich einfach nicht mehr bremsen. Das macht zu viel Spaß und ich liebe es, die Oberhand zu gewinnen. »Blind-Date mit einer Meerjungfrau! Das wird der Kassenschlager! Oder andersherum: Versteigerung eines Prinzen!«

Die Meermädchen kreischen verzückt auf.

Nur Jaz wirft mir einen warnenden Blick zu. »Jaaaa … Ihr seht, wir haben noch viel zu tun. Es muss einiges geplant werden für die Neverland-Reisetouren. Wenn ihr uns also entschuldigen würdet?«

»Oh. Aber natürlich.«

»Das wussten wir nicht.«

»Sagt uns Bescheid, sobald die erste Prinzenreisegruppe eintrifft«, plappern die Meermädchen durcheinander.

»Nichts anderes haben wir vor«, versichere ich.

»Spitze, dann kann ich ja jetzt ein Ruderboot rufen, ohne dass ihr uns ertränkt?«, fragt Jaz.

Allgemeines Nicken. Ein gutes Zeichen.

Als Nächstes drückt Jaz ein paarmal auf seiner Smartwatch herum.

Die Mädchen stellen mir noch ein paar Fragen zu den Prinzen, die ich alle beantworte, wobei ich entscheidende Details auslasse, wie zum Beispiel, dass sie alle schreckliche Stubenhocker sind, die mehr Zeit mit ihrer Playstation verbringen als mit ihrer Ehefrau. Oh, ja und dass es überhaupt Ehefrauen im Märchenwald gibt, lasse ich auch unter den Tisch fallen.

Da fällt mir plötzlich ein, dass Tinkerneat zwei Prinzen hier in Neverland gesehen haben will, doch bevor ich den Gedanken zu Ende führen kann, taucht ein Ruderboot vor uns auf. Gesteuert wird es von einem Typen, dessen Augenbrauen von mehr Piercings durchzogen sind, als ich zählen kann. Sein blauschwarzes Haar scheint gefärbt zu sein. Er nickt uns nur zu.

»Red, das ist Smurfie. Smurfie, das ist Rotkäppchen beziehungsweise Red«, stellt Jaz uns vor.

Smurfie? Wirklich? Ist er ein Schlumpf? Die Piercings des Schlumpfs klirren, als er beide Augenbrauen hebt. Wahrscheinlich habe ich ihn etwas zu lange angestarrt.

»Hi Smur …« Es will mir einfach nicht über die Lippen. Also wringe ich nur das Wasser aus meinen Klamotten. Dieses Mal scheint mein Handy den Sprung ins kühle Meer nicht überlebt zu haben, stelle ich traurig fest.

Wir verabschieden uns von den Meermädchen, die uns vor ein paar Minuten noch zerfleischen oder ertränken wollten. Oder beides. Auch nicht zwingend in dieser Reihenfolge. Jetzt führen sie sich allerdings wie unsere besten Freunde auf. Langsam verstehe ich das Problem von Neverland. Man kann einfach nicht sachlich mit Leuten diskutieren, die sich auf dem geistigen Niveau von Neunjährigen bewegen. Bevor ich über dieses politische Dilemma weiter nachgrübeln kann, packt mich Jaz einfach unter den Kniekehlen und hebt mich auf seine Arme. »Wo bist du nur mit deinen Gedanken, Red«, flüstert er mir zu. »Ich habe dich zweimal gebeten, ins Boot zu steigen.« Kopfschüttelnd betritt er mit mir das Ruderboot, wo er mich wieder auf die Beine stellt. Da die verfluchte kleine Nussschale ziemlich schwankt, klammere ich mich an ihm fest. Seine Haut fühlt sich warm unter meinen Fingern an. »Du bist ganz kalt«, stellt er ebenso fest. Wir brauchen dringend trockene Sachen für dich, sonst holst du dir eine Unterkühlung.« Womöglich. Kann ja nicht jeder einfach so sein Shirt ausziehen. Ich lasse den Blick über seine Muskeln schweifen.

»Alles okay?« Er schmunzelt.

»Bis auf meine nassen Klamotten und mein ertrunkenes Handy, meinst du?«

»Ach, konnte es nicht schwimmen?«

»Wirklich witzig.«

Jaz zeigt auf die Bank, auf die ich mich setzen soll. Leider schwankt alles so stark bei jedem Schritt. Und so fallen wir wegen mir beinahe alle drei ins Wasser.

»Äh, sorry!«, schreie ich, während ich mit ausgebreiteten Armen versuche, die Balance zu halten. Das ist mein erstes Mal auf einem Ruderboot.

Im letzten Moment, bevor wir kentern, packt mich Jaz an der Hüfte und drückt mich runter. »Du musst deinen Schwerpunkt weiter nach unten verlagern!«

Das sagt er jetzt so leicht!

Irgendwie schaffe ich es dann doch, mich halbwegs auszubalancieren.

»Na endlich«, stöhnt Jaz, zieht mich dann neben sich auf die Holzbank. »Jedes Mal, wenn ich dachte, das Boot könnte nicht noch heftiger schaukeln, hast du noch einen draufgesetzt.«

Ich werfe ihm einen bitterbösen Blick zu, was ihn zum Lachen bringt.

Kapitel 9

Mit ein paar kräftigen Armzügen rudert uns Smurfie zu Jaz' Piratenschiff, das im tieferen Wasser vor Neverland ankert. Ich kann mich jedoch kaum darauf konzentrieren, denn die ganze Zeit dreht sich in meinem Kopf alles um die Frage, wie wir Ever aus den Händen der Tinkerfeen befreien können. Mein Blick ist auf die Klippen und das Festland hinter uns gerichtet. Was sie wohl in diesem Moment mit ihm machen? Hoffentlich hat Jaz recht und sie beten ihn einfach nur an. Keine Folter oder Mordversuche. Das wäre übel. Schließlich ist Ever nur meinetwegen in Neverland gelandet.

Irgendwann stupst Jaz mich an.

»Alles okay?«

Irritiert hebe ich den Kopf. »Nicht so wirklich. Immerhin haben wir Ever verloren.«

Diese Nachricht scheint Jaz allerdings kein bisschen aus der Ruhe zu bringen. »Glaub mir, die Tinker werden ihn zwar festhalten, aber wie einen König behandeln. Wir besorgen uns zuerst einmal trockene Klamotten und dann stellen wir einen Plan zu seiner Rettung auf. Meine Mannschaft wird uns helfen. Keine Sorge.«

Dankbar lächle ich ihn an. Warum tut er das eigentlich alles für mich? Er könnte mich doch einfach hier zurücklassen? Ist das dieses berühmte Prinzessin-in-Not-Syndrom, das Rapunzel mit Prinz Adrian zusammengebracht hat?

Unvermittelt drückt er meine Hand. »Weißt du eigentlich, wie hübsch du bist, wenn du lächelst?«

Mir entfährt ein ungläubiges Glucksen. Meint er das ernst? Nass wie ein begossener Pudel? »Kann es sein, dass du schon lange kein Mädchen mehr zu Gesicht bekommen hast? Also eins ohne Schwanzflossen oder Flügel?«

Smurfie beginnt auffällig zu husten, was ich als Zustimmung deute.

»Das mag sein«, gibt Jaz zu. »Trotzdem erkenne ich Schönheit, wenn ich sie sehe.« Er streicht mir eine Haarsträhne aus der Stirn und ich bin einen Moment total geplättet. Kann nichts anderes tun, als ihn anzustarren. Dieses warme Lächeln! Wie kann ein Pirat, nein, nicht irgendein Pirat, sondern der legendäre Käpt'n Hook, nur zu so einem offenen Lächeln fähig sein? Auf einmal wird mir ganz warm und für einen kurzen Augenblick höre ich auf zu zittern.

Irgendwann docken wir an den Rumpf des Schiffs an. Eine Strickleiter wird zu uns heruntergelassen. Mehrere Männer rufen etwas.

Dann räuspert sich Smurfie.

Keine Sekunde früher entlässt mich Jaz aus diesem intensiven Blickkontakt. Als er es dann tut, bin ich ein wenig verwirrt, blinzle ein paar Mal. Ist das eben tatsächlich geschehen? Haben wir uns mehrere Minuten lang einfach nur angesehen? Schweigend versunken in den Augen des jeweils anderen?

Smurfie hält uns die Strickleiter fest, sodass wir sie sicher emporklettern können. Jaz geht vor. Geübt wie er ist, schwingt er sich leichtfüßig nach oben, wo ihn der Jubel seiner Besatzung empfängt.

»Hook, Hook, Hook!«, jubeln sie.

Er lacht ihnen zu, nennt einige beim Namen. Dann lehnt er sich über die Holzbrüstung zu mir nach unten, streckt seinen rechten Arm aus. »Komm schon Red, du bist fast da.«

Ich ergreife seine Hand und er zieht mich den letzten halben Meter nach oben. Etwas schneller als ich erwartet habe, rutsche ich über die Brüstung, muss mich an seiner Schulter abstützen, um nicht auf die Nase zu fallen. Obwohl ich mich gleich wieder von ihm lösen möchte, legt Jaz einen Arm um mich. »He Leute, darf ich vorstellen: Das ist Red! Sie ist unser Ehrengast, also packt eure besten Manieren aus! Ab jetzt möchte ich keine Rülpser mehr hören und niemand furzt mehr das Alphabet.«

Während mich Jaz' Mannschaft mit großen Augen anstarrt, runzle ich die Stirn. Vor mir stehen ungefähr zwei Dutzend Jungen und erwachsene Männer. Auf einem Schiff, etwa doppelt so groß wie Baileys. Zudem ist es etwas in die Jahre gekommen, an allen Ecken splittert Farbe und Holz ab, dennoch spüre ich den Charme des Piratenschiffs, kann beinahe die wilden Partys vor mir sehen, die die Besatzung sicher regelmäßig an Bord feiert. Viele von ihnen haben sich ein rotes Tuch um den Kopf geschlungen. Wie erwartet, bin ich hier an Bord die einzige Frau. Sie mustern mich, als sei ich ein Dinosaurier, der sich im Streichelzoo unter die Ziegen gemischt hat.

»Lasst mich durch«, ertönt eine Kinderstimme. Ein kleiner Junge, vielleicht vier, höchstens fünf Jahre alt, kämpft sich durch die Beine der größeren Piraten. »Du bist zurück!« Er rennt auf Jaz zu und wirft sich in seine Arme.

Reflexartig lässt Jaz mich los, um ihn aufzufangen.

»He, Asher!« Jaz wirft den Knirps hoch in die Luft. »Hast du mich auch gut vertreten? Haben alle auf dein Kommando gehört?« Die beiden lachen sich an. Es ist exakt dasselbe Lachen. Wenn ich Jaz und Asher so betrachte, stelle ich fest, dass sie dieselben dunklen Haare und Augen haben. Dieselben dicken, ausdrucksstarken Augenbrauen. Das kann nur eins bedeuten.

»Red …« Jaz dreht sich mit dem Jungen auf dem Arm zu mir um. »… Das ist Asher, mein Sohn. Asher, das ist Rotkäppchen, aber wir dürfen sie Red nennen.«

Oh, tatsächlich. Jaz hat einen Sohn. Vage erinnere ich mich, dass Tinkerneat einen Asher erwähnt hat. Jaz ist Vater! Aber wo ist Ashers Mutter? Eigentlich geht es mich nichts an, oder doch? Schließlich flirtet Jaz ziemlich offensichtlich mit mir. Oder nicht?

»Wow!« Ashers Augen werden ganz groß. Mir fällt auf, dass seine Haare schief geschnitten sind. Links sind sie etwa zwei Handbreit lang, rechts aber nur eine halbe Handbreite. Das sieht niedlich aus. Und irgendwie auch ganz schön cool.

»Du bist Rotkäppchen? Und dich gibt es wirklich?«

Bei dieser Frage muss ich lachen.

»Ja, mich gibt es wirklich.« Ich deute mit beiden Daumen auf meinen Brustkorb. »Willst du mal anfassen?« Sofort streckt Asher eine Hand nach mir aus und berührt meinen Scheitel. »Du BIST echt«, haucht er dann.

Diese Jungs hier können in ihrem Leben wirklich noch nicht viele Frauen gesehen haben …

»Seid ihr zwei ins Wasser gefallen?«

»Ja«, bestätigt Jaz. »Stell dir vor, wir sind sogar zwei Klippen hinabgesprungen. Einmal am großen Wasserfall und dann noch an der Felswand dort drüben. Red war richtig mutig.« Er nickt in Richtung des Höhlenausgangs, der unendlich weit entfernt zu liegen scheint.

Wieder mustert Asher mich ehrfürchtig. Wie niedlich!

Ein Raunen breitet sich unter den Piraten aus. Ein Raunen, das ich nicht deuten kann.

»Aber jetzt müssen Red und ich uns umziehen. So lange übertrage ich dir das Kommando über diese Piratenbande.« Lachend stellt Jaz Asher auf dem Boden ab. »Wenn ihr uns alle kurz entschuldigt …« Ohne mich anzusehen, nimmt er meine Hand. »Red und ich brauchen dringend trockene Kleidung. Und macht mal wieder den Mund zu. So lange ist es auch nicht her, dass ihr das letzte Mal ein Mädchen gesehen habt.«

Ich muss ein Kichern unterdrücken, als er mich in Richtung der großen Treppe zieht. Aber wir steigen sie nicht empor bis zum oberen Deck am Heck, sondern nehmen eine schmalere Treppe nach unten ins Schiffsinnere. Ein langer Gang, ausgelegt mit einem dunkelroten Teppichläufer, empfängt uns.

Jaz zieht mich nach rechts. Mehrere Türen zweigen von diesem Gang ab. Über der dritten an der linken Seite ist ein Schild angenagelt, das verkündet, dass dahinter die »Kapitänskajüte« liegt.

»Komm, hierein«, wispert Jaz. »Mir gefällt es gar nicht, dass dich alle anstarren, als seist du das verdammte Meermonster.« Dann schiebt er mich durch die Tür.

Wie bitte? Soll das ein Kompliment sein?

Das Innere des Kapitänsschlafzimmers sieht ungefähr so aus, wie ich es mir vorgestellt habe. Das Übliche, was man auch aus Piratenfilmen kennt. Genau in der Mitte ist ein massiver Tisch am Boden festgeschraubt, auf dem jede Menge Trauben in goldenen Schalen, silberne Kerzenständer und Landkarten liegen. Dunkle Schränke zieren die Wände und hinten rechts steht ein Himmelbett mit dunkelroten Vorhängen. Es ist düster hier drin und ich bin froh, dass Jaz die Vorhänge am anderen Ende des Raums aufreißt, damit etwas Licht hereinfällt. Durch kleine Buntglasfenster, die wie Flaschenböden aussehen, kann man das Meer und die Wellen beobachten.

Plötzlich kann ich Jaz' Atem in meinem Nacken spüren, während er sich an mir vorbeischiebt. Unwillkürlich straffe ich die Schultern, bleibe wie angewurzelt stehen.

»Möchtest du etwas trinken?« Mit dem Rücken zu mir schenkt er uns Saft in zwei Gläser ein, die auf einem Beistelltisch stehen.

Dankbar nehme ich an und stürze den mir dargebotenen Orangensaft herunter.

Als Nächstes durchwühlt er seine Schränke. »Warte, ich habe hier etwas, das dir passen könnte.« Er zieht mehrere Sachen hervor, wirft einige davon zurück in den Schrank, andere landen auf dem Boden. Schließlich kommt er zurück zu mir an die Tür, von wo aus ich mich immer noch schweigend umschaue. Lächelnd gibt er mir einen roten Blazer mit goldenen Knöpfen und Troddeln, in dem ich wie ein Zirkusdirektor aussehen werde. Schwarze Kniehosen bekomme ich auch. »Du kannst dich hier umziehen. Ich schaue auch nicht hin.« Natürlich tut er das nicht. Und wer könnte einem Piraten schon misstrauen? Also hebe ich nur stumm eine Augenbraue.

Das scheint ihn wiederum ziemlich zu amüsieren. »Wirklich nicht, und jetzt schau nicht so. Ich ziehe mich auch um. Da hinter den Vorhängen.« Mit dem Daumen deutet er auf sein Himmelbett.

Ich schlucke. »Na gut. Aber wenn du es doch versuchst, bist du tot.«

Den ganzen Weg bis zu seinem Bett gluckst Jaz vor sich hin. Trotzdem bin ich mir nicht sicher, ob er nicht doch durch eine Lücke zwischen den Vorhängen schielen wird. Das Beste wird sein, ich bringe es so schnell wie möglich hinter mich.

»Brauchst du noch Handtücher?« Jaz Kopf erscheint zwischen den Vorhängen seines Himmelbetts.

Sofort schrecke ich zusammen und reiße meine Jacke vor meinen Oberkörper. »Nein! Und jetzt fort mit dir!« Ich presse die Lippen aufeinander, murmle dann etwas von einem unverschämten, einarmigen Banditen.

Das entlockt Jaz ein Lachen, als hätte er nie etwas Lustigeres als mich zu Gesicht bekommen. Zu meiner Erleichterung verschwindet er immerhin wieder.

Zwei Minuten später lege ich meine nassen Klamotten über eine Stuhllehne.

»Fertig?«, will Jaz wissen.

»Ja.« Als ich mich umdrehe, steht er schon direkt hinter mir. Oder vor mir. Wie man es sehen will. »Was, wenn ich noch nackt gewesen wäre?«, frage ich pikiert.

»Bist du aber nicht.« Seine Stimme klingt heiser. So als sei er mir nicht schon nah genug, lehnt er sich noch ein wenig weiter in meine Richtung.

Wieder muss ich schlucken. »Ich brauche einen Spiegel.«

»Du siehst toll aus, wirklich«, versichert mir Jaz.

»Nein, nicht dafür. Ich muss Spieglein kontaktieren. Snows Spiegel. Mein Handy ist im Eimer.« Ich deute auf mein Smartphone, das ich auf den Tisch gelegt habe.

Jaz winkt ab. »Keine Sorge, das bekommen wir mit einem Beutel Reis schon wieder hin. Und wegen des Spiegels: Hinter dem Bett ist ein Waschbecken mit Wandspiegel.«

Ich drehe den Kopf und sehe, was er meint. Da hinten hängt tatsächlich ein Spiegel über einem Kupferwaschbecken mit verschnörkelten Armaturen an der Wand.

»Danke. Und danach müssen wir reden.« Über meine Schulter, die in diesem affigen roten Zirkusdirektor-Blazer steckt, werfe ich Jaz einen ernsten Blick zu. Bevor ich nicht weiß, was mit Ashers Mom ist, kann ich ihm einfach nicht mehr … nun ja … in die Augen sehen.

Von meinen Worten überrascht, fährt sich Jaz durch die Haare. Seine Kieferknochen treten hervor, als er schluckt. Was er wohl denken mag? Ob er ahnt, worüber ich mit ihm sprechen möchte? Ich beschließe, die Gedanken an Jaz vorerst aus meinem Kopf zu vertreiben und Spieglein zu rufen. Hoffentlich hat er gute Laune und antwortet mir.

Also trete ich vor den Spiegel am Waschbecken und reime aus dem Bauch heraus: »Spieglein, Spieglein an der Wand, wo ist der klügste Spiegel in diesem Land?« Letztendlich reagiert Spieglein nämlich nur auf Reime. Da ist er sehr eigen.

»Red?« Sofort erscheint Rauch auf der anderen Seite des Spiegels. Dann taucht Spiegleins Gesicht auf. »Schön, dass du dich auch mal meldest. Vielen Dank übrigens, dass du Snow alleingelassen hast. Sie wäre beinahe von einem Sandwurm und danach von Prinzessin Jasemin verspeist worden«, legt mein leicht neurotischer Spiegelfreund ohne ein einleitendes »Hallo« los.

»Ähm, gern geschehen.« Aus dem Wörtchen »beinahe«, das er benutzt hat, schließe ich, dass Snow am Leben ist. »Also geht es allen gut?«

»Ja, aber das verdanken sie nicht dir!«

Als ob ich verantwortlich für Snow und die anderen wäre. Quasi persönlich haftbar. Um Spieglein keine unbedachten Äußerungen an den Kopf zu werfen, zwinge ich mich dazu, einmal tief einzuatmen.

»Hast du auch mal eine Sekunde an deine Freundinnen gedacht?«, schreit Spieglein sich in Rage. »Und dann treibst du dich auch noch mit diesem Werwolf …«

In diesem Moment tritt Jaz hinter mich, was Spieglein augenblicklich innehalten lässt. Leider nicht besonders lang. »Wer ist das denn jetzt schon wieder? Ehrlich, Red, schon wieder ein zwielichtiger Unbekannter? Moment mal, ist das Käpt'n Hook?« Spiegleins Stimme klingt auf einmal so hoch wie die eines kleinen Jungen, der im Knabenchor singt. »Bei allen sieben Geißlein, bist du vollkommen von Sinnen, Red? Ich meine, erst ein Werwolf und jetzt Käpt'n Hook? Was kommt als Nächstes? Wirst du mit dem verrückten Hutmacher ausgehen?« Spieglein will gar nicht mehr aufhören zu schreien und irgendwie erwarte ich, dass demnächst das Spiegelglas durch dieses schrille Stimmchen in feine Scherben zerbrechen wird.

»Dir auch einen schönen guten Tag, Spieglein«, unterbricht Jaz den wohl aufgebrachtesten Spiegel der Welt. Seine Stimme bleibt dabei ganz ruhig, mit einem Unterton wie warmes Karamell, das einem den Rücken hinabfließt. Wie schafft er es nur, so überzeugend charmant zu klingen, nachdem Spieglein auch sein Trommelfell zum Klirren gebracht haben muss?

»Ehrlich gesagt freue ich mich, deine Bekanntschaft zu machen, Spieglein. Red hat zwar schon viel von dir erzählt, aber in der Realität bist du noch beeindruckender. Wirklich, wer hätte gedacht, dass du auch noch so gut aussiehst!«

Aha. Jaz versucht es also mit Schmeicheleien. Natürlich kommt er damit bei Spieglein ziemlich weit.

Geschmeichelt neigt Spieglein den Kopf erst in die eine, dann in die andere Richtung. Seine Augenhöhlen glitzern dabei. »Red, du hast mir gar nicht gesagt, wie charmant Käpt'n Hook in Wahrheit ist.«

Wie denn? Ist ja nicht so, als wäre ich in diesem Gespräch bisher zu Wort gekommen.

»Und so überaus attraktiv«, fährt Spieglein fort. Färben sich seine Wangen etwa gerade rot? Sieht ganz danach aus.

»Diese Augenbrauen. Wirklich ein markantes Markenzeichen.«

Jaz stößt mich in die Seite. »Also das muss der wohl beste Spiegel der Welt sein. Red, warum hast du uns nicht schon früher bekannt gemacht?«

Vielleicht, weil wir ständig von irgendwelchen Klippen springen oder um unser Leben kämpfen mussten? Allerdings verkneife ich mir jeglichen Kommentar, da ich diesen Zauber, der offenbar gerade zwischen Jaz und Spieglein abläuft, nicht zerstören will. Böse Zungen würden sicher behaupten, Jaz hätte es fertiggebracht, dass Spieglein sich Hals über Kopf in ihn verknallt hätte. Nun ja, mehr als Hals und Kopf ist an Spieglein sowieso nicht dran.

»Wenn ich auch so einen Spiegel hätte, der mich jeden Tag mit Komplimenten überhäuft, wäre ich der glücklichste Mann der Welt!« Jetzt übertreibt es Jaz aber doch ein wenig, finde ich.

Spieglein scheint das anders zu sehen. Er plustert sich wie ein Kanarienvogel auf. »Ihr seid zu gut zu mir, Käpt'n!«

Langsam verliere ich die Geduld.

»Hör mal, Spieglein, also wenn es den Prinzessinnen gut geht, kommen wir zum nächsten Punkt auf meiner imaginären Agenda-Liste für diesen Anruf: Haben Snow und Co. Neuigkeiten über die Prinzen in Erfahrung gebracht?«

Spieglein blinzelt überrumpelt. Möglich, dass er in den letzten Sekunden vergessen hat, dass ich überhaupt existiere. »Nicht viel Neues. Nur, dass sich die Prinzen offensichtlich nicht im Morgenland aufhalten. Dort hat Prinzessin Jasemins Vater alle Chaosmagier töten lassen. Die Prinzessinnen folgen daher der Spur zurück zu den Hexen. Eine von ihnen muss die Entführung beobachtet haben. Sie sind übrigens auf einem fliegenden Teppich aus dem Morgenland entkommen. Und nicht nur deswegen ist Prinzessin Jasemin stinksauer auf sie alle. Möglich, dass sie Truppen in den Märchenwald schickt …«

»Was? Du meinst, sie will einen Krieg beginnen? Warum?« Vor Schreck klappt mir der Unterkiefer herunter. »Erzähl mir alles, was vorgefallen ist!« Das klingt wirklich nicht gut. Ein Krieg zwischen unseren beiden Ländern wäre verheerend. Genau genommen ist das Morgenland riesig. Größer als alle anderen Länder zusammen. Zwar besteht es zu einem großen Teil aus Wüste, aber die Einwohnerzahl ist hoch und die Truppen gut ausgebildet. Verdammt! In einem Krieg wären wir so was von unterlegen!

Nach zwei Minuten hat mir Spieglein alles von dem Ausflug meiner Freundinnen ins Morgenland berichtet.

Die Situation, in der wir dadurch stecken, ist wahrhaftig übel, das ist mir nun klar. Prinzessin Jasemin ist von Natur aus leicht reizbar. Sofort bedauere ich es, dass wir damals nicht zu ihrer Hochzeit gefahren sind. Warum eigentlich nicht? Ich glaube, es lag daran, dass meine Freundinnen und ihre Ehemänner zu faul dafür waren, und alleine und ohne eigenes Pferd wollte ich dann auch nicht die Reise antreten. Wenn Jasemin jetzt denkt, wir hätten ihren Vater entführt und zudem noch ihre Wachen in einen hundertjährigen Schlaf versetzt … Die Konsequenzen möchte ich mir gar nicht ausmalen.

»Da fällt mir ein, hat Prinz Philip nicht neulich etwas von einem Krieg erzählt?« Nachdenklich beißt sich Spieglein auf die Unterlippe.

Augenblicklich ist mein Interesse geweckt. »Was? Snows Ehemann? Krieg? Was hat er genau gesagt?« Vor Aufregung überschlägt sich meine Stimme.

Sanft legt mir Jaz einen Arm um die Schulter. Sicher hat er das Gefühl, mich beruhigen zu müssen.

»Mhm. Das war so. Prinz Philip kam zu mir und sagte, ich hätte im Schlaf gesprochen. Von einem nahenden Krieg.« Wieder überlegt Spieglein ein bisschen.

Verstehe. Der Spiegel gibt sogar im Schlaf keine Ruhe. Wer hätte das gedacht? Hat sicher spioniert oder versucht, sich in Prinz Philips Facebook-Account zu hacken. Kein Wunder, dass er dabei eingeschlafen ist.

Während wir warten, dass er weiterspricht, tippe ich mit meinen nackten Füßen auf dem Teppich herum.

»Er meinte, ich hätte im Schlaf gesagt, dass nur das verlorene Kind die Länder vereinen und den Krieg beenden kann. Mit Eltern sowohl aus dem Märchenwald als auch aus Neverland, schafft es das Kind, beide Länder gegen ihre Feinde anzuführen.«

Bitte? Eine klischeehaftere Prophezeiung gab es wohl nicht im Angebot? Ein verlorenes Kind? Ich verdrehe die Augen. »Bitte sag mir nicht, dass es auch noch darum geht, einen Ring zu zerstören und ein Meer zu teilen«, seufze ich.

Spieglein wirft mir einen abschätzigen Blick zu. »Ich gebe hier nur die Fakten wieder. Prinz Philip war im Gegensatz zu dir übrigens höchst interessiert.«

Das glaube ich auf der Stelle. Klingt ja ganz wie der Inhalt eines seiner Videospiele. Erwachsen wie ich bin, äffe ich Spiegleins letzte Sätze nach. Sogleich ist der leicht reizbare Spiegel eingeschnappt.

»Ich kann auch wieder gehen!«

»Nein, warte! Beantworte mir zuerst noch eine Frage.«

»Nur, wenn du sie reimst.«

Wirklich? Ist das etwa seine Rache für …? Nun gut.

»Spieglein, Spieglein an der Wand, wo ist der Hipster-Wolf in diesem Land?«, reime ich also aus der Hüfte heraus.

Sowohl Spieglein als auch Jaz zucken jeweils mit nur einem Auge. Wahrscheinlich hätten sie alles Mögliche von mir erwartet. Aber das ist mir nun wirklich Sternschnuppe.

»Das ist deine Frage? Wirklich?«

»Ja, was soll ich sonst fragen? Wo das verdammte verlorene Kind ist? Da weiß ich doch von vorneherein, dass du das genau wie die Prinzen nicht so einfach aufspüren kannst. Immer, wenn Magie im Spiel ist, funktioniert der Eseldreck ja nicht!«

»Bitte hör sofort auf, in dieser Fäkalsprache mit mir zu reden«, beschwert sich der Spiegel. Seine Stimme hat den Klang eines nörgeligen Dreijährigen angenommen. »Warum interessiert dich das überhaupt? Ich kann spüren, dass dir dieser Wolf etwas verheimlicht. Du solltest ihm nicht trauen.«

In diesem Moment beginnt Jaz auffällig zu husten.

»Da haben wir es«, nickt Spieglein eifrig. »Käpt'n Hook ist ganz meiner Meinung!«

»Ach«, winkt Jaz ab. »Bitte sag doch Du zu mir. Ich bin Jaz.«

Jetzt färben sich Spiegleins Wangen wirklich so rot wie meine Zirkusjacke. Eindeutig. Der verrückte Spiegel schwärmt für Jaz. Und er hat unübersehbar etwas gegen Ever. Und was soll der mir schon verschweigen? Eine Schrot-und-Korn-Allergie?

»Also?« Erneut tippe ich mit der Fußspitze auf den Teppich. »Ich hab gereimt, jetzt her mit der Antwort!«

Dafür ernte ich zwar einen bitterbösen Blick, der mich Sklaventreiberin schimpft, aber immerhin auch endlich eine Auskunft. Nebel verwischt Spiegleins Antlitz, dann sieht man plötzlich eine Lichtung mit vielen kleinen Vogelhäusern in den Ästen der Bäume. Nein, halt! Das sind keine Vogelhäuser, sondern die Wohnungen der Tinkerfeen, wie mir klar wird. Und zwischen den Bäumen, auf einem Bett aus Gänseblümchen, sitzt Ever! Mein Hipster-Wolf! Tinkerneat schwebt vor ihm, bespricht offensichtlich etwas mit ihm, nur hören kann ich sie nicht. Die anderen Feen sind offensichtlich damit beschäftigt, jede Menge Früchte für Ever heranzuschleppen, was für solch kleine Leute eine Mammutaufgabe darstellt. Da wir die Szene von oben und ohne Ton beobachten, kann ich nicht sagen, ob Ever immer noch unter Einfluss dieser Feenstaub-Droge steht.

»Die Tinkerfee-Gemeinde«, nickt Jaz. »Habe ich es mir doch gedacht. Die kleinen Feen feiern ihren neuen Prinzen. Das hat ein wenig was von dieser Bachelor-Fernsehsendung, findest du nicht auch?«

Ich antworte nicht. Immerhin ist er am Leben. Wird aber gegen seinen Willen festgehalten, so viel ist sicher. Sonst hätte er sich doch wohl längst auf den Weg gemacht, um mich zu suchen, oder?

»Danke Spieglein, das wäre dann alles.« Ich bin zu durcheinander, als dass ich dieses Gespräch weiterführen möchte. Mein Hirn scheint nur noch aus einem einzigen Knoten zu bestehen.

»Aber …« Der Spiegel wirft Jaz einen sehnsüchtigen Blick zu.

»Geh am besten zurück zu Snow und sag ihr Grüße von mir. Aus Neverland.«

Spiegleins Augen werden schmal, doch glücklicherweise verpufft er sich kurz darauf ohne ein weiteres Wort. Natürlich wird er Snow alles von unserem kleinen Zusammentreffen in Jaz' Kapitänskabine haarklein berichten.

Allerdings geben mir Spiegleins Auskünfte mehr Rätsel auf, als dass sie mich weitergebracht haben. Was ist das für eine Geschichte mit Prinz Philip und dem verlorenen Kind? Ist er deshalb schon zuvor hier in Neverland gesehen worden? Und was soll ich in Bezug auf Ever unternehmen? Bei diesem zweiten Problem kann mir Jaz sicherlich weiterhelfen. Gerade als ich den Blick hebe, um ihn danach zu fragen, greift er nach meiner Hand. »Bevor du etwas sagst: Lass uns zuerst etwas essen. Ich bin kurz vorm Verhungern. Sicher hat Smurfie Fisch auf den Grill geworfen.«

Er leckt sich über die Unterlippe, was mir ein kleines Lächeln entlockt. »Okay.«

Erfreut über meine Zustimmung, drückt er meine Hand. Bleibt jedoch an Ort und Stelle stehen. Hat er nicht eben noch davon gesprochen, dass er gleich verhungert? Wieso scheint er jetzt absolut keine Eile mehr zu haben?

Die Antwort offenbart sich mir, als er seine Cyber-Hand hebt und mir über die Wange streicht. Die Kühle dieser künstlichen Hand fühlt sich angenehm auf meiner Haut an. Nur mit Mühe kann ich den Reflex unterdrücken, unter seiner Berührung einen wohligen Seufzer auszustoßen.

Jaz' Stimme klingt heiser, als er mir zuflüstert: »Das Piraten-Outfit steht dir. Aber ich bin sicher, dir steht einfach alles.« Er zieht mich ein winziges bisschen näher zu sich heran. Ich lasse es geschehen. Genieße diese Nähe, obwohl in meinem Kopf sämtliche Alarmanlagen losschrillen. *Das ist Käpt'n Hook! Er hat einen Sohn! Du verschwendest Zeit, die du eigentlich nicht hast. Denkst du auch mal an Ever? Und an die verschwundenen Prinzen?*

Ich blinzle, versuche meine Gedanken zu sortieren. Nur Jaz lässt mir dazu keine Chance. Denn jetzt beugt er sich langsam zu mir herunter, umfasst mein Kinn mit der Handfläche ... Mein Gesicht scheint zu glühen. Jaz ist kurz davor mich zu küssen! Der Gedanke lässt meinen Magen hüpfen. Von meinem Bauchnabel breitet sich prickelnde Wärme in meinen ganzen Körper aus. »Jaz«, seufze ich leise.

»Ja?« Seine Stimme ist nicht lauter als ein Lufthauch.

»Was ist mit Ashers Mutter?«, höre ich mich fragen. Noch bevor ich den Satz beendet habe, spüre ich, wie Jaz sich versteift.

»Ashers Mom?« Er weicht vor mir zurück, als könne er nicht glauben, was ich da eben gesagt habe. Sein Gesicht verdunkelt sich, scheint plötzlich nicht mehr als eine graue Maske zu sein.

»Fort«, gibt er schließlich zu. »Sie hat uns gleich nach seiner Geburt verlassen.«

»Oh, das tut mir leid, ich wollte nicht …« Die Worte bleiben mir im Hals stecken. Anstatt mich zu erklären, mache ich einen Schritt auf ihn zu, versuche nach seinem Arm zu greifen, doch er weicht mir aus.

»Schon gut. Lass uns jetzt etwas zu Mittag essen.« Seine Stimme klingt hohl, als er sich an mir vorbeidrückt, mir dann die Tür aufhält, ohne mich anzusehen.

Ich schlucke. Mist, das habe ich nicht gewollt.

Als wir den Speiseraum erreichen, drückt Jaz mich wortlos auf einen Stuhl am Kopfende des riesigen Teakholztisches. Danach nimmt er am anderen Ende auf einem kunstvoll geschnitzten Stuhl Platz. Ich runzle die Stirn. Ist das sein Ernst? Hat er das mit Absicht getan, weil er genug von mir hat? Zwischen uns sitzt der Rest der Besatzung. Ab und zu kann ich Jaz' Blick auf mir spüren, aber immer, wenn ich den Kopf hebe, starrt er nur auf seinen Teller. Die Tischgesellschaft ist laut, lebhaft und verrückt. Zwischendurch muss ich wegen einer Essensschlacht kurz unter den Tisch abtauchen. Elliot, ein Junge mit langem Blondschopf und einem kleinen Dolch als Ohrring, erklärt mir, wer wer in dieser illustren Tischrunde ist.

Als Smurfie, der sich eine Schürze umgebunden und eine schwarze Kochmütze aufgesetzt hat, den Nachtisch auf einem versilberten Tablett in den Speiseraum schleppt, kommt Asher zu mir herübergeschlendert.

»Darf ich auf deinem Schoß sitzen, Red?«

Zunächst will mir kein Ton entweichen. Damit hätte ich nun wirklich nicht gerechnet. Dann schiebe ich einfach meinen Stuhl zurück, damit er sich auf meine Beine setzen kann. Strahlend krabbelt der Kleine zu mir herauf, bevor ich uns beide wieder näher an den Tisch rücke. Aus den Augenwinkeln bemerke ich, wie Jaz uns beobachtet, kann aber nicht ablesen, ob er deswegen sauer ist.

Asher rutscht derweil auf mir herum, bis er die bequemste Sitzposition gefunden hat. Elliot, der ungefähr doppelt so alt wie Asher sein muss, lacht deswegen.

In diesem Moment knallt Smurfie einen großen Teller gefüllt mit exotischen Fruchtstücken vor uns auf den Tisch, die Elliot mir auf meine Nachfrage als Mango- und Papayawürfel benennt. Asher zieht ihn sogleich näher zu uns heran und bedient sich. »Uhmm, lecker, probier mal!« Er schiebt mir ein Stück Papaya in den Mund.

»Uh, lecker«, kann ich gerade noch sagen, bevor er ein weiteres Stück hinterherstopft.

»Du willst wohl, dass Red Durchfall bekommt«, neckt Jaz seinen Sohn von der anderen Seite des Tischs. Sofort unterbrechen sämtliche Piraten ihr Tischgespräch und drehen ihre Köpfe in meine Richtung. Heißes Blut schießt mir in die Wangen, wobei ich tapfer versuche, die Papaya herunterzuwürgen.

Alle schweigen. Bis auf Jaz. »Besser nicht so viel Papaya auf einmal, Märchenwald-Mädchen. Halte dich lieber an die Mango, wenn du nicht die ganze Nacht auf dem Klo verbringen willst.«

Märchenwald-Mädchen. So hat er mich bisher gar nicht genannt. Irgendwie abfällig. Oder ist das darauf bezogen, dass ich noch nie zuvor Mangos und Papayas gegessen habe? Die wachsen eben nicht bei uns, und dass Papayas offensichtlich die Verdauung anregen, davon wusste ich bisher auch nichts. Na und? Demonstrativ wende ich den Blick von Jaz ab.

»Meine Mama wohnt auch im Märchenwald«, schmatzt Asher. Er mustert mich interessiert. Ich jedoch verfalle bei seinen Worten in wildes Husten, was mich die Papaya beinahe wieder hervorwürgen lässt. Seine Mutter wohnt bei mir irgendwo im Wald? Vielleicht kenne ich sie sogar.

Asher lacht. Wenn er das tut, zeigen sich niedliche Grübchen in seinen Wangen.

»Oh, und wie heißt sie?«, sage ich irgendwann.

»Ich weiß es nicht. Daddy will es mir nicht verraten.«

Wieder schiele ich in Richtung Jaz.

»Er sagt, sie hat uns verlassen und damit jedes Recht verloren, mich wiederzusehen.« Der Kleine macht ein trauriges Gesicht, aber dann scheint ihm etwas einzufallen. »Vielleicht kennst du sie ja?« Die Hoffnung, die in seiner Stimme mitschwingt, hinterlässt ein flaues Gefühl in meinem Magen.

»Hm, mal sehen. Wie alt bist du denn?«

»Vier.«

Also eine Märchenwaldbewohnerin, die vor etwa fünf Jahren schwanger war oder sich zu dieser Zeit bereits nicht mehr im Märchenwald, sondern in Neverland aufhielt … Ich überlege und überlege, doch mir will einfach nicht einfallen, auf wen diese Beschreibung passen könnte. Der bohrende Blick, mit dem Jaz mich seit einer Weile bedenkt, trägt auch nicht gerade zu meiner Konzentration bei. Ob er unsere Unterhaltung belauscht hat? Dafür sitzt er aber eigentlich zu weit entfernt.

Irgendwann beschließe ich, mich seinem Blick zu stellen. Es hilft alles nichts. Bei Evers Rettung bin ich schließlich auf Jaz angewiesen. Also hebe ich den Kopf, versuche den Blick seiner tiefbraunen Augen einzufangen. Sie scheinen sich wie Scheinwerfer in die meinen brennen zu wollen.

»Asher, ich glaube, du solltest mal zu deinem Vater gehen. Er scheint mit dir reden zu wollen«, sage ich mechanisch.

»Oh, schade, aber nachher will ich wieder mit dir reden«, meint der Knirps. Dann, nach einer kurzen Umarmung für mich, rutscht er von meinem Schoß. Ich sehe, wie er zu seinem Vater hüpft, der ihm die Haare verwuschelt, dabei aber weiter nur mich ansieht. Ausdruckslos. Genau wie ich ihn ansehe.

»Hier, versuch das mal. Du siehst aus, als könntest du das gebrauchen. Extra stark.« Smurfie stellt einen Zinnkelch schwungvoll vor mich auf den Tisch, sodass die Flüssigkeit über den Rand schwappt. »Rum mit Orangensaft.«

Alkohol? Ich dachte, der sei in Neverland verboten? Im Märchenwald ist er nur zu speziellen Anlässen wie Hochzeiten erlaubt. Na gut. Gerade kann ich das Zeug wirklich gut gebrauchen.

Jaz' Augen werden schmal, als er sieht, wie ich den Kelch an meine Lippen setze. Ich koste. Uh, äh, widerlich, aber das ist mir jetzt auch schon egal. Runter damit. Außerdem scheint es Jaz zu ärgern, also tue ich es erst recht. Um mich herum johlen die Piraten, als ich den Kopf in den Nacken lege und das Gesöff mit fünf großen Schlucken trinke. Der Rum brennt in meiner Kehle und erhitzt meine Speiseröhre. Aber was macht das schon? Ich habe ausreichend gegessen. Betrunken wird man davon noch nicht. Allerdings steigt mir die Wärme, die der Alkohol erzeugt, bereits zu Kopf. Ich fächle mir Luft zu.

»Trinkspiel!«, schreit ein bärbeißiger Pirat mit roten Bartstoppeln. »Wer weniger verträgt als Rotkäppchen, ist ein kleines Mädchen!«

Gejohle. Gläser und Krüge scheppern. Mir wird ein weiterer Kelch gereicht. Weil ich kein Spielverderber sein will, leere ich auch diesen. Obwohl es mir kein bisschen schmeckt.

»Oh, nein. So nicht.« Plötzlich ist Jaz an meiner Seite, zieht mich auf die Beine, die schon deutlich an Standfestigkeit eingebüßt haben. Nicht so gut. Nein, eher nicht. Mein Kopf muss klar bleiben und dieser Rum wirkt viel zu schnell. Verdammte Piraten. Sicher haben sie das Zeug selbst gebraut!

Als Jaz mich so schnell nach oben zieht, stoße ich mir einen Zeh. Schließlich sind meine Schuhe so nass, dass ich barfuß zum Essen gehen musste.

»Aua!«, jammere ich.

»Ach, bitte!«, schnaubt Jaz, dann hebt er mich ohne Vorwarnung einfach hoch, legt mich über seine Schulter und trägt mich in Richtung Tür.

»He, lass das!« Ich strample, doch dadurch wird sein Griff nur fester. »Ich habe mich noch gar nicht verabschiedet!«

»Käpt'n, das Spiel ist noch nicht vorbei!«, ruft der Rothaarige.

Über seine freie Schulter wirft Jaz ihm einen bösen Blick zu. »Es ist so was von vorbei. Und ihr lasst sie gefälligst in Frieden!«

»Wir haben doch gar nichts gemacht!«, kann ich Elliot protestieren hören, bevor die Tür zum Speiseraum hinter uns ins Schloss fällt.

Jaz schweigt, bis wir in seiner Kabine ankommen, und ich sage und tue ebenfalls nichts. Am Rande meines Blickfelds scheint alles zu verschwimmen und ich habe Mühe dabei, Gegenstände mit den Augen zu fokussieren. Verblödeter Alkohol.

»So«. Mit einem tiefen Seufzer stellt Jaz mich nahe seines eigenen Esstischs auf die Beine.

Ich muss mich an einer Stuhllehne festhalten, bis ich mein Gleichgewicht wiedergefunden habe.

»Trink das.« Wenige Sekunden später hält mir Jaz ein Wasserglas unter die Nase.

Meine Zunge, die in den letzten Minuten ganz pelzig geworden ist, freut sich über das kühle Wasser, das eine Spur salzig schmeckt.

Ich leere das Glas bis zum letzten Tropfen, werfe dann mein Haar zurück, das sich ziemlich verfilzt anfühlt. Also beginne ich damit, mit den Fingern die Strähnen zu entwirren. Selbstverständlich weiß ich, dass ich damit unbewusst nur den Moment hinauszögere, in dem ich mich mit Jaz entweder weiter streite oder wir uns versöhnen.

Nachdem eine Weile keiner von uns auch nur irgendeinen Ton von sich gegeben hat, setzt sich Jaz auf die Tischplatte und trommelt mit den Fingern darauf herum.

»Ich hätte dich für klüger gehalten. Besser, du rührst keinen Alkohol mehr an.«

Unter seinen Worten ruckt mein Kopf nach oben. Meint er das ernst? Soll das eine Beleidigung sein?

»Was ich trinke oder nicht, geht dich gar nichts an!«

»Wenn du mit meiner Mannschaft trinkst, schon.«

»Nein. Immer noch nein.«

Er dreht sich, sodass er mir direkt in die Augen sehen kann. »Was glaubst du denn, wie das ausgegangen wäre? Alle über sechzehn hätten sich so lange mit dir duelliert, bis du auf dem Tisch getanzt hättest. Wahrscheinlich hättest du dann auch noch deinen Blazer aufgeknöpft und eine Stripshow hingelegt!«

Wütend deute ich mit dem Finger auf ihn. »Woher willst du wissen, dass ich mich wie ein billiges Flittchen aufführen würde?« Wieder legt sich ein Pelz über meine Zunge. Auf einmal fällt es mir schwer, sie zu kontrollieren, und mir wird bewusst, dass ich anfange zu lallen.

»Ihr Frauen …«, beginnt Jaz, was bei mir unwillkürlich einen Schalter umlegt.

»Was soll das denn heißen?«, unterbreche ich ihn mit schriller Stimme. »Ist auf diese Weise etwa Asher entstanden? Hast du dich mit seiner Mutter betrunken und dann …« Bevor ich es aussprechen kann, beiße ich mir auf die Zunge. Gleichzeitig springt Jaz vom Tisch auf, wirbelt zu mir herum und packt mich am Oberarm. Das Nächste, was ich spüre, ist das Holz der Kabinenwand in meinem Rücken. Jaz hat mich gegen die Wand gedrückt. Seine beiden Hände sind wie Nägel, die meine Arme an die Wand pinnen.

»Du weißt gar nichts«, zischt er. Da hat er natürlich recht. Erstens war das eben ganz schön unsensibel von mir und zweitens geht es mich auch gar nichts an.

»Entschuldige, ich wollte nicht … Ich bin zu weit gegangen …« Unter meinen Worten wird sein Blick milder. Dennoch rast mein Herz immer noch so schnell. Doch es ist keine Angst, die ich vor ihm empfinde, auch wenn er mich gerade so grob an die Wand presst. Nein, ich habe keine Angst vor Käpt'n James Hook, den seine Freunde Jaz nennen. Auf irgendeine Weise fasziniert er mich. Sein Auftreten. Seine Körperhaltung. Wie er sich bewusst und kontrolliert wie ein Raubtier bewegt. Die Art, wie er mich ansieht … Und da ist etwas in seinen Augen, das mir sagt, dass auch ich ihn fasziniere. Der Gedanke erwärmt mein Herz, wie ich fast bestürzt feststelle. Denn das ist definitiv der falsche Moment. Falscher als falsch. Gerade habe ich wirklich andere Sorgen und außerdem …

»Was machst du nur mit mir?«, unterbricht Jaz' Stimme meine Gedanken. Sie klingt fast flehend. »Du bist so widersprüchlich. Einerseits kann ich mich fürchterlich über dich, deine Naivität, deinen Hipster und deine Neugier aufregen, andererseits … fühle ich mich von dir angezogen, als seist du der große Schatz, den ich schon seit Jahren zu heben versuche.« Seine Stimme bricht.

Oh. Diese Information muss ich erst mal verdauen. Was gar nicht so einfach ist, wenn sich alles um einen dreht. Zitternd atme ich aus.

Jaz verzieht das Gesicht. »Siehst du? Du riechst wie eine Rumbrauerei und trotzdem kann ich an nichts anderes denken, als wie sich deine Lippen wohl auf meinen anfühlen werden.«

Hat er das gerade wirklich gesagt oder halluziniere ich? Schlafe ich vielleicht schon und träume das nur? Meine Nasenspitze zuckt.

»Wäre ich dir doch nur nie begegnet, Märchenwald-Mädchen.« Er seufzt, dann lockert er seinen Griff. »Das würde alles viel einfacher machen. Da wäre nicht diese magnetische Kraft, die mich unweigerlich zu dir zieht, obwohl ich wahrlich anderen Verpflichtungen nachgehen sollte. Am Ende bist du eine Hexe und nur hier, um mich zu verführen?« Fragend neigt er den Kopf.

Da ich weder fähig bin einen klaren Gedanken zu fassen noch zu sprechen, schüttle ich als Antwort nur in Zeitlupentempo den Kopf. Jaz' Worte hallen immer noch in mir nach.

Was er sagt, klingt so ehrlich, und tief in mir erkenne ich, dass er auch eine magische Anziehungskraft auf mich ausübt. Bei ihm fühle ich mich sicher und wohl. Zum ersten Mal in meinem Leben gibt mir jemand das Gefühl, begehrt zu werden. Sollte er etwa mein Prinz sein? Ein Seeräuber? Genauer gesagt: Käpt'n Hook? Einarmiger Todfeind von Peter Pan?

Zumindest wird mir auf einmal immer wärmer, je näher er mir kommt. Dabei bin ich ziemlich sicher, dass das nicht nur am Rum liegt.

Irgendwo weit entfernt hören wir ein Krachen, wonach Musik einsetzt. Jemand hat sich an ein Klavier gesetzt und die restliche Besatzung grölt ein Lied dazu. Mehrere Zinnkelche werden gegen die Wände geworfen, aber das alles ignorieren Jaz und ich. In dieser Sekunde gibt es nur uns beide. Jaz, dessen Augen glänzen, als er sich zu mir herunterbeugt, um mich zu küssen. Wieder nähert er sich mir so langsam und vorsichtig, als wollte er mir Gelegenheit dazu geben, das hier aufzuhalten, wenn es nicht meinem Wunsch entsprechen sollte. Dabei ist ein Kuss von ihm gerade das, was ich mir am zweitmeisten auf der Welt wünsche. Nach Evers Rettung selbstverständlich. Ever – der mich ständig links liegen lässt und keine Spur Interesse zeigt. Ganz im Gegensatz zu Jaz, dessen Atem ich schon auf meinen Lippen spüren kann, dessen süßlicher Geruch meine Nase kitzelt. Am liebsten möchte ich meine Hände ausstrecken und in seinen Haaren vergraben, aber andererseits bin ich wie paralysiert von seinem intensiven Blick. Also warte ich nur auf diesen Kuss, den mir seine Augen und seine Körpersprache verheißungsvoll ankündigen. Die Anspannung zerreißt mich, als ich darauf warte, dass er endlich seine Lippen auf meine senkt. Jaz, Jaz, Jaz! Hitze strahlt in Wellen in alle meine Glieder. Ein kleines Feuerwerk explodiert in meinem Inneren, als ich höre, wie er meinen Namen flüstert, schätzungsweise nur Millisekunden, bevor seine Lippen auf meine treffen.

Kapitel 10

~Snow~

»Spuck! Es! Aus!«, presst Snow zähnefletschend hervor. Mit Cinders Selfiestick hebt sie das Kinn der Hexe an. Cinder und Rose haben Decay rechts und links an den Armen gepackt und fixieren sie, da sich die Hexe mittleren Alters doch sehr ziert. Mit vor Schreck geweiteten Augen starrt Rapunzel über Snows Schulter in Richtung der Frau, die sechzehn Jahre lang vorgab, ihre Mutter zu sein. Die Frau, die sie in einem Turm abseits der Realität gefangen hielt, weil ihr Vater Kräuter, genauer gesagt Rapunzeln, aus dem Garten der Hexe gestohlen hatte. Decay mit dem magischen Kräutergarten.

»Ich könnte mich nicht weniger für eure Prinzen interessieren, auch wenn sie mir einen Trank für ewige Jugend brauen würden«, keift die Hexe. Eine blonde Strähne hat sich aus ihrem Dutt gelöst. Wenn man sie genau betrachtet, kann man die künstlich gespannte Haut in ihrem Gesicht deutlich erkennen. Das lange Kleid mit dem metallicsilbernen fließenden Stoff betont jede ihrer hervorstehenden Rippen. Ihr Teint dagegen wirkt unnatürlich silber und aschfahl. Wie eine Barbiepuppe mit grauer Haut. Streng genommen ist sie nur noch Haut und Knochen, wie sie da zwischen Cinder und Rose hängt.

Vor Wut schäumend, verpasst ihr Snow einen Schlag mit dem Ende des Selfiesticks, direkt auf Decays linkes Ohr. »Du gibst mir sofort alle Infos zu meinem Ehemann und seinen Freunden. Hast du ein Foto von ihrer Entführung geschossen? Ja oder nein?«

»Nein.«

»Hast du ein Foto davon auf WKWH gesehen und weißt, wer es geschossen hat?«

»Ja.«

Sämtliche Muskeln von Snow spannen sich an, als sie die entscheidende Frage stellt. »Welche Hexe hat das Foto auf WKWH gestellt?«

Decay antwortet nicht sofort, genießt es offensichtlich, den Prinzessinnen die Antwort so lange wie möglich zu verweigern. »Wenn ich es euch verrate, was würde mir das bringen? Und welche Garantie hätte ich, dass ihr mich danach nicht einfach umbringt?«

Daraufhin liefern sich Snow und Decay ein erbittertes Blickduell.

»Dieses Lächeln auf ihren Lippen gefällt mir nicht«, meint Cinder unvermittelt.

Ohne auf ihre Bemerkung einzugehen, schnalzt Snow mit der Zunge. »Du erhältst Straffreiheit von uns, wenn du uns alles sagst, was du weißt. Wir lassen dich am Leben und garantieren dir, niemandem zu verraten, dass wir die Information von dir haben.«

Decay wirft den Kopf in den Nacken. Ihr schrilles Lachen reißt an den Ohren der Prinzessinnen. »Aber sicher. Ihr bekommt, was ihr wollt, ich aber nichts. Und dann soll ich euch auch noch glauben, dass ihr mich nicht umbringt!«

»Okay, was willst du?« Snow überlegt einen Moment, ob sie es wagen kann, Decay Alice' Schrumpfkuchen als Tausch anzubieten, den sie noch in ihrer Rocktasche hat, aber eventuell würde das Decay von ihren Fußfesseln befreien und das möchte sie dann doch lieber nicht riskieren.

Die Hexe spielt die tödlich Beleidigte. »Ich will, was alle Hexen wollen!«

»Kinder erschrecken?«

»Eine gerade Nase?«

»Kuchen?«

Die Prinzessinnen spekulieren wild drauflos.

»Jugend und Schönheit, ihr dummen Gören! Was soll ich mit Kuchen anfangen?«

»Snow backt hervorragende Buttercremetörtchen. Wenn du die kennen würdest, müsstest du diese Frage nicht stellen«, meint Cinder leichthin.

Daraufhin stößt Decay ein paar unschöne Flüche aus.

»Wir müssen dich allerdings vor uns warnen«, mischt sich jetzt Rose ein. »Vielleicht hast du schon davon gehört, aber wir vier haben Rumpelstilzchen um die Ecke gebracht, außerdem Fear und Pain in ihren Spielchen geschlagen. Du hast es hier mit einer verdammt gefährlichen Truppe zu tun.«

»Die Fee und die zwei Wölfe nicht zu vergessen, die wir auf unserer Reise ausgeschaltet haben«, ergänzt Cinder.

Decay sieht aus, als könnte sie so überhaupt nicht nachvollziehen, was jetzt konkret gefährlich an den vier Prinzessinnen sein soll.

»Man nennt uns auch das Märchenwald-Killerkommando«, bestätigt Snow.

»Nein, Snows tödliche Gang«, korrigiert Cinder. »Wie hat Rumpelstilzchen uns noch gleich genannt? Er hatte ja so was von recht!«

Rose' Mundwinkel heben sich. »Die Schneewittchen-Gang!«

Die Prinzessinnen jubeln. Bis auf Rapunzel, die immer noch stocksteif dasteht und von Decay ignoriert wird.

Die Hexe verdreht die Augen in Richtung Zimmerdecke. »Also gut, wenn ich euch Antworten liefere, verlasst ihr endlich mein Haus, ja?« Resignation scheint sich in ihr breitzumachen.

Genauso breit, wie Snow jetzt lächelt. »Aber mit dem größten Vergnügen!«

»Gut, dann brauche ich nur eine Rapunzel für einen Bindezauber, damit ihr euer Wort haltet … Und nein, ich meine damit nicht eure kleine Freundin dort drüben, sondern echte Rapunzeln.«

Eigentlich wären ihr die Mädchen für diese Beleidigung gegen ihre Freundin gerne an die Kehle gesprungen, aber sie sind zu gespannt auf Decays Antworten. Weiß sie mehr über die Prinzen? Welche Hexe hat die Entführung mitangesehen? Wer steckt hinter der Chaosmagie, die die Suche nach den Prinzen erschwert?

Langsam, fast bedächtig, nickt Decay in Richtung eines Korbs auf dem Fensterbrett. »Liebstes Aschenputtel, wärst du so gut?«

Cinder nickt, lässt den Arm der Hexe los und macht einen Schritt auf den Korb zu.

In diesem Moment scheint Rapunzel aus ihrer Schockstarre zu erwachen. »Nein, tu das nicht, Cinder! Du kannst ihr nicht trauen!«

Doch es ist zu spät.

»Dumme Mädchen!«, kreischt die Hexe, bevor sie sich aus Rose' Klammergriff befreit und auf das Fensterbrett zustürzt. Sie stößt Cinder beiseite, die völlig überrumpelt zu Boden stürzt.

Sowohl Snow als auch Rose reißen den Mund auf, als sie bemerken, dass Decay sich nicht ohne Hintergedanken den Kräuterkorb krallt. Sie wühlt darin herum, beginnt sogar eine Beschwörungsformel aufzusagen.

Die Einzige, die reagiert, ist Rapunzel.

»Nicht schon wieder!« Sie reißt Snow den Selfiestick aus den Händen und stürzt an ihr vorbei, in Richtung ihrer bösen Stiefmutter beziehungsweise Hexe. Das nimmt sich in dieser Situation ja nicht viel. »Du lässt meine Freunde in Ruhe. Weg mit dem Salat!« Und damit lässt sie den Selfiestick auf Decays Schädel hinabsausen. Gerade, als die Hexe sich zu ihr umdreht.

»Ha!« entfährt es beiden gleichzeitig. Decay, als sie die Rapunzeln wirft; und Rapunzel, als sie ihren Kopf genau in der Mitte erwischt.

Die Hexe geht zu Boden, während Rapunzel geschickt den fliegenden Salatblättern ausweicht.

Ungläubig betrachten Snow, Rose und Cinder das Spektakel.

»Du hast deiner Ex-Stiefmutter die Lichter ausgeknipst!«, haucht Rose. Ehrfurcht liegt in ihrer Stimme. Gewiss würde sie das Gleiche gern mit einer gewissen bösen Fee anstellen.

»Wow. Gut gemacht.« Snow lässt sich sogar zu einem Schulterklopfen hinreißen. »Allerdings hat uns das den Antworten zu unseren Fragen kein Stück nähergebracht.« Seufzend mustert sie die bewusstlose Decay. »Ist sie tot?«

»Ich glaube schon. Sie atmet nicht mehr«, meint Rose. »Aber keine Sorge, Rapunzel. Das war Notwehr.«

Rapunzel zuckt nur mit den Schultern, schiebt dann den Selfiestick zu einem kleinen Stab zusammen und händigt ihn Snow aus.

»Ähm, Leute …«, macht sich Rose von der Haustür aus bemerkbar. »… Die Hexe muss tatsächlich tot sein. Sonst wäre ihre Tür nicht verschlossen. Wir können die Hütte nicht verlassen.«

Snow schlägt sich den Selfiestick in die offene Handfläche. »Verfluchter Mist!«

~Red~

Als Jaz' Lippen auf meine treffen, zittere ich ein wenig. Das Gefühl, das sich gleichzeitig in unterschiedlich starken Schüben in meinem Körper ausbreitet, ist schwer zu beschreiben. Eine Mischung aus Adrenalin, wie bei einer Achterbahnfahrt, und »zu Hause ankommen«. Vielleicht liegt dieses Gefühl zu taumeln, dieses Schwindelgefühl, auch eine Spur am Alkohol. Ich kann es nicht sagen. Jaz hält die Augen geschlossen, während ich nicht aufhören kann, ihn anzustarren. Leise seufzend legt er mir seine Hände um die Taille, dann lehnt er sich noch weiter vor, bis sein ganzer Körper meinen gegen die Wand drückt. Ich fühle mich geborgen und begehrt. Klingt das nicht widersprüchlich? Nein, eigentlich nicht.

Jaz' Atem streift meine Wange, als er unseren Kuss unterbricht, um mir in die Augen zu sehen. Die stumme Frage, ob er weitermachen soll, scheint aus seinen Augen zu sprechen.

Ich lächle, nein – ich strahle ihn an. Daraufhin neigt er den Kopf in die andere Richtung und küsst mich wieder. Erst langsam und bedächtig. Dann fordernder. Plötzlich bin ich sicher, so leicht wie eine Tinkerfee zu sein. Allein dieser Kuss verleiht mir Flügel. Mit einem wohligen Schauer im Nacken hebe ich meine Arme, lege sie Jaz um den Hals und ziehe ihn noch fester an mich, obwohl das beinahe unmöglich zu sein scheint. Sicherlich drücken sich die Knöpfe meines Blazers durch sein lockeres Piratenhemd, doch er beschwert sich nicht.

Leider ändert sich recht schnell die Richtung meines Magens. Während er eben noch vor Freude gehüpft ist, scheint der Rum den Kampf mit dem Mittagessen gewonnen zu haben. Er krampft sich zusammen, dreht sich …

Eilig stoße ich Jaz von mir weg, der überrascht aufkeucht.

Keine Sekunde zu früh, denn in diesem Moment beschließt mein Mittagessen, mir noch einmal »Hallo« zu sagen. Also beuge ich mich nach vorn und übergebe mich direkt auf Jaz' braune Lederstiefel. Verfluchte Piraten und ihr selbstgebrannter Rum! Sobald mein Magen nichts mehr hervorwürgen will, richte ich mich auf. Meine Augen brennen. Zwar will ich Jaz jetzt nicht ansehen, doch ich zwinge mich dazu. Stumm hält er mir eine Serviette hin, dann wischt er mit einem Lappen über seine Stiefel. »Ich habe dich vor all dem gewarnt. Trink ein Glas Wasser, dann wird es dir besser gehen.«

Ohne ein weiteres Wort an ihn zu richten, mache ich ein paar Schritte in Richtung des Waschbeckens, wo ich mir erst mal den Mund ausspüle, bevor ich mir Wasser ins Gesicht spritze. Als ich den Kopf hebe, um einen Blick in den Spiegel zu werfen, meine ich, gerade noch so einen hämisch grinsenden Spieglein verschwinden zu sehen, aber wahrscheinlich ist das nur Einbildung. Großer Goliath, war das peinlich! Für einen Moment schließe ich die Augen. Gerade eben habe ich ihn noch geküsst und ihm dann postwendend auf die Füße gekotzt! Der Arme muss jetzt auch noch mein Erbrochenes aufwischen! Am liebsten würde ich ein Loch in den Schiffsboden schlagen und im Meer versinken.

Auf einmal raschelt etwas. Ich öffne die Augen und sehe eine durchsichtige Plastiktüte voll mit Reis vor meinem Gesicht baumeln.

»Dein Handy«, erklärt Jaz. »Morgen sollte es wieder funktionieren. Das heißt, wenn wir Glück haben.«

Oh. Er hat tatsächlich an mein Handy gedacht! Scheinbar steckt es inmitten der trockenen Reiskörner, die die Feuchtigkeit aus dem Gerät ziehen sollen. Ich blinzle ihn an. »Bringt Kotze auf den Schuhen in Seemannskreisen nicht üblicherweise Glück?«

Jaz gluckst, woraus ich schließe, dass er mir nicht so richtig böse sein kann. Ich schiele nach unten. Seine Schuhe scheinen den Ausflug nach Kotzhausen auch gut überstanden zu haben. Riechen nur ein bisschen.

»Wenn du schon wieder Witze reißen kannst«, beginnt Jaz, »dann kann es dir ja nicht so schlecht gehen.«

Mir gefällt, wie er denkt.

»Trotzdem, warum schläfst du dich nicht ein bisschen aus? Du kannst mein Bett haben. Ich muss sowieso nach Asher sehen. Er sollte auch seinen Mittagsschlaf halten.« Jaz zwinkert mir zu. »Ich lege mich dann zu ihm in seine Kabine.«

Ein Vater-Sohn-Mittagsschlaf? Irgendwie niedlich. Und ich soll in Jaz' Himmelbett schlafen? Bei dem Gedanken steigt mir augenblicklich wieder Hitze in Kopf und Nacken.

»Heute Abend schmieden wir dann einen Plan für die Befreiung von Ever, keine Sorge. Am besten greifen wir die Tinker bei Zwielicht an, also morgen kurz vor Sonnenuntergang, da sind die kleinen Frühaufsteher schon müde und sehen nicht mehr so gut.«

»Aber …«, beginne ich.

»Nein, Red. Nicht heute schon. Du bist erschöpft und wir überqueren nicht planlos die halbe Insel. Nach dem Abendessen besprechen wir alles mit der Crew und jetzt …« Er deutet in Richtung des Himmelbetts. Seine Augen verraten mir, dass er entschlossen ist, den Plan genauso durchzuziehen, wie er es vorgeschlagen hat. Da mir immer noch leicht übel und dazu schwindlig ist, gebe ich keine Widerworte. Alles, was ich denken kann, ist: Wird er mich zum Abschied küssen? Oder habe ich ihn mit der Kotzattacke für immer vergrault? Wahrscheinlich findet er mich nun eklig. Von jetzt an und für alle Zeiten. Himmel, was denke ich da? Bisher bin ich doch auch gut ohne Männer in meinem Leben ausgekommen! Das muss am Alkohol liegen und an der kurzen Nacht im Zelt, die hinter mir liegt. Zwar läuft mir die Zeit davon, aber was soll ich tun? Ausgeschlafen nutze ich unserer Mission und Evers Rettung sicher mehr. Also nicke ich.

»Gut, du bist einsichtig«, freut sich Jaz. »Ich hatte mich auf ein längeres Wortgefecht mit dir eingestellt.«

Jetzt bin ich fast ein bisschen beleidigt. Offenbar hält er mich für einen Sturkopf.

»Hier, du kannst zum Schlafen eins meiner Hemden anziehen.« Galant reicht mir Jaz ein weißes Männerhemd mit kleinen Rüschen an den Ärmeln. Sein Hemd. Direkt von seiner Truhe gepflückt. Ob er es schon getragen hat? Dann müsste es nach ihm riechen. Nach Süßholz mit einer Note von dieser exotischen Frucht: Mango. Wieder brennen meine Wangen. Wahrscheinlich steigt mir der Rum nun auch ins Hirn. Fantastisch. Es fällt mir schwer zu denken. Daher nehme ich das Hemd und murmle ein Dankeschön.

Jaz nickt. Immer noch hoffe ich auf einen Abschiedskuss. *Hirn an Red: Was denkst du da für wirres Zeug!*

Langsam hebe ich den Blick, bis ich ihm genau in die Augen sehe.

Er macht einen Schritt rückwärts. »Also dann. Ruh dich aus. Ich wecke dich zum Abendessen.«

Und damit verschwindet er einfach aus seiner Kapitänskabine. Lässt mich mit dem Piratenhemd in der Hand mutterseelenalleine zurück. Ich kann es nicht fassen.

Genau genommen kann ich die letzten vierundzwanzig Stunden nicht fassen!

Ein paar wüste Flüche ausstoßend, wanke ich in Richtung Bett. Mein Mund fühlt sich an, als hätte ich bittere Medizin geschluckt. Nur mit Mühe gelingt es mir, mich auszuziehen. Meine Unterwäsche von heute Morgen scheint halbwegs getrocknet zu sein, was ich mit Freude feststelle. Am Ende liege ich nur mit Unterhose und Piratenhemd bekleidet im Bett, starre an den Betthimmel. Wer hätte vor ein paar Stunden noch gedacht, dass solch ein Abenteuer vor mir liegt? Dass ich heute im Himmelbett von Käpt'n Hook, dem berühmten Piraten, liegen würde? Ich jedenfalls nicht. Der Betthimmel dreht sich ein bisschen, während ich ihn betrachte. Wie es Ever wohl geht? Im Spiegel sah es nicht danach aus, als würde er Schmerzen leiden. Dennoch wurde er seiner Freiheit beraubt. Ein Seufzer entfährt mir. Kleiner Hipster-Wolf, ich werde dich retten! Wie süß er ohne seine Brille aussieht. Die hätte ich ihm schon längst wegnehmen sollen.

Dann wird das Bild von Ever in meinem Kopf durch Jaz' Gesicht vertrieben. Jaz, der mich wie einen wertvollen Schatz betrachtet; Jaz, der mich küsst und schließlich sein verwunderter Blick, als ich meinen Magen direkt auf seine Schuhe entleere. O Mann. Stöhnend drehe ich mich auf den Bauch und vergrabe mein Gesicht im Kopfkissen. In einen dicken Leinenstoff, der nach Jaz riecht. Süßlich, fruchtig. Ganz anders als Ever. Und mit diesem Gedanken im Kopf schlafe ich ein.

Etwas zupft an meinem Ärmel. Dann bewegt sich die Bettdecke, als würde jemand sie ein Stück von mir wegziehen. »Red!«, flüstert jemand.

Ich blinzle, schaffe es aber nicht, die Augen ganz zu öffnen. Nachdem ich ein paar unzusammenhängende Wörter gemurmelt habe, bemerke ich, dass es mit der Grammatik auch noch nicht richtig bei mir klappen will.

»Red, kann ich zu dir ins Bett kommen?« Am Rand registriere ich, dass das zarte Stimmchen Asher gehört.

Wie automatisch hebe ich die Decke an, wonach der Kleine sogleich zu mir ins Bett gekrochen kommt.

»Danke. Ich kann nicht schlafen. Daddy macht sich viel zu breit in meinem Bett.«

Hm, kann man nachvollziehen.

Zufrieden kuschelt sich Asher an meine rechte Seite. Damit er es bequemer hat, lege ich meinen Arm um seine Schultern.

So, als hätte er nie in seinem Leben etwas anderes getan, rutscht er in meine Armkuhle, bettet seinen Kopf an meine Schulter.

Jetzt wache ich doch komplett auf. Ein kleiner Junge liegt halb auf mir im Bett. Verwirrend, aber auch irgendwie niedlich. Jedenfalls nicht alltäglich.

»Fühlt es sich so an, eine Mama zu haben?«, will er wissen.

»Vermutlich«, murmle ich.

»Hast du auch keine Mama?«

»Doch, aber ich wohne zurzeit bei meiner Großmutter, weil sie meine Hilfe braucht, weißt du?«

»Oh, du hast sogar eine Großmutter. Wie cool. Ich leider nicht. Daddys Eltern leben nicht mehr.«

Das tut mir sehr leid für den Kleinen. Muss seltsam sein, nur mit seinem Dad und einer Bande Piraten aufzuwachsen. Ohne eine weibliche Bezugsperson.

Asher kuschelt sich noch ein wenig enger an mich. So eine vertrauensvolle kleine Seele.

Ich streichle ihm über die Seite seines Kopfs, deren Haare er länger hat wachsen lassen als auf der linken Seite. »Hast du dir die Haare selbst geschnitten?«

»Ja«, seufzt Asher an meiner Armkuhle. »Ich wollte etwas Besonderes sein und nicht wie alle anderen.«

Ich nicke, wobei mein Kinn auf seinen Schädel trifft. »Sehr clever.«

Der Kleine dreht sich auf den Rücken, fasst nach meiner anderen Hand, betrachtet sie dann eine Weile, indem er sie direkt vor sein Gesicht hält. »Wow, wie weich sich deine Hände anfühlen. Ganz anders als die von Daddy und seiner Mannschaft. Und du hast fast genauso kleine Finger wie ich. Und so kurze Nägel.«

»Ja. Weil ich im Wald viele Tierfallen aufstelle, halte ich sie kurz.«

Das scheint sein Interesse zu wecken. »Du jagst? Wir gehen immer bloß fischen. Total langweilig.« Er dreht seinen Kopf, sodass er mir ins Gesicht sehen kann. »Bringst du mir mal bei, wie man ein Tier mit vier Beinen jagt?«

Ich lächle. »Wenn wir die Zeit dafür finden, gern. Nur bald schon werde ich zurück in den Märchenwald reisen müssen.«

Ashers dunkle Augen weiten sich, bekommen einen fast fiebrigen Glanz. »Nimmst du mich mit? Ich möchte unbedingt mal in den Märchenwald und meine Mama suchen.«

»Ähm, also eigentlich … Da musst du auf jeden Fall zuerst deinen Dad fragen.«

Resigniert stößt der Kleine ein Seufzen aus. »Das erlaubt er nie. Er möchte ja gar nicht, dass ich sie finde. So sauer ist er auf sie.«

»Hm«, murmle ich. »Darüber reden wir später mit ihm. Und jetzt schlaf.«

»Versprochen? Hilfst du mir, ihn zu überreden? Ich will unbedingt in den Märchenwald reisen …« Er plappert eine Weile vor sich hin, wobei ich nur mit einem Ohr zuhöre und vereinzelte Sätze aufschnappe. Mein Kopf beginnt zu dröhnen. Alle Geräusche scheinen von meilenweit weg zu kommen.

»Bitte … mit in den Märchenwald … versprochen, Red?«

Wie? Meint er mich? Wahrscheinlich, denn nur ich heiße so und auch sonst ist niemand bei ihm, wenn ich von meinem beschwipsten Selbst einmal absehe.

»Versprochen«, nuschle ich. Dann drifte ich spürbar zurück in weite Ferne. In diesen Mittagsschlaf, den ich wirklich dringend brauche.

Jemand räuspert sich. Ich kann das Tippen einer Fußspitze auf dem Teppich hören. Gleichzeitig kuschelt sich jemand eng an mich. Ach ja, richtig. Asher ist zu mir ins Bett gekrochen. Das muss er da an meiner Seite sein. Langsam setzt die Erinnerung wieder ein. An den kompletten Tag inklusive Kotzeinlage. Auweia.

Wieder ein Räuspern. Das kann ja jetzt nur einer sein. Ergeben schlage ich die Augen auf und sehe tatsächlich Jaz neben dem Himmelbett aufragen. Die Arme verschränkt, blickt er auf Asher und mich hinab.

»Hier bist du also. Ich habe mir schon Sorgen gemacht, du könntest über Bord gegangen sein.« Offensichtlich redet er mit seinem Sohn. Schließlich wusste er ganz genau, dass ich in seinem Bett liege.

Ich beiße mir auf die Lippen, weiß nicht so recht, wie ich mich verhalten soll. Jetzt, da er womöglich von mir angeekelt ist und ich außerdem seinen Sohn quasi auf mir liegen habe.

Gähnend schlägt Asher nun auch die Augen auf. »Ich wollte bloß ein bisschen mit Red kuscheln. Sie ist so weich. Fühl mal.«

Sofort schießt mir wieder das Blut ins Gesicht, als ich mir vorstelle, wie Jaz mich berührt. Aber natürlich tut er das nicht. Vielleicht nie wieder. Machen wir uns nichts vor. Ich habe es versaut. Wie immer. Kein Wunder, dass alle meine Freundinnen schon geheiratet haben und ich nicht. Immerhin habe ich Jaz vergrault und Ever findet mich offensichtlich nicht anziehend.

Ich atme einmal tief ein und aus.

Schluss mit den trübseligen Gedanken, befehle ich mir. Was soll's. Es gibt schließlich Wichtigeres für mich zu tun, als mich zu verlieben. Oder nicht?

Jaz runzelt die Stirn, lässt seinen Blick über meine Haut schweifen. »Ähm, vielleicht später. Zeit für deinen Unterricht. Komm mit, ich helfe dir beim Umziehen.«

»Nein, ich möchte bei Red bleiben«, jammert der Kleine sofort.

Jaz bedenkt mich mit einem weiteren Stirnrunzeln, so als sei das alles meine Schuld.

»Red kann mir doch Musikunterricht geben!« Asher wirft mir einen hoffnungsvollen Blick zu, während er sich an meinen Arm klammert. »Kannst du das?«

Überrumpelt blinzle ich erst ihn und dann seinen Vater an. »Ich, äh, kann Klavierspielen?« Es ist eher eine Frage als eine Antwort. Ich schlucke, setze mich dann auf und lehne mich gegen das Kopfteil des Betts.

»Siehst du, Daddy!«

»Musikunterricht hast du erst um fünf. Jetzt ist dein Schwertkampfunterricht bei Björn dran.«

»Na gut. Aber heute Abend um fünf Uhr spiele ich mit Red auf dem Klavier.« Der bettelnde Unterton von Asher lässt mein Herz sofort erweichen.

Jaz scheint da aus härterem Holz gemacht zu sein, denn er schweigt eine ganze Weile, bis er sich ein »Okay« abringt.

Erleichtert springt Asher auf. »Super. Ich mache auch ganz schnell und bin um fünf pünktlich im großen Saal. Bis später, Red!« Er drückt mir einen ziemlich feuchten Kuss auf die Wange und rast dann davon. Vielleicht glaubt er, dass es so schneller fünf Uhr wird.

Eigentlich ist der Kleine Zucker. Ich verstehe nicht, wie eine Mutter ihr Baby verlassen kann und dann noch so ein süßes wie Asher. Unwillkürlich stiehlt sich ein kleines Lächeln auf meine Lippen, als ich ihm nachsehe. Asher scheint mich zu mögen.

Leider erlischt meine gute Laune sofort wieder, sobald ich Jaz' zornigen Blick auf mir spüre.

»Was sollte das, Red? Warum finde ich dich und Asher gemeinsam in meinem Bett vor?«

Deswegen zieht er jetzt so ein Gesicht?

»Asher kam zu mir, weil er nicht schlafen konnte«, fahre ich ihn an.

»Und du lässt ihn einfach so zu dir ins Bett kriechen? Ist das so üblich im Märchenwald?«

»Wie bitte? Was willst du mir denn damit sagen?«, fauche ich. Um mich zu beruhigen, nehme ich einen Schluck Wasser aus dem Glas vom Nachttisch. Der leichte Salznachgeschmack lässt mich kurz würgen, worauf Jaz sofort einen Schritt rückwärts macht, um seine Schuhe aus meiner Reichweite zu bringen.

Jetzt wird es mir aber doch zu bunt! Diesen Blick von oben herab kann ich überhaupt nicht ausstehen. Außerdem habe ich nichts Unrechtes getan und werde ihn ganz sicher nicht noch einmal vollspucken. Also rutsche ich aus dem Bett, baue mich vor ihm auf, und versuche, mich so groß wie möglich zu machen.

Augenblicklich wird sein Blick milder, wobei er mich von Kopf bis Fuß mustert. Was wahrscheinlich daran liegt, dass ich sein Hemd trage, das mir nur ganz knapp bis zum Po reicht, wie mir siedend heiß einfällt. Ich schiele an mir herunter … und dazu noch verdammt durchsichtig ist! Hastig überkreuze ich die Arme vor der Brust, was ihn zu belustigen scheint. Na ja, immerhin ist er nicht mehr wütend auf mich.

»Ich hätte dir vielleicht ein längeres Shirt geben sollen«, bemerkt er.

»Hättest du.«

»Obwohl, dann hätte sich dein Anblick mir nicht so ins Gedächtnis gebrannt.«

Während ich noch überlege, wie das wohl gemeint ist, umfasst er mit beiden Händen meine Taille. Zieht mich an sich.

Oh. Was wird das jetzt?

Das soll ich schon eine Sekunde später erfahren, als er seine Stirn gegen meine lehnt. »Ich möchte nicht mit dir streiten, Red«, murmelt er.

Ich auch nicht mit ihm.

Er seufzt, tut mehrere Herzschläge lang nichts, außer mich zu halten.

Komischerweise sehne ich mich plötzlich danach, von ihm begehrt zu werden. Dauerhaft. Nicht nur, weil ich ein zu kurzes Shirt trage. Danach, dass er mich küssen will, vielleicht sogar nie wieder gehen lassen will. Kann er nicht endlich wieder seine Lippen auf meine pressen?

Als seine Stirn sich von meiner löst, jubelt mein Herz, voller Vorfreude auf einen Kuss, den es jetzt hoffentlich geben wird.

Jaz sieht mich an, seufzt dann.

Gespannt verharre ich, ohne einen Muskel zu rühren.

Sein Atem streift meine Nase, als er sagt: »Du gehst jetzt besser mal duschen, kleine Schnapsfahne.«

Rumms, mein Herz kracht wie ein Amboss zu Boden, schlägt hart in der Realität auf. Jaz findet, ich stinke nach Alkohol. Super! Natürlich hat er mich nicht geküsst. Warum würde er das auch tun, nach seiner Erfahrung vom letzten Mal?

Also stoße ich ihn von mir und drehe mich um. »Dann gehst du jetzt besser, damit ich mich umziehen kann.«

»Okay. Das Bad ist im Flur, die nächste Tür rechts. Nimm dir Handtücher aus meinem Schrank mit.«

Ich nicke, ohne ihn anzusehen. Mein Blick verschwimmt bereits vor lauter heißen Tränen, die in mir aufsteigen. Aber das soll er nicht sehen. »Bitte geh einfach.«

Ich nehme noch wahr, wie er zögert, aber dann öffnet und schließt sich doch noch die Tür. Wieder macht mein Herz einen Satz, wie wenn es zwei Treppenstufen überspringen würde. Er ist gegangen. Jaz ist weg.

Wie in Zeitlupe drehe ich mich um, mache ein paar Schritte auf den Wandschrank zu, wo ich ein paar vergilbte Handtücher herausziehe. Irgendwie fühle ich mich wie fremdgesteuert, als ob ich jemand anderem dabei zuschauen würde, wie er sich auszieht und in ein Handtuch wickelt. Der Stoff kratzt auf meiner Haut. Diesem Schiff fehlt definitiv der Weichspüler.

Ich folge Jaz' Anweisungen und finde das Bad im Flur. Es ist klein, nur mit dem Nötigsten ausgestattet. Alles, sogar die Dusche, hat dieselben altmodisch verchromten Armaturen wie das Waschbecken in Jaz' privater Kabine.

Ich finde Seife, die man sicher auch als Shampoo benutzen kann, dann steige ich unter die Dusche. Das Wasser, das aus dem Duschkopf strömt, ist nur lauwarm. Passend zu meiner Stimmung. Ich schlage ein paarmal mit der Handfläche gegen die Wand. Verflucht, warum ich und wo bin ich hier überhaupt hineingeraten? Wo ist Ever? Ein paar Hipster-Witze würden mir jetzt bestimmt dabei helfen, mich zu entspannen. Lauwarmes Wasser strömt über meinen Kopf, vermischt sich mit den Tränen, die sich aus meinen Augenwinkeln stehlen. Eigentlich hatte ich mich doch schon damit abgefunden, mein Leben lang allein zu bleiben. Warum tut der Gedanke daran jetzt auf einmal so weh?

Kapitel 11

Drei Stunden später irgendwo im Märchenwald

~Snow~

»Also werden wir hier drin elendig verhungern«, befindet Cinder, nachdem sie auch das letzte Fenster der Hütte überprüft hat. Decay hat ganze Arbeit geleistet. »Verfluchte Hexen und ihre Sicherheitssysteme.«

Rose macht einen großen Schritt über die am Boden liegende Hexe, um sich neben Snow zu stellen. »Sei nicht albern. Wir rufen einfach jemanden an, der uns befreit.«

»Aus einem mit Magie verschlossenen Gebäude?« Snow lacht. »Weil das ja schon so gut bei dir und deinem von Dornenranken versiegelten Schloss funktioniert hat.«

»Stimmt auch wieder. Nur wahre Liebe konnte mich retten.«

»Die hundert Jahre waren einfach um, Darling. Der Fluch endete im selben Moment, als Cedric dich küsste.«

Entrüstet stemmt Rose beide Hände in die Hüften.

»Das wurde nie bewiesen! Nur mal so!«

»Bitte hört auf«, fällt Rapunzel ihr ins Wort. »Fokussiert euch lieber auf die gegenwärtige Situation.«

Sowohl Rose als auch Snow starren sie mit großen Augen an. »Ich glaube, ich habe dich noch nie etwas derart Intelligentes sagen hören«, meint Snow schließlich.

Geschmeichelt zupft Rapunzel an ihrem Kleid. Dann nickt sie in Richtung Decay. »Sie ist tot. Wir haben sie erledigt.«

Cinder kommt ebenfalls zu ihnen an die Tür. »Das stimmt. Wir haben uns unseren Ängsten gestellt und gewonnen. Decay hat nicht den Eindruck gemacht, als hätte sie die Prinzen gesehen. Vielleicht dieses Foto auf WKWH, aber mehr nicht. Wir müssen also noch die anderen Hexen abklappern. Rexia und Bane.«

»Was ist, wenn Fear gelogen hat?«, wirft Rose ein.

»Das finden wir schon noch heraus«, meint Snow. »Aber zuallererst müssen wir uns befreien. Mal sehen. Wir haben Schrumpfkuchen, aber der reicht höchstens für zwei und ich habe keine große Lust, bis er verdaut ist, daumennagelgroß zu sein. Vielleicht kann uns Spieglein helfen.«

Die anderen nicken zustimmend, als sie ihren Schminkspiegel aus der Tasche holt.

»Das wird aber auch Zeit, dass du nach mir rufst«, blökt es aus dem Spiegel, bevor irgendjemand von ihnen auch nur ein Wort gesagt hat. Der Spiegel spricht so schnell, dass Snow instinktiv daraus schließt, dass er heute vor Aufregung keinen großen Wert auf seine Reim-Regel legt.

»Hallo, Spieglein.«

»Hallo, Snow, Schönste aller Schönen, hallo Prinzessinnen.«

Die Mädchen winken. »Hi, Spieglein, wie ist es da drüben so in Mordor?«, fragt Cinder scheinheilig.

»Hört lieber mal zu, ihr werdet nicht glauben, was Red passiert ist …«

Innerhalb der nächsten fünf Minuten wagt keiner, Spieglein zu unterbrechen. Obwohl sie sich noch im Haus der toten Hexe befinden. Eingesperrt. Allerdings lassen sie sich nur zu gern über den neusten Klatsch und Tratsch informieren. Und dass Red Käpt'n Hook geküsst und ihm dann auf die Füße gekotzt hat, ist besser als jedes Hochglanz-Magazin aus dem Märchenwald.

Rapunzel hält sich den Bauch vor Lachen. »Das hat sie nicht getan!«

»Also ehrlich mal. Was ist los mit Red? Zuerst der Hipster-Wolf und jetzt Hook? Wen lacht sie sich als Nächstes an? Den verrückten Hutmacher?«, schnaubt Snow.

Vor Entzückung spitzt Spieglein die Lippen. »Genau das habe ich auch gesagt!«

»Schlimmer als jede Datingshow.« Snow nickt. »Also wird sie einen Rettungsversuch unternehmen. Wegen diesem Wolf?«

»Sieht ganz danach aus …«

»Wo wir gerade davon sprechen«, unterbricht Rose die beiden, »wir hätten eine kleine Rettungsmission ebenso recht nötig.«

Spieglein hebt eine Augenbraue. »Ach, ist das so? Warum sagt ihr das nicht gleich?«

Schnell erklären die Mädchen, was vorgefallen ist.

»Halt mich mal näher an die Tür«, bittet der Spiegel. »Und ihr sagt, sie ist Kräutermagierin? Dann kann sie eigentlich keine Schließzauber wirken.«

Nach ungefähr einer halben Sekunde, in denen er das Türschloss begutachtet hat, das genau wie Decays Fußfesseln in regelmäßigen Abständen blinkt, triumphiert Spieglein bereits. »Ah, ich sehe schon. Ein elektronisches Sicherheitssystem. Zeit für die Magie, macht euch bereit, Mädels, und stellt euch vor, wie ich die Fingerknöchel knacken lasse.«

Alle stellen sich Spiegleins imaginäre Hackerhände vor.

Dann, gar nicht sehr viel später, klickt das Schloss, bevor die Tür tatsächlich aufspringt. »Wir sind frei, wir sind frei, wir sind frei!«, jubeln Rapunzel und Cinder im Chor.

»Danke, Spieglein«, nickt Snow artig.

Der Spiegel wirkt wie vom Donner gerührt. »Äh, bitte?« Sicherlich ist auch er überrascht, wie nett sie neuerdings klingt.

»Ja, Spieglein, imaginärer High Five!«, brüllt Cinder und hält eine Hand hoch.

»Jaaaa!« Spieglein scheint die schwarzen Augenhöhlen zusammenzukneifen. »Bis später dann, Leute. Obwohl, Snow, können wir kurz unter vier Augen sprechen? Es betrifft Prinz Philip.«

Sofort wird Snow hellhörig. »Natürlich.« Zu ihren Freundinnen gewandt setzt sie hinzu: »Raus mit euch. Worauf wartet ihr noch? Oder soll ich euch wieder einschließen?«

Schneller als eine von ihnen »Kräuterhexe« sagen kann, flitzen die Prinzessinnen nach draußen und lassen Snow mit Spieglein im Türrahmen des Hexenhauses allein zurück.

~Red~

Leider trägt das Wasser, das immer kälter auf mich herabprasselt, auch nicht viel zum Abbau meiner Kopfschmerzen bei. Wieder und wieder verfluche ich die Rumbrauerei, die unweigerlich irgendwo hier an Bord stattfinden muss. Am liebsten würde ich sie in die Luft jagen. Dieses brutale Gedankengut … Langsam scheint Snow auf mich abzufärben.

Resigniert stelle ich das Wasser ab. Es hilft ja doch nichts. Also greife ich mir die Handtücher, um mich trocken zu rubbeln. Bin ich mit Asher vielleicht zu weit gegangen? Sollte ich ihn lieber auf Abstand halten, damit er sich nicht zu sehr an mich gewöhnt? Jaz scheint es auch nicht gerade zu gefallen, dass der Kleine so an mir klebt. Anderseits: Wen interessiert es schon, was Jaz denkt? Jaz, der findet, ich rieche wie ein Schnapsladen. Also bitte …

Ich puste mir eine Haarsträhne aus dem Gesicht und wickle mich dann in das größte Handtuch. Diese Klavierstunde wird stattfinden. Piratenvater hin oder her.

Schwungvoll reiße ich die Tür auf, fest entschlossen, mich meinen Dämonen zu stellen. Beziehungsweise den Piraten mit den schlechten Manieren.

Allerdings hätte ich nicht erwartet, mich so schnell meinen Dämonen stellen zu müssen, denn statt eines leeren Flurs, wartet Jaz hinter der Tür auf mich. Als er meinen Aufzug bemerkt, presst er die Lippen aufeinander.

»Keine Kleider, Red? Nur ein Handtuch? Was, wenn dir im Flur jemand aufgelauert hätte?«

Ach. Dieses Spiel möchte der Herr jetzt spielen? Ich hebe eine Augenbraue. »Jemand wie du, meinst du?«

»Ja … ich meine, nein.« Sogleich verzieht er sein Gesicht zu einer gequälten Maske. »Du könntest dir jedenfalls ruhig in der Öffentlichkeit etwas anziehen.«

»So? Fällt das denn schon unter Erregung öffentlichen Ärgernisses, wenn ich drei Meter mit einem Handtuch durch den Flur laufe?«, will ich wissen. »Schreibst du mir jetzt einen Strafzettel?« Warum ich so kratzbürstig auf ihn losgehe, weiß ich auch nicht so genau. Vielleicht ist es mein verletzter Stolz wegen seiner Zurückweisung vorhin. Immerhin geht es mir ein wenig besser, wenn ich ihn anbrülle. Gar nicht schlecht, so eine Schrei-Therapie. Ersetzt mir sicher fünf Stunden beim Psychologen.

Seufzend hebt Jaz sein Kinn eine Spur an, wirft einen Blick zur Decke, bevor er erneut den Mund öffnet.

»Was mache ich nur mit dir?«

Das frage ich mich langsam auch. Warum setzt er mich nicht einfach aus? Oder lässt mich über die Planke springen? So macht man das doch unter Piraten?

Seine markanten Augenbrauen ziehen sich zusammen. Ganz der harte Junge.

»Fürs Erste könntest du mich vorbeilassen, damit ich mich umziehen kann«, schlage ich vor. Inständig hoffe ich, dass er das leichte Zittern in meiner Stimme nicht bemerkt.

Doch statt mich gehen zu lassen, rammt Jaz links von mir seine Faust in die Wand. Überrascht keuche ich auf. Da wird ganz sicher eine Delle zurückbleiben. Allerdings ist das nicht alles, denn Jaz verharrt in dieser Position und versperrt mir mit seinem Arm den Weg in seine Kabine. Wieder kommt er mir ganz nahe.

»Wenn das ein Zauber ist, den du auf mich gelegt hast, damit ich mich zu dir hingezogen fühle …«

Bitte was? Ist das ein Scherz? Und habe ich das richtig interpretiert: Jaz fühlt sich zu mir hingezogen? Mir klappt der Mund auf.

»Willst du damit andeuten, ich hätte einen illegalen Liebeszauber bei dir angewendet? Spinnst du? So was würde ich nie tun! Im Märchenwald arbeite ich eng mit den Jägern zusammen, unseren Gesetzeshütern sozusagen!« Ich recke die Brust, damit er nicht denkt, dass ich etwas zu verbergen hätte. Fast verrutscht mir bei dieser Bewegung das Kratz-Handtuch, doch im letzten Moment bekomme ich es noch zu fassen.

Jaz reibt sich mit der linken Hand über seine Bartstoppeln am Kinn. »Du bist verdammt süß, wenn du dich aufregst.«

Süß? Soll das etwa wieder eine Beleidigung werden? Darüber nachzudenken gestaltet sich allerdings als äußerst schwierig, denn Jaz beugt sich jetzt langsam zu mir nach unten, rückt gleichzeitig näher, sodass sich unsere Oberkörper fast berühren. Mein Herz tickt so laut wie die Zeitschaltuhr an einer Bombe. Sicherlich kann er es auch hören.

»Ich kann nicht aufhören, an dich zu denken«, flüstert Jaz mir zu. Dann verharrt er kurz, bevor sich unsere Lippen treffen. »Ich bin nur vorsichtig geworden in Bezug auf Frauen.«

Egal, denke ich. *Küss mich endlich*. Mein Magen krampft sich zusammen, in Erwartung darauf, dass er mich wieder an sich zieht, mich erlöst von meinen Selbstzweifeln, die mich nach der Kotzattacke geplagt haben. Gespannt schließe ich die Augen.

»Du musst wissen, Ashers Mutter hat damals …« Er schluckt.

Will er jetzt ernsthaft mit mir über seine Ex sprechen? Verwirrt öffne ich ein Auge.

»Seine Mutter … Ashers Mom«, bringt er stockend hervor, »hat mich nur benutzt, um einen Fluch zu brechen …«

Doch weiter kommt er nicht. »Daddy! Red!« Im selben Augenblick kommt Asher um die Ecke gerast. »Ist es schon fünf Uhr? Kann der Musikunterricht beginnen?« Der Mini-Pirat ist ganz außer Atem, wirft sich auf seinen Vater und klammert sich an ihm fest.

»Ähm, in fünfzehn Minuten. Gib Red noch Zeit, sich umzuziehen, ja?« Jaz wirft mir einen entschuldigenden Blick zu.

Entschlossen versuche ich, den Kloß im Hals hinunterzuschlucken. Natürlich. Er hat mich nicht geküsst. Wird es vermutlich nie wieder tun. Willkommen in meinem traurigen Liebesleben. Aber was habe ich erwartet? Dass ich auf einem Piratenschiff meine große Liebe finde? Sicher nicht. Bevor ich es stoppen kann, entfährt mir ein Hüsteln. Jaz wird alle Frauen dafür büßen lassen, was Ashers Mom ihm angetan hat. Das zumindest würde ein Psychologe über das sagen, was er mir eben offenbart hat. Großer Goliath, ein Fluch? Seine Ex hat ihn benutzt? Warum nur sehnt sich ein Teil von mir dennoch danach, von ihm in seine Arme gezogen zu werden?

Wahrscheinlich mache ich einen ziemlich konfusen Eindruck, denn Jaz' Blick zeigt eine Spur Besorgnis, als er mich mustert.

Aber ehe ich noch etwas sehr Dummes tun oder sagen kann, schlüpfe ich einfach unter seinem Arm hindurch und rase auf seine Kabinentür zu. »In fünfzehn Minuten am Klavier, Asher.«

»Aye, Aye, Rotkäppchen!«

Ich beschließe, dass es gar nicht seltsam ist, dass Asher auf meinem Schoß sitzt und Jaz uns dabei beobachtet, wie ich ihm eine Melodie aus dem Märchenwald beibringe. Den finsteren Blick, mit dem Jaz mich bedenkt, als würde ich seinen Sohn vergiften wollen, ignoriere ich gekonnt, schiebe alles auf seine schlechten Erfahrungen mit der Kindsmutter. Trotzdem schmerzt es etwas. Nur Asher spielt gelöst mit mir. Nichts scheint sein fröhliches Gemüt zerstören zu können. Mit Feuereifer spielt er mir nach, kann die richtigen Noten benennen und sich die Tastenkombinationen erstaunlich gut merken. Jedes Lob von mir scheint ihn noch mehr anzuspornen.

»Ladies and Gentlemen«, sage ich schließlich laut, obwohl niemand außer uns Dreien anwesend ist. »Darf ich vorstellen, am Klavier: das Wunderkind Asher. Talentiert von hier bis nach Morgenland. Der neue Beethoven. Sie werden noch viel von ihm zu hören bekommen!«

Asher kichert, nur Jaz gibt mal wieder den Spielverderber. »Komm Schatz, Zeit, dir die Hände zu waschen. Gleich gibt es Abendessen.«

Ich zucke leicht zusammen. Doch selbstverständlich hat er mit »Schatz« seinen Sohn gemeint.

Der Kleine umarmt mich allerdings zuerst. »Das war toll. Machen wir das morgen wieder?«

»Red ist morgen vielleicht schon nicht mehr bei uns«, erwidert Jaz an meiner Stelle.

Ich schlucke. Das liegt zwar im Bereich des Möglichen, schließlich wollen wir morgen Ever retten, und dann gibt es theoretisch keinen Grund mehr für mich auf diesem Schiff zu bleiben. Dennoch versetzen mir Jaz' Worte einen Stich ins Herz. Als ich den Kopf drehe, um ihn anzusehen, meine ich, auch in seinen Augen Schmerz zu erkennen.

»Oh. Gehst du schon zurück in den Märchenwald?« Asher klingt aufgeregt. »Cool.« Und damit rutscht er von meinem Schoß. Zwei Sekunden später sieht man von ihm nur noch eine Staubwolke an der Tür.

Cool? Eine unangenehme Vorahnung prickelt in meinem Nacken.

»Ich wünschte, du würdest das lassen.« Verwundert bemerke ich, wie Jaz auf mich zugeschlendert kommt.

Ich beschließe, die Ahnungslose zu geben, klappe den Klavierdeckel zu, und erhebe mich.

Seufzend fährt er fort: »So nett zu Asher zu sein. Wenn du gehst, wird es ihm das Herz brechen. Er hat schon eine Mutter verloren.«

Ruckartig drehe ich mich zu ihm um. »Aber die hat er nicht gekannt. Und du kannst mir wohl kaum vorwerfen, dass es falsch ist, nett zu einem Vierjährigen zu sein!« Mir ist selbst bewusst, dass ich mich wie eine fauchende Raubkatze anhöre. Er treibt mich einfach zur Weißglut, dieser Pirat! Was denkt er sich eigentlich?

Schneller als ich protestieren kann, ist er bei mir, packt mich an den Oberarmen und drückt mich gegen das Klavier, sodass ich mich beinahe auf den Deckel setze. »Du weißt nicht, wie sensibel Asher ist.«

Wütend funkle ich ihn an. Was fällt ihm ein? Löst er seine Probleme immer mit Gewalt?

»Asher ist tough und Freundlichkeit bringt ihn nicht um.«

Seine Nasenflügel beben. Offensichtlich versucht er mich einzuschüchtern, aber nicht mit mir! Trotzig recke ich das Kinn.

»Du verstehst das nicht«, presst er hervor.

»Was verstehe ich nicht?«, fauche ich ihn an.

Er sieht aus, als könne er das alles nicht fassen. »Du … Du machst mich verrückt!«

Verwirrt blinzle ich ihn an, habe aber keine Chance mehr, etwas zu entgegnen. Denn Jaz keucht noch einmal verzweifelt auf, als stehe seine Hinrichtung kurz bevor, und presst dann seine Lippen auf meine.

Vor Überraschung muss ich beinahe husten, bekomme mich aber gerade noch in den Griff. Dieser Kuss ist wilder, ungestümer als der vorherige. So, als hätte sich Jaz lange zurückgehalten, und würde nun seine ganze Energie in diesem Kuss entladen. Seine Hände wandern an meinem Rücken hoch und runter. Als wenn sein Leben von diesem Kuss abhinge. Es ist beinahe noch besser als beim ersten Mal.

Wie automatisch legen sich meine Hände um seinen Hals, der quasi schon ihr Stammplatz ist. Als er mich endlich so eng an sich zieht, dass sich unsere Hüften berühren, kreischt ein Chor aus Engelsgesängen in meinen Ohren. Darauf habe ich gewartet.

Er vertieft den Kuss, hält nur ab und zu kurz inne, um seine Stirn mit einem tiefen Seufzer gegen meine zu lehnen. Ich könnte für immer und ewig hier stehen, nur für diesen Kuss leben. Doch natürlich ist alles viel zu schnell vorbei.

»Daddy«, kreischt plötzlich eine Stimme, die sich verdächtig nach Asher anhört. »Und Red!« Etwas, nein, Asher wirft sich gegen unsere Beine. »Werdet ihr jetzt heiraten? Das wäre toll!«

O verdammt. Er hat uns gesehen. Und seinem Alter entsprechende Schlussfolgerungen aus diesem Kuss gezogen.

Sofort und ohne Umschweife löst sich Jaz von mir. Fast so, als hätte er sich an mir verbrannt. »Nein, werden wir nicht.« Mir bleibt nicht verborgen, wie er sich eilig den Mund abwischt, bevor er fortfährt. »Männer und Frauen küssen sich manchmal. Das bedeutet nichts.«

Etwas Scharfes bohrt sich in mein Herz wie ein klitzekleiner Dolch. Es bedeutet also nichts.

Wahrscheinlich schaue ich gerade genauso traurig drein wie Asher, deshalb versuche ich, schnell einen neutralen Gesichtsausdruck aufzusetzen.

»Wie auch immer. Die Meermädchen werden dir diese Kusssache sicher irgendwann erklären. Wir sollten jetzt zum Essen gehen, sonst wird Smurfie noch böse mit uns.«

Meermädchen also … Meine Augenlider zucken. Ob Jaz von ihnen gelernt hat, so zu küssen? Nach allem, was ich weiß, ist das durchaus möglich. Um nicht zu sagen: sicher.

Ich schlucke. Wie auch immer. Jaz wird mir helfen, Ever zu retten. Nur dafür brauche ich ihn. Der Gedanke schmerzt ein bisschen, aber ich befehle mir, mich zusammenzureißen. Ich werde seine Gastfreundschaft bis morgen Abend ausnutzen und dann mit seiner Mannschaft die Feen überfallen. Danach brauche ich Jaz nie wieder zu sehen. Nie wieder an meine peinliche Kotzeinlage denken und nie wieder an diesen wütenden Blick, mit dem er mich so oft bedenkt.

Mit gerecktem Kinn marschiere ich hinter ihm und Asher zur Tür des großen Saals, doch direkt an der Türschwelle hält Jaz mich zurück. »Das darf nie wieder passieren!«, raunt er mir zu.

»Ganz deiner Meinung!«, zische ich zurück.

Nur noch bis morgen Abend. Mit diesem Gedanken tröste ich mich das ganze Abendessen über. Während ich esse, halte ich meinen Kopf gesenkt, vermeide bewusst jeden Augenkontakt mit Jaz. Morgen Abend kann gar nicht früh genug kommen!

Endlich wird der Nachtisch aufgetragen. Es ist Wackelpudding.

Ich bekomme gerade noch so mit, wie eine Schale Nachtisch neben meine geschoben wird und Asher nur Sekunden danach auf meinen Schoß geklettert kommt.

»Die Klavierstunde war toll, Red. Du bist echt super.«

Ein kleines Lächeln zupft an meinen ausgetrockneten Lippen.

»Hast du im Märchenwald auch ein Klavier?«

Ich nicke.

»Toll, darf ich darauf spielen?«

Zwar starre ich immer noch auf den Tisch vor mir, dennoch kann ich Jaz' Blick auf mir spüren, weigere mich aber, hochzusehen. »Warum nicht?«

»Spitze! Du weißt doch noch, was du mir versprochen hast?«

»Das reicht jetzt.« Ein aufgebrachter Jaz hat sich neben uns aufgebaut. Er packt Asher am Kragen und zerrt ihn von mir herunter.

»Aua, Papa!«, beschwert sich der Kleine.

»Kein Gejammer. Ab ins Bett mit dir. Und wir beide, Red, unterhalten uns später noch!«

Soll das eine Drohung werden? Auch wenn ich weiß, dass es unklug ist, schließlich bin ich auf seine Hilfe angewiesen, kann ich mich nicht zurückhalten und spucke ihm entgegen: »Ich finde eigentlich, wir sind fertig miteinander!«

Augenblicklich wird es an der langen Tafel mucksmäuschenstill. Nicht mal Smurfie wagt es, weiter die leeren Wackelpuddingschälchen einzusammeln.

»Noch nicht, Red! Das sind wir noch nicht!«, knurrt Jaz.

Die Spannung zwischen uns ist fast körperlich spürbar.

Beinahe komme ich mir wie beim Matchball eines Tennisspiels vor, bei dem die Zuschauer zwischen den Gegnern hin und her starren.

»Küsst euch doch endlich!«, fordert Elliot, nachdem scheinbar endlose Sekunden verstrichen sind. Aufgeregt streicht er sich seine blonden Haare hinter die Ohren.

Daraufhin wirft Jaz ihm einen mörderischen Blick zu. »Wir treffen uns gleich alle im großen Saal, um unseren Plan für morgen Abend zu besprechen. Ich gehe die Landkarten holen.«

Aha. Er tut also lieber so, als wäre nichts geschehen.

Kaum habe ich einmal geblinzelt, ist er auch schon an der Tür. Möchte sicher in seiner Kabine ein paar Möbel zusammenschlagen.

Ich sehe ihm nach, aber gleichzeitig nähern sich mir zwei Piraten. Der eine ist der Rothaarige, der heute Mittag alle Piraten zum Trinkspiel aufgefordert hat. Der andere ist groß, schwarzhaarig und trägt eine Narbe im Gesicht, die seine Augenbraue wie ein Piercingring durchschneidet. Seine Nase scheint mehrfach gebrochen zu sein, so schief wie sie sitzt, dennoch strahlt er einen gewissen Charme aus.

»Da Jaz dich hat sitzenlassen«, beginnt der charmante Pirat jetzt, »hast du nicht Lust, mit uns noch ein Gläschen zu trinken, bevor es losgeht? Wir sind auch total umgänglich.« Er wackelt mit den Augenbrauen. Die Piercingnarbe hüpft. Die beiden scheinen die ältesten Piraten an Bord zu sein. Ein wenig älter als Jaz zumindest.

»Und nett zu Frauen«, fügt der Rothaarige hinzu. Sein breites Grinsen ist zu niedlich.

Gerade suche ich noch nach den richtigen Worten, um ihr Angebot höflich abzulehnen, aber da taucht Jaz schon hinter ihnen auf und reißt sie von mir weg.

»Finger weg von Red, ihr Idioten! Hab' ich euch nicht verboten, sie anzurühren?« Seine Stimme überschlägt sich beinahe vor Wut.

Geschockt springe ich von meinem Stuhl.

Der Rothaarige hebt beide Hände. »Sorry, Jaz. Wir wollten nicht …«

»Ach, macht dass ihr wegkommt!« So als seien die beiden nicht mehr als zwei ungehorsame Schoßhündchen, scheucht Jaz sie zur Seite. »Und du, komm her.« Er streckt den Arm nach mir aus. Eigentlich will ich vor ihm zurückweichen, doch er bekommt mein Handgelenk zu fassen, zieht mich daran an sich. Bevor ich auch nur stopp sagen kann, drückt er schon seine Lippen auf meine, und zwar so heftig, dass unsere Schneidezähne gegeneinander krachen. Für eine Millisekunde bin ich benommen, doch dann realisiere ich, dass Jaz mich in diesem Moment küsst. Hier im Speisesaal vor allen anderen

Piraten! Dadurch kann ich mich nicht richtig entspannen, genieße aber trotzdem seine Lippen auf meinen. Dieser Kuss ... ist sehr ... besitzergreifend. Ja, das trifft es am besten. Nach etwa zehn Sekunden ist er aber schon wieder vorbei. Urplötzlich lässt Jaz von mir ab, dreht sich dann zu seiner Mannschaft. Dabei hält er mich immer noch am Handgelenk gepackt. »Und damit, Crew, wäre geklärt, dass keiner außer mir Red anfasst, alles klar?«

Die Piraten nicken artig. Manche prosten uns sogar zu.

Hat Jaz gerade allen Ernstes sein Revier abgesteckt? Bin ich sein Revier? Gebrandmarkt durch diesen Kuss? Vor Wut schäumend reiße ich mich von ihm los. Ich ertrage diesen selbstgefälligen Blick von ihm, den er in die Runde wirft, keine Sekunde länger. Also stürze ich blind vor Wut in den Flur, rase nach links immer weiter den Gang entlang, bis er eine Kurve macht. Meine Ohren dröhnen, als sei ich gerade zehntausend Meter hoch geflogen. Außer dem Rauschen meines eigenen Blutes höre ich nichts mehr. Ich nehme eine Treppe nach unten, renne weiter blindlings irgendwo lang, mal nach links, mal nach rechts. Das Schiff ist groß. Und ich will laufen, laufen, laufen, um nicht vor Wut laut zu schreien.

Aber an der nächsten Ecke packen mich zwei Hände, ziehen mich an die Wand. Es ist Jaz. Selbstverständlich. Allen anderen hat er ja befohlen, mich nicht anzufassen. Warum macht mich das nur so wütend, dass ich ihm gegen das Schienbein treten will? Eigentlich sollte ich gerade irgendwo vollkommen unbeteiligt herumsitzen und darauf warten, dass wir endlich gemeinsam Ever befreien. Dennoch bin ich unvernünftig, hole aus und trete ihm gegen das Schienbein.

»Autsch, spinnst du?«

»Die Frage ist doch eher, ob du spinnst!«, zische ich. »Was sollte das gerade? Noch nie in meinem Leben habe ich mich so erniedrigt gefühlt! So gedemütigt!«

Auf meine Worte hin, ändert sich seine gesamte Körperhaltung. Ich sehe, wie sich Verwirrung und dann Bestürzung auf seinem Gesicht breitmacht. »Oh, das ... wollte ich nicht. So war das nicht gemeint.«

»Dann wolltest du also nicht dein Revier abstecken, so als sei ich das appetitlichste Stück Schinken im Raum?«

»Also so gesehen …«

»Verdammt Jaz, du kannst deine Meinung nicht alle zehn Minuten ändern. Bitte hör einfach auf mit den Spielchen!«

»Wer spielt denn mit mir und meinen Gefühlen? Und vor allem mit Ashers?«, fragt er nun zurück.

»Ich? Wieso ich?«

Jaz Zähne knirschen. »Na, du stehst doch so auf deinen Hipster-Wolf und außerdem ist es ja nicht so, dass du vorhättest, länger als nötig bei uns zu bleiben. Oder etwa nicht?«

Irgendwo hat er da auf gewisse Weise recht, aber was interessiert es ihn? Er wendet sich doch immer wieder von mir ab. Bringt lächerliche Ausreden, wie dass ich nach einem ganzen Schnapsladen rieche, oder dass Ashers Mutter ihn nur benutzt hat und er mir deshalb nicht trauen kann? Jedenfalls so etwas in der Art.

»Hör mal«, beginne ich. »Wie du weißt, bin ich auf einer Rettungsmission unterwegs, um die verschwundenen Ehemänner meiner besten Freundinnen zu suchen. Nur deshalb muss ich so schnell wie möglich gehen. Ever ist Journalist und begleitet mich. Mehr nicht.« Mein Hals zieht sich zusammen, als ich es ausspreche. »Ich weiß ja, dass du Frauen gegenüber misstrauisch eingestellt bist, deshalb verstehe ich, wenn du es vorziehst, dass wir als Freunde auseinandergehen. Nicht mehr und nicht weniger.« Ich halte ihm meine Hand hin. Wie ein Friedensangebot sozusagen. Dennoch schmerzt der Gedanke, nur in Freundschaft mit ihm verbunden zu sein.

Vorwurfsvoll schielt Jaz von mir zu meiner ausgestreckten Hand. »Hölle, nein! Niemals.«

»Wie bitte?«

Jaz fährt sich mit einer Hand durch die Haare. »Ich will so viel mehr für dich sein als nur ein Freund, siehst du das nicht?«

Wie jetzt? Aber Vertrauen und so …?

»Entschuldige, aber du verwirrst mich. Vor dem Abendessen sagtest du noch, dass ein Kuss zwischen uns nie wieder passieren darf.« Mit erhobenen Händen mache ich zwei Schritte rückwärts. »Dieses Hin und Her, da macht mein Herz nicht mehr mit. Das Beste für mich ist, zu akzeptieren, dass du noch nicht bereit dafür bist, einer Frau zu vertrauen. Belassen wir es dabei. Das ist das Beste für alle

Beteiligten. Ein gebrochenes Herz behindert nur meine Ermittlungen. Wir sehen uns gleich im großen Saal. Danke, dass du mir hilfst, die Tinker zu überfallen. Danach werde ich dich nicht mehr belästigen. Versprochen.«

Ich sehe noch wie Jaz' Unterkiefer aufklappt, aber da drehe ich mich auch schon um und renne davon.

»Warte mal …«, ruft er mir noch hinterher.

Doch ich kehre nicht mehr zu ihm zurück.

Es ist das Beste so. Es ist das Beste so, wiederhole ich in Gedanken, während ich laufe. Das wird mein neues Mantra.

»Summerset!« Der hübsche, charmante Pirat mit der Narbe an der Augenbraue, stellt eine grüne Spielfigur auf die vor uns ausgebreitete Karte. »Wohnort der Tinker.«

»Danke, Rae, aber die meisten von uns können durchaus lesen.«

Rae zuckt mit keiner Wimper. Von Elliot weiß ich, dass er Jaz' erster Offizier ist. Die schlechte Laune seines Kapitäns scheint ihm nichts anhaben zu können. Bewundernswert. Ich beschließe, mir ein Beispiel an ihm zu nehmen und setze einen betont fröhlichen Gesichtsausdruck auf. »Wann und wie greifen wir an, Rae?« Laut der Karte liegt Summerset auf einer kleinen Anhöhe im Wald. Von hier aus vielleicht zwei Stunden zu Fuß.

»Die Feen sind uns durch ihre Fähigkeit zu fliegen überlegen, außerdem werden sie uns von ihrer erhöhten Position kommen sehen. Wir brauchen ein Ablenkungsmanöver.«

Wieder knirscht Jaz mit den Zähnen. »Danke für den unnötigen Hinweis. Also: Trevor, Sammy, Elliot und Rae, ihr sorgt für Ablenkung. Zündet ein paar Feuerwerkskörper, lockt sie raus aus Summerset. Das Kommando über diese Operation liegt bei Rae.«

Alle nicken.

»Der Rest von uns …« Jaz schiebt vier blaue Spielfiguren, die Raes Team darstellen sollen, auf eine Seite des Dorfs, dann einen ganzen Haufen Figuren auf die gegenüberliegende Seite. »… greift in genau dem Moment an. Nehmt die Fischernetze und fixiert die kleinen Biester damit am Boden. Wir haben auch Schmetterlingsnetze, die uns hierbei sicherlich gute Dienste erweisen werden. Unser Vorteil wird sein, dass die Hälfte von ihnen dem Ablenkungsmanöver folgen wird und sie zudem bei Sonnenuntergang schlecht sehen.«

Ich verschränke die Arme vor der Brust. »Verstanden.«

Daraufhin wirft mir Jaz einen Blick zu, den ich nicht deuten kann. »Falls der Werwolf noch unter Einfluss dieser Feenstaubdroge steht, werden wir ihn eventuell tragen müssen. Macht euch darauf gefasst.«

Wie er über Ever spricht … Als würde es hier nur darum gehen, ein Schiff zu überfallen und Ware zu rauben.

Wir besprechen noch ein paar Details. Verschiedene Vorschläge zum Ausmaß der Ablenkung werden durchgekaut. Endlich, als Jaz die Versammlung offiziell beendet, springe ich von meinem Stuhl auf. Mit einem Krachen landet die Lehne auf dem Fußboden. Natürlich ziehe ich damit mal wieder die volle Aufmerksamkeit der anwesenden Piraten auf mich.

»Gute Nacht«, sage ich steif. Halte dann aber inne, da ich gar nicht weiß, wo ich schlafen soll.

Als hätte er meine Gedanken erraten, lehnt sich Jaz in seinem Kapitänsstuhl zurück. »Du kannst mein Bett haben.«

Einige aus seiner Mannschaft pfeifen, bis er sie durch bitterböse Blicke zum Schweigen bringt. »Ich werde bei Asher schlafen. Kein Grund für diese übertriebene Heiterkeit, Jungs.«

Ich schlucke. Also wieder Jaz' Himmelbett.

Als ich seinen Blick auffange, meine ich, so etwas wie Enttäuschung darin zu lesen. Oder ist es einfach abgrundtiefe Traurigkeit? Ich kann es nicht sagen.

Langsam nicke ich, ringe mir sogar ein leises »Danke« ab, dann drehe ich mich um und sehe zu, dass ich so schnell wie möglich verschwinde. Morgen um fünf Uhr abends werden wir aufbrechen. Ich muss nur noch ein paar Stunden durchhalten. Es ist das Beste so.

Mitten im Laufen schmecke ich Salz auf meinen Lippen. Eine einsame Träne hat sich ihren Weg von meinem rechten Auge bis zu meinem Mund gebahnt.

Kapitel 12

Als ich in Jaz' Bett liege, finde ich einfach nicht in den Schlaf. Was nicht nur an meinen wirren Gedanken und aufgewühlten Gefühlen liegt. Denn sowohl über mir an Deck als auch vom Speisesaal her, höre ich Geschirr klirren und ab und zu auch Zinnkelche gegen die Wand donnern. Da werden morgen sicherlich einige Piraten mit Kopfschmerzen in den Seilen hängen. Diese Mannschaft feiert die Feste eben, wie sie fallen. Geradezu bildhaft kann ich mir dazu einen missmutig dreinschauenden Jaz vorstellen, der stumm danebensitzt, während alle anderen Spaß haben.

So richtig glücklich hat er seit meiner Ankündigung, nur eine Freundin für ihn sein zu wollen, nicht gewirkt. Was mir natürlich eigentlich egal sein kann. Nur muss ich zugeben, dass es irgendwie nicht so einfach ist, loszulassen. Obwohl mir mein Verstand rät, mich auf meine Mission zu konzentrieren: Ever und die Prinzen retten. Mein Herz sieht das offenbar ganz anders.

Es ist das Beste so. Ich werfe mich von einer Seite zur anderen, zerwühle die Bettlaken, fächere mir Luft zu, um die schwüle Nachttemperatur erträglicher zu machen. Jaz' Geruch klebt an einfach allem. Es ist nicht zum Aushalten.

Irgendwann gebe ich auf und fasse den vagen Entschluss, an Deck zu gehen. Ein paar Sterne unter frischem Wind zu zählen, hört sich für mich ganz gut an, um zur Ruhe zu finden.

Ich rutsche aus dem Bett. Meine Schenkel kleben praktisch aneinander und das, obwohl ich vor Kurzem erst geduscht habe. Noch einmal. Kalt. Um mich abzureagieren.

Auf Zehenspitzen schleiche ich an Deck. Trotzdem kann ich nicht verhindern, dass ich auf die ein oder andere knarrende Holzdiele trete. Hoffentlich hört das niemand aus der Besatzung. Ich will niemanden wecken und schon gar keinen Wert lege ich auf Gesellschaft in dieser Nacht. Das Schiff wiegt sich sanft auf einer Welle, die heranschwappt, als ich die Treppe am Heck emporklettere. Tatsächlich leuchten tausende von Sternen am Himmel über Neverland. Der Anblick ist berauschend. Ich lege den Kopf in den Nacken und staune. Das müssen doppelt so viele sein, wie man sie über dem Märchenwald sieht. Dafür wirken sie kleiner, wie zerstoßene Goldsplitter. Meine Beine tragen mich bis zu Reling, von wo aus ich das Land mit der felsigen Küste gut im Blick habe. Ob Ever wohl auch gerade nach oben zu den Sternen schaut?

Eine Weile starre ich hinauf. Die Wellen und meine regelmäßigen Seufzer sind die einzigen Geräusche, die mich dabei begleiten. Bis ich schließlich ein Räuspern hinter mir vernehme.

Ständig räuspert sich hier jemand auf dem Schiff.

»Red.« Die Stimme gehört eindeutig Jaz. Und die Art, wie er meinen Namen ausspricht, schickt ein kleines Erdbeben durch meinen Körper. Meine Finger umklammern das Holz der Reling. Der Drang, mich umzudrehen, ist stark, doch ich gebe ihm nicht nach. Soll er doch zu mir kommen, wenn er etwas von mir will.

Tatsächlich höre ich ihn auf mich zulaufen. Dann steht er neben mir.

Ich atme tief ein.

Genau wie ich legt er beide Hände auf die Reling, betrachtet die Klippen von Neverland. »Kannst du nicht schlafen?«

Ich nicke.

Aus dem Augenwinkel werfe ich ihm einen schnellen Blick zu. Er trägt ein enges graues Schlafshirt und eine lockere Sporthose, die nur bis zur Hälfte seiner Oberschenkel reicht. Beides betont seinen Körperbau. Jetzt dreht er sich auch noch in meine Richtung.

Hastig richte ich meinen Blick wieder nach vorn.

»Es tut mir leid, dass ich dich verwirrt habe, Red. Du hast recht. Ich habe mich wie ein Arsch verhalten.«

Diese Einsicht von ihm entlockt mir ein Schmunzeln.

»Ich weiß, was du denkst. Jaz ist ein emotional gestörter Typ, der nicht fähig ist, eine Beziehung einzugehen.«

Wenn er das so formulieren möchte …

»Aber ich möchte es so sehr«, fährt er fort. »Gibst du mir eine Chance?«

Meint er das ernst? Während ich noch an meiner Unterlippe nage, drehe ich den Kopf in seine Richtung.

»Eine Chance wofür?« Eigentlich weiß ich, was er meint, aber ich muss es von ihm hören.

»Dich kennenzulernen. Nach einem Tag mit dir kann ich mir irgendwie nicht mehr vorstellen, dich gehen zu lassen. Ich weiß, das klingt komisch.«

Ich lache auf. »Ein wenig gruselig vielleicht. Aber andererseits, obwohl ich dich erst so kurz kenne, fühle ich, dass da etwas zwischen uns ist …« Mein Herz scheint auf die doppelte Größe anzuschwellen, als ich es ausspreche.

Er greift nach meiner Hand. »Dann lass uns herausfinden, was das genau ist, das da zwischen uns.«

Rational betrachtet scheint sein Vorschlag die beste Lösung zu sein. Jedenfalls, wenn mir die Zeit dafür bliebe. Obwohl, ich könnte nach meiner Mission zu ihm zurückkehren und dann würden wir sehen, ob uns nur das Adrenalin unseres Abenteuers verbindet oder mehr …

»Wie klingt das?«, hakt er nach.

»Vernünftig«, sage ich. »Nein, es klingt gut.«

Er lächelt, zieht mich an sich.

Wie selbstverständlich lehne mich an seine Schulter, er legt einen Arm um mich. Alles fühlt sich so natürlich an. Eine perfekt einstudierte Choreographie unserer Körper. Mein Kopf schmiegt sich wie angegossen an die Kuhle an seinem Hals. So als seien wir das Gegenstück des jeweils anderen. Wie Yin und Yang.

Sein Atem streift über meinen Haarschopf. Ob er sich auch so fühlt? Als sei er zu Hause angekommen?

»Bitte geh morgen nicht einfach ohne ein Wort weg, nachdem wir den Hipster befreit haben, versprichst du mir das?« Seine Stimme zittert, als er die Frage stellt. »Wenigstens ein kurzer Abschiedskuss, bevor du die Prinzen suchen gehst, ja?«

Die Frage verwirrt mich. Für wie brutal hält er mich bitte? Als ob ich ihn morgen einfach so verlassen würde. »Natürlich nicht.«

»Natürlich nicht«, murmelt Jaz. Danach lehnt er seine Wange an meine Stirn.

Zur gleichen Zeit im Märchenwald

~Snow~

Zufrieden betrachtet Snow das Spektakel, das sich in Rexias Lebkuchenhaus abspielt. Die schwer abgemagerte Hexe windet sich unter den Griffen von Rose und Rapunzel, während Cinder ihr wahllos Süßigkeiten in den Mund stopft. »Sag uns die Wahrheit! Hast du unsere Ehemänner verschleppt oder gesehen?«

»Hmpf«, röchelt die Hexe, die sich beharrlich weigert, Cinders Zimtsterne zu schlucken. »Hört auf damit, das ist Folter!«

Snow zuckt mit den Schultern. Es ist ihr deutlich anzumerken, dass es ihr herzlich egal ist, was Rexia will oder fühlt. Für Snow ist Rexia nur eine kinderfressende alte Frau mit zu vielen Schönheits-Operationen, Magerwahn und mit per elektronischer Fußfessel geregeltem Hausarrest. »Nein. Ich bin sicher, die Jäger sehen das hier nicht als Folter an. Genau genommen füttern wir dich nur und führen dabei ein Gespräch.«

»Ja, du musst die Feinheiten beachten«, meint Rapunzel.

Die Hexe wirft ihr einen bitterbösen Blick zu. Ihre rotbraunen Locken fallen ihr zerzaust in die faltenfreie Stirn.

Es ist Rose, die dieses Mal ihre Trumpfkarte ausspielt. »Verrate uns einfach, was wir wissen wollen und im Nu sind wir wieder verschwunden.«

Das Angebot klingt sicher verlockend für Rexia. Man kann es förmlich in ihrem Hirn rattern hören. »Ich weiß nichts von euren Ehemännern.« Sie hustet und ein paar Kekskrümel landen auf dem Teppich. »Aber Bane, sie müsste Bescheid wissen, denn sie hatte auf WKWH ein Bild gepostet, auf dem deutlich zu sehen war, wie mehrere Märchenprinzen von vermummten Gestalten in eine Kutsche gestopft werden.«

»Na also. Geht doch.« Durchaus zufrieden wirft Cinder die verbliebenen Kekse einfach über ihre Schulter. »Da hätten wir es. Deine

Stiefmutter …« Sie betont das Wort, als sei es Rattengift und nickt dabei in Richtung Snow. » … hat alles mitangesehen.«

»Aber nicht eingegriffen«, pflichtet ihr Rapunzel bei.

»Pfff«, schnaubt Cinder. Sie wirft ihren Freundinnen einen geringschätzigen Blick zu. »Was erwartet ihr von einer bösen Stiefmutter, die gleichzeitig eine Hexe ist? Sicher keine Gute-Nacht-Geschichte über Tierbabys.«

Auch wieder wahr.

»Könntet ihr vielleicht draußen …«, wirft Rexia ein.

»Halt die Klappe oder ich hole die Sprühsahne«, unterbricht Cinder die Hexe. Das wirkt. Rexia verzieht das Gesicht. Sie kann nicht mehr als fünfundvierzig Kilo wiegen. Ihre Arme stechen aus dem roten Wickel-Seidenkleid hervor wie die Flügel eines Brathähnchens. Ihr Gesicht hat allen Fettanteil verloren. Dünne Haut spannt sich über ihrem Schädelknochen. Es fühlt sich beinahe so an, als würde man mit dem Skelett aus dem Biounterrichtssaal in der Schule sprechen. Dafür sitzen ihre rotbraunen Extensions einwandfrei. Ihre Haare sind wunderbar einfallsreich frisiert, an manchen Stellen mit kleinen Zöpfchen und Perlen durchzogen. Zeit hat sie ja dafür. Mit ihrer neuen Diät scheint sie es allerdings deutlich zu übertreiben. (»Seit 2002 kinderfrei« – verkündet ein großes Holzschild über ihrem Kamin.) Beziehungsweise übertreibt sie es in den Augen von Snow dahingehend gewaltig. So dünn zu sein, und das in ihrem Alter, ist wirklich ungesund.

»Wenn ich herausfinde, dass du doch irgendetwas mit der Entführung der Prinzen zu tun hast, dann komme ich wieder. Mit einem Jahresvorrat an Buttercremetörtchen, verstanden?«, knurrt Snow.

Die Hexe erschauert.

»Ich sehe, wir verstehen uns.« Snow schraubt Cinders Selfiestick auseinander und benutzt ihn dann wie einen Golfschläger, um eine Mozartkugel vor ihren Füßen abzuschlagen. Die Kugel landet in einer Schale mit Duftölen neben dem Kamin.

Rexia beobachtet das Ganze argwöhnisch.

»Weißt du zufällig etwas über ein verlorenes Kind, Hexe?«

»Gibt es dazu nicht einen Indiana-Jones-Film?«

»Den meine ich nicht. Sondern hier bei uns. Sagt dir die Bezeichnung *verlorenes Kind* etwas?«

»Ja, du hast es nicht zufällig gegessen?«, hakt Cinder nach.

Mit einem zornfunkelnden Blick für Cinder, deutet die Hexe mit dem Kinn auf das Holzschild über dem Kamin. »Ich lebe inzwischen vegan. Was macht euch eigentlich so sicher, dass eure Ehemänner entführt wurden? Vielleicht hatten sie nur genug von euch und …«

»Genug?«, presst Snow hervor. »Wie könnte jemand jemals genug von mir haben?«

Deutlich hörbar atmet Rose sehr, sehr tief ein und hält dann die Luft an.

Rexia holt ebenfalls einmal tief Luft. »Nenn mich altmodisch, aber ist es nicht gerade unter euresgleichen Adeligen üblich, sich gegenseitig zu betrügen? Ich schaue viele Seifenopern.«

Daher also ihre Expertenmeinung.

Snow legt den Kopf schief. »Mir gefällt nicht, in welche Richtung sich deine Andeutungen bewegen.«

»Mir ebenso wenig.« Mit verschränkten Armen baut sich Cinder neben Snow auf. »Niemals hätte ich nur im Traum daran gedacht, etwas mit einem Mann meiner Freundinnen anzufangen.«

In diesem Moment hustet Rapunzel auffällig.

Cinder fährt zu ihr herum. »Willst du damit etwas andeuten?«

Langsam lässt Rapunzel den Arm der Hexe los. Rexia scheint für sie aktuell die kleinere Gefahr darzustellen. »Ich erinnere dich da kurz an die Schaumparty letzten Sommer, an der du so betrunken warst, dass du unsere Ehemänner ›verwechselt‹ hast.« Mit ihren Zeigefingern malt sie Anführungszeichen in die Luft.

»Das war EIN Kuss!«, keift Cinder.

»Ein Kuss zu viel!«

Jetzt richtet sich auch Rose auf. »Wenn du schon Rapunzels Ehemann geküsst hast, Cinder, bei wem könnte dir noch ein Fehler unterlaufen sein?«

»Bei Niemandem. Außerdem musst du gerade reden! Bist du nicht neulich auf Prinz Philips Schoß eingeschlafen?«

Darauf entbrennt eine handfeste Rangelei. Die vier Prinzessinnen raufen sich am Boden. Das Reißen von Stoff ertönt zwischen wütenden Aufschreien.

Nur Rexia betrachtet das Spektakel auf ihrem Wohnzimmerteppich zufrieden.

»Wenn du mit meinem Ehemann im Bett warst, dann Gnade dir die Schneekönigin!«, kreischt Snow, die Rose im Schwitzkasten hält.

»Hör auf, Snow! Als ob! Das ist doch lächerlich. Die Hexe spielt uns nur gegeneinander aus. Sieh doch!« Rose, die wahrscheinlich einzige logisch denkende Prinzessin nickt in Richtung Rexia, die sich hörbar ins Fäustchen lacht.

Nach kurzem Überlegen lässt Snow tatsächlich von ihrer Freundin ab.

Nur Cinder und Rapunzel kullern immer noch fest ineinander verkeilt über den Boden. Geduldig versucht es Rose noch einmal mit Vernunft bei ihnen. »Lasst gut sein, Mädels. Rexia versucht uns zu manipulieren. Sie beherrscht Flüstermagie. Richtig?«

»Das ist korrekt.« Offenbar ist Rexia nicht darum verlegen, die Wahrheit zuzugeben.

»Passt auf, was sie euch einflüstert!« Rose packt sich wieder Rexias Arm. »Das Miststück hat uns dazu gebracht, sie loszulassen und uns gegenseitig zu bekämpfen.«

Blitzschnell rappelt sich Rapunzel auf. »Alte Lügnerin!«

»Pff«, schnaubt die Hexe. »Alt vielleicht, aber an welcher Stelle habe ich bitte gelogen?«

»Na, na …« Blinzelnd sieht Rapunzel sich um. »Überall! Sicher hast du auch bei deinem Schild gelogen! Als ob du seit 2002 kein Kind mehr verspeist hättest!«

»Ja, wieso hättest du einfach so aufhören sollen?«, schaltet sich nun auch Cinder ein. »Hast du eine Therapie gemacht, oder was?«

Die Hexe bläst sich eine Haarsträhne aus dem Gesicht. »Ja, so etwas in der Art. Eine Therapie gegen meine natürliche Veranlagung. Meine Störung, wie manche behaupten würden. Aber jetzt, ihr Herzchen, wie wäre es, wenn ihr verschwindet? Ihr könnt euch auch noch einen Lebkuchen auf die Hand nehmen.« Ihre Stimme klingt plötzlich zuckersüß.

Drohend hebt Snow einen Zeigefinger. »Ah, ah! Denk nicht mal dran, Hexe! Mädels, kämpft dagegen an!«

Rexia wiegt sich zwischen den Prinzessinnen hin und her. Inzwischen ist ihr Kleid deutlich in Mitleidenschaft gezogen worden. Vor allem an der Hüfte über ihren hervorstehenden Knochen, wirft der rote Stoff Knitterfalten.

Eigentlich hätte Snow gern mehr über diese Therapie gegen die kannibalistische Veranlagung von Rexia erfahren. Möglicherweise wäre das ja eine Revolution in Sachen Hexenbekämpfung. Allerdings ist ihr die Flüstermagie nicht geheuer. Daher versucht sie, ihre Fragen abzukürzen. »Eine letzte Frage, dann gehen wir. Welche Hexe, die du kennst, verfügt über Chaosmagie?«

Rexia überlegt einen Moment. »Mir ist keine bekannt. Nur die Magier im Morgenland, soweit ich weiß. Und Gerüchten zufolge hat sich die Herzkönigin kürzlich Chaosmagie antrainiert. Warum interessiert euch das?«

Die Antwort rutscht Snow einfach so heraus. Verfluchte Flüstermagie! »Das magische Wollknäuel von Fear, das uns die Richtung der Entführer anzeigen sollte. Es hat an einer Kreuzung spontan die Richtung gewechselt.«

Rexia lacht laut auf. »Und ihr glaubt, das liegt an der Chaosmagie? Ihr teilt euch wirklich zu viert den IQ einer Eintagsfliege.«

Die Prinzessinnen blinzeln. Sofort ist Snow auf hundertachtzig. »Du beleidigst uns, Hexe? Bekommt dir die Kinderdiät nicht gut, oder was?«

»Die habe ich schon lange überwunden. Man kommt relativ einfach davon los, wenn man selbst Kinder bekommt. Beste Suchttherapie. Hat sofort angeschlagen.«

»Was?« Rapunzel klappt das Kinn herunter.

»Ja, ich bekam eine kleine Tochter, und zwar von einem …«

Sichtlich angeekelt schüttelt Cinder den Kopf, hebt dann eine Hand. »Bitte! Zu viel Information. Zurück zum Wollknäuel. Was könnte hinter seiner Richtungsänderung stecken?«

»Ganz einfach«, seufzt Rexia. »Jemand hat versucht, euch auf eine falsche Spur zu locken. Die Entführer der Prinzen haben einen Umweg eingeschlagen, um euch abzuschütteln. Auf jeden Fall, um euch so weit zu verwirren, dass ihr den falschen Weg einschlagt. Und wenn man euch so ansieht, hat das ziemlich gut funktioniert.«

»Dieses gehässige Grinsen auf deinen Lippen könnte adipöse Folgen für deine Gesundheit haben, Hexe«, murrt Rapunzel. Sie lässt ihre Knöchel knacken.

»Wenn das dann alles ist …« Rexia strafft scheinbar unbeeindruckt die Schultern. Dabei reckt sie das Kinn gebieterisch, ganz so, als sei sie hier die königliche Hoheit und nicht ihre vier »Gäste«. »Dann würde ich mich freuen, wenn ihr meine Haustür gleich von außen schließt.«

»Sie will, dass wir verschwinden«, schlussfolgert Rapunzel messerscharf.

Doch Snow hat andere Pläne, zieht bereits ihren Schminkspiegel aus der Tasche. »Spieglein, Spieglein in meiner Hand, zeig mir den schlausten Spiegel im ganzen Land.«

»Das wäre dann wohl ich.« Mit einem kleinen Plopp erscheint Spiegleins zufriedenes Gesicht.

»Hallo Spieglein, du wirst es nicht glauben, aber die Hexe …«

»Wie, welche Hexe?« Spieglein runzelt die Stirn.

Wieder eine Unterbrechung, auf die Snow gut und gerne hätte verzichten können. Dennoch dreht sie Spieglein so, dass er Rexia ansehen kann. »Die da.«

Vor Entsetzen kreischt Spieglein laut auf. »Um Frau Holles willen, wer ist diese Kreatur? Dreh mich weg, dreh mich weg. Der Anblick ist zu fürchterlich.«

»Schon gut, schon gut«, gibt Snow nach. »Aber halt mal die Kugel flach. Du hast doch schon einige geflohtoxte Hexen gesehen, oder nicht?«

»Korrekt. Aber die hier setzt neue Maßstäbe. Hat einer für diese Hexe die Abwrackprämie kassiert? Wenn nicht, selbst schuld. Das ist ja, wie wenn man Märchenwalds Next Topmodel mit The Walking Dead kreuzt und zwei Hautstraffungen nachschiebt. Davon werde ich tagelang Albträume bekommen.« Spieglein schüttelt sich.

»Ja, das liegt im Bereich des Möglichen.« Snow wirft Rexia einen flüchtigen Blick zu. Die Hexe gibt vor, der Unterhaltung nicht zu folgen, presst ihre Lippen aber fest aufeinander. »Aber zurück zum Thema. Die Hexe behauptet zu wissen, dass die Entführer einen Umweg über Neverland gemacht haben, um uns zu verwirren. Die Prinzen halten sie aber wahrscheinlich inzwischen irgendwo in Wonderland gefangen. Könntest du vielleicht durch ein paar Spiegel in Wonderland wandern und versuchen, etwas in Erfahrung zu bringen?«

»Hm.« Nachdenklich stößt Spieglein ein paar Schmatzgeräusche aus.

Angelockt von den letzten Einzelheiten, späht Cinder über Snows Schulter.

»Meine Prinzessinnen: Wie viele Bösewichte kennt ihr in Wonderland? Wenn jemand zu einer Entführung fähig wäre, wer könnte das sein?«

»Die Herzkönigin«, antworten Snow und Cinder gleichzeitig.

»Ganz genau. In ihrem Schloss werde ich mit der Suche beginnen.«

»Einverstanden.« Snow nickt ihm zu. »Falls sie es doch nicht war, verfolgen wir zuerst noch die Spur zur Zeugin der Entführung, bevor wir uns auf den Weg nach Wonderland machen. Laut Rexia hat Bane, meine Stiefmutter, das Bild von der Entführung unserer Ehemänner geschossen.«

»Bane? Ist die nicht in die unüberwindbaren Kerker gesperrt worden? Wie wollt ihr es da rein schaffen?«

»Bekommen wir schon irgendwie hin. Sorgst du dafür, dass Red über all das informiert wird? Wir sollten uns alle treffen und mir wäre es lieber, wenn sie ohne diesen Hipster-Wolf auftaucht. Und auch ohne Hook«, fügt Snow hinzu. »Sag ihr das.«

»Wird gemacht. Und viel Glück euch bei Bane!«

~Red~

Angestrengt starre ich auf den Betthimmel. Vor ein paar Minuten hat Jaz mich nach unten begleitet, ist dann aber ganz gentlemanmäßig nach einem Abschiedskuss in Ashers Zimmer zurückgekehrt.

Jaz' Bitte, ihn nicht wortlos zu verlassen, sobald wir Ever zurückgeholt haben, spult sich in einer Endlosschleife in meinem Kopf ab. Eine Vorahnung schleicht sich in meinen Magen. Warum habe ich nur das Gefühl, dass Jaz' Sorge nicht unbegründet ist? Warum auch immer ahne ich, dass es genauso kommen wird.

Selbst meine Augenlider zittern bei dem Gedanken. Ich kralle meine Finger in das Bettlaken. Wegen der Hitze habe ich die Bettdecke komplett weggestrampelt. Beinahe muss ich mich zwingen, zu atmen. Alles scheint mich zu erdrücken. Ein Schweißtropfen rinnt meinen Brustkorb hinab Richtung Bauchnabel, während vor meinen Augen abwechselnd Evers und Jaz' Gesicht auftaucht.

Am nächsten Morgen kommt beim Frühstück wieder Asher auf meinen Schoß gekrabbelt. Gemeinsam teilen wir uns einen Teller Rührei. Dieses Mal essen wir oben an Deck unter der Sonne. Die Piraten haben extra alle Tische und Stühle nach oben geschleppt. Dafür bin ich ihnen dankbar. Wahrscheinlich habe ich einfach zu oft und zu lange die Bemerkung fallen lassen, wie schön es wäre, unter der Sonne zu frühstücken, während einem eine Meeresbrise durch die Haare streicht.

Ungefähr alle dreißig Sekunden dreht Asher den Kopf, um mich anzusehen. Dabei lächelt er so glücklich, als hätte er ein Frühstück wie dieses lange vermisst.

Ich wuschle ihm durch die Haare. »Hast du heute Nacht denn gut schlafen können? Oder hattest du ständig eine Hand oder einen Fuß von deinem Vater im Gesicht?«

Asher kichert.

Von Jaz, der uns gegenübersitzt, ernte ich ein ersticktes Husten.

»Eigentlich war es ganz okay«, antwortet der Mini-Pirat zwischen zwei Bissen Rührei. »Obwohl ich nicht verstehe, warum wir uns das Kinderbett teilen, wo ihr beiden euch doch auch das Kapitänsbett teilen könntet.«

Als hätten wir uns abgesprochen, laufen Jaz und ich sofort rot an. Nur hat er das Glück, sich hinter seiner Zeitung verstecken zu können, die eben per Pelikan aufs Schiff geliefert wurde.

»Warum wirst du rot, Red?«, will Asher wissen. »Hast du was angestellt?«

Schnell nehme ich einen Schluck Saft, dann sage ich: »Nein, alles gut. Nichts angestellt.«

Als ich Jaz fixiere, wirft er mir einen Blick zu, aus dem ich ablesen kann, dass er es durchaus schade findet, dass wir beide noch nichts gemeinsam angestellt haben. Aber ich atme einfach nur tief ein und widme mich dann wieder meinem Rührei.

Nicht vor der ganzen Mannschaft, sage ich mir.

Trotzdem kichern die anderen Piraten bereits, stoßen sich immer wieder gegenseitig an, um dann in meine und Jaz' Richtung zu nicken.

Tatsächlich kommt Elliot irgendwann zu uns herübergeschlendert und fragt, ob ich jetzt für immer bei ihnen bleibe. Und ob ich ihm dann Stricken beibringen kann.

Ich beantworte beide Fragen mit einem vagen Lächeln und schicke ihn dann weg, wobei ich versuche, Jaz' Gelächter zu ignorieren.

»Stricken?«

Über meine Gabel mit Speck schenke ich Jaz einen Augenaufschlag. »Wäre dir Häkeln lieber?«

»Mir wäre eigentlich alles lieber als Stricken.«

»Aha, verstehe. Lass den Jungen doch seine Hobbys ausleben. Mit Meerjungfrauen flirten kann ja nicht jedermanns Lieblingsbeschäftigung sein.« Das kam spitzer über meine Lippen als beabsichtigt. Doch jetzt ist es raus, ich kann es nicht mehr zurücknehmen und nur noch den Impuls unterdrücken, über mich selbst den Kopf zu schütteln.

»Das mit den Meermädchen ist lange vorbei. War eine Jugendsünde.«

Mittlerweile ist es still um uns geworden. Die komplette Piratencrew folgt unserem verbalen Schlagabtausch.

»Ist okay, Jaz.« Elliot hebt beide Hände. »Dann lerne ich eben nicht stricken, was soll's.«

»Doch«, sage ich bestimmt. »Du lernst es.«

Daraufhin atmet Jaz so geräuschvoll ein, dass die anderen Piraten besorgte Blicke austauschen.

»Asher, gehst du schon mal vor zum Schwerttraining? Ich habe noch etwas mit Red zu besprechen.«

Asher wirkt nicht gerade glücklich über die Anweisung seines Vaters, rutscht aber letztendlich doch von meinem Schoß.

Kaum ist er weg, packt Jaz mich am Arm, zieht mich fort vom Tisch. »Bitte untergrab vor meiner Mannschaft nicht ständig meine Autorität!«

»Bitte was?« Ich muss lachen.

»Da schon wieder!« Mit dem Zeigefinger deutet er auf meinen Mund.

Natürlich starren uns alle Piraten interessiert an, so als seien wir die Daily Soap im Bezahlfernsehen. Alle haben sich auf ihren Stühlen zu uns umgedreht. Die kleineren Jungs recken die Hälse, um besser sehen zu können. Wahrscheinlich fragt gleich einer von ihnen nach Popcorn.

»Küssen! Küssen!«, brüllt plötzlich jemand los. Fäuste werden auf den Tisch gehauen.

»Küssen, küssen, küssen!«, stimmen die anderen Piraten mit ein.

»Jetzt im Kanon!«, ruft Trevor verzückt und streicht sich über seine Bartstoppeln.

Ach verdammt.

»Küssen! Küss sie, Jaz!« Die Piratenrufe werden immer lauter, zerren an meinen Nerven, sodass ich gequält die Augen zusammenkneife. Das ist jetzt ungünstig.

»Auch das noch«, seufzt Jaz, dann zieht er mich unvermittelt an sich.

Erschreckenderweise finde ich das gar nicht so schlimm. Vorgestern hätte ich jeden, der das versucht hätte, wohl in tausend kleine Stücke gehackt, aber jetzt prickelt jede Faser meines Körpers unter seinen Berührungen. Und mir gefällt, wie er mich immer an sich zieht.

Vielleicht ist Verliebtsein tatsächlich mit Magie gleichzusetzen, schießt es mir durch den Kopf.

Aber dann kann ich gar nichts mehr denken, denn vor den Augen aller küsst Jaz mich. Schon wieder! Und zwar mit vollem Körpereinsatz.

Die Piraten johlen. Außer Elliot, der gespielte Würgegeräusche von sich gibt.

Und mir schießt mal wieder die Hitze in den Kopf. Bedingt durch den Kuss und unser Publikum.

»Ähm, ja, ist gut jetzt«, sage ich nach ein paar Sekunden und löse mich von ihm. »Es haben alle kapiert.«

Jaz grinst. Seine Augen glänzen.

Na schön. Immerhin hat er wieder gute Laune. Ich zwicke ihn in die Seite, will mich dann an ihm vorbeischieben, doch er hält mich zurück. »Warte.« Er kramt in seiner Tasche. »Hier. Funktioniert wieder.« Mit einem selbstzufriedenen Ausdruck auf den Lippen hält er mir mein Handy unter die Nase. »Der Reis hat seine Magie gewirkt.«

»Was?«, japse ich. »Wahnsinn! Tausend Dank.«

Vor lauter Freude lasse ich mich dazu hinreißen, ihm um den Hals zu fallen.

Natürlich nutzt er diese Geste aus, um mich hochzuheben.

»Lass das«, lache ich.

Aber Jaz packt mich nur fester um die Hüften und wirbelt mich dann im Kreis herum.

»Okay, okay«, werfe ich schließlich ein. »Wenn du nicht wieder Kotze auf deinen Schuhen haben willst, lässt du das besser sein. Langsam wird mir schwindelig.«

Glücklicherweise scheinen das die richtigen Worte zu sein, denn Jaz setzt mich postwendend auf dem Boden ab.

Ich ziehe an meiner Shorts. Glücklicherweise trage ich meine alten Klamotten von gestern wieder. Hellblaue Bluse, schwarze Shorts und rotes Cape. Inzwischen wieder trocken, aber ohne Weichspülerduft.

»Okay, Jungs, die Show ist vorbei!«, ruft Jaz seiner Crew zu. Dann verschränkt er seine Finger mit meinen. »Kümmert euch wieder um euren eigenen Kram. Red und ich gehen unter Deck und sehen uns die Landkarten genauer an.«

»Oh«, sagt Smurfie. »Ist das das neue ›Ich zeige dem Mädchen meine Briefmarkensammlung‹?«

Seine Freunde feixen.

»Nicht lustig«, knurrt Jaz an meiner Seite. »Nicht lustig.«

Bei Smurfies Worten galoppiert mein Herz wie ein verschrecktes Fohlen auf und ab. Irgendwie ist mir die Situation unangenehm. Automatisch verkrampfe ich, zerquetsche Jaz fast die Hand, was er ohne zu zucken erträgt.

»Jaaa«, murmle ich. »Gib mir noch eine Minute, Jaz. Ich will noch einen Blick durch das Fernrohr auf Neverland werfen.« Damit nicke ich in Richtung des oberen Decks. Oberhalb der Treppe, nahe des Steuerrads, haben die Piraten ein Fernrohr auf einem festgeschraubten Ständer montiert. Vor dem Frühstück bei meinem Streifzug durch das Schiff habe ich es bemerkt.

»Okay, aber beeil dich.« Jaz scheint mich gar nicht loslassen zu wollen. Sein Blick haftet an mir. Vielleicht interpretiere ich zu viel hinein, aber ich habe das Gefühl, Wehmut in seinen Augen aufblitzen zu sehen.

»Nur ganz kurz«, versichere ich ihm.

Seufzend drückt er mir einen Kuss auf die Stirn.

An sich gefällt mir an ihm, dass er es langsam angehen lässt. Nur ab und zu übertreibt er doch etwas mit seinem Beschützerinstinkt.

Mit gemischten Gefühlen drücke ich seine Hand. Irgendetwas irritiert mich an der Situation, aber ich kann nicht sagen, was es ist.

Als ich mich von ihm löse und auf die Treppe zugehe, die auf das Plateau am hinteren Schiffsteil führt, spüre ich seine Blicke in meinem Rücken. Wirklich, er übertreibt. Als ob er die ganze Zeit auf mich achten müsste, weil überall Meermädchen oder andere Kreaturen lauern, die mich packen und entführen wollen. Ich schüttele den Kopf. Das hier ist vielleicht nicht mein Land, sind nicht meine Gefahren, aber hilflos bin ich dennoch nicht.

Noch zwei Schritte, dann habe ich das Heck des Schiffes erreicht.

Hinter mir höre ich die Piraten ein Lied anstimmen. Sie schunkeln und einige scheinen eine Essensschlacht zu veranstalten.

Aber mein Ziel ist das Fernrohr. Meine Hände umschließen das kühle Metall. Früher hat mir Großmutter auf dem Dachboden einmal gezeigt, wie man es nach den Sternen ausrichtet. Heute möchte ich damit Neverland absuchen. Nach einer Spur von Ever. Nach Summerset.

Links von mir hat es die Sonne gerade so über die Wasseroberfläche geschafft. Dann muss der Märchenwald genau hinter mir liegen. Aber für einen Blick auf meine Heimat verschwende ich keine Zeit.

Wie von selbst fliegen meine Hände über das Fernrohr, drehen und schieben, bis ich es exakt so eingestellt habe, dass man die grüne Insel gut sehen kann. Das Fernrohr erlaubt mir, alles der Reihe nach abzutasten. Ich erkenne den langsam ansteigenden Weg in Richtung Wasserfall. Nur die Anlegestelle des Schiffs der verlorenen Jungs kann ich von hier aus nicht entdecken. Dann ist da überall Wald. Aus Baumkronen schwingen sich Vögel in die Lüfte. Hören kann ich sie nicht, nur sehen. Die Piratenessensschlacht und das Rauschen der

Wellen würde sicherlich auch Vogelgeschrei ganz in der Nähe übertönen, aber diese Inselvögel schreien noch viel weiter entfernt. Weiter taste ich die Insel ab. In der Ferne erhebt sich eine graue Hügellandschaft und ich meine, Indianerzelte erkennen zu können. Dann muss das Tigerlillys Dorf sein. Auf der Karte war es ganz am anderen Ende der Insel eingezeichnet. Doch das interessiert mich nicht. Ich senke das Fernrohr wieder ein wenig, suche die Insel nach Summerset ab. Nach dem Dorf der Tinker.

Zwar habe ich die Landkarte relativ gut im Kopf, dennoch gelingt es mir nicht, das Dorf ausfindig zu machen. Gerade will ich noch einmal von vorn beginnen, da höre ich ein Surren, das schnell zu einem Zischen anschwillt.

»Da ist Peter Pan!«, schreit einer der Piraten. Urplötzlich erstirbt die Essensschlacht.

Was? Wo? Rufe erschallen. Auch ich drehe mich verwundert um, lege den Kopf in den Nacken. Doch ehe ich überhaupt reagieren kann, kracht jemand neben mir aufs Deck, wobei er mich mitreißt und zu Boden zieht.

Mein Handgelenk knackt, als ich mich damit am Boden abzufangen versuche.

»Na, das mit dem Landen musst du aber noch üben«, sagt jemand irgendwo über mir. Eine mir unbekannte Stimme.

Rasch rapple ich mich wieder auf, blinzle die Sterne vor meinen Augen weg, die der Schmerz in meinem Handgelenk erzeugt. Etwa fünf Meter über mir schwebt ein Junge in komplett grüner Kleidung, außerdem trägt er einen ähnlichen Hut, den auch die Jäger im Wald benutzen, über seinen rotbraunen Haaren. Sein Lächeln zeugt von einer großen Portion Selbstbewusstsein und Unbeschwertheit. Ihn flankieren gut ein Dutzend winziger Tinkerfeen. Alle in lustige Haushaltsaccessoires wie Nadelkissen gekleidet und mit grimmigen Gesichtern. Tinkerneat schwebt genau in der Mitte neben dem Jungen.

Rechts von mir sehe ich, wie sich Ever den Kopf hält. Er ist da also gegen mich geprallt. Ever!

Auf einmal lege ich die Melancholie, die mich die letzten vierundzwanzig Stunden seit unserer Trennung begleitet hat, ab wie einen Wintermantel. Wie hat er mich nur gefunden?

Ich will ihn umarmen, aber da kommt schon Jaz auf mich zugerannt, packt mich mit einem Griff und schiebt mich hinter sich. »Lasst sie in Ruhe. Ihr bekommt Red nicht, ihr neidischen Kinder!«

Was? Ich blinzle verwirrt. Jaz lässt die Muskeln unter seinem grauen Langarmshirt spielen. Fauchend schwingt er ein Schwert, das er sich offensichtlich aus dem Waffenarsenal unter der Treppe geschnappt hat. Es ist ganz verstaubt.

»Käpt'n James Hook.« Peter Pan gibt ein schnalzendes Geräusch von sich. Natürlich habe ich davon gehört, wie geschmeidig dieser Junge in der Luft fliegen kann, aber jetzt bin ich doch etwas beeindruckt, wie er aufrecht stehend über mir schwebt. Er muss ungefähr sechzehn sein und ein Schelm. Seine hellbraunen Augen blitzen. Die Hände in die Hüften gestützt und eine Augenbraue angehoben, macht er beinahe den Eindruck, als ob er Jaz verhöhnen wollte.

»Immer noch nicht dazugelernt, wie? Es ist nicht gerade die feine englische Art, mit gepanschtem Feenstaub zu hantieren, um eine Dame zu täuschen.« Peter Pan nickt in meine Richtung.

Was? Ich verstehe gar nichts mehr.

Die übrigen Piraten kommen angetrabt, versammeln sich in einem Halbkreis um uns. Einige von ihnen haben Essensreste im Gesicht kleben. Die älteren von ihnen wirken, als hätten sie gestern Abend zu viel getrunken und nun einen unangenehmen Kater. »Was sollen wir tun, Käpt'n?«

»Die Biester verjagen, was sonst?«, schnauzt Jaz den Fragensteller an.

»Ever?«, frage ich. »Was ist hier los? Geht es dir gut? Haben sie dir was getan?« Ich mustere ihn von Kopf bis Fuß. Seine Kleidung wirkt zerknittert, aber er scheint mir bei vollem Verstand zu sein. Kein Feenstaub-Einfluss mehr.

Ever kratzt sich am Nacken. Wie beim letzten Mal, als ich ihn gesehen habe, trägt er keine Brille. »Nein, nichts. Wir sind hier, um dich zu retten.«

Sein letzter Satz hallt in mir nach, bringt etwas zum Klingeln, aber ich begreife nicht ganz, was es ist. »Um mich zu retten? Wovor?«

Ein glockenhelles Lachen lässt mich den Kopf heben. Tinkerneat kommt auf mich zugeschwebt, hält sich aber noch außerhalb von Jaz' Reichweite.

»Vor Hook natürlich! Ich habe dich doch vor ihm gewarnt!« Sie wirft ihre winzigen Hände nach oben. »Benutz deinen Verstand, Red. Er hat dich eingewickelt!«

»Moment mal!«, unterbricht Jaz die Fee. »Habe ich die beiden etwa getrennt? Gib doch zu, dass du den Jungen für dich haben wolltest!«

Tinkerneat schnappt nach Luft. »Und du wolltest das Mädchen haben!«

Bevor das Streitgespräch ausarten kann, berühre ich Jaz sanft an der Schulter. Aber ich habe nicht mit Peter Pan gerechnet, der den Streit neu entfach. »Ts, ts, ts. Immer dasselbe Lied mit euch.«

»Halt dich da raus!«, herrschen ihn sowohl Jaz als auch Tinkerneat an.

Wütend deutet Jaz mit der Schwertspitze auf Peter Pan. »Du wirst sie mir nicht wegnehmen! Nicht schon wieder!«

Langsam kapiere ich gar nichts mehr.

»Ach, nicht diese alte Geschichte wieder«, winkt Peter ab. »Komm drüber weg, Hook! Sie war es sowieso nicht wert.«

»Du hast keine Ahnung, was du da sagst!« Jaz' Körper spannt sich an. Beim Sprechen knirschen seine Zähne so laut, als würden zwei Steine aufeinanderreiben.

Ich werfe allen Beteiligten abwechselnd einen irritierten Blick zu. Rechts von mir beobachtet Ever das Schwert in Jaz' Händen genau. Über uns flattern die Feen, viele mit geballten Fäusten. Nur Peter Pan scheint relativ gelassen. Gerade legt er sich auf eine imaginäre Couch, so wirkt es jedenfalls, als er in waagerechter Pose in der Luft schwebt, den Kopf auf eine Hand gestützt. »Immer noch diese veralteten Vorwürfe? Sie hat dich doch sowieso nur benutzt.«

»Das weiß ich«, zischt Jaz. »Trotzdem hast du sie mir weggenommen.«

Oh, oh. Mir schwant Böses. Offensichtlich gab es da mal ein Mädchen, in das sowohl Jaz als auch Peter Pan verliebt waren.

»Sie hat uns beide getäuscht, Jaz. Verdammt, sie hat Magie benutzt. Und das nicht nur, um ihr Alter zu verschleiern!«

Als ich Ever fragend ansehe, zuckt er nur mit den Schultern. Mehr als ich scheint er in dieser Angelegenheit auch nicht zu wissen. Der Junge, der nicht erwachsen werden will, und der wahrscheinlich einzige Erwachsene Neverlands waren also einmal in dasselbe Mädchen verknallt …

»Daddy?« Kleine Füße stapfen über die Holzplanken die Treppe zu uns hinauf. Es ist Asher. »Was macht ihr da?«, will er wissen.

»Geh wieder nach unten, Asher. Das hier ist nichts für dich«, weist ihn Jaz an.

Doch natürlich bleibt der Kleine stattdessen wie angewurzelt stehen. Betrachtet mit großen Augen das Spektakel um ihn herum. »Das da ist doch Peter Pan!«

Auch das noch.

»Red kommt mit mir«, meldet sich Ever jetzt zu Wort.

»Damit sie wie du unter den Einfluss von Feenstaub gerät, um sie gefügig zu machen?«, fährt Jaz ihn an.

Peter lacht auf. »Dafür hast du doch schon gesorgt. Und aus Evers Körper ist der Feenstaub längst wieder rausgespült worden.«

»Ja«, stimmt Tinkerneat ihm zu. Verlegen zupft sie an ihrer Schneckenzopffrisur. »Das war eine Kurzschlussreaktion von mir. Ich wusste nicht, wie ich die Situation sonst kontrollieren sollte.«

»Red.« Jaz' Stimme bebt. »Hör nicht auf sie. Du darfst ihnen nicht trauen!«

In meinem Kopf schwirren die Gedanken durcheinander, als Tinkerneat fortfährt: »Und zuerst dachte ich, Red und Ever seien Spione.«

Ever räuspert sich. »Das stimmt. Sie hat sich schon bei mir entschuldigt. Die Tinker sind wirklich okay. Peter Pan übrigens auch.« Er lächelt mich so warm aus seinen dunklen Augen an, streicht sich verlegen durch die Haare. Ob er etwa Angst um mich hatte? So wie ich um ihn?

»Das heißt, du warst nie ihr Gefangener?« Mir klappt der Mund auf. Die ganze Zeit über habe ich geglaubt, ihn retten zu müssen.

»Nein.« Peter setzt sich aufrecht in den Schneidersitz. Immer noch mitten in der Luft. »Aber du bist seine Gefangene.« Er nickt in Richtung Jaz, der mich immer noch mit dem Rücken vor allen abschirmt.

»Ach Quatsch«, murmle ich. Ich bin doch keine Gefangene? Eine eiskalte Vorahnung rollt meine Fersen empor und fließt an meinem Rückgrat mit mehreren anderen unguten, aber unbestimmten Gefühlen zusammen, die sich in den letzten vierundzwanzig Stunden in mein Bewusstsein geschlichen haben.

»Unsinn«, ruft auch Jaz. »Red kann sich frei bewegen. Gehen, wohin sie will.«

»Ach ja?« Tinkerneat schießt nach vorne, macht aber gerade noch rechtzeitig einen Bogen um Jaz' Schwert. »Dann hast du sie also nicht mit Feenstaub gefügig gemacht? Wir haben dich beobachtet, Hook!«

Auf einmal wirkt Jaz kleiner als noch eine Sekunde zuvor. Irgendwie eingesunken. Wieder berühre ich ihn an der Schulter, will ihn fragen, ob das stimmt, aber Tinkerneat ist mit ihren Anschuldigungen noch nicht fertig. »Das da unten in dem Becher Orangensaft am Tischende ist eindeutig Feenstaub, das sehe ich doch von hier aus! Also, lieber Hook, frage ich dich ein letztes Mal: Hast du oder hast du nicht mit Feenstaub herumgepanscht, um Red in dich verliebt zu machen?«

Sowohl ich als auch Ever atmen pfeifend ein. Das habe ich nicht kommen sehen. Will Tinkerneat damit andeuten, dass man diesen Feenstaub auch als Liebestrank verwenden kann? Wofür denn noch alles? Mein Gehirn scheint ganz offensichtlich den Anschluss verloren zu haben. Was eigentlich untypisch für mich ist. Schließlich bin ich doch sonst diejenige im Märchenwald, die knallhart kombiniert und auf ihre Freundinnen aufpasst. Auf einmal wird mir bewusst, dass irgendetwas nicht mit mir stimmt. Den ganzen letzten Tag schon nicht gestimmt hat! Ich starre Jaz an. Ist das sein Werk? Hat er mich mit Feenstaub so benebelt?

Als hätte Peter Pan meine Gedanken erraten, klärt er mich auf: »Feenstaub kann man in der richtigen Mischung für alles Mögliche verwenden. Mit etwas Zucker und Kümmel gemischt, ergibt es ein wirksames Schlafpulver, mit dem man sozusagen schlafwandelt.«

Zu diesem Satz steuert Ever ein Husten bei. Aha. Sicher das Zeug, das die Tinker bei ihm angewendet haben.

»Wohingegen es mit Salz und Löwenzahnsamen gemischt einen hervorragenden Liebestrank ergibt«, fährt Pan fort. Der selbstzufriedene Gesichtsausdruck verrät mir, dass es das ist, was in meinem Getränk gelandet ist. Und wer weiß, wo sonst noch. Denn eigentlich hat Jaz sich durch seine Reaktion bereits verraten. Ein Unschuldiger würde die Vorwürfe entsetzt abstreiten. Tut er aber nicht. Mein Herz krampft sich zusammen. Jetzt wird mir auch klar, warum das Wasser auf Jaz' Schiff immer so salzig geschmeckt hat. Auf einmal weiß ich nicht mehr, was wahr ist und was nur eine Illusion war.

»Stimmt das?«, flüstere ich. »Hast du eine Art Liebeszauber benutzt, um mich in dich verliebt zu machen?«

Langsam, ganz langsam dreht er sich zu mir um. »Red, meine Gefühle für dich sind echt.«

Ja, seine. Aber um die geht es aktuell nicht. »Und meine?«

Jaz presst die Lippen zusammen. Damit ist alles gesagt.

Ich nicke. »Du hast mich reingelegt. Hast mir was in die Getränke getan? Feenstaub über mich gestreut?«

»Das … Ich wollte doch nur, dass du dich in mich verliebst!«

Ich lache auf. Mein Kopf ruckt dabei in den Nacken, dass es knackt. »Auf diese Weise? Wie überaus angemessen!« Plötzlich zittere ich vor Wut am ganzen Körper. »Du hast mich hintergangen!« Viel schlimmer: Er hat mich meiner Selbst beraubt. Woher soll ich denn jetzt noch wissen, was ich will? Wo hören meine Gefühle auf und wo fängt der Feenstaub an? Welche Magie ist für das ganze Bauchkribbeln verantwortlich? Ich dachte immer, die Chemie würde zwischen uns stimmen, aber es war nicht mehr als eine Handvoll Glitzer.

Ich weiche vor Jaz zurück, ducke mich und mache einen Satz in Richtung Ever.

Verdammt noch mal! Das ist genau der Grund, warum ich lieber alleine bleibe. Diese verzwickten zwischenmenschlichen Beziehungsdinge machen mich einfach wahnsinnig. Alleine bin ich so viel besser dran.

»Red, warte! Ich kann dir das erklären.« Mit seiner linken Hand fährt sich Jaz über sein Gesicht. »Ich war verwirrt und dachte, wenn du mich liebst, wird alles gut. Schon im ersten Augenblick, als ich dich am Wasserfall sah, ist mein Herz vor Liebe explodiert. Liebe auf den ersten Blick. Weil uns nicht viel Zeit blieb, wollte ich deine Gefühle nur ein wenig beschleunigen … Damit du zu mir zurückkommst.« Jaz' Stimme hört sich für mich wie zerbrechendes Glas an.

Er hat mich benutzt. Ich sollte die Therapie für sein gebrochenes Herz sein, oder wie meint er das? Zornig fahre ich zu ihm herum.

»Und warum hast du mich dann immer wieder von dir weggestoßen?«

»Wirklich Red, meine eigenen Gefühle für dich haben mich überwältigt. Ich war hin und her gerissen. Diese Gefühle für dich in mir … machen mir Angst.«

»Ach, wirklich?« Ich stoße ein freudloses Lachen aus. »Dir glaube ich gar nichts mehr! Jedenfalls nicht, solange dieses Feenstaubzeugs meinen Körper nicht verlassen hat!«

Ich beuge mich zu Ever, der neben mir die Stirn in Falten gelegt hat und Jaz mit einem zornigen Blick bedenkt. »Wie lange dauert so was?«

»Nur ein paar Stunden. Höchstens sechs.«

Sechs Stunden? Dann muss Jaz mir das Zeug in jedes Getränk gemischt haben.

»Lass uns abhauen.« Ich greife nach Evers Hand. Ganz selbstverständlich verschränkt er seine Finger mit meinen. Als wären wir vor unserer Trennung die besten Freunde gewesen.

»Nein!«, schreit Jaz.

Aber da kommen schon die Tinker angeflattert, werfen Feenstaub in seine Richtung. Wie ein Hase schlägt Jaz einige Haken, um nichts davon abzubekommen. Sicher ist es Schlaf-Feenstaub.

Die Piraten laufen ebenfalls durcheinander über das Deck, aus Angst getroffen zu werden. Rae ruft Jaz immer wieder die Frage zu, was er tun soll. Am Rande bemerke ich, wie Trevor Elliot packt und ihn unter die Treppe zieht. Andere erstarren tatsächlich im Schlafwandel-Modus. Und wieder andere zerren ein Fischernetz aus einer Truhe hervor, das sie nach den Feen werfen. Nur sind die kleinen Tinker einfach zu flink für die Piraten.

Asher hat sich beide Hände vor den Mund geschlagen. Seine aufgerissenen Augen fixieren abwechselnd mich und seinen Vater. Dennoch glaube ich nicht, dass der Kleine schon versteht, was hier vorgeht.

Ich versuche, ihm aufmunternd zuzulächeln. Gleich wird alles vorbei sein und der Piratenalltag wieder einkehren. Asher kann nichts dafür, dass sein Vater mich so hinters Licht geführt hat.

»Hier«, unterbricht Ever meine Gedanken. »Original Feenstaub, unverdünnt. Den brauchst du zum Fliegen.«

»Zum was?« Mein Kopf schnellt herum.

»Zum Fliegen. Wie sollen wir sonst hier wegkommen?«

Da erinnere ich mich wieder an seine Bruchlandung von vor ein paar Minuten, die ich nur aus dem Augenwinkel mitbekommen habe. Natürlich! Genau wie Peter Pan und die Tinker muss Ever zum Schiff geflogen sein.

»Aber wie?«

»Ganz einfach.« Ever streut etwas von dem Glitzerstaub auf meinem Kopf, wo es prickelt, als hätte mir jemand halbaufgelöstes Brausepulver übergekippt. Ich grinse, während um uns herum das absolute Chaos herrscht. Die Tinker treiben Jaz mit ihrem Staub gezielt weg von mir. Obwohl er es versucht, kann er mich nicht erreichen. Die unzähligen Male, die er meinen Namen ruft, ignoriere ich. Er hat mein Vertrauen missbraucht.

»Okay, versuch's mal«, leitet Ever mich an. »Es ist gar nicht so schwer. Du stellst dir einfach vor, wie du ganz leicht wirst, dann flatterst du ein wenig mit den Füßen und schwebst nach oben. Bei der Landung musst du versuchen, mit den Füßen vorher abzubremsen. Also Füße nach vorn. Ich helfe dir.«

Glaubt er ernsthaft, dass ich mir das merken kann?

Aber gut, ich versuche es. Zuerst passiert nichts, außer dass ich vor Anstrengung beinahe keine Luft mehr bekomme. Doch dann drückt Ever verständnisvoll meine Hand, sieht mich so intensiv an, dass mir ganz warm wird.

»Stell dir vor, wie du ganz leicht wirst, Red.« Ich schlucke, versuche es dann noch mal, ohne den Blick von ihm abzuwenden. Und so schwebe ich schon ein paar Sekunden später eine Handbreit über dem Boden.

»Wow!«, entfährt es mir. »Ich kann fliegen!«

Als ich so immer weiter nach oben schwebe, aber Ever mich noch am Boden an einer Hand festhält, schreien plötzlich sowohl Jaz als auch Asher meinen Namen, und zwar so, als ginge es um ihr Leben. »Red! Geh nicht!«

»Du darfst nicht gehen!« Asher rast auf mich zu.

Sein Vater dagegen ist von den Tinkern an das entgegengesetzte Ende des Schiffs getrieben worden.

Die Tinker lassen den Kleinsten der Piraten in Frieden. Sicher denken sie, dass keine Gefahr von ihm ausgeht.

Zwei kleine Hände schließen sich um meinen Fußknöchel. »Flieg nicht ohne mich weg!«

Wie? Irritiert starre ich an mir hinunter. Direkt in Ashers glänzende Augen. Verzweiflung liegt darin. Aber auch Mut und Abenteuerlust.

»Du hast es versprochen, Red! Nimm mich mit in den Märchenwald, damit ich meine Mama finden kann.« Der Kleine blinzelt energisch eine Träne weg. Offensichtlich versucht er, nicht zu weinen.

Ich schlucke, denn auch ich bin, als ich in diese verzweifelten Kinderaugen sehe, den Tränen nahe.

»Bitte. Ich will es so sehr.« Er klammert sich an mich, als ginge es um sein Leben.

Der Kloß in meinem Hals hindert mich am Antworten.

Ever beobachtet mich. Verwirrung liegt in seinem Blick. Vom anderen Ende des Schiffs her brüllt Jaz irgendetwas, das ich jedoch nicht verstehe.

»Ich, ähm, muss zuerst die Prinzen retten. Und das ist zu gefährlich. Da kannst du nicht mitkommen«, murmle ich schließlich.

»Aber du hast es mir gestern noch versprochen! Versprechen darf man nicht brechen. Du kannst nicht gehen!« Jetzt kann Asher die Tränen nicht mehr zurückhalten. Wie kleine Murmeln kullern sie aus seinen Augenwinkeln. Das Gefühl, als würde mein Herz in zwei Teile brechen, ist dieses Mal noch stärker als bei Jaz, als sein Betrug an mir aufflog. Es ist eine Qual, den Kleinen so zu sehen. Aber es geht nicht.

»Wir müssen los.« Ever stößt sich nun auch vom Boden ab. Nur Asher klammert sich immer noch an mein Bein, als würde nur ich ihn vor dem Ertrinken bewahren können. »Nein! Du hast es versprochen, Red! Du hast es versprochen!« Seine Stimme wird immer höher und flehender. Einen Moment lang erinnere ich mich an gestern, als er mir im Halbschlaf das Versprechen abluchste, seine Mutter im Märchenwald zu finden. Stöhnend schließe ich die Augen. Am Ende unseres Gesprächs hatte er mir noch ein ausdrückliches Versprechen entlockt, bei dem ich nicht richtig zugehört hatte. Und ich ahne, dass es dabei darum ging, ihn beim Verlassen des Schiffs mitzunehmen.

Auf einmal habe ich das Gefühl, dass alle um mich herum auf mich einbrüllen, an mir herumzerren. Das macht mich ganz verrückt.

Ever wird immer ungeduldiger. »He, Zwerg, lass Reds Bein los, wir müssen gehen.«

Asher schiebt die Unterlippe vor. Tränenspuren glitzern auf seinen Wangen. »Nein! Nur wenn ihr mich mitnehmt!«

»Wehe, auch nur einer von euch beiden verlässt mein Schiff«, brüllt Jaz. «Red!« Immer noch schlägt er Haken und fuchtelt mit seinem Schwert in der Luft herum, damit die Feen ihm nicht zu nahekommen können.

»Lass mich nicht zurück.« Asher schluchzt jetzt so herzzerreißend, dass in mir unwillkürlich Schuldgefühle aufwallen. Ach verdammt, hätte ich doch gewusst, dass er es so ernst meint mit der Suche nach seiner Mutter! Und dass er es schon so bald in die Tat umsetzen will.

»Bitte«, flüstert der Kleine ein letztes Mal erstickt, bevor meine Abwehrhaltung in sich zusammenbricht.

Stöhnend reiße ich meine Hand aus Evers, packe Asher unter den Achseln, um ihn hochzunehmen. Mein verletztes Handgelenk protestiert, doch ich blende den Schmerz einfach aus. Wie ein Klammeräffchen hält sich Asher an mir fest. Ich schiebe ihn so, dass er bequem auf meiner Hüfte sitzen kann.

»Danke.« Asher vergräbt seinen Kopf an meiner Schulter.

»Was soll das?«, zischt Ever mir zu.

Ich setze zu einer Antwort an, doch Jaz' Geschrei übertönt alles. »Red, nein! Das kannst du nicht machen! Komm zurück zu mir! Lass Asher da raus!«

»Schnell!« Ever packt meine freie Hand, aber mit einem kleinen Jungen auf dem Arm ist das Fliegen gar nicht mehr so einfach. Ich trudele nach links, setze mit den Füßen wieder auf dem Boden auf, wobei mein Knöchel umzuknicken droht. Gerade noch rechtzeitig finde ich mein Gleichgewicht wieder.

»Ähm, Leute, besser, wir verschwinden. Und zwar schnell«, ruft Pan uns zu.

Als ich den Kopf hebe, sehe ich, dass mehrere Piraten sich mit Schmetterlingsnetzen bewaffnet haben und damit auf die Feen losgehen.

Smurfie wirft Jaz in ebendieser Sekunde einen roten Regenschirm zu. Geschickt fängt Jaz ihn und spannt ihn auf, wodurch er vor dem Feenstaub geschützt ist. Ohne eine Sekunde zu zögern, rast er auf mich und Asher zu. »Das kannst du mir nicht antun, Red! Nicht Asher! Bleibt bei mir!«

»Das wäre ein guter Moment, um das Fliegen zu erlernen«, ermuntert mich Peter Pan.

Ach, wirklich? Mein Kinn zuckt, als ich ihm einen wütenden Blick zuwerfe.

Jaz kommt immer näher, und obwohl ich mich anstrenge, gelingt es mir nicht mehr, mich leicht zu fühlen. Wahrscheinlich bedingt durch das Kind auf meinem Arm.

»Red. Jetzt oder nie!« Ever zerrt an meinem Arm, schwebt selbst schon in der Luft.

Aber ich kann nichts tun, betrachte alles um mich herum wie durch die Augen eines Fremden. Ich sehe die aufgeregte Mannschaft mit den Schmetterlingsnetzen nach den Feen schlagen, irgendwer schreit, es klingt nur gedämpft in meinen Ohren, während Jaz mit dem roten Schirm auf mich zurast, als ginge es um sein Leben. »Nicht Asher und nicht du!«

Kapitel 13

Etwas später im Märchenwald

Es zischt gewaltig, als die ersten Rauchbomben in die Höhle kullern.

Zufrieden betrachtet Snow die Schwaden durch ihre Gasmaske. Diese Halloween-Pärchenverkleidung von letztem Jahr mit Philip im Stil von dessen Lieblingsvideospiel hat sich auf jeden Fall gelohnt. Neben ihr wirbelt Rose, die die zweite Maske trägt, einen Dolch um ihre rechte Hand. Sie hat geübt. Eindeutig.

Cinder und Rapunzel stehen ein Stück weiter hinten, außerhalb der Ach-so-unüberwindbaren Kerkerhöhle. Sie tragen keine Masken, dafür aber ausgefahrene Selfiesticks in den Händen und Dolche an ihren Gürtelschlaufen. Die neue Ausrüstung lässt sie gefährlicher denn je erscheinen. In ihren schwarzen Jeans und bunten Blusen wirken sie zwar eher wie eine Girlband, dennoch lässt sich nicht abstreiten, dass heute sicher keine kleinen Mädchen für ein Foto oder eine Umarmung einfach so auf sie zustürmen werden. Ist den ganzen Tag über noch nicht passiert. Eigentlich ungewöhnlich.

Snow wirft einen Blick auf die Uhr. Es sind ungefähr acht Sekunden vergangen.

Da kommt hustend und prustend eine Gestalt aus dem Höhleneingang gestolpert.

Eine Frau im schwarzen Kleid, das mit roten Fäden durchzogen ist. In der Hand hält sie einen Zauberstab. An ihrem Fußknöchel trägt sie eine elektronische Fußfessel. Sie ist es. Keuchend bleibt sie eine Armlänge vom Höhleneingang entfernt stehen. Sicherlich darf sie sich keine zwei Schritte weiter entfernen, da sie ansonsten einen saftigen Stromschlag riskiert.

»Bane.« Durch ihre Maske klingt Snow wie der düstere Antiheld aus der Raumschiff-Saga, deren Titel den Eindruck erweckt, berühmte Persönlichkeiten würden einen Krieg anzetteln.

»Schneewittchen.« Nach Luft ringend stützt sich Bane an der Felswand ab. Ihre rotblonden Haare fallen ihr in einem langen Zopf über die Schulter. Das Hervorstechendste an ihr sind jedoch ihre viel zu dünnen Augenbrauen, die ihr einen dauerzynischen Gesichtsausdruck verleihen. »Wie schön, dass du mich endlich auch mal besuchst.«

Eine Weile kaut Snow bei abgezogener Gasmaske auf ihrem Kaugummi herum, betrachtet ihre alte Widersacherin genau. Die Ex-Frau ihres Vaters. Die Hexe, die viermal versucht hat sie zu töten; jetzt aber, so wirkt es jedenfalls, selbst kurz vor dem Erstickungstod steht. »Bin so schnell gekommen, wie ich konnte.«

An Zynismus fehlt es der neuen inoffiziellen Königin des westlichen Märchenwalds eben auch nicht. An ihre Freundinnen gewandt fügt sie hinzu: »Passt auf ihren Zauberstab auf. Sie ist eine Trickserin.«

»Trickserin?«, hustet Bane, die sich nach vorne beugen muss, um graue Spuckefäden hervorzuwürgen. Beinahe tropfen sie auf ihren Zopf, erwischen dann aber doch nur den Waldboden. Ein paar kleine Steinchen bröckeln vom Fels der Höhle ab und landen auf dem Moos, das den Boden in diesem nördlichen Teil des Märchenwalds fast komplett bedeckt. »Ich bin keine Trickserin, sondern eine Wandlerin.« Sie fuchtelt mit ihrem Zauberstab herum, der aussieht, als sei er wie Snows Möbel aus Ebenholz gefertigt. »Ihr wisst doch sicher noch, wie ich die rote Stelle an einem Apfel in Gift umgewandelt habe. Und wie ich mich selbst in eine alte Frau verwandelte? Wandelmagie.«

Rapunzel lockert ihre Schultern, tut dann so, als müsse sie gähnen. »Gewiss. Aber lassen wir doch endlich den Austausch von Nettigkeiten hinter uns.«

»Natürlich.« Inzwischen hat sich Banes Erstickungsanfall gelöst. Langsam, ganz langsam richtet sie sich Wirbel für Wirbel auf. Genauso, wie es zwei Tage zuvor schon Fear getan hat. Die beiden Hexen beweisen wirklich Talent für die Geisterbahn. »Mein Spiegel hat mir alles erzählt.«

Das überrascht die Prinzessinnen nun doch ein wenig. Selbst Rose' gelassenes Pokerface verrutscht für einen Augenblick. Die Gasmaske entgleitet ihren Fingern und landet auf dem Moos neben ihren Füßen.

Bane stößt ein Lachen aus, das anderswo sicher kleine Seen zum Einfrieren gebracht hätte.

»Ihr habt doch nicht etwa geglaubt, es gäbe nur einen magischen Spiegel, der nun Snow gehört? Wie gesagt, ich bin eine Wandlerin und selbst mit diesem Ding hier …« Sie klopft mit dem Zauberstab an ihre Fußfessel. »… kann ich monatelang Energie sammeln, um dann einen kleinen Zauber auszuführen.«

Dieser Hinweis lässt alle vier Prinzessinnen sofort in eine breitbeinige Kampfposition springen.

»Wie lange hast du schon Energie gesammelt, Hexe?«, will Cinder wissen, wobei ihre Augen den Zauberstab fixieren. Komplizierte Windungen aus Ebenholz bedecken ihn, die wie Krampfadern wirken und beinahe rosa schimmern. Er endet in einem breiten Handgriff mit Karomuster.

»Viele, viele Monate, Erbsenzählerin.« Die Augenbrauen der Hexe heben sich noch ein wenig mehr. Ganz offensichtlich kostet sie ihre Überlegenheit aus. »Aber, Mädchen, machen wir es doch kurz. Ich habe schließlich nicht den ganzen Tag Zeit und muss noch ein paar Kürbisse für meinen Halloween-Onlineshop schnitzen.«

Rose blinzelt. »Du führst einen Online-Shop?«

»Noch nie was von ›Banes & Illusion Scary Inc.‹ gehört, Spinnrad-Opfer?«, fragt die Hexe zurück.

»Nein.«

»Nun. Illusion, mein Spiegel …« Sie vollführt eine kreisförmige Bewegung mit dem Zauberstab. »… hat mir schon verraten, dass ihr kommt. Und nach was ihr sucht.«

Snow atmet so tief ein, dass sich ihr Brustkorb unter der roten Bluse deutlich anhebt. »Ach ja?«

»Ja. Kürzen wir das doch mal ab. Ihr sucht eure Ehemänner. Ich habe keine Ehemänner auf Lager. Ende der Geschichte.« Bei jedem Satz klopft sie mit dem Zauberstabgriff einmal gegen den Fels.

Rapunzel schnappt nach Luft. »Nein, das kann nicht das Ende sein. Das wäre kein Happy End!«

Beruhigend legt ihr Cinder eine Hand auf den Unterarm.

»Bane«, bringt Snow zähneknirschend hervor. »Irgendjemand hat unsere Happy Ends gestohlen und eine von euch Hexen weiß zumindest mehr darüber, wer es war. Also raus damit. Hast du die Entführung der Prinzen mitangesehen und ein Foto davon auf ›Wer kennt welche Hexe‹ gepostet?«

»Ja.«

Doch so einfach.

»Ihr dummen, dummen kleinen Mädchen.« Die Hexe stößt ein heiseres Lachen aus. »Es ist einfach nicht zu fassen mit euch. Immer noch nicht habt ihr verstanden, was hier gespielt wird.«

Inzwischen hat Rapunzel sich wieder halbwegs gefangen, schwingt ihren Selfiestick wie ein Laserschwert und kommt auf die Hexe zugeschlendert. »So? Was wird denn hier gespielt?«

»Wenn ihr das bisher noch nicht begriffen habt, kann ich euch auch nicht helfen.«

»O doch, das wirst du«, zischt Snow. »Wer hat unsere Ehemänner entführt? Antworte!«

Trotz ihrer harten Worte bleibt Bane unbeeindruckt, schweigt beharrlich.

Wie in einem Actionfilm schießt Rapunzel plötzlich nach vorn. Elegant holt sie aus und trifft Bane hart mit dem Selfiestick seitlich am Kopf. »Antworte, oder du wirst unsere Rache zu spüren bekommen!«

Bane reibt sich die getroffene Stelle, starrt Rapunzel dann aus vor Hass zusammengekniffenen Augen an.

»Wie viele Klischees willst du heute noch auf den Tisch legen? Habt ihr zu oft Kung Fu Panda geschaut oder was soll das Theater? Soll ich jetzt zittern? Versteht ihr denn immer noch nicht?«

Ihre Worte wühlen die Gefühle der Prinzessinnen auf. Sie tauschen Blicke.

»Wir verstehen mehr, als du denkst«, meint Rose schließlich. Ihr Blick wandert gedankenverloren vom Dolch in ihrer Hand zur Kehle der Hexe.

»Allerdings wohl nicht, was hier vor eurer Nase abläuft. Gut, Illusion und ich müssen noch ein paar Kürbisse bemalen, daher mache ich es kurz: Die Kutsche, die die Prinzen abtransportiert hat, stammte ganz eindeutig aus Wonderland. Ich habe das Foto, das Illusion zufällig an den nördlichen Seen gemacht hat, allerdings wieder gelöscht. Passte farblich nicht in meinen Feed. Außerdem wandere ich sowieso bald zu dieser neuen Social-Media-App ab: ›Who knows which witch‹.«

Snow blinzelt. Also doch Wonderland. »Steckt die Herzkönigin hinter der Entführung? Ist es so?«

Seufzend lehnt sich Bane mit der Hüfte gegen den Felsen. Ihre Nasenflügel weiten sich. Gleichzeitig legt sie ihre Stirn in Falten, womit sie womöglich zur seltenen Gattung flohtoxfreier Hexen gehört. »Was würdet ihr denn schlussfolgern, Kung-Fu-Prinzessinnen?«

»Nun ja …« Cinder tippt sich mit dem Selfiestick auf die Schuhspitze. »In Wonderland gibt es nur einen Bösewicht, wenn ich das richtig in Erinnerung habe, und das ist die Herzkönigin.«

»War ja klar, dass ihr sie zuerst verdächtigt. Nur wie soll sie das geschafft haben, so von ihrer Zelle im Palast aus, wo sie doch seit Jahr und Tag einsitzt?« Jetzt hört sich Bane wie eine fiese Geschichtslehrerin an, findet jedenfalls Snow.

»Sie könnte Helfer haben.«

»Bei allen Spiegeln des Märchenwalds!«, stöhnt Bane. »Ihr habt nichts kapiert. Verdächtigt immer noch die, die seit Jahren in Gefangenschaft leben. Von euch und euren Jägern zu Hausarrest verdammt. Wie dumm ihr doch seid. Seht ihr nicht, dass es nicht länger die Hexen sind, die in der heutigen Zeit Unheil bringen? Ihr vermeintlich ›Guten‹ verpestet mit eurem Technikwahn die Umwelt! Ihr Guten übt Selbstjustiz und schlagt wehrlose Hexen ohne Grund.« Jedes Mal, wenn sie »Guten« sagt, malt sie Anführungszeichen in die Luft. »Schaut euch doch um! Welche Spur der Verwüstung ihr durch dieses Land gezogen habt.« Bane breitet die Arme aus. »Mal ganz abgesehen vom Morgenland! Illusion und ich haben alles mitangesehen. Gerade in diesem Moment macht sich Prinzessin Jasemin samt ihrer Truppen bereit, in Richtung Märchenwald einzufallen. Ein Krieg zieht auf, und das nur, weil ihr das Personal in Jasemins Palast mit einem Schlafzauber belegt habt und sie glaubt, ihr hättet ihren Vater …«

»Was?«, keuchen Snow und Rose gleichzeitig.

»Und ist es nicht so«, fährt die Hexe fort, ohne auf die beiden zu achten, »dass sich im selben Augenblick Käpt'n Hook auf den

Weg macht, in den Märchenwald einzufallen, um Red zu finden, die seinen Sohn entführt hat?«

»Wie war das?«, ächzt Snow.

»Ach, wusstet ihr noch gar nicht, was?«

Der überlegene Unterton in Banes Stimme lässt Snow mit den Zähnen knirschen. »Lass mich das kurz mit Spieglein besprechen –«

Mit einer Hand winkt die Hexe diesen Plan ab. »Quatsch nicht, du kannst Illusion schon trauen. Sie hat die gleichen Fähigkeiten wie dein Spieglein, ist womöglich sogar noch talentierter im Hacken von Breitbandverbindungen.«

»Keine Ahnung, was du meinst.« Snow kommt immer noch nicht über diesen zweiten Spiegel hinweg. Und über die Sache mit Hook.

Die Hexe wirft sich den Haarzopf über die Schulter. »Ach herrje, du bist nicht gerade cleverer geworden, seit ich dich zuletzt gesehen habe, Ex-Stieftochter.«

»Als du mich mit dem Apfel vergiftet und am Boden hast liegen sehen, meinst du wohl?«

»Gewissermaßen.«

Beide Frauen funkeln sich mehrere Sekunden wütend an, bis Cinder Snow am Ärmel zupft. »Komm, wir haben alle Informationen, die wir brauchen.«

»Denkt einfach mal darüber nach«, sagt Bane zum Abschied, »wer inzwischen hier die brutalen Morde und Schlägereien begeht!«

Daraufhin zuckt Rose leicht zusammen.

Snow murmelt etwas davon, dass nur eine tote Hexe eine gute Hexe sei, lässt sich dann aber von ihren Freundinnen fortziehen.

»Und wenn ihr glaubt, die Herzkönigin sei das Problem in Wonderland, dann …«

Doch Snow hält sich die Ohren zu, will kein weiteres Geschrei ihrer Ex-Stiefmutter mehr hören.

Immerhin eine der vier Prinzessinnen lächelt. Offenbar konnte selbst Banes Gezeter Rapunzels gute Laune nicht trüben. Sie schultert ihren Selfiestick.

»Nächster Halt: Wonderland.«

Leider haben sich die vier da zu früh gefreut. »Mortadella, Baguette und Ginger Ale!«, schreit Bane in diesem Moment. Erstaunt über diese ausländischen Begriffe und darüber, dass Bane sie überhaupt so zusammenhanglos ausspricht, drehen sich die Prinzessinnen um. Gerade sehen sie noch, wie Bane mit ihrem Zauberstab auf sie deutet, dann bricht etwas Grünes daraus hervor, entrollt sich zischend bis auf den Boden.

»Eine Schlange!«, brüllt Cinder, allerdings flüchtet sie nicht, entgegen den Erwartungen, sondern geht mit erhobenem Selfiestick zum Angriff über.

»Nicht nur irgendeine Schlange«, freut sich Bane. »Sondern eine giftige grüne Viper. Die wird euch schon zeigen, wo …«

Zack. Mit einem kräftigen Hieb, schlägt Cinder der ach-so-gefährlichen Viper den Kopf ab.

Die Hexe reißt die Augen auf. Millisekunden später löst sich das kopflose Vieh in Rauch auf.

»Na, wohl doch keine so mächtige Illusion. Du und deine Magie habt auch schon mal bessere Tage gesehen, nicht wahr?« Selbstzufrieden klopft sich Cinder die Hose ab.

Noch immer wirkt die Hexe wie erstarrt. Damit hat sie offensichtlich nicht gerechnet.

Diesen Moment der Unachtsamkeit nutzt Snow sofort aus. In einer fließenden Bewegung schnappt sie sich den Zauberstab aus Banes dürren Fingern.

»Ja, das war's dann für dich. Danke sehr, mieseste Ex-Stiefmutter aller Zeiten.«

Eine schrille Stimme fängt von irgendwoher an zu schreien. Kreischt so laut, dass sich die Mädchen die Ohren zuhalten müssen.

Nur Bane wirkt noch immer wie versteinert.

»Ach, halt die Klappe, Illusion, nehme ich an?« Snow sieht sich nach allen Seiten um. »Oder wir schlagen Bane den hübschen Kopf von den Schultern. Willst du das?«

Augenblicklich erstirbt die Kreisch-Stimme. Sekunden später ist nur noch ein leises Wimmern zu hören. Ein Wimmern, das Bane langsam aufzuwecken scheint.

»Also dann …« Snow winkt zum Abschied mit dem Zauberstab. »… Danke für den hier und für die ganzen Informationen. Du bist weit weniger clever, als ich dich in Erinnerung hatte.«

Drei Stunden zuvor in Neverland

~Red~

Ich spüre, wie Peter Pan Asher und mich packt.

»Nein! Nicht schon wieder!«, schreit Jaz, der auf uns zustürmt.

Doch er kommt zu spät. Sowohl Pan als auch Ever ziehen das Kind und mich nach oben in die Luft. Die Feen umschwirren uns wie ein Bienenschwarm.

»Sobald Asher seine Mom gefunden hat, bringe ich ihn dir zurück«, versichere ich Jaz, während wir uns bereits in die Luft erheben. »Ich habe es ihm versprochen. Außerdem hat er ein Recht darauf, seine Mutter kennenzulernen.« Meine Stimme klingt ganz sachlich. Ungewohnt und auch ein Stück hohl, irgendwie. Als ich zum letzten Mal nach unten blicke, sehe ich, wie Jaz auf die Knie sinkt. Die Hände erhoben und den Mund zu einer entsetzten Grimasse verzerrt, sieht er uns hinterher.

»Nimm mir alles, Peter Pan, aber nicht diese beiden!« Es ist derselbe verzweifelte Tonfall, mit dem mich eben noch Asher angefleht hat, ihn mitzunehmen.

»Tja«, meint Peter Pan nur, als wir davonfliegen. »Und damit wiederholt sich die Geschichte. Es ist ein ewiger Kreislauf.«

Ich runzle die Stirn. Aber es ist nicht der richtige Moment, um nachzufragen. Das muss ich auf später verschieben.

Asher klammert sich an mich. Ich kann hören, wie er versucht, einen Schluchzer zu unterdrücken. Eigentlich will ich ihm sagen, dass alles gut wird. Dass wir seine Mom finden und ich ihn danach zu seinem Dad zurückbringen werde, doch mein Hals fühlt sich wie zugeschnürt an. Außerdem beginne ich bereits, diese Impulsentscheidung bezüglich Asher zu bereuen.

»Wohin fliegen wir?«, frage ich stattdessen.

»Nach Wonderland«, antwortet Ever. Im Wind zerzaust sein Haar ziemlich witzig. Windrauschen und das Flügelschlagen der

Feen macht es schwierig, seine Worte zu verstehen. »Nach dem Ausschlussprinzip ist es die einzige verbliebene Möglichkeit.«

Ich nicke nach einer Weile. »Das magische Wollknäuel hatte eben doch recht. Es hat die Richtung letztendlich korrekt vorgegeben. Dort müssen sie die Prinzen hingebracht haben.«

Nachdem wir das Meer überquert haben, senken die Feen, die uns vorausfliegen, plötzlich ihre Körper in den Sturzflug. Zunächst verstehe ich nicht, was los ist. Landen wir schon? Die Jungs steuern ebenfalls auf den Boden zu, der immer schneller näherkommt.

Ever zieht mich mit sich nach unten. »Beine nach vorn, Red!«

Vor Schreck bleibt mir die Spucke weg.

Der Aufprall, der daraufhin folgt, lässt mich einen Moment lang Sterne sehen. Meine Füße protestieren, schmerzen und knacken, als seien sie verstaucht. Passend zu meinem Handgelenk. Ich stolpere nach vorn, wobei eine Fee im Muffinschwamm-Kleid meine Wange streift. Plötzlich bin ich froh, wieder meine eigenen Klamotten zu tragen. Inklusive Handy und Sportschuhen, die allerdings bei jedem Schritt quietschen. Im Gegensatz zu meinen restlichen Sachen sind sie noch nicht komplett getrocknet. Beinahe entgleitet mir Asher bei dieser halben Bauchlandung, aber glücklicherweise ist Pan zur Stelle, der mich und den Kleinen auffängt.

»Entschuldige.« Ever ist offensichtlich überzeugt davon, dass diese Bruchlandung seine Schuld ist. Mit der Hand streift er meine Schulter, zieht sie dann aber gleich wieder zurück. Wir stehen auf der Wiese hinter der Anlegestelle. Dort, wo uns Bailey gestern abgeholt und nach Neverland gebracht hat. Alles scheint so viel länger her zu sein. Ich stelle Asher auf dem Boden ab. Er beobachtet mich aus seinen großen Kinderaugen.

»Kommst du nicht mit?«, frage ich Pan.

»Doch schon, nur die Feen nicht; und außerdem solltest du zuerst deine Freunde informieren, von denen Ever erzählt hat.«

Oh. Mit Snow telefonieren. Das ist mir recht, und im Grunde genommen habe ich auch schon daran gedacht, ob wir uns nicht besser zusammenschließen, bevor wir die Grenze nach Wonderland passieren.

Peter Pan beginnt derweil, sich von jeder Fee einzeln zu verabschieden. Bedankt sich namentlich bei jeder von ihnen. Die Feen laufen so rot an wie Radieschen zur Erntezeit. Das könnte noch einen Moment dauern bis zu unserer Weiterreise.

Ever berührt mich an der Schulter. »Kann ich kurz unter vier Augen mit dir sprechen?«

»Natürlich. Bin gleich wieder da, Asher.«

»Dieser Junge«, sagt Ever leise, als wir uns entfernen, »seine Haare sind schief geschnitten.«

»Ist ein neuer Trend. Bastelscheren-Style. Wundert mich, dass du den noch nicht kennst, Hipster.«

Ever verdreht die Augen, allerdings zucken seine Mundwinkel dabei. Vielleicht wird er Ashers Frisur ja als neuen Hipster-Trend in seinem Käseblatt vorstellen, wer weiß.

»Warum hast du ihn mitgenommen?«

Ich schweige ein paar Herzschläge lang. Für Ever muss meine Kidnapping-Aktion absolut unüberlegt aussehen. Und das ist nicht unbedingt eine Fehleinschätzung.

»Asher sucht seine Mutter, die im Märchenwald wohnt. Er hat mir das Versprechen abgerungen, ihm bei der Suche zu helfen. Was hätte ich tun sollen? Es ist sein größter Wunsch, er hat sich an meinem Bein festgeklammert … und hast du diese Kulleraugen gesehen?« Genervt werfe ich die Arme in die Luft. »Nenn mich altmodisch, aber das Kind ist vielleicht viel besser bei seiner Mutter aufgehoben, statt bei einer Piratenbande, deren Anführer wehrlose Frauen unter Drogen setzt. Und ja, verdammt! Ich bin auch nur eine Frau. Eine Frau mit Gefühlen, die Kindern keinen Wunsch abschlagen kann. Außerdem bringe ich ihn ja zurück«, schiebe ich schnell hinterher.

Jetzt grinst Ever. »Verstehe schon. Das hier ist *dein* Märchen und es sind deine Regeln. Du bist die Heldin und hilfst allen. Trotzdem, versuch doch nächstes Mal, weniger impulsiv zu handeln. Das wäre ganz toll.«

Wäre es wohl.

»Außerdem … zu meiner Verteidigung: Diese Feenstaub-Droge hat meinen Körper noch nicht verlassen … Lassen wir es damit bitte auf sich beruhen, ja?«

Ever wirft Asher einen gequälten Blick zu. »Auf sich beruhen, ja? Wir müssen einen Vierjährigen beaufsichtigen, heute Nacht ist Vollmond und von den Prinzen haben wir noch keinen einzigen aufgetrieben.«

O nein. Das mit dem Vollmond hatte ich ganz vergessen. Ist wohl alles gerade etwas viel für Ever. Meine Gedanken springen hin und her wie Pingpongbälle. »Tut so eine Verwandlung eigentlich weh?«

»Schon. Wenn sich die Knochen verschieben, ist das leider kein Spaziergang. Aber schlimmer ist, dass ich dann nicht mehr ich selbst bin. Nur noch ein wildes Tier. Deshalb kette ich mich an einen Baum. Hab' immer diese Spezialseile dabei. So fühle ich mich bei den Verwandlungen sicherer.« Er klopft sich auf die Hosentasche, durch die man den Umriss eines flachen Wollknäuels erkennen kann. Ähnlich wie in meiner Tasche, wo sich das magische Wollknäuel durch eine Wölbung verrät.

»Okay. Dann müssen wir die Prinzen finden, bevor der Mond aufgeht. Oder wann beginnt die Verwandlung?«

»Um Mitternacht. Oder ich kette mich diese Nacht irgendwo an. Das funktioniert ganz gut, aber besser, du bist dann nicht in meiner Nähe.« Ein Schatten huscht über sein Gesicht.

Ich nicke. »Verstehe. War das alles, worüber du mit mir reden wolltest?« Meine Stimme klingt merkwürdig piepsig. Gleichzeitig irgendwie hohl. Ob das noch diese Feenstaub-Drogen sind, die einen benebeln und einem das Verliebtsein vorgaukeln?

Ever vergräbt seine Fäuste in den Hosentaschen. Ich kann sehen, wie seine Finger am Spezialseil herumspielen.

»Ja. Genau.«

Er will mir also nichts mehr sagen. Komischerweise bin ich enttäuscht. Hatte mir gegen alle Vernunft mehr erhofft. Ich schlucke, warte darauf, dass er weiterspricht, was er letztendlich auch tut. »Du hast mir gefehlt, Red. Wahrscheinlich habe ich in meinem ganzen Leben noch nie so viele Ängste ausgestanden wie in den letzten vierundzwanzig Stunden.«

Seine Worte schnüren mir die Luft ab. Angestrengt versuche ich mich daran zu erinnern, wie man atmet. Ever hat mich vermisst! Als ich diesen Zusammenhang realisiere, hüpft mein Magen auf und ab.

»Wie du mit diesem Piraten über die Klippe gesprungen bist! Der Feenstaub hat mich zwar irgendwie benebelt, aber innerlich bin ich fast durchgedreht.«

Ich hebe den Kopf, sehe ihm direkt in die Augen.

»Und dann im Dorf der Tinker habe ich immer und immer wieder an diese Szene denken müssen. Und daran, wie wir dich retten können.«

»Das hast du doch getan.« Ich drücke seine Hand, was seinen Blick weich werden lässt.

»Das stimmt.« Er seufzt. Dann streckt er eine Hand aus und zieht mich in eine Umarmung. Das kommt unerwartet, weswegen ich mich zuerst verspanne, es aber nach zwei Atemzügen schaffe, vollkommen loszulassen. »Was ist das nur mit dem Feenstaub und diesen Verrückten auf dieser Insel?«, hauche ich.

»Ach, du weißt doch. Neverland ist der Ort, an dem alle für immer Kinder bleiben. Große launische Gören. Gönnen sich untereinander nicht mal eine Lakritzschnecke. Nehmen sich alles gegenseitig weg, klauen wie die Raben und treffen kindische Entscheidungen.« Evers Stirn reibt an meiner. »Deswegen hat Tinkerneat mich auch mit Feenstaub betäubt. Damit ich ihr nicht weglaufe, und weil sie nicht nachdenkt, bevor sie handelt.« Wieder seufzt Ever. Es scheint an ihm zu nagen, dass er mir gestern nicht hinterherspringen konnte.

Aufmunternd streiche ich ihm über den Unterarm. »Jetzt sind wir diesen kindischen Irren ja zum Glück entkommen. Zumindest den meisten.« Schließlich sind Peter Pan und Asher noch bei uns, beobachten uns unruhig aus ein paar Meter Entfernung.

Doch wenigstens einmal muss ich noch nach Neverland zurückkehren, das ist mir klar. Um Asher bei seinem Vater abzuliefern. Als ich an Jaz denke, wird mir ganz anders. Heiße Wut brodelt in mir, die mich zu vergiften scheint. Wie konnte er mich nur so hintergehen? Meine Nasenflügel beben. Andererseits habe ich mich wirklich wohl in seiner Nähe gefühlt – und begehrt. So ziemlich von Anfang an. Kann das wirklich nur von dem Feenstaub hervorgerufen worden sein? Auf einmal bin ich mir nicht mehr so sicher. Wie sollte er mich schon so früh mit Feenstaub in Berührung gebracht haben?

Ever sieht mich weiter unverwandt an, hält mich nur eine Armlänge von sich entfernt. Streichelt mir sogar über die Wange. Doch sonst tut er nichts mehr. Schweigt zudem. Was das jetzt wohl für uns bedeutet?

»Ich sollte Spieglein anrufen«, sage ich letztendlich. »Wir sind so nah dran. Und uns rennt doch irgendwie die Zeit davon.«

Nicht nur, dass Ever heute Abend zum Wolf wird, in fünf Tagen wird Snow kurzen Prozess mit ihm machen wollen. Sie wird sich nicht die Blöße geben, ihren Schwur fallenzulassen. In diesem Punkt ist sie ziemlich stur. Wenn wir in fünf Tagen nicht die Prinzen aufgetrieben haben, wird Snowdagger ihm vermutlich aus Wut den Kopf abschlagen. Einfach, weil sie es so versprochen hat, und sie nicht ruhen wird, bis sie alle Bösewichte verhört und getötet hat. Oder eben ihr Ehemann wieder aufgetaucht ist.

Mit gesenktem Kopf eile ich zurück zu Asher und Pan.

Die beiden beobachten mich neugierig.

Weil ich nicht weiß, was ich den beiden sagen soll, zücke ich mein Handy und wähle über FaceTime Spiegleins Nummer.

Sobald Ever von hinten an mich herantritt, fällt mir das Handy allerdings fast aus der Hand.

»Red!« Sofort erscheint Spiegleins Gesicht auf dem Display. »Ich wollte dich auch gerade besuchen.«

»Gut. Hör mal …« Eilig fasse ich die Ereignisse der letzten Minuten zusammen.

Der Spiegel ist ganz Ohr.

»Verstehe«, seufzt Spieglein am Ende meiner Ausführungen. »Jetzt wird mir auch klar, was die Hexe gemeint hat, als sie sagte, Hook würde in den Märchenwald einfallen, um dich und das, was du ihm gestohlen hast, zu holen. Ist dies das Kind?« Er nickt in Richtung Asher.

»Ja«, bestätige ich, wobei ich das Handy so drehe, dass Spieglein einen besseren Blick auf den Jungen werfen kann. Asher hebt eine Hand, um zu winken. Er wirkt erstaunt, aber nicht eingeschüchtert.

Hinter Asher tut es ihm Peter Pan gleich und winkt ebenfalls.

Ich reibe meine freie Hand an meiner Hose, um den Schweißfilm darauf loszuwerden.

»Sieht so aus, als hätten wir inzwischen nicht nur ein Problem mit der Entführung der Prinzen, sondern auch mit Prinzessin Jasemin und Käpt'n Hook«, meint Spieglein Superschlau schließlich. Um uns herum verspannen sich alle.

Da Spieglein nur gedankenverloren auf seiner Unterlippe kaut, fahre ich mit unserer Unterhaltung fort. »Zurück zu den Prinzen. Mittlerweile glauben wir zu wissen, wo sie festgehalten werden.«

»Wonderland«, sagen wir beide gleichzeitig.

»Immerhin habt ihr das auch endlich begriffen.« Der Spiegel wirkt äußerst zufrieden, nur Evers Gesicht verdüstert sich.

Wir verabreden, dass wir uns in einer Stunde an der Grenze zu Wonderland treffen. Laut Spieglein brauchen die Prinzessinnen nämlich in etwa so lange.

Mit gemischten Gefühlen beende ich das Gespräch und stecke das Smartphone zurück in meine Hosentasche. Wir sind so nah dran und stecken doch bis zum Hals im Eselmist.

Da wir noch Feenstaub übrighaben, fliegen wir einfach zur Grenze, können also schon nach fünfzehn Minuten Flugzeit dort sein.

Während wir fliegen, halte ich nicht nur Asher an den Händen, sondern schiebe auch die Gedanken in meinem Kopf hin und her. Wenn Prinzessin Jasemin wirklich diesen Krieg beginnt und Spieglein mit seiner Schlaf-Weissagung recht hat, dann … dann. Dann kann das verlorene Kind, das Neverland mit dem Märchenwald vereint, eigentlich nur Asher sein. Oder? Das wäre logisch. Ich meine, es gibt noch mehr verlorene Jungs, aber ich glaube kaum, dass sie Eltern sowohl aus Neverland als auch aus dem Märchenwald haben. Ich betrachte den kleinen Racker, der, so wie ich es vermute, am Ende Neverland und den Märchenwald im Krieg gegen das Morgenland vereinen wird. Vielleicht sogar, indem er seinen Vater und seine Mutter wiedervereint. Aus einem merkwürdigen Grund versetzt mir dieser Gedanke einen Stich. Mitten ins Herz.

Dieses Mal klappt die Landung besser. Nur Asher müssen wir gemeinsam auffangen. Ever und ich. Über den Kopf des Kleinen hinweg schiele ich zu ihm herüber.

»Danke.«

Evers Lippen zucken. Er versucht sich an einem Lächeln. Allerdings will es ihm nicht so recht gelingen. Mir ebenso wenig.

Ob es der Verrat von Jaz an mir ist? Oder welche Barriere hat sich heimlich still und leise zwischen uns geschlichen? Mit angespannten Muskeln schiebe ich Asher ein Stück von mir. Irgendwie beunruhigt mich der Gedanke, Asher mit nach Wonderland nehmen zu müssen. Zu den Verrückten. Aber mir bleibt keine Wahl. Wir müssen die Prinzen finden. Und ich kann einen Vierjährigen weder allein lassen noch irgendwo abgeben. Das würde er nicht zulassen. Also sieht mein Plan wie folgt aus: Prinzen finden, Ever in der Vollmondnacht in Sicherheit bringen, Ashers Mom finden. Einen Krieg gewinnen. Mir Käpt'n Hook vom Hals halten. Ich denke, das ist das Beste für alle so.

»Da vorn. Hinter den Bäumen beginnt die Mauer«, unterbricht Peter Pan meine Gedanken.

Ich hebe den Kopf. Ein Fluss, der vom nördlichen Meer ins südliche fließt, teilt unsere beiden Länder. Zusätzlich umgibt Wonderland noch eine hohe Mauer aus Glassteinen, die mit Magie verstärkt ist. Wohl um die Verrückten drinnen zu halten, nehme ich an. Pan hat uns eine Landung auf dem Waldboden auf unserer Flussseite empfohlen. Hier stehen wir auf weichem Moos, während die Brücke über den Fluss bis zu einem breiten Weg aus Kieselsteinen führt, der an der Mauer entlangläuft. Ich schlucke. Die Mauer sieht aus, als würde sie aus enormen Eisblöcken bestehen. Durchsichtige Quader mit abgerundeten Ecken.

»Willkommen in Wonderland«, lese ich auf einem verrosteten Schild. Es ist dasselbe metallene Hinweisschild, das sonst an gewissen Ecken im Märchenwald verkündet: »Achtung: Menschenfressender Bär« – oder etwas in der Art.

Asher, dem ich erklärt habe, dass wir zunächst einen Abstecher nach Wonderland machen müssen, macht große Augen. »Das ist Wonderland? Wow, das sieht ja wahnsinnig aus! Seht ihr, wie das glitzert?«

Ich sehe vor allem, wie eine Taube in diesem Augenblick über die Mauer ins Land fliegen will, aber gegen eine unsichtbare Wand prallt. Es zischt, als hätte ihr etwas einen Stromschlag verpasst. In einem aufgeregten Kreischanfall zittert das Tier, purzelt dann rückwärts an der Mauer hinunter. Eine unheilvolle Ahnung kribbelt in meinem Nacken wie ein Dutzend Mehlwürmer.

Ehe ich es verhindern kann, rennt Asher los zur Brücke. Der Anblick der Mauer scheint ihn zu faszinieren.

»Warte!« Ich renne ihm hinterher, hüpfe dabei ein bisschen, durch den Rest an Feenstaub auf mir.

Hinter mir setzen sich auch Ever und Pan in Bewegung. Wir schaffen es gerade noch, Asher am Genick zu packen, bevor er die Brücke betritt. Keine Sekunde zu früh. Denn Puff, Flacker, Peng, Peng, materialisiert sich genau auf den ersten Stufen, die empor auf die Brücke führen, eine Gestalt.

»Vorsicht!« Ever reißt mich zurück, schiebt sich dann vor mich, wie um mich vor dem drohenden Unheil abzuschirmen. Die Geste erinnert mich nur leider an Jaz.

Ich kralle mir selbst die Fingernägel in die Handflächen. Doch mir fehlt die Zeit, um jetzt auch nur einen Gedanken an den Piraten zu verschwenden. Direkt vor uns steht eindeutig die böse dreizehnte Fee aus Rose' Märchen. Die, die ihr und den anderen Schlossbewohnern den hundertjährigen Schlaf aufgebrummt hat. Sie ist die einzige unter allen Feen, die ausschließlich schwarz trägt. Sie lächelt uns an, einen Zauberstab mit silbernem Griff in der Hand. Ihr schwarzes Kapuzenkleid schimmert, als bestünde es aus Reptilienhaut. Selbst ihre Haare, die in langen Strähnen unter ihrer Kapuze hervorlugen, sind schwarz. Dieses Mal weiß ich sofort, welche Art von Magie diese Fee benutzt. Fluchmagie.

Ich schnappe mir Asher und mache einen Schritt rückwärts. Es ist nicht so, als ob ich Angst vor dieser Fee hätte, dennoch bricht in mir der Impuls an die Oberfläche, das Kind vor allem Unheil beschützen zu wollen.

»Da sind sie ja, die tapferen Helden, Bezwinger der Hexen, Wölfe und anderer Missetäter des Märchenwalds«, stellt die Fee fest. Ihre grünen Augen leuchten unnatürlich grell, bohren sich in mich, als hätte ich ihr etwas Schreckliches angetan.

Ich verstehe nicht sofort, ahne aber, auf was sie hinauswill.

»Du! Red und dieser Hipster-Wolf! Ihr und eure Prinzessinnenfreunde!« Die Fee lacht ihr grässlich schallendes Bösewichter-Lachen, wobei sich ihre künstlich geglättete Gesichtshaut anspannt. »Ihr glaubt wohl, ihr kommt mit euren Morden und Prügeleien einfach so davon!« Auf den Fingernägeln trägt sie diesen neumodischen neongrünen Nagellack, wie ihn sonst nur dreizehnjährige Mädchen auf Instagram und Tumblr zur Schau stellen.

»Wir, ähm«, beginne ich, werde aber sofort von ihr unterbrochen.

»Dafür gibt es keine Entschuldigung!«, zischt sie. Als sie den Mund öffnet und sich gleichzeitig zu mir nach unten beugt, bemerke ich das

Zungenpiercing von der Form einer Erdbeere in ihrem Mund. »Ihr Prinzessinnen verursacht sogar einen Krieg mit dem Morgenland! Ja, ich sehe sie, die Truppen, die von Prinzessin Jasemin eingeschworen werden, um gegen uns loszumarschieren. Schon morgen Abend wird euch ein Botschafter an der Grenze für die Kriegsverhandlungen erwarten.«

O nein. Bei diesem Gedanken wird mir ganz schlecht. Das geht zu schnell!

»Dafür werdet ihr büßen! Und zwar jetzt«, zetert die Fee. »Zuerst du, Red! Verursacherin allen Übels!« In einer fließenden Bewegung hebt sie den Zauberstab. »Geh aus dem Weg, Werwolf! Dich werde ich verschonen, du kannst nichts dafür. Deine Strafe ist bereits hoch genug.«

Ever versteift sich. Irgendetwas scheint in ihm zu gefrieren.

Die Fee fuchtelt mit ihrem Zauberstab in der Luft herum. Er ist aus mitternachtsschwarzem Holz geschnitzt, als sei er ein verbranntes Holzscheit, das auf einen silbernen Handgriff geschraubt wurde. »Stell dich nicht so an. Du weißt nicht, was du tust.« Als sich Ever weiterhin beharrlich weigert, fährt sie fort: »Wenn ein weiterer Fluch dich trifft, kann man nicht vorhersehen, was geschieht.«

Ein weiterer Fluch? Die Erkenntnis trifft mich mitten in die Magengrube. Dafür kann es nur eine Erklärung geben. »Du hast Ever diesen Fluch angehängt? Wegen dir wurde er zum Wolf?« Wütend starre ich die Fee an, die sich eine ihrer schwarzen Haarsträhnen unter die Kapuze schiebt.

»Gut kombiniert.«

»So, wir beruhigen uns jetzt alle mal wieder«, mischt sich Pan ein.

Doch ich bin noch nicht fertig mit der verdammten Fee, die Evers Leben ruiniert hat. Auf einmal fallen alle Puzzleteile an ihren Platz. »Peter, nimm Asher, während ich mich um dieses Miststück kümmere!«

Natürlich bin ich schnell, sogar bestimmt flinker als Hase und Igel, als ich in Richtung der hautgestrafften alten Fee nach vorn schieße, aber Ever ist noch schneller. Er packt mich und zieht mich zurück, legt dann beide Arme wie ein Schraubstock um meine Schultern. »Nicht! Lass es gut sein, Red!«

»Aber sie hat dich verwandelt! Deshalb hast du dein Dorf verlassen müssen, richtig? Deine Heimat! Nur weil sie dich verflucht hat.«

Vor Wut beginnen meine Wangen zu brennen. Diese Ungerechtigkeit macht mich wahnsinnig. Warum hat sie das getan?

Die Fee schnaubt, fährt dann ihre surrenden, libellenartigen Flügel aus. Ungewöhnlich, dass die noch dran sind, bei einer dermaßen bösen Fee. Anscheinend hatte sie Sonderkonditionen oder die verordnete Anti-Aggressionstherapie hat angeschlagen, sodass ihr das Flügelkappen erlassen wurde. Jetzt sieht sie aus wie eine groteske Mischung aus veraltetem Ex-Model und Insekt.

Die dreizehnte Fee. Die einzige Böse unter den dreizehn Schwestern aus dem Märchen über Rose' Leben.

»Nicht nur deswegen musste er gehen. Es gab da noch einen Vorfall …« Sie unterbricht sich selbst. »Lasst uns zurück zum Thema kommen.«

Ein Vorfall. Irgendjemand hatte doch schon einmal diesen Ausdruck benutzt. Ich lege die Stirn in Falten, bis es am Haaransatz wehtut.

»Mit diesem Fluch sollst du für immer schlaflos sein, keine Ruhe finden, und des Nachts über deine Verbrechen weinen! Deine Ruhelosigkeit soll dein Tod sein«, kreischt die Fee. Mit beiden Beinen stößt sie sich vom Boden ab und schleudert den Fluch direkt auf mich. Von oben. Über Evers ausgestreckte Arme hinweg.

»Nein!«, schreien wir alle Vier, selbst Asher.

Es geht alles so schnell. Gerade bekomme ich mit, wie ein blauer Blitz mich am Scheitel trifft. Ein Kribbeln zischt durch mich hindurch, lässt meine Fingerspitzen vibrieren.

Gleichzeitig springt Peter Pan nach oben, wobei er offensichtlich Feenstaub benutzt. Er greift nach dem Zauberstab und reißt ihn der Fee aus der Hand.

Überrascht von Peters Seitenangriff taumelt die Fee in der Luft.

Plötzlich erlischt das Kribbeln in mir. Leider wollen mich meine Beine nicht mehr tragen, wie ich feststellen muss. Ohne etwas dagegenhalten zu können, sacke ich in mich zusammen.

Aber glücklicherweise ist da Ever, der mich auffängt. Er wirkt alarmiert, behält jedoch die Nerven. »Schnell, Peter Pan, du musst einen Bedingungszauber zum Fluch hinzufügen! So wie damals bei Dornröschen.«

Irgendwie bekomme ich noch mit, wie Pan den Kopf nachdenklich zur Seite neigt und den Feenzauberstab in seiner Hand betrachtet. »Du meinst, die Sache mit dem Spinnrad?«

»Nein, ich meine so etwas wie Schlaf statt Tod. Damals wurde der Fluch von Rose' Tod auf einen hundertjährigen Schlaf abgeändert, den nur die wahre Liebe brechen konnte. Die zwölf anderen Feen haben das erledigt.«

Die böse Fee hat sich inzwischen wieder gefangen.

»Ihr dummen Menschen. Als ob ihr Feenmagie verwenden könntet! Es ist vorbei! Red wird aus Kummer über ihre eigenen Taten sterben, wie sie es verdient. Das ist meine Quittung für ihren Rachefeldzug gegen die Antihelden der Märchen.«

Ein wenig teilnahmslos starre ich nach oben.

So kann ich quasi sehen, wie es in Pans Augen *klick* macht. Er greift in seine Tasche, zieht eine Handvoll Feenstaub hervor. »Feenstaub also? Wie der hier? Aus Neverland?«

»Was?«, japst die Fee. Entsetzen weitet ihre sowieso schon entstellten Züge.

»Eine Bedingung!«, herrscht Ever Pan ungeduldig an.

Ohne weiter zu zögern, streut Peter den Feenstaub über den Zauberstab. »Dir soll nichts geschehen, solange du nachts nicht allein in deinem Bett schläfst, Rotkäppchen! Bibbedibabbediebu!«

»Was?«, schreien sowohl die Fee als auch Ever.

Im selben Moment durchfährt mich so etwas wie ein Windstoß. Meine Haare werden durcheinandergewirbelt. Das muss der Zauber sein.

Während Asher links von mir auf die Knie sinkt und gleichzeitig mit der Hand meine Schulter berührt, springt Ever auf. »Das reicht nicht! Was hast du dir dabei gedacht, Peter Pan? Sobald Red eine Nacht alleine schläft, stirbt sie!«

»Aber … Aber ihr beide …« Peter deutet auf Ever und mich. »Außerdem: Wir schlafen immer alle gemeinsam in einem großen Bett. Ein Teil der verlorenen Jungs, Tinkerbell …«

»Wir wohnen aber nicht in einem Heim für freiwillig zurückgebliebene Kinder!«, brüllt Ever ihn an.

»Ja, da haben wir's«, meint die Fee zufrieden. »Sie ist so gut wie tot.«

Das ist scheinbar zu viel für Ever.

»Du verdammtes Miststück!«, stößt er mit einem gewaltigen Knurren hervor. »Du nimmst den Fluch zurück. Sofort!«

Die Fee landet auf der Brüstung der Brücke, schlägt dort entspannt die Beine übereinander. »Gerade dir muss klar sein, dass das nicht funktioniert. Reds Todesfluch lässt sich genauso wenig aufheben wie dein Werwolffluch.«

Ich sehe noch, wie Evers Fingernägel zu Krallen werden, wie aus seiner Hose hinten der Wolfsschwanz hervorbricht. Dann geht alles ganz schnell. In einem übermenschlich weiten Bogen springt er auf die Brücke, bleckt die Zähne.

Die Fee ist mindestens genauso überrascht wie ich, als er sie von der Brücke stößt. Ihre Arme rudern noch in der Luft, aber ihre Flügel scheinen nicht dafür gemacht, sich aus einem Rückwärtssturz heraus umzudrehen. Sie fällt die drei Meter nach unten in den Fluss. »Arrrrghh.«

Es platscht, als sei ein mittelgroßer Wal soeben in die Wellen getaucht. Die Fee geht unter. Mit Pauken und Trompeten. Ich sehe noch eine einzelne Hand mit neongrünen Fingernägeln, die sich an die Wasseroberfläche kämpft, dann aber gleich wieder versinkt. Offensichtlich können Feen nicht schwimmen. Hätte mich auch gewundert. Sicherlich können sie mit nassen Flügeln absolut nichts anfangen. Genau wie Stubenfliegen.

Die Fee kommt also nicht mehr an die Wasseroberfläche, wird von der Strömung mitgezogen. Ein paar Sekunden beobachten wir noch ihren Schatten, wie er unter Wasser davontreibt, dann ist sie fort.

Hinter uns klatscht jemand.

»Gute Arbeit.« Es ist Snow. Gefolgt von Cinder, Rose und Rapunzel. Alle vier kommen aus dem Wald auf uns zu. Ganz offensichtlich haben sie die letzten Sekunden mitbekommen.

»Es tut mir so leid.« Plötzlich ist da Ever an meiner Seite, zieht mich nach oben. Dann legt er einen Arm um mich. »Ich hätte dir diese Fluchsache so gern erspart.« Als ich den Kopf hebe, sehe ich, wie sich seine Augen röten. Er spricht aus eigener Erfahrung. Das ist mir klar.

Asher schiebt seine kleine Hand in meine. »Alles wird gut, Red. Ich schlafe mit dir in einem Bett. Und Daddy wird das sicher auch gern für dich tun.«

Ich schlucke. Um nicht an Jaz denken zu müssen, oder daran, dass Ever es bisher noch nicht angeboten hat, hebe ich den Blick in Richtung meiner Freundinnen. Inzwischen haben sie uns beinahe erreicht. Bei ihrem Anblick muss ich unwillkürlich lächeln. Alle vier haben ihre Haare toupiert, sodass sie nach allen Seiten abstehen. Allesamt stecken sie in zerrissenen schwarzen Jeans und bunten Blusen, deren Ärmel sie allem Anschein nach selbst abgerissen haben. Ihre Wangen zieren schwarze Streifen, wie es sich sonst nur Footballspieler und Indianer aufmalen, um ihre Gegner einzuschüchtern. Im Laufen lassen Cinder und Rapunzel ihre Selfiesticks wie Baseballschläger kreisen. Meine besten Freundinnen sehen aus wie Rachegöttinnen. Die Schneewittchen-Gang wie sie leibt und lebt. Auf einmal kommen sie mir alle viel reifer vor. Und gefährlicher.

»Wir haben gehört, dieses Land beherbergt aktuell unsere Ehemänner?« Snow bleibt direkt vor mir stehen. »Mein Beileid übrigens zu deinem Fluch. Ist das da Hooks Sohn, von dem Spieglein gesprochen hat? Wegen dem du einen Krieg mit Neverland angezettelt hast?«

»Genau. Allerdings wird es nicht zu einem Krieg zwischen Hook und uns kommen, glaub mir.«

Jetzt übertreibt Snow doch ein wenig, finde ich. Ein Krieg mit Neverland … Ein wenig stockend stelle ich dann sowohl Asher als auch Peter offiziell vor, der sich mit einer kleinen Verbeugung genau vor Cinder schiebt, und bringe sie dann auf unseren aktuellen Stand der Ermittlungen und was uns sonst noch so bevorsteht. Allen voran die Suche nach Ashers Mom und was die Fee über die Truppen aus Morgenland berichtet hat.

»Schöner Misthaufen«, seufzt Rapunzel. Sie hebt eine Augenbraue. »Und wie sollen wir jetzt alle nach Wonderland reinkommen?«

Ich bin ein wenig überrascht, dass sie so fokussiert ist. Sonst erlebt man sie nur mit einer deutlich geringeren Aufmerksamkeitsspanne.

Tatsächlich öffnet sich in der Mauer um Wonderland nur ein winziges Tor von der Größe eines Maulwurflochs, durch das man üblicherweise hindurchmuss.

»Habt ihr zufällig etwas von dem Schrumpfkuchen dabei, den Alice uns immer mit ihren Partyeinladungen schickt?«, frage ich mit wenig Hoffnung in der Stimme.

Alle schütteln den Kopf.

»Werfe ich immer direkt weg, das Zeug«, gibt Rose zu. Die Schleife, die ihre lila Bluse in der Mitte tailliert, löst sich unter ihrem Achselzucken.

»Warte mal«, unterbricht Cinder sie. »Alice hat uns doch gestern diese zwei Minikuchenstücke gegeben, als wir sie in Jasemins Schloss getroffen haben.«

Snow glättet sich mit Daumen und Zeigefinger die Augenbrauen. »Ja, aber eins ist mir aus der Tasche gefallen, als wir mit dem Teppich gestartet sind. Das letzte Stück reicht maximal für zwei Personen.« Als sie sich zu Cinder umdreht, bemerke ich etwas Merkwürdiges in Snows hinterer Jeanstasche. »Ist das ein Zauberstab?« Schnell vergleiche ich ihn mit dem, den Pan immer noch in der Hand hält. Er ist aus einem anderen Holz geschnitzt. Genauer gesagt, aus Ebenholz, mit verschlungenen Linien wie pulsierenden Adern. Verschnörkelter eben als der silber-schwarze Feenzauberstab.

»Ja. Den habe ich Bane abgenommen. Vielleicht kann er uns noch hilfreich sein, sobald wir wissen, wie man ihn benutzt.«

»Der hier funktioniert recht gut mit Feenstaub«, brüstet sich Peter, worauf ihm Ever einen vernichtenden Blick zuwirft. »Na klar. Er gehörte ja auch einer Fee. Dieser Zauberstab da wurde für eine Hexe gefertigt!«

Beschwichtigend hebe ich beide Hände. »Kommen wir doch alle mal wieder runter. Wie hat Bane denn damit genau gezaubert? Vielleicht können wir daraus unsere Schlüsse ziehen und diesen Kuchen vervierfachen? Dann reicht er für uns alle und wir sparen Feenstaub.«

»Eine gute Idee«, lobt mich Peter.

Dafür kneift Ever die Augen zusammen. Nur langsam sehe ich, wie er sich beruhigt, seine Nägel schrumpfen wieder auf die übliche Größe. Sogar der Schwanz verschwindet.

Als ich seinen Arm drücke, schmerzt mein verletztes Handgelenk, aber ich nehme es kaum mehr wahr, verschließe all meine Schmerzen und Ängste vor dem Fluch der Fee ganz tief in mir. Was soll's? Dann schlafe ich eben nie wieder allein in meinem Leben. Und alles ist gut. Kein unnatürlicher Fluchtod. Zack, Problem gelöst! Ich schlucke.

»Hm.« Während Snow auf und ab geht, tippt sie sich auf die Lippen. »Meine fiese Ex-Stiefmutter hat drei Worte zum Zaubern benutzt. Es war kein richtiger Umwandlungsfluch, also muss der Zauberstab auch funktionieren, wenn man keine Magie in sich trägt, oder nur einen Funken, so wie wir.«

Damit meint sie sicher die übliche Prinzessinnenmagie. Mit Tieren reden und so etwas.

»Drei Wörter«, wiederhole ich. Nicht gerade besonders hilfreich.

»Jedes in einer anderen Sprache«, fährt Snow mit rauer Stimme fort. »Aber ich kann mich nicht mehr genau an die Worte erinnern.«

»Und wenn schon«, meint Rose gelassen. »Wir wollen Banes Schlangenzauber doch sowieso nicht wiederholen. Vielleicht geht es darum, die Macht der Drei zu rufen und sich etwas zu wünschen? Indem man drei Sprachen miteinander vermischt?«

»Einen Versuch ist es wert.« Pan nickt. Mir entgeht nicht, wie er in Richtung Cinder schielt.

Nicht besonders überzeugt kramt Snow das Kuchenstück von der Form und Größe eines Dominosteins, den man zu Weihnachten isst, aus ihrer winzigen Umhängetasche hervor. Danach zückt sie den Zauberstab, schaut uns zuerst aber einige Sekunden nacheinander an. »Mortadella, Hot Dog, Sushi!«, fordert sie letztendlich vom Kuchen. Ich bekomme gerade noch mit, wie sie die Augen zusammenkneift, ganz sicher, um den Wunsch zu formulieren. Doch dann wird meine Aufmerksamkeit vom Kuchen in ihrer Hand abgelenkt, der tatsächlich wächst und sich danach selbst vierteilt! Unglaublich!

»Wow«, entfährt es Pan. »Der Schrumpfkuchen wächst!«

Cinder kichert über seine Bemerkung.

»Gut, Leute«, kommandiert Snow, nachdem wir fertig sind mit Staunen. »Immer zwei von uns teilen sich eins dieser Törtchen.« Vier kleine Domino-Törtchen für sechs Erwachsene, ein Kind und ein Kind, das nicht erwachsen werden will. Fantastisch. Aber das bekommen wir schon irgendwie hin.

Zuerst müssen wir allerdings die Brücke überqueren. Fast rechne ich damit, dass die dreizehnte Fee aus dem Fluss wieder auftaucht und einen von uns am Knöchel packt. Aber nichts passiert. Wahrscheinlich schaue ich einfach zu viele Horrorfilme.

Kapitel 14

Schließlich stehen wir im Halbkreis um das winzige Tor herum. Gerade so könnte sich hier dieses weiße Karnickel durchzwängen, das unserer Freundin Alice auf Schritt und Tritt folgt. Wobei Freundin wirklich zu viel gesagt ist. So weit, wie man eben mit einer Verrückten befreundet sein kann. Im Grunde genommen liken wir nur ab und zu ihre abgedrehten Teepartyfotos auf Instagram, die doch irgendwie alle gleich aussehen. Sie und der Hutmacher bewerfen sich mit Tassen und ziehen an einer Wasserpfeife.

Oder wir lassen uns Ausreden einfallen, um ihre Facebook-Event-Einladungen abzulehnen. Ende der Geschichte.

»Zeit, den Kuchen zu teilen«, fordert uns Snow auf. Sie hält uns ihre Hand hin.

»Ich teile mit dir, Red«, meint Ever sofort. Schneller als ich gucken kann, hat er sich ein Stück geschnappt und es in zwei Hälften gebrochen.

Dann schwebt es auch schon vor meinem Mund. Ich betrachte es. Ach, was soll's, irgendwer muss ja anfangen und von meinem letzten Besuch in Wonderland kenne ich dieses Schrumpfgebäck bereits. Also esse ich den Kuchen, der nicht mehr als ein großer Krümel ist, aus Evers Hand.

Nur eine halbe Sekunde später tut Ever es mir gleich.

Um uns herum teilen meine vier Freundinnen zwei Kuchenstücke. Nur Pan zögert ein wenig, teilt jedoch schließlich mit Asher. Sicherlich waren beide noch nie in Wonderland, so wie wir anderen.

Kurz danach warten wir, tauschen gespannte Blicke. Manchmal geht der Schrumpfkuchen schneller ins Blut, manchmal später. Das kommt vor allem auf die Zusammensetzung des Kuchens an. Mandeln wirken hier wie wahre Beschleuniger des Schrumpfzaubers.

Dann knacken meine Knochen. Wie Funken eines Lagerfeuers krachen sie in immer kürzeren Abständen. Allerdings tut es kein bisschen weh. *Swoooch!* Die Welt um mich herum scheint emporzuschießen, während ich auf die Größe der Tür zusammenschrumpfe. Natürlich ist sie verschlossen. Meine Hand liegt wie erstarrt auf dem Türknauf. »Schnell!«, rufe ich. »Wo ist der Schlüssel?« Ever schrumpft bereits neben mir zusammen und auch Rapunzel beginnt kleiner zu werden. Alle anderen drehen sich suchend in alle Richtungen um.

»Ich sehe ihn nicht!« Leichte Panik scheint in Cinders Stimme zu liegen, dann geht auch sie auf Baby-Kaninchengröße ein.

»Wo ist der verdammte Schlüssel?«, kreischt Snow ohrenbetäubend laut. Doch es ist zu spät. Ihr und Rose bleibt keine Zeit mehr, etwas zu unternehmen. Verdammt.

Neben mir fährt sich Ever mit der Hand durch sein Gesicht. »Es tut mir so leid. Ich hätte an den Schlüssel denken müssen.«

Super. Wir haben verloren. In ein paar Minuten werden wir wieder normalgroße Menschen sein, aber keinen Schrumpfkuchen für einen zweiten Versuch übrig haben. Verflucht, wo ist das blöde Karnickel, das letztes Mal mit einem Schlüssel um den Hals hier auf uns gewartet hat?

»Geht mal zur Seite.« Während Asher bereits schrumpft, schubst der noch nicht verkleinerte Peter Pan alle mit seiner Hand aus dem Weg. Dann holt er aus und tritt die Winztür ohne zu zögern ein. Wie ein Fußballspieler. Das Holz der Tür knackt synchron zu seinen eigenen Knochen. Er hat einfach Gewalt angewendet. Sekunden, bevor er auf die Größe eines Ein-Käsehochs zusammengeschrumpft ist. Nun, so geht's auch. Vor Überraschung weiß ich gar nicht, was ich sagen soll.

»Was starrt ihr mich alle so an?«, fragt Peter Pan in die Runde. »Habt ihr euch nie gefragt, warum Alice das in ihrem Märchen nie versucht hat? Immer dieses hin und her Geschrumpfe. Total unnötig.«

Ich blinzle. Aha. Leuchtet auch irgendwie ein.

»Okay …« Völlig unvermittelt greift Ever nach meiner Hand. »Wir sollten losgehen, bevor wir wieder wachsen. Oder Wurzeln schlagen.«

Gar kein so abwegiger Gedanke. Ich hebe einen Fuß, steige über die Holzsplitter der Tür hinweg.

Damit bin ich die Erste, die Wonderland betritt. Noch vor Ever, den ich hinter mir herziehe. Die anderen folgen uns. Wie beim letzten Mal hat die Magie alles erfasst, was wir bei uns tragen, weshalb unsere Ausrüstung samt Selfiesticks mitgeschrumpft ist.

Auf der anderen Seite empfängt uns unglaublicherweise strahlender Sonnenschein. Dazu leuchtende Pilze und Grashalme, die mich um zwei Köpfe überragen. Magie. Mit meiner freien Hand berühre ich die Spitze eines Neon-Grashalms. Anti-Logik-Magie. Reine Magie. Gegründet auf allen unerklärten Phänomenen, die jeglicher Logik der Menschheit widersprechen. Zum Beispiel, warum Ameisen und Käfer das bis zu fünfzigfache von ihrem Körpergewicht tragen können. Die Antwort auf diese Frage ist ebenfalls Anti-Logik-Magie. Die meisten Bewohner hier benutzen sie unabsichtlich, aber niemals willentlich.

Es ist unglaublich schön. Wonderland. Aber auch anders, als ich es in Erinnerung hatte. Ganz leer und ohne das Gelächter, das früher über allem gehangen hat.

»Seht ihr das Schloss der Herzkönigin?« Snow dreht sich in alle Richtungen, bis Peter sie hochhebt und sie es erspäht hat. »Da müssen wir hin.«

Ich klettere auf einen Stein in der Nähe. Als ich mich aufrichte, kann ich endlich über die Halme spähen. Ein verschlungener Weg erstreckt sich vor uns, führt durch einen Wald. Dahinter erhebt sich ein Hügel, auf dem ein rot-weißes Schloss steht. Dort, wo die Herzkönigin Hausarrest schiebt. Vollkommen allein, wie ich weiß. Nur Alice und der Hutmacher besuchen sie angeblich manchmal. Obwohl sie am anderen Ende des Walds in ihrer Tee-WG wohnen, wie sie es nennen.

Ich rutsche vom Stein herunter. Gerade, als meine Füße den Boden berühren, schreit Ever auf. »Vorsicht, Red!«

Ein Schatten fällt auf mich. Verwundert drehe ich mich um und sehe eine Vogelspinne, so groß wie ein Bernhardiner, über den Stein auf mich zukrabbeln. Vor Schreck klappt mir der Mund auf. Das Ding ist riesig! Und haarig! Geradezu grotesk! Die Beißwerkzeuge an ihren Mundwinkeln klackern.

»Red!« Ever stürzt vor mich, drängt mich dann mit seinem Körper nach hinten, weg von der Spinne, gerade als ihre Beißwerkzeuge nach vorne schießen.

Dadurch verfehlt die Spinne uns nur um Haaresbreite.

Wow, wie sich Ever ohne zu zögern vor mich geworfen hat. Staunend blinzle ich. Bin komischerweise etwas benommen. Spinnen sind einfach nicht meins. Dummerweise setzt die Spinne jetzt zu einem weiteren Angriff an. Aber Snow ist schneller. »Spinne, Bird, Coq au vin!«, höre ich sie schreien.

Augenblicklich schrumpft die Spinne, wird zu einer Raupe, ungefähr nur ein Drittel so groß wie zuvor.

»Langsam habe ich das mit diesem Zauberstab wirklich raus«, stellt Snow erfreut fest. Die anderen jubeln. Bis auf Ever, der mich besorgt mustert, mein Gesicht in beide Hände nimmt. »Alles in Ordnung?«

»Du hast mich gerettet«, flüstere ich, weiß nicht, was ich sonst noch sagen soll. Ever war da, als ich ihn gebraucht habe. Hat mich aus der Schusslinie gezogen. Wie im Märchen! Hat sich für mich in Gefahr gebracht. Eigentlich nicht zum ersten Mal, wie ich rückblickend feststelle. Ob er doch mein Prinz sein sollte? Mein Hipster-Prinz? Allerdings habe ich das bei Jaz auch gedacht und ich weiß, dass ich vermutlich nur so wirre Gedanken habe, weil immer noch Feenstaub durch meine Adern fließt.

»Sind alle unversehrt?«, will Rose wissen, nachdem die Raupe mit eingezogenem Kopf hinter ein Grasbüschel gerobbt ist.

Der Blick meiner besten Freundin streift mich.

Gleichzeitig kommt Asher auf mich zugetrabt und klammert sich an meinen Beinen fest.

»Gut. Alle leben noch. Wollen wir dann loslaufen und hoffen, dass wir bald von alleine wieder wachsen?«, schlägt Cinder vor. Sie hat sich auf ihren Selfiestab gestützt wie auf einen Wanderstock.

Pan starrt sie ganz verliebt an. Langsam wird es peinlich.

»Können wir nicht fliegen?«, fragt Asher. »Oder uns wenigstens mit einem der Zauberstäbe wieder großhexen?«

Mir gefällt, wie pragmatisch das Kind denkt.

»Ähm.« Pan räuspert sich. »Also für uns alle reicht der Feenstaub leider nicht mehr. Fliegen in Wonderland kann auch furchtbar schiefgehen, habe ich gehört. Das ist diese Anti-Logik, die hier überall in der Luft liegt. Das würde ich lieber sein lassen. Wir wachsen sicher gleich wieder.«

Asher nickt. »Verstehe. Trägst du mich dann Huckepack?«

Pan versteinert. Kein Wunder, denn eigentlich sollte Käpt'n Hooks Sohn ungefähr so sehr zu Pans Freunden gehören wie Hornissen. Und von Asher weiß ich, dass die beiden normalerweise keinen Kontakt pflegen. Jaz und Pan bieten lediglich ihren angestauten Aggressionen ab und zu bei verabredeten Kämpfen ein Ventil. Ansonsten meidet man sich.

Ever und ich tauschen Blicke.

Letztendlich werden wir alle Zeuge, wie Pans Augenbrauen zucken, er am Ende aber eine Hand ausstreckt. »Okay, kletter' schon hoch, du Zwerg.«

»Das nenne ich mal Völkerverständigung«, raunt mir Rose zu.

Mit den Augen verfolge ich, wie ein daumengroßer Asher sich an Pans Schultern hochzieht und die beiden dann in Richtung Wald loslaufen. Nicht zu fassen!

»Und du bist ganz schön fit, beste Freundin«, merke ich an. »Schon lange nicht mehr eingeschlafen.«

Rose' Lippen verziehen sich zu einem breiten Lächeln. »Sicher, weil endlich mal was los ist. Wenn ich mich selbst diagnostizieren sollte, würde ich sagen: Das dauerhafte Adrenalin, dem ich seit vorgestern ausgesetzt bin, hält mich vom Einschlafen ab.«

»Lieber Himmel, wenn jetzt alle anfangen, sich selbst zu diagnostizieren!« In gespieltem Entsetzen greife ich mir an die Brust.

Sowohl Rose als auch Ever lachen.

»Warum, gleich noch mal, nehmen wir diesen Peter Pan eigentlich mit?«, fragt Rose wenig später. Vor zwei Minuten etwa sind wir alle wieder auf unsere normale Körpergröße angewachsen. Außer eines sanften Kribbelns in meinen Fingerspitzen, hatte der Spaß bisher keine Folgen für mich.

Ich zucke mit den Schultern. »Keine Ahnung. Pan ist, das nehme ich einfach mal an, nur auf der Suche nach einem Abenteuer. Und er hat Ever und mir schon einmal geholfen.«

Im Laufen greift sich Ever an die Nase, will sich offenbar seine Brille geraderücken, die aber natürlich nicht mehr da ist.

»Genau.« Es scheint, als wollte er noch etwas hinzufügen, doch dann fällt sein Blick auf Rose und er ist still. Fährt sich nur mit der

Hand über die kurzen Haare an seinem Nacken. Vielleicht hebt er es sich auf, bis wir wieder alleine sind. Bei dem Gedanken beginnen meine Wangen ein wenig zu glühen.

Leider führt der kürzeste Weg zum Schloss durch den düsteren Wald in Wonderland. Heimat der Grinsekatze und allerlei anderem verrückten Getier. Aber bitte. Inzwischen sind wir absolut verrücktheitserprobt und stellen uns dem Wahnsinn einfach. Uns kann praktisch nichts aufhalten.

Außer eine Wurzel, über die Rapunzel prompt stolpert, nachdem wir gerade mal dreißig Sekunden durch den Wald gelaufen sind. Ihr dicker Haarzopf, den sie heute seitlich trägt, verheddert sich daraufhin in einem Ast. Es kostet uns ganze vier Minuten, um sie zu befreien. Augenrollend schiebe ich sie schließlich weiter. Alle ihre Haare konnten wir nicht retten. Unglücklicherweise ist ein beträchtliches Büschel am Ast zurückgeblieben.

Aber immerhin machen wir danach wieder etwas Wegstrecke gut, in der uns nichts und niemand stoppt. Ab und zu kreuzt ein gackerndes Eichhörnchen unseren Weg - ja, selbst die sind hier verrückt. Sonst sehen wir aber nicht viel, was zugegebenermaßen auch daran liegt, dass es hier im Wald so dunkel ist. Fast erdrückend. Bedrohlich.

Außer den paar Gackerhörnchen, die sich an unsere Fersen heften, bleibt es jedoch auffallend ruhig. Bis nach einer Kurve zwei Augen zwischen dem Blätterdach eines Baumes erscheinen.

Gleich darauf sieht man einen sich windenden Schatten, wobei ab und zu ein heller Fleck auftaucht.

»Na, sieh einer an«, sagt der Schatten, ebenfalls mit gackernder Stimme, weshalb ich fast geneigt bin zu denken, wir hätten es hier mit einem übergroßen, sprechenden Gackerhörnchen zu tun.

Wir bleiben stehen.

Asher, der immer noch hoch oben auf Pans Schultern thront, streckt eine Hand aus und zupft an einem Ast. »Hallo, Kätzchen.«

Asher hat recht. Natürlich ist es die Grinsekatze, die da oben im Baum thront; aber halt – was trägt sie da auf dem Kopf? Ich kneife die Augen zusammen. Tatsächlich! Als die Katze sich jetzt sichtbar macht und in einer geschmeidigen Bewegung einen Ast nach unten springt, kann man es noch deutlicher erkennen. Wie eine Krone trägt sie ein blondes Haarbüschel, das zu einer Schleife geformt ist, auf dem Scheitel. Lady-Gaga-Style.

»Sind das da meine Haare?« Keuchend deutet Rapunzel auf den Kopf der Katze.

Ich möchte wetten, es sind ihre.

Genervt verschränke ich die Arme vor der Brust.

»Was willst du und was soll das mit den Haaren?«

»Eine sehr interessante Frage«, meint die Katze. »Was will ich mit den Haaren?« Nachdenklich wiegt sie sich hin und her. Seit unserem letzten Treffen hat sie zugenommen. Das erinnert mich daran, wie behäbig meine Prinzessinnen-Freundinnen wurden, nachdem sie ihre Happy Ends erreicht hatten.

»Das habe ich eigentlich dich gefragt«, erkläre ich der Katze mit bebenden Nasenflügeln. »Gibt es einen Grund für dein Auftauchen? Oder willst du uns einfach nur auf die Nerven gehen?« Die verrückten Bewohner Wonderlands sind mir schließlich hinlänglich bekannt.

»Süße Kitty«, freut sich Asher. Er wirkt ganz glücklich.

Viel weniger glücklich wirkt dagegen die Grinsekatze, die ihn pikiert mustert.

»In der Tat habe ich eine Nachricht für euch.« Die Katze räuspert sich, während wir anderen verwunderte Blicke austauschen.

»… Wo war ich? Genau. Die Nachricht lautet: Im *veganen Flamingo* gibt es heute alle Chilli-Cheese-Burger zum halben Preis! Natürlich hergestellt aus Sojabohnen, also eilt herbei! Außerdem solltet ihr den Nachmittagstee im Labyrinth mit Alice und dem Hutmacher nicht verpassen. Die zwei freuen sich schon auf euch.« Die Katze nickt zufrieden, setzt sich dann auf die Hinterbeine, um ihre rechte Vorderpfote sauberzulecken.

Wirklich wahr? Dafür sind wir stehen geblieben?

»Ist das dein Ernst? Mit euch verrückten Wonderlandlern geben wir uns sowieso nicht ab.« Ich wedele mit einer Hand vor meinem Gesicht herum und stakse dann weiter. Das lange Stehen hat die Schmerzen in meinen Knöcheln zurückgebracht. Ever ziehe ich mit mir.

»Sind wir nicht alle ein bisschen verrückt hier?«, ruft mir die Grinsekatze mit Lady-Gaga-Gedächtnisfrisur hinterher.

»Jaja«, murmle ich. »Aber irgendwer sprengt immer den Highscore.«

»Wir haben keine Zeit für so was«, ruft Ever den anderen zu, die noch wie erstarrt unter dem Ast stehen, auf dem die Grinsekatze Hof hält. Nur langsam kommen unsere Freunde zu sich.

»Ihr könnt nicht alle regieren. Besser, ihr bringt euch jetzt gleich gegenseitig um«, empfiehlt die Katze meinen Freundinnen zum Abschied.

Snow runzelt die Stirn. »Du hast wohl zu viel Game of Thrones geschaut.« Glücklicherweise folgen mir jetzt alle, sodass wir endlich Abstand zwischen uns und die durchgeknallte Katze bringen.

»Wer ich?«, fragt die Grinsekatze. »Erster meines Namens, aus dem Hause Grin, Beschützer des Dunkelwalds, Wächter über alle Thunfische, Vater von …«

Ich halte mir die Ohren zu, nehme dafür sogar in Kauf, Evers Hand loszulassen. Daher bin ich auch heilfroh, dass wir nach ungefähr einer halben Stunde den Wald durchquert haben.

Der Anstieg den Hügel zum Schloss hinauf raubt uns allen Atem, den wir haben, sodass wir diesen Teil des Weges schweigend hinter uns bringen. Was mir durchaus recht ist. Ich brauche Zeit zum Nachdenken. Schließlich liegt seit Kurzem ein Fluch auf mir, zwar kein schwerwiegender, dennoch muss ich ab sofort mein Leben dahingehend ändern, dass ich nie wieder allein in einem Bett schlafen kann. Außerdem wird Ever heute Nacht seine Wolfsgestalt annehmen. Das alles ist so verquer und so gar nicht mit meinem bisherigen Leben vereinbar, dass man es fast für einen schlechten Scherz halten könnte. Nur leider ist es mein Schicksal.

Die Sonne steht bereits tief am Himmel, als wir endlich das Schloss der Herzkönigin erreichen. Es sieht etwas heruntergekommen aus. Die weißen Kieselsteine, die den Weg zum Eingang säumen, sind schmutzverkrustet und stellenweise von Moos überzogen. Genau danach riecht es hier auch. Irgendwie modrig. Nur die Rosen blühen auf allen Hecken in ihrer ganzen Pracht. Links von uns erhebt sich hinter einer Rasenfläche ein Irrgarten aus Rosenhecken. Verwildert, aber dennoch aufregend. Mein Sinn für Abenteuer ist bei seinem Anblick sofort geweckt, doch natürlich haben wir keine Zeit dafür. Ich kann sehen, wie Ever einen nachdenklichen Blick in Richtung der Gitterstäbe an den Kellerfenstern wirft. Ob er dahinter die Herzkönigin vermutet oder sich für ein passendes Schlafquartier für heute Nacht umsieht, kann ich nicht sagen.

»Red!« Asher streckt seine Arme nach mir aus. »Ich bin müde.«

Ohne nachzudenken, hebe ich ihn von Pans Schultern. Wie normal es sich schon für mich anfühlt, dass er bei mir ist …

Seufzend schlingt der Kleine sowohl Arme als auch Beine um mich, weswegen ich ihn wie einen Rucksack vor meinem Bauch trage. Er riecht so gut. Irgendwie nach Babyshampoo. Und nach Jaz.

Sofort habe ich das Bedürfnis, mich selbst zu schlagen. Wie kann ich in dieser Situation, und vor allem nach dem, was passiert ist, immer noch an Jaz denken? Also vergrabe ich mein Gesicht in Ashers Haarschopf und versuche, mich abzulenken.

»Wollen wir einfach klopfen?«, fragt Cinder irgendwann, als wir uns dem Eingangsportal bis auf zehn Schritte genähert haben.

»Du kannst stattdessen auch die Nationalhymne jodeln«, schlägt Snow vor.

Cinder wirft ihr einen bitterbösen Blick zu.

Daraufhin muss sich Snow seitlich auf den Rasen fallen lassen, um dem Schwinger mit Cinders Selfiestick zu entgehen. »Spinnst du?«

»Nein, du spinnst, wenn du glaubst, dass du mich immer noch verarschen kannst, Snow!« Mit wutverzerrtem Gesicht schmeißt Cinder ihren Selfiestick weg und stürzt sich dann mit bloßen Händen auf ihre Freundin.

»Oho«, meint Pan. Sichtlich überfordert versucht er, die Streithähne zu trennen. Seine mangelnde Erfahrung mit dem weiblichen Geschlecht rächt sich hier, als er Cinder um die Brust packt und nach oben zieht.

Daraufhin kreischt sie los, als sei sie die böse Hexe in einem Märchen.

Pan fällt sein Fehler auf und er nimmt seine Hände weg, als hätte er sich an ihr verbrannt. Sein Gesicht läuft knallrot an und ich muss ein Kichern unterdrücken.

»Was fällt dir ein?«, fährt Cinder ihn an. Sie rückt sich ihre Bluse zurecht. »Fass mich ja nie wieder an!«

Augenblicklich tut mir der Arme fast ein bisschen leid. Wie er da so bedröppelt vor ihr steht und sich schämt. »Ich mach's wieder gut, Cinder. Ich versprech's dir.«

Cinder schnaubt, gerade will sie etwas sagen, als sich neben ihr die Grinsekatze mit ihrer Haarschleifenfrisur materialisiert. Stimmt ja. Die Gaga-Katze kann sich unsichtbar machen.

Snow, die sich gerade die Grasflecken von der Jeans zu klopfen versucht, hat sie auch entdeckt. »Was willst du hier, Grinsekatze?«

Da Asher in meinen Armen eingeschlafen ist, schaue ich mir das Spektakel nur aus sicherer Entfernung an. Soll Asher ruhig ein bisschen Schlaf abbekommen.

»Das hier kann ich mir doch keinesfalls entgehen lassen. Tolle Show übrigens, Cinderella. Ist das das Vorspiel?«

Jetzt läuft auch Cinders Kopf hochrot an. »Reicht mir mal jemand meinen Selfiestick?«

»Du verschwindest jetzt besser, bevor Cinder dich zu Brei haut«, empfiehlt Rose. Sie geht in die Knie und rückt tatsächlich die Haarschleife auf dem Kopf der Katze zurecht. Dann streichelt sie ihr über die Wange. Tierlieb war sie ja schon immer. »Steht dir gut. Vielleicht tritt dir Rapunzel noch ein wenig Haar für einen Zopf ab.«

Die beiden tauschen einen verschmitzten Blick aus.

»Rose, hör sofort auf, dich mit diesen Verrückten hier zu verbrüdern!«, weist Rapunzel sie zurecht. »Das Vieh hat mein Haar gestohlen. Total gruselig!«

Innerhalb von zwei Sekunden haben sich so ziemlich alle meine Freundinnen in den Haaren. Wortwörtlich. Sie streiten und raufen. Asher schläft allerdings weiter. Schnauft zufrieden an meiner Schulter.

Im allergrößten Chaos tauschen Ever und ich Blicke. Damit ist unser großer, geheimagentenmäßiger Auftritt wohl dahin.

»Kümmerst du dich darum?«, frage ich.

Ever nickt.

Ich beobachte, wie er die Dramen auf dem Rasen mit äußerster Diplomatie zu lösen versucht. Sehr erwachsen von ihm. Als er die Grinsekatze schließlich dazu überredet, die wortwörtliche Haarschleife an Rapunzel zurückzugeben, scheint zumindest ein Problem gelöst. Danach bringt er Snow tatsächlich dazu, sich bei Cinder zu entschuldigen. Uns allen fällt dabei beinahe die Kinnlade herunter. Noch nie in ihrem ganzen Leben hat sich Snow für irgendetwas entschuldigt. Noch nicht einmal, als sie in den Betten der Zwerge geschlafen hat, so erzählt man sich.

»Und jetzt los«, beendet Ever seine universale Standpauke. »Tut doch wenigstens mal für eine Sekunde so, als wärt ihr erwachsene Menschen. Ja, du auch, Peter Pan! Gerade du! Was soll dieser Ich-will-nie-erwachsen-werden-Quatsch eigentlich? Wie willst du so jemals ein Mädchen für dich finden?«

Alle schauen betreten zu Boden, nur Pan schielt in Richtung Cinder.

Ich lächele. Ever zeigt echte Streitschlichterfähigkeiten! Hätte ich ihm gar nicht zugetraut.

Da niemand mehr etwas erwidert, zeigt er mit ausgestrecktem Arm in Richtung Schlossportal. Reumütig setzen sich alle, inklusive Grinsekatze, in Bewegung. Ever und ich bilden das Schlusslicht.

Die Katze hatte recht. Wir sind wohl alle ein bisschen verrückt hier.

Natürlich macht uns kein Schwein auf. Sondern ein Pinguin. Ich bin verwundert. Vor allem, als er danach einfach wortlos wieder davontippelt. Dafür eilt ein Flamingo in der Eingangshalle schnatternd von rechts nach links. Mit einem Arm stößt Pan die Eichentür noch ein Stück weiter auf, sodass wir alle einen Blick hineinwerfen können. Wir drängeln uns zusammen, stellen uns auf die Zehenspitzen. Eine kreisrunde Eingangshalle erstreckt sich da vor uns. Den Boden bedecken schwarz-weiße Fliesen, die stellenweise gesprungen sind. An der hinteren Wand führt eine halbrunde Treppe nach oben und eine nach unten. Jeweils rechts und links zweigen zwei ebenerdige Gänge von der Eingangshalle ab, durch die jeweils allerhand kleine Tiere jagen. Ganz oben unter der Decke hängt ein Kronleuchter, an dem eine Meerkatze schaukelt.

»Wenn ihr die Herzkönigin sucht … Die wurde im Kerker eingeschlossen«, informiert uns die Grinsekatze. »Wenn ihr allerdings Alice und dem Hutmacher Hallo sagen wollt, müsst ihr einmal durch den Irrgarten zum großen Platz gehen. Sie spielen dort eine Partie Schach. Wie an jedem Nichtgeburtstag.«

Ich tue seinen Einwand mit einem Kopfnicken ab. Was interessiert mich dieser Nichtgeburtstags-Quatsch, den sich Alice andauernd einfallen lässt?

Ein Papagei fliegt so nahe an uns vorbei, dass Asher aufwacht.

»Alles gut, Ash.« Ich klopfe ihm auf den Rücken, setze ihn dann auf dem Boden ab. Dann mal los in die Kerker.

Bei meinen Worten huschen Evers Augen hin und her. Die Sonne ist längst untergegangen und die Dämmerung zieht sich immer weiter zu. Noch ist es relativ hell, aber nicht mehr lange wird uns das Tageslicht mit seiner Anwesenheit erfreuen. Das steht fest.

»Willst du den Kleinen wirklich mit in die Kerker nehmen?«, fragt er mit einem Blick in Richtung Asher. »Er schläft uns sowieso auf dem Weg dahin ein.«

»Ich kann mit dem Kind nach oben in ein Gästezimmer gehen«, bietet die Grinsekatze an. »Die sind in Ordnung. Die Pinguine freuen sich sicher, wenn sie uns bemuttern und hinter uns herräumen können.«

Ich runzle die Stirn.

Da neben mir Rose zu gähnen beginnt und ebenfalls anbietet, mit Asher und der Katze nach oben zu gehen, bin ich einverstanden. Es ist schließlich schon nach neun.

»Okay, wartet mal einen Moment. Nicht, dass wir total unnötig in einen spinnenverseuchten Keller hinabsteigen«, meint Snow, als Rose mit Asher auf dem Arm davongeht. Er ist direkt wieder eingeschlafen. Begleitet werden sie von einer ganzen Horde eifriger Pinguine.

Snow zieht ihren Taschenspiegel aus der Hosentasche. »Spieglein, Spieglein in meiner Hand, wo steckt die Herzkönigin in diesem Land?«

»Oh, hallo Snow, meine atemberaubende Gebieterin«, schmachtet der Spiegel direkt los. Ich schalte auf Durchzug, bis der Schwall an Komplimenten endlich abgeflaut ist.

»Die Antwort auf deine Frage lautet übrigens: Genau unter euch.« Spieglein späht in Richtung Boden. »Die Herzkönigin sitzt in einem der unteren Kerker mitsamt einer Fußfessel, die in eine Wand einbetoniert ist. Das haben meine Recherchen bereits ergeben. Endlich mal etwas, das ich ermitteln konnte. Nur ziemlich altmodisch, diese analoge Fußfessel. Aber natürlich sind wir hier in Wonderland und nicht im Märchenwald, wo es moderne Technik gibt.«

»Na dann los?« Pan klingt nicht gerade überzeugt. Aber es ist schließlich unser einziger Plan.

»Ja, natürlich, oder willst du warten, bis Prinzessin Jasemins Truppen uns aufgespürt haben?«, meckert Snow ihn an.

Das scheint Pan einzusehen. Die Sache mit Jasemin haben wir ihm bei unserem Spaziergang durch den Wald zur Genüge erläutert. Sicher kann er die Geschichte, die sich in Morgenland zugetragen hat, längst nicht mehr hören, inklusive fliegendem Teppich, der die Prinzessinnen zwar mithilfe von Spiegleins Navigationsfähigkeiten sicher nach Hause gebracht, sie dann aber wie ein bockiges Pony abgeworfen hat, um alleine zurück nach Morgenland zu fliegen.

Bevor es sich irgendjemand von uns anders überlegen kann, scheuche ich sie alle in Richtung Kellertreppe.

Das silberne Geländer mit dem Handlauf aus Ebenholz knarrt, als ich mich daran abstütze. Sogleich kommt ein Pinguin herbeigeeilt und beäugt uns neugierig. Selbst die Meerkatze stößt einen erschreckten Laut aus. Natürlich verstehe ich, was sie uns damit mitteilen möchten. Wir sollen vorsichtig sein und das Monster nicht freilassen. Oder etwas in der Art. Jedenfalls hätte ich den Papagei nicht gebraucht, der knapp über meinen Kopf hinwegfliegt, mit seinen Schwingen mein Haar streift und dabei kräht: »Herzkönigin. Gefahr, Gefahr!«

Kapitel 15

Die Gefahr lauert also im Keller. Wir sind daher auf ungefähr alles vorbereitet, sobald wir die Treppe nach unten nehmen. Sie macht einen Schlenker, wodurch sie im Untergeschoss zu einer steinernen Wendeltreppe wird. Immerhin gibt es auch hier unten Lichtschalter. Winzige Lämpchen leuchten zwischen den Steinen auf, was es nicht wirklich heller macht, aber immerhin. Die Schatten, die das spärliche Licht wirft, sind mir allerdings nicht so ganz geheuer.

Als die Treppe endet, landen wir in einem breiten Gang. Ein Gang, an dessen rechter Seite drei Zellen mit Gitterstäben eingelassen sind.

Ich schlucke.

»Oha, welch nobler Besuch«, ertönt eine Stimme. Eine schrille, hohe Stimme, die an meinem Schädelknochen pocht. Kaum auszuhalten eigentlich. »Was verschafft mir diese Ehre?« Die Stimme kommt aus der ersten Zelle, ganz nahe bei uns.

Zögerlich trete ich näher. Da ich zu wenig sehen kann, hole ich mein Handy hervor und leuchte die Zelle aus. Eine kleine Gestalt sitzt auf einem gepolsterten Stuhl hinter den Gitterstäben. Ein Pinguin reicht ihr gerade eine Schale roter Äpfel und die Gestalt schiebt ihm mit dem Fuß im Gegenzug einen Nachttopf aus Porzellan zu. Eindeutig ihr Klo. Zum Glück mit Deckel.

Der Pinguin watschelt mit Nachttopf von dannen, die Treppe nach oben.

Ich hebe den Kopf und mustere die Herzkönigin. Sie ist klein, sitzt allerdings kerzengerade auf ihrem Polsterstuhl. Ihre roten Haare wirken zerzaust und ihr rot-weißes Kleid ist schmutzverkrustet. Die Hände hält sie ordentlich gefaltet und das Kinn erhoben. Oberhalb ihrer Lippe reckt sich uns ein verschmierter Schönheitsfleck entgegen. Als ich meinen Blick nach unten schweifen lasse, bemerke ich die eiserne Fußfessel, deren Kettenglieder bis zu dem kleinen Strohhaufen an der Wand führen, der wohl ihr Bett ist. Wie uns vorausgesagt wurde, ist die Herzkönigin tatsächlich wie ein Schäferhund an die Wand gekettet. Vielleicht ist es diese Kette oder das stählerne Band um ihren Hals, das sie ihrer Chaosmagie beraubt. Zumindest muss man ihr die Zauberkraft genommen haben, bevor man sie eingesperrt hat. Denn Magie in ihren Händen wäre sicherlich fatal, wie mir sofort klar wird. Mein Blick beleuchtet alles an ihr. Jedes noch so kleine Detail. Diese Königin wirkt ganz anders als die Hexen im Märchenwald. Gefährlicher. Wie ein Raubtier. Irgendwie hyänenartig.

Neben mir drückt Ever meine Hand.

»Kommt ruhig näher«, winkt uns die Herzkönigin heran. »Ich beiße heute nur in Äpfel.« Demonstrativ zückt sie einen Apfel und nimmt einen Bissen davon.

Wir alle schauen mehr oder weniger fasziniert zu.

»Irgendwie nahm ich an, ihr wärt mehr«, schmatzt die Herzkönigin. »Zumindest vier Prinzessinnen und ein Rotkäppchen.«

Woher will sie das wissen? Ob sie auch einen magischen Spiegel besitzt?

Eine Haselmaus huscht heran, saust durch die Gitterstäbe zur Herzkönigin und klettert an ihrem thronartigen Stuhl empor. Die ehemalige Gebieterin über Wonderland neigt den Kopf. Ganz offensichtlich teilt ihr die Maus irgendetwas mit.

»Soso. Interessant. Dornröschen und das Kind teilen sich also eins meiner Gästezimmer. Gemeinsam mit der Grinsekatze.« Sie verzieht das Gesicht. Offenbar ist sie kein besonders großer Fan der Katze. Wir sollten uns ein entsprechendes Partnertattoo stechen lassen.

Cinder zückt ihren Selfiestick und lässt ihn gegen die Gitterstäbe schlagen, als sie daran vorüberläuft. Ganz so, als wäre sie hier die Katze im Käfig. »Schluss mit den Nettigkeiten. Wir haben keine Zeit zu verlieren.«

»Ganz genau«, stimmt ihr Snow zu. »Wir sind hier, um dir ein paar Fragen zu stellen.«

»So, seid ihr das?« Die Herzkönigin zupft der Haselmaus liebevoll am Ohr, die sich daraufhin an ihre Hand schmiegt. »Und welche Fragen sollten das sein, die ihr einer gefangenen Königin stellen wollt?

Gerade jetzt, wo ihr eigentlich lieber eure Truppen gegen das Morgenland formieren solltet?«

Sie weiß mehr, als sie eigentlich wissen sollte. Eine unheilvolle Ahnung breitet sich wie ein Geschwür in meiner Magenwand aus.

»Sie ist gut«, raunt mir Rapunzel zu.

Doch Snow wäre nicht Snow, wenn sie sich einfach so einschüchtern lassen würde. Sie zückt ihren Zauberstab. »Nur damit wir uns verstehen. Wir, die ach-so-hilflosen Prinzessinnen, haben einer Hexe den Zauberstab abgenommen und einer sterbenden Fee ebenfalls. Du solltest dich besser vorsehen. Her mit dem Feenstab, Peter Pan.«

Sofort kommt er artig ihrer Aufforderung nach und wirft ihr den Zauberstab der dreizehnten Fee zu.

»Aus den kalten, toten Fingern der Fee entwendet haben wir ihn!« Okay, jetzt trägt er etwas dick auf.

Genau wie ich hebt die Herzkönigin eine Augenbraue, weshalb mich beinahe das Gefühl beschleicht, in einen Spiegel zu blicken. »Wollt ihr noch mehr Zeit verschwenden mit euren subtilen Morddrohungen, oder bekomme ich nun endlich die Unterhaltung, die ich verdiene?«

»Nun, niemand von uns hat vor, irgendjemandem den Kopf abzuschlagen«, wage ich mich vor.

Snow blinzelt ein wenig irritiert.

Ach ja. Da fällt mir ein gewisser Vorfall mit einer Hexe ein …

»Wie auch immer«, fahre ich fort. »Wir haben Grund zur Annahme, dass sich die Ehemänner meiner vier Freundinnen in Wonderland befinden und dass sie entführt wurden. Hast du etwas damit zu tun, Queen of Hearts?«

Die Königin, ihres Zeichens Chaosmagie-Anwenderin, isst fast ein wenig gelangweilt den Apfel auf und wirft das Gehäuse zwischen den Gitterstäben hindurch in Richtung Peter Pan. »Das ist aber noch nicht alles, nicht wahr?«

Unsicher, was sie damit meint, werfe ich einen Blick in die Runde.

»Damit meine ich eure Begleiter. Ihr habt einen Werwolf, ein Kind und Peter Pan dabei, die jeweils eigene Absichten verfolgen. Die Grinsekatze lasse ich jetzt mal außen vor.«

Eigene Absichten verfolgen? Ich werfe Ever einen Blick zu. Was weiß die Herzkönigin über seine Absichten? Nicht, dass ich mir diese

Frage nicht auch schon gestellt hätte. Aber warum muss sie dieses Thema jetzt an die Oberfläche zerren?

»Ich weiß, was ihr denkt. Dass ich nur bluffe. Aber vergesst nicht, dass ich zu Tieren eine besondere Bindung pflege. Jede Stubenfliege erzählt mir Geschichten. Geschichten über euch.« Die Herzkönigin lächelt und entblößt dabei eine Reihe besonders spitzer Zähne in ihrem Unterkiefer.

An Evers Schläfe sehe ich eine Ader pochen. Seine Augen huschen zwischen den freien Zellen und der Herzkönigin hin und her.

»Wie süß«, schmunzelt die Herzkönigin. »Tut total unschuldig, unser Werwolf hier. Aber ist es nicht so, dass er aus seinem Dorf verstoßen wurde, weil er eine Herde Schafe getötet hat und einen Schäfer ins Bein biss, der jetzt ebenfalls dazu verdammt ist, als Werwolf zu leben?« Sie hält inne, aber nur, um einmal tief Luft zu holen. »Und ist es nicht auch so, dass du kurz davor bist, gefeuert zu werden, kleiner Wolf? Nur deshalb bist du doch mit der lieben Red mitgegangen. Um sie für die Top-Story zu benutzen, die du brauchst, um deinen Job zu retten.«

Was? Ich atme scharf ein.

Alle unsere Blicke liegen nun auf Ever, der unter diesen Worten zusammenzuckt. Ein Zeichen dafür, dass die Worte der Königin der Wahrheit entsprechen.

Auf einmal ergibt alles Sinn. Warum er so weit von seinem Dorf unterwegs war, als ich ihn traf. Wie er sich daran klammert, eine Story über mich, Rotkäppchen, die vier Prinzen rettet, für sein Käseblatt zu schreiben.

Die viel zu schmal gezupften Augenbrauen der Königin ziehen sich zusammen: »Sag mir mal, Werwolf, was ist dein Beweggrund, bei dieser Aktion hier unten im Kerker dabei zu sein? Ist das nur deine journalistische Neugier, die dir zu neuem Ansehen verhelfen soll, oder spekulierst du auf den Wahre-Liebe-Kuss, der deinen Fluch lösen soll?«

»Nichts kann meinen Fluch lösen«, knurrt Ever. »Bei mir gab es keine hinzugefügte Bedingung.«

»Aha, dann ist es wohl Alternative eins, die dich dazu bewegt, dieser ausweglosen Unternehmung beizuwohnen?« Die piepsige

Stimme bohrt sich immer tiefer in mein Nervensystem. Am liebsten möchte ich ihr die Stimmbänder herausreißen.

»Und Peter Pan ist immer noch Teil des Teams, weil …?«, fährt die Königin fort.

Sowohl sie als auch wir anderen mustern Pan zeitgleich bei ihren Worten.

Sofort läuft der Arme rot an, schielt dann in Richtung Cinder.

»Aha, verstehe«, spricht die Herzkönigin meine Gedanken aus. »Unerfüllte Liebe kann so schmerzvoll sein. Liege ich da nicht richtig, Red?«

Als ich angesprochen werde, presse ich die Lippen aufeinander.

»Sie will uns nur verunsichern, Leute. Hört ihr nicht zu!«, befiehlt uns Snow. »Und nun zu dir, Missgeburt, wo du gerade von unerfüllter Liebe sprichst, wir wissen ja alle, dass genau das dich so verbittert hat werden lassen, und vermutlich ist genau das auch der Grund, warum du unsere Ehemänner hast entführen lassen, richtig?«

Sie dreht den Spieß einfach um! Augenblicklich bin ich furchtbar stolz auf meine Freundin.

Die Herzkönigin prustet los. »Und wie hätte ich das bitte von hier aus erledigen sollen? Nicht, dass mir die Gesellschaft von vier Prinzen keinen Spaß bereiten würde, aber: Nein, da muss ich leider passen. So etwas kann ich schon lange nicht mehr organisieren. Und welches Motiv hätte ich schon?«

»Du meinst abgesehen von purem Hass?«, frage ich spitz.

»Ach das.« Die Herzkönigin winkt ab. »Das habe ich zusammen mit meinem Wunsch, größeren Menschen als mir den Kopf abzuschlagen, überwunden. Ist nur eine psychische Störung, weißt du?«

Ungläubig neige ich den Kopf, bis ich mit dem Ohr fast meine Schulter berühre. »Ist nicht wahr.«

»Natürlich ist es wahr. Kennst du die Theorie von Professor Dr. Langohr zum Thema Antihelden etwa nicht? Sie alle leiden lediglich an einer psychischen Störung. Ihr kennt doch Rexia, die Hexe aus dem Märchen über Hänsel und Gretel. Die hat ihre psychische Störung, also die Angewohnheit Kinder zu fressen, überwunden, indem sie selbst ein Kind bekam. Ach ja, Muttergefühle funktionieren jedes Mal.« Sie seufzt glücklich. »Ich überwand meine Störung durch den

Kuss meiner wahren Liebe, die nebenbei bemerkt doppelt so groß war wie ich.«

»War?«, hake ich nach.

»War«, bestätigt sie mir. »Er fiel im Kampf gegen den Hutmacher. Beil um Beil.« Mit einer Hand fährt sie sich einmal über den Hals. »Leider hatte er seine psychische Störung, Menschen mit Hut den Kopf abzuschlagen, noch nicht überwunden. Armer Yuma. Aber das ist schon über zwanzig Jahre her.« Sie winkt ab.

Fast tut sie mir nun ein wenig leid. Denn die Herzkönigin muss nicht nur ihr Leben in einer Zelle fristen, sondern hat auch ihre große Liebe verloren.

Ich schiele in Richtung Ever. Er betrachtet mich sorgenvoll. Seit er mich von Jaz' Schiff abgeholt hat, scheint er sich dauerhaft Sorgen um mich zu machen. Als er meinen Blick bemerkt, greift er erneut nach meiner Hand, verschränkt dann seine Finger mit meinen.

»Lenk nicht ab«, nimmt Snow das Verhör erneut auf. »Du bist die böse Herzkönigin und hast unsere Ehemänner verschleppt!« Die letzten Worte kreischt sie ohrenbetäubend laut.

»Gut, böse«, winkt die Königin ab, »das sind doch veraltete Kategorien. Wollt ihr, die mordende Schneewittchen-Gang, euch etwa zu den Guten zählen? Ich glaube, ihr solltet diese fehlgeleitete Selbsteinschätzung ehrlich überdenken.«

Diese Diskussion geht mir langsam zu weit. »Was willst du uns jetzt damit sagen?«

»Nun …« Die Königin streicht sich eine Strähne ihres roten Haars zurück. »Wer von uns Anwesenden ist hier denn nun der Böse? Kann man beides noch voneinander trennen? Ihr behauptet, die Guten zu sein, aber seid nicht ihr es gewesen, die durch euer Land gezogen sind und Hexen getötet haben? Ganz abgesehen von Rumpelstilzchen, den Wölfen und den beiden Feen?«

Irritiert halte ich inne.

»Und wie ich eben hinreichend darlegte, liegt bei den meisten Antihelden einfach nur eine psychische Störung vor. Die man sogar kurieren kann. Oder sie wurden bereits zu Hausarrest verdonnert und stellten keine Gefahr mehr dar. Dennoch mussten sie durch eure Hand sterben.« Sie lacht ihr piepsig-schrilles Lachen. »Wisst ihr, das ist geradezu köstlich: Vier streitlustige Prinzessinnen ziehen mit Mordwerkzeugen durchs Land und behaupten von sich selbst, die Guten zu sein. Das muss ich unbedingt in einem Buch verarbeiten!«

Snow atmet fauchend wie ein Drache durch die Nase ein. »Das ist nicht dein Ernst! Das kannst du nicht vergleichen. Das meiste davon war Notwehr und wir versuchen insgesamt nur, unsere Ehemänner zu retten.«

»Natürlich. Das rechtfertigt natürlich alles.« Die Königin nickt. »Nur vielleicht, ganz vielleicht, kann man beides einfach nicht voneinander trennen.« Sie lässt den Satz wie eine Frage klingen, was in mir eine innere Unruhe auslöst. Aber egal, darüber muss ich später nachdenken. Dafür haben wir in diesem Augenblick wirklich keine Zeit, so kurz vor Mitternacht. »Du willst damit also behaupten, du trägst weder Schuld noch Mitwisserschaft an der Entführung der Prinzen? Oder weißt du doch etwas darüber?«

»Wissen vielleicht.« Die Königin zeigt erneut ihre spitzen Zähnchen. »Nur müssten wir noch über den Preis für diese Information verhandeln.«

Natürlich. Wäre ja auch zu einfach gewesen.

»Der Preis ist …« Drohend schwenkt Rapunzel ihren Selfiestick. » … wir verprügeln dich nicht und benutzen auch nicht die Zauberstäbe, um dich zu verzaubern, wenn du uns die Wahrheit sagst.«

»Wenn ihr mich verzaubert, kann ich euch gar nichts mehr verraten und ich wäre euch überaus dankbar, ehrlich gesagt, wenn ihr mich so verzaubert, dass ich in meiner neuen Form der Fußfessel entkommen kann.«

Verdammt. Damit hat sie selbstverständlich recht.

»Okay, was willst du?«, seufzt Ever ergeben. In den letzten Minuten ist er immer unruhiger geworden. Nur noch knapp zwei Stunden bis Mitternacht.

»Außer meiner Freiheit? Mal sehen.« Die Herzkönigin tippt sich mit der Hand ans Kinn. Ihre Fingernägel haben einen fiesen Gelbton angenommen und sind spitz gefeilt, ganz genau wie ihre Zähne. »Ich mag Rot. Und Gesellschaft. Das bedeutet: Ich möchte heute Nacht die Gesellschaft von Red genießen. Hier in der Zelle neben mir, damit sie nicht abhauen kann und weiß, wie es sich anfühlt, hier drin zu sitzen.«

»Niemals«, knurrt Ever sie an.

»Alternativ kann ich mir gerne auch das Kind als Gesellschaft wünschen. Ich mag Kinder. Sie sind so klein. Niemals größer als ich. Aber würde es sich nicht sehr verstörend auf das arme Ding auswirken, wenn du, kleiner Werwolf, dich später in der dritten Zelle verwandelst? Das ist es doch, was dir für heute Nacht vorschwebt?«

Dieses Miststück! Jetzt bin ich diejenige, die knurrt. »Du wirst Asher nicht bekommen. Niemals! Nur über meine Leiche, verstanden? Und woher willst du wissen, dass sich Ever nicht draußen an einen Baum ketten kann?«

»Ganz einfach, weil ich viele kleine Meerkatzen im Garten habe, die den Knoten lösen könnten«, antwortet die Herzkönigin verschmitzt. »Die einzige Lösung in Wonderland ist dieser Kerker mit der Eisenkette.« Sie deutet auf die Zelle ganz am anderen Ende, die ebenfalls eine Fußkette beherbergt. »Um in den Märchenwald zurückzukehren, ist es bereits zu spät. Was für ein Glück für mich! Ihr beide werdet mir heute Nacht Gesellschaft leisten!«

Sie hat gewonnen, und sie weiß es.

Noch bevor ich den Blick von der Zelle abwende und die Königin fixiere, ist mir bereits klar, dass ich zustimmen werde. »Sobald die Sonne aufgeht, verrätst du uns alles, was du weißt.« Es ist keine Frage, sondern ein Befehl.

Die Herzkönigin nickt.

Super. Wir werden eine ganze Nacht verlieren. Zeit, in der Jasemin und vielleicht auch Jaz näher kommen, sich vielleicht sogar schon gegen uns formieren. Sie gewinnen Zeit, wir verlieren sie. Ganz zu schweigen davon, dass die Prinzen auch diese Nacht immer noch in Gefangenschaft verbringen müssen.

»Nein, das müsst ihr nicht tun«, meldet sich Pan zu Wort. »Ich rufe die Tinker und die prügeln die Wahrheit schon aus ihr heraus!« Er reckt eine Faust.

»Du glaubst wirklich, dass meine tierischen Angestellten nicht mit ein paar Tinkerfeen fertig werden? Meine Meerkatzen sperren die kleinen Biester in Käfige!« Die Königin wirkt fast gelangweilt von Pans Einwand.

»Moment mal.« Ever zieht mich zur Seite. »Red, du darfst nicht alleine schlafen! Vergiss den Fluch nicht!«

»Du glaubst doch nicht wirklich, dass ich, solange die Königin da ist und du ein Wolf bist, auch nur ein Auge zumache? Natürlich werde ich keine Sekunde schlafen!«

Das scheint Ever ein wenig zu beruhigen.

Plötzlich kommt mir eine Idee. Wir brauchen Spieglein! Eilig ziehe ich meine Freunde beiseite. Außerhalb der Hörweite der Königin, wie ich hoffe. Es sei denn, ihre tierischen Spione tratschen gleich alles weiter. Gespannt mustern mich alle.

»Hört mal. Wir machen es wie folgt: Ever und ich bleiben über Nacht hier. Ihr schlaft bis Sonnenaufgang in den Gästezimmern. Oh, Moment mal, wann verwandelst du dich zurück, Ever?«

»Bei Sonnenaufgang.«

Das passt.

»Gut, also wie gesagt, Ever und ich bleiben hier unten, ihr schlaft oben, aber vorher müsst ihr Spieglein beauftragen, zwei Sachen zu erledigen. Erstens: Schickt ihn als Botschafter zu Prinzessin Jasemin. Er muss sie einfach davon überzeugen, dass wir ihre Bediensteten nicht mit einem Schlafzauber belegt und natürlich auch nicht ihren Vater entführt haben. Und zweitens: …«

»Ich warte immer noch auf eure Antwort!«, beschwert sich die Herzkönigin hinter mir lautstark.

Also beeile ich mich mit meiner zweiten Anweisung.

Letztendlich stimmt Snow meinen Aufträgen für Spieglein zu.

»Wir nehmen an!«, rufe ich daher laut, aber ohne die Königin anzusehen. Meine Augen ruhen auf Ever, der ganz und gar nicht glücklich wirkt.

»Ich will nicht, dass du mich so siehst. Als Wolf.« Seine Stimme bricht und ich weiß, dass er es ernst meint.

Als ich nicht direkt antworte, beißt er sich auf die Unterlippe, bevor er eine Hand hebt und sich im Nacken kratzt.

»Du brauchst dir keine Sorgen zu machen.« Ich halte den Blickkontakt, versuche ihn zu intensivieren, und drücke schließlich seine Hand, damit er weiß, wie ernst es mir damit ist. Todernst. Nichts, was aus ihm in den kommenden Stunden wird, kann mich davon abhalten, zu ihm zu stehen. Auch kein Wadenbiss und ausradierte Schafherden. So viel wird mir in diesem Moment klar.

»Himmel, ich hab' dich so vermisst, Red«, flüstert Ever. Seine Augen werden weich. »Geh nie wieder weg.«

Ich weiß, was er meint. Er hat mir auch gefehlt. Trotz der Drogen in Neverland. Wir sehen uns einfach nur an, versinken in den dunklen Augen des jeweils anderen. Es ist kein wildes Verlangen, das uns verbindet, sondern ein tiefes Verständnis für den anderen. Auf einmal scheint es nur noch ihn und mich in diesem Raum zu geben. Keine Reisegefährten mehr und keine Herzkönigin.

Doch die Realität holt uns viel zu schnell wieder ein.

»Ach, diese Romantik bricht mir beinahe das Herz«, gerät die Herzkönigin ins Schwärmen.

»Okay.« Ich reiße mich so gut es geht wieder zusammen. »Ihr schließt mich und Ever in die Zellen ein und geht dann nach oben in die Gästezimmer.«

Meine Freunde sehen mich betreten an, wollen mich ganz offensichtlich nicht in eine Zelle sperren.

»Bei dem Wolf ist es mir ja egal«, meint Snow, »aber nicht bei dir.«

Himmel, hat sie immer noch nicht ihre Abneigung gegen Ever überwunden? Wie weit müssen wir denn noch gehen, damit sie ihm vergibt, dass er ein Werwolf ist?

Nach einigen kleineren Diskussionen um Ever, gelingt es mir, alle zu überzeugen, uns zu den Zellen zu bringen und dann abzuschließen. Da auch Ever nichts bei sich haben möchte, gibt er Cinder unseren Rucksack.

Also schaue ich schon wenig später meinen Freunden hinterher, wie sie die Treppe nach oben steigen. Rapunzel dreht sich noch ein letztes Mal zu mir um. Bei der Verabschiedung eben hat sie schon mit den Tränen gekämpft.

Ich stehe an den Gitterstäben, umklammere sie und versuche dabei, die Herzkönigin links von mir zu ignorieren, die sich ins Fäustchen lacht. Noch mehr als sie kann man seinen Triumph praktisch nicht mehr genießen. In dieser Kategorie schlägt sie alle.

Rechts von mir sitzt Ever in seiner Zelle auf dem Boden und lässt das Scharnier der Fußfessel zuschnappen.

»Hier, nimm den Schlüssel, Red.« Er hält ihn mir zwischen den Gitterstäben entgegen. Nur zögerlich nehme ich ihn an. Auf einmal ist mir ganz kalt geworden. Wir hätten diesen Schlüssel auch Snow mitgeben sollen, wie die für unsere Zellentüren. Oder an den ersten Treppenabsatz hängen, wo der Schlüssel für die Zelle der Herzkönigin an einem Eisenring baumelt. So viel Verantwortung.

»Es wird schon alles gut werden«, versucht mich Ever zu beruhigen.

»Aber sicherlich! Wir drei werden eine Menge Spaß haben heute Nacht«, freut sich die Herzkönigin. »Wie die drei Musketiere!«

Schon jetzt möchte ich sie am liebsten mit Evers Schlüssel und einigen anderen schweren Dingen bewerfen. Aber natürlich beherrsche ich mich.

Die nächste Stunde vergeht in einer Konversation zwischen der Königin und mir nur sehr zäh. Es ist immer das gleiche Spiel. Sie fragt etwas und ich antworte einsilbig. Immer wieder läuft es auf Vergleiche zwischen Gut und Böse hinaus, womit sie anscheinend andeuten will, dass Gut und Böse gar nicht so weit voneinander entfernt liegen, jedenfalls, wenn man das Ganze auf die Helden und die Antihelden der klassischen Märchen bezieht. Zwischendurch soll ich sie in Modefragen beraten. Seufzend gebe ich irgendwann auf, lehne mich an die Steinwand und greife mit der rechten Hand durch die Gitterstäbe, um nach Evers Hand zu tasten. Seit ich die Handytaschenlampe ausgeschaltet habe, um den Akku zu schonen, sieht man hier drinnen kaum mehr die Hand vor Augen.

»Tut mir so leid, dass du das gleich miterleben musst«, entschuldigt er sich ein weiteres Mal bei mir.

»Mach dir um mich keine Sorgen, ich halte einiges aus.«

Trotz meiner Worte wirkt Ever immer noch betrübt. »Das sagst du jetzt, aber die Verwandlung könnte etwas an deiner Sichtweise auf mich verändern.«

Ich drücke seine Hand fester. »Nichts, was du tust, könnte meine Sichtweise auf dich verändern.«

Hoffnung liegt in seinen Augen, als er den Kopf hebt. Das kann ich trotz der Dunkelheit sehen. »Wenn das hier vorbei ist, und ich den Artikel darüber geschrieben habe, wie du die Prinzen gerettet hast, gehst du dann mit mir aus?«

Mein Herz macht einen Sprung. Ever fragt mich tatsächlich nach einem Date! Noch vor zwei Tagen hatte ich die Hoffnung, dass er mich mögen könnte, vollkommen aufgegeben.

»Nichts lieber als das«, sage ich deshalb.

Ever lächelt. »Das ist das Schönste, was ich seit Langem gehört habe. Danke, Red.«

Ich lächle zurück. Noch nie in meinem Leben habe ich mich mehr geliebt gefühlt. Eigentlich wäre es perfekt, wenn nicht ...

»Hach, so herzig, diese junge Liebe«, säuselt die Herzkönigin. Sie klebt geradezu an den Gitterstäben, um uns zu beobachten. »Und dabei ist es genau ...« Sie hält einen Moment inne. »Da! Hört ihr die Glocken vom Wachturm? Mitternacht!«

Erschrocken starre ich Ever an. Stimmt das?

Das Entsetzen ist ihm wie mir ins Gesicht geschrieben. Keiner von uns sagt etwas.

Dann beginnt es. Auf einmal sprießen ihm kleine graue Fellbüschel aus den Wangen. Seine Finger werden zu Krallen. Krallen, die er gerade noch so von mir zurückzieht und dann eilig bis ans andere Ende seiner Zelle zurückweicht. Knochen knacken, verschieben sich in einem merkwürdigen, tierischen Winkel. Das alles hat nichts Menschliches mehr an sich. Er krümmt sich, schreit aus Leibeskräften, so als würde er gerade ohne Betäubung in zwei Teile gerissen.

Mit seinen Krallenfingern beginnt er, sich sein Shirt auszuziehen, kratzt sich in schierer Verzweiflung über die Wangen.

»Schau nicht hin, Red!« Seine Stimme klingt tiefer als sonst, so als käme sie aus einem Lautsprecher, der besonders dumpf eingestellt ist.

Mit Tränen in den Augen wende ich mich von ihm ab. Dennoch kann ich seine Schmerzensschreie hören, auch als ich mir die Ohren zuhalte. Ich lehne meinen Kopf an die kalte Steinmauer, schließe die Augen. Stumme Tränen laufen mir über die Wangen, als mir Evers Höllenqualen bewusst werden. Qualen, gegen die ich nichts tun kann. Nichts, um sie zu lindern.

Ich höre, wie er auch seine Jeans abstreift, dabei ein wölfisches Knurren ausstößt. Inzwischen ist er schon mehr Wolf als Mensch. Das darf doch alles nicht wahr sein!

Gleichzeitig rufe ich mir ins Bewusstsein, dass ich wegen des Fluchs auf keinen Fall einschlafen darf. Also stehe ich schweren Herzens auf und bewege mich genau in die Mitte der Zelle. Drei Schritte von der Königin entfernt und drei von Ever. Weil ich nicht so ohne Halt stehen bleiben will, mache ich noch drei Schritte nach vorn, wo ich mit den Händen die Gitterstäbe meiner Zelle umklammere, bis die Knöchel weiß hervortreten. Meine Zähne klappern, obwohl die schwüle Luft vom vergangenen Tag noch in der Zelle hängt. Am Ende des Gangs, knapp unter der Decke, kann man durch halbrunde Fenster hinaussehen. Durch eiserne Gitterstäbe genau auf den Vollmond, der Ever all diese Qualen bereitet. Es sind dieselben Kellerfenster, die er bei unserer Ankunft in Augenschein genommen hat.

Etwas Schweres wirft sich gegen die Eisengitter, die meine Zelle von Evers abtrennen. Es ist Ever. Ever, der Wolf.

Langsam drehe ich den Kopf. Starre in die wilden Wolfsaugen, die mir entgegenfunkeln. Dem Wolf entfährt ein Knurren, bevor er sich ein zweites Mal mit seinem kompletten Körpergewicht gegen die Zellenwand wirft. Seine Fußkette spannt, hält dem Ganzen jedoch stand. Noch. Augenblicklich schnürt es mir die Kehle zu. Meine alte Wolfphobie meldet sich ganz tief in mir drinnen. Auch das noch! Ausgerechnet jetzt scheint mir die Fähigkeit verloren gegangen zu sein, meinen Körper zu bewegen. Ich kann mich nicht rühren, so sehr ich es auch versuche. Starre das Monster einfach nur an, wie es wieder und wieder versucht, durch die schweren Gitter zu brechen, um zu mir zu gelangen.

»Und da stand Rotkäppchen, zu Eis gefroren, vor dem großen bösen Wolf und starrte direkt in sein Maul, das sie gleich verschlingen würde«, flötet die Herzkönigin hinter mir. Ich möchte sie erwürgen!

»So könnte dein Märchen doch ausgehen, nicht wahr, Red?«

Nein, wird es nicht!

Ich betrachte Evers Maul, aus dem immer mehr Wolfsgeifer tropft, je stärker er sich schüttelt. Mein Märchen wird ein Happy End haben! Mit Ever! Das lasse ich mir nicht wegnehmen!

Energisch schiebe ich die Furcht von mir, versuche den Menschen in dem Monster zu sehen, das heulend vor mir randaliert. Er sieht zum Fürchten aus. Dennoch ist er Ever. Dieser Wolf ist ein Teil von Ever!

Nachdem ich mir das wieder und wieder gesagt habe, gelingt es mir letztendlich, die Hände zu Fäusten zu ballen. Auf einmal spüre ich keine Angst mehr. Nur noch Trauer um Ever. Um den Verlust seines menschlichen Lebens. Der Fluch, der auf ihm liegt, wird ihn sein ganzes Leben lang quälen. Die Welt ist ungerecht.

Der Wolf verbeißt sich in den Gitterstäben. Sein Geifer tropft herunter, genau wie meine Tränen, die von meinem Kinn aus zu Boden fallen.

»Wie rührend«, seufzt die Herzkönigin. »Und wieder verschwimmen die Grenzen zwischen Gut und Böse.«

»Ist ja gut«, fauche ich sie an. »Ich hab's kapiert!«

»Wie schön!«, freut sie sich.

Am Rande registriere ich, dass immerhin meine Wolfphobie geheilt ist. Vollständig. Ever sei Dank.

Bis zum Sonnenaufgang lehne ich aufrecht stehend mit dem Kopf an den Gitterstäben. Starre krampfhaft Richtung Treppe und ab und an zum Nachthimmel draußen. Dabei wünsche ich mir gefühlte hundert Mal in der Sekunde, dass die Sonne endlich aufgehen möge.

Derweil nimmt Ever seine Zelle auseinander und die Herzkönigin übt sich in gepflegter Konversation, die ich recht einsilbig beantworte.

Irgendwann ist es tatsächlich Morgen. Nach und nach färbt sich der Himmel Ton um Ton heller.

Obwohl ich müde bin, hebe ich bei jedem neuen Farbschimmer gespannt den Kopf. Gleich muss sie auftauchen, die Sonne.

Dann quält sich der Feuerball tatsächlich über den Horizont. Ungefähr in derselben Sekunde höre ich Schritte auf der Treppe. Der Wolf fängt an zu winseln, bis ich Knochen knacken höre. Inzwischen ist mir das Geräusch vertraut. Da ich ihn nicht anstarren will, schaue ich bewusst in die entgegengesetzte Richtung. Allerdings bekomme ich mit, wie sich wenige Sekunden später ein menschlicher, stöhnender Ever in seine Jeans quetscht.

Gedankenverloren ziehe ich an meinem roten Cape. Gleich wird Ever wieder Ever sein.

»Es ist Morgen!« Atemlos kommt Snow in den Kerkertrakt gerauscht. Hinter ihr strömen auch meine restlichen Freunde inklusive Pan und Asher herein. Eigentlich finde ich es nicht besonders gut, dass der Kleine die Bekanntschaft der Herzkönigin macht, aber andererseits hat er mit den Piraten sicher auch schon so einiges erlebt.

»Gut beobachtet, dir übrigens auch einen wunderschönen guten Morgen, Schneewittchen«, begrüßt die Herzkönigin sie. »Hast du auch gut in meinem Bett geschlafen? Wonach haben die Laken gerochen? Benutzen die Pinguine immer noch diesen Pfirsichweichspüler?«

Selbstverständlich ignoriert Snow die Herzkönigin, schließt stattdessen eilig meine Zellentür auf.

»So, es ist so weit. Das Miststück schuldet uns ein paar Antworten!«

Allerdings. »Gib mir Evers Schlüssel.« Sobald ich frei bin, greife ich nach ihrer Hand, entreiße ihr den verbliebenen Schlüssel. Dann haste ich auf Evers Zellentür zu. Mit fahrigen Fingern stecke ich den Schlüssel ins Schloss, was mir nicht sofort gelingen will. Im Inneren streift sich Ever gerade sein Hemd über.

Mein Herz trommelt in meiner Brust. Ich muss ihn da rausholen, mich davon überzeugen, dass es ihm gut geht. »Ever!« Ich fliege ihm geradezu entgegen.

Er fängt mich auf. »Ist ja gut. Hat fast gar nicht wehgetan. Wirklich«, lügt er mich an. Ich vergrabe meinen Kopf an seinem Hals, wobei mir ein Schluchzen entfährt.

»So!« Aus dem Augenwinkel bemerke ich, wie sich Snow drohend vor der Zelle der Herzkönigin aufbaut. Flankiert wird sie dabei von Cinder und Rapunzel. »Du schuldest uns einige Antworten.«

Nur widerwillig lasse ich Ever los. Aber wir können natürlich nicht für immer und ewig hier in einer Zelle herumstehen und einander halten.

Rapunzel verschränkt die Arme vor der Brust.

»Genau. Wir, das heißt Red, haben schließlich unseren Teil der Abmachung erfüllt.«

»Schön, schön.« In einer herablassenden Geste fährt sich die Herzkönigin mit der Hand über ihr Kinn. »Dann soll es so sein. Ich hatte in der Tat eine sehr unterhaltsame Nacht mit den beiden.« Sie nickt zu mir und Ever hinüber. »Wirklich sehr amüsant.«

Ich hasse sie. Hasse, hasse sie!

»Du weißt also«, nimmt Ever das Gespräch wieder auf, nachdem ich ihn von der Fußfessel befreit habe, »wo sich die vier Prinzen momentan aufhalten? Deine kleinen Lakaien haben dir das doch bestimmt geflüstert, falls du selbst nicht dahintersteckst?«

»Wenn du meine Freunde, die Mäuse, Meerkatzen und Stubenfliegen meinst, dann ja.«

Die Königin schweigt, genießt es, uns auf die Informationen warten zu lassen.

So laut, wie es mir möglich ist, atme ich durch die Nase ein. »Spuck es schon aus.« Als ich nach unten blicke, sehe ich, wie die Grinsekatze um meine Knöchel herumstreicht, dann zwinkert und sich kurz darauf in Luft auflöst.

»Ihr haltet euch für ach-so-schlau, Bewohner des Märchenwaldes. Und Neverlands«, fügt die Herzkönigin hinzu. »Dabei müsstet ihr doch längst zwei und zwei zusammengezählt haben. Natürlich sind die Prinzen Gefangene und halten sich momentan in meinem Reich auf, aber ich bin es nicht, die sie verzaubert hat. Hups!« Sie kichert. »Schon beinahe zu viel verraten. Wenn ich euch noch mehr erzählen würde, müsstet ihr im Gegenzug eine Woche lang meiner Pyjamaparty beiwohnen.« Wieder kichert sie über ihren eigenen Witz.

»Du!« Ich möchte mich auf sie stürzen, doch sowohl Ever als auch Pan, der sich vor mich stellt, halten mich zurück. »Was? Lasst mich los! Das, was sie sagt, sind zu wenige Informationen. Lasst mich noch mehr aus ihr herausprügeln!«

Auch Snow stößt ein paar wüste Schimpfwörter aus, weswegen Rose Asher die Ohren zuhalten muss. Genau wie sie schlage ich um mich. Dafür habe ich nicht eine Nacht auf Schlaf verzichtet und mit Ever, dem Wolf, der mich fressen wollte, hier im Keller zugebracht!

Am Ende zerren Pan und Ever sowohl mich als auch Snow aus dem Keller. Ich sträube mich, schlage wutentbrannt weiter um mich, doch Ever flüstert mir beruhigende Worte zu, sodass ich nach und nach ruhiger werde.

»Ich muss mit dir reden«, wispert er, als wir die Eingangshalle des Schlosses erreichen. »Über letzte Nacht.«

Rose, die in der Notizapp auf ihrem Handy die genauen Worte der Herzkönigin notiert hat, murmelt gedankenverloren vor sich hin. »Ich werde einfach nicht schlau daraus …«

Damit ist sie allerdings nicht die Einzige.

Wir ducken uns unter ein paar Papageien hinweg. Rapunzel stolpert beinahe über einen Babypinguin.

»Lasst uns nach draußen in den Garten gehen«, schlägt Pan vor. »Hier drin bei dem Geschnatter kann man nicht nachdenken.«

Das ist völlig korrekt. Die Papageien und die Meerkatzen huschen kreischend durchs Schloss. Also gehen wir.

Langsam ebbt das Adrenalin ab, das noch kurz zuvor durch meine Adern geflossen ist, weswegen sich meine Augenlider bei jedem Schritt, den ich mache, schwerer anfühlen. Schlaf. Ich brauche Schlaf.

Draußen setzen sich alle in einen Kreis auf den Rasen, nur Ever nimmt mich beiseite, zieht mich über den Kiesweg hinter eine Hecke, direkt an die Schlossmauer.

Dort nimmt er meine Hände in seine und schaut mich an. Anscheinend will er ein ernstes Thema mit mir besprechen. Denn ich sehe, wie er mit sich kämpft, die Lippen aufeinanderpresst und dann schluckt. Seine dunklen Augen verhaken sich in meinen. Mir gefällt, dass er so ein großes Aufheben um die Sache macht. So, als wäre ich jemand. So, als wäre ich wichtig. Wie eine Prinzessin.

»Es tut mir so leid, was du mitansehen musstest. Gestern Nacht, meine ich«, bringt er schließlich hervor. Quälende Gewissensbisse sind ihm ins Gesicht geschrieben. »Ich hoffe, das ändert nichts zwischen uns … Ach, was rede ich da! Ich wollte dich töten, auffressen. Natürlich ändert es etwas zwischen uns!« Sein Blick flackert. Einen Moment lang ist er wieder der unsichere Hipster, den ich vor vier Tagen kennengelernt habe. Wirklich, er muss endlich aufhören, sich wegen diesem Fluch selbst fertigzumachen.

»Nein.« Ich rücke noch ein wenig näher an ihn heran. »Es ändert gar nichts.«

Ever blinzelt. »Nichts? Aber … ich bin ein Monster.«

»Sind wir das nicht alle?« Ich nicke in Richtung meiner Freunde, die sich gerade lautstark über die Interpretation der Antworten von der Herzkönigin streiten. Cinder verpasst Snow in ebendiesem Moment einen Schlag auf den Hinterkopf. Mit ihrem Selfiestick, versteht sich.

»Du kannst nichts für deinen Fluch. Genauso wenig wie ich für meinen etwas kann.« Irgendwann werde ich ihn danach fragen, wie es zu seinem Fluch kam, aber nicht heute. Seufzend fahre ich mit dem

Daumen über Evers Kinn, an dem sich ein Dreitagebart mehr und mehr bemerkbar macht. »Du bist perfekt, so wie du bist. Außerdem hast du mich schon so oft gerettet. Hast du etwa die Spinne von gestern vergessen? Du bist der Held in diesem Märchen.« Ich meine es genauso, wie ich es sage. Wärme breitet sich von meinem Bauch bis in meine Fingerspitzen aus. Ich bin tatsächlich dabei, mich ihm zu öffnen. Mir meine Gefühle einzugestehen. Das macht mir gleichzeitig Angst und doch Hoffnung auf mein eigenes Happy End.

Eine Last scheint von Ever abzufallen. Zunächst schließt er für eine Sekunde die Augen, atmet dann tief ein. »Danke, Red. Das bedeutet mir so viel.« Nachdem er die Augen wieder geöffnet hat, beugt er sich zu mir herunter. »Als wir uns kennengelernt haben, dachte ich, ich sei nichts wert. Nicht, nachdem mein Dorf mich nach diesem Vorfall verstoßen hatte. Durch dich lerne ich, mich langsam wieder selbst zu lieben.«

Ich verziehe meine Mundwinkel zu einem Lächeln. »Das solltest du unbedingt. Denn du hast es verdient, geliebt zu werden.« *Von mir* – möchte ich hinzufügen, allerdings bin ich mir nicht sicher, ob ich damit nicht alles zerstören würde. Die Angst vor Zurückweisung lässt mich nicht weitersprechen.

»Kommt ihr mal?«, ruft Rapunzel zu uns herüber. »Wir brauchen deine fachkundige Meinung, Red!«

Auf meine Freunde ist eben immer Verlass, wenn es um das richtige Timing geht. Genauso wie auf die Herzkönigin, deren Stimme auf einmal durch die Wand, nein, genauer gesagt, durch die halbrunden Gitterfenster am Boden der Wand schallt: »Eins noch Red, dieser Fluch, der da auf dir liegt, ist ein Wahrer-Liebe-Fluch. Das heißt, es reicht nicht aus, dass nur irgendjemand bei dir schläft, jede Nacht, es muss deine wahre Liebe sein. Nur so kann der Fluch umgangen werden. Exakt wie bei deiner Freundin Rose.« Sie lacht und mir kriecht ein Eissturm über die Schulterblätter. Entsetzt starre ich erst das Fenster im Boden und dann Ever an.

»Allerdings dürfte das ja kein Problem sein, nicht wahr? Denn schließlich steht deine wahre Liebe direkt neben dir. Und sie lebten glücklich bis an ihr … oh, wartet, nein! … nur bis zum nächsten Vollmond!« Wieder dieses gehässige Lachen. Dieses Mal wird es als Echo von den Kerkerwänden zu uns hinaufgeworfen.

Evers Hände, die meine halten, verkrampfen sich.

Woher weiß sie so viel über den Fluch? Von ihren Stubenfliegen? Kann das alles stimmen? Meine Gedanken werden immer wirrer, bis Ever das Wort ergreift.

»Stimmt das? Bin ich deine wahre Liebe?«

Oh. Was soll ich jetzt sagen? Dass ich mich in ihn verliebt habe? Mit Haut und Haar? Irgendwie hätte ich dieses Gespräch lieber noch nicht zu diesem Zeitpunkt geführt. Wir kennen uns schließlich erst so kurze Zeit. Andererseits wispert eine leise Stimme in meinem Inneren, dass die Liebe auf den ersten Blick eine besonders starke Macht ist. Auch eine Art von Magie. Dass meine Liebe zu ihm bisher von mir mit aller Kraft unterdrückt wurde, aus Angst vor seiner Zurückweisung, lässt die Stimme dabei aus. Also spüre ich einen Kloß im Hals, als ich den Mund öffne: »Ja, das kommt in etwa hin.«

»Wow«, antwortet Ever. Seine Wangenknochen mahlen, ganz so, als hätte er Angst vor etwas. »Ich dachte nicht, dass ... dass jemand wie du ...« Er gerät ins Stocken. Seine Pupillen weiten sich.

Bei allen Himmeln, bitte lass ihn jetzt nicht sagen, dass ich nicht seine wahre Liebe bin!

»Was willst du damit sagen?«, hake ich leise nach. Nur mit sehr viel Willenskraft gelingt es mir, den Blickkontakt zu halten.

»Dass ... Dass du auch meine wahre Liebe bist, natürlich! Ich kann das alles nur noch gar nicht fassen!« Er nimmt mein Gesicht in beide Hände, beugt sich so weit nach unten, dass sich unsere Lippen berühren und küsst mich. »Du bist perfekt«, murmelt er kurz darauf atemlos, bevor er mich weiterküsst. »Eigentlich viel zu perfekt für mich.«

Wow, ich bin Evers wahre Liebe. Beinahe ungläubig lege ich meine Hände um seine Hüften, fahre seinen Rücken entlang, wobei mein Herz immer schneller schlägt. Niemals hätte ich auch nur gewagt, von diesem Moment zu träumen!

Seine Lippen fühlen sich so weich auf meinen an und bergen das Versprechen auf ein Happy End. Auf unser Happy End! Entspannt und glücklich schmiege ich mich an ihn. Dieser Kuss ist filmreifer, als der von Cinder und Prinz Charming auf ihrer Hochzeit!

Ich ertappe mich bei dem selbstsüchtigen Wunsch, er möge nie wieder damit aufhören, mich zu küssen.

Es mag früh sein, aber wir sind uns unserer Absichten sicher, so viel ist klar, und auf einmal sehe ich Evers und meine Zukunft vor mir. Ob wir uns drei Tage oder drei Jahre lang kennen, ist dabei vollkommen irrelevant. Denn wir sind einander bestimmt. Die wahre Liebe des jeweils anderen.

»Ich liebe dich«, flüstert er.

Und ich erwidere es, ohne zu zögern: »Ich liebe dich auch, Ever.«

Hand in Hand kehren wir wenig später zu den anderen auf dem Rasen zurück. Sie sitzen in einem lockeren Kreis da, weswegen wir uns zwischen Rose und Pan quetschen müssen. Ich sitze also praktisch schon halb auf Evers Schoß, als auch noch Asher zu mir rüberkrabbelt und es sich auf meinen Beinen bequem macht. Ich fahre ihm mit einer Hand über den Haarschopf, ignoriere die neugierigen Blicke meiner Freundinnen. Was, wenn er – Asher – wirklich das verlorene Kind ist? Ich starre eine Weile auf seinen Hinterkopf und denke über ihn, Jaz, Ashers Mutter und Pan nach. Über die Tragödie, die sich kurz nach Ashers Geburt abgespielt haben muss. Und über Ashers Zukunft, die womöglich mit so viel mehr verknüpft ist.

Sobald mich Ever auf die linke Schläfe küsst, seufzen meine Freundinnen verzückt und wenden sich dann wieder Rose' Notizen von der Aussage der Herzkönigin zu.

»Das bedeutet also …« Snow kratzt sich nachdenklich am Kinn. »… Verdammt, ich kann nicht denken, wenn ich hungrig bin!«

Glücklicherweise verdrängt bei mir die Müdigkeit das Hungergefühl, aber ich kann mir durchaus vorstellen, wie den anderen bereits der Magen knurren muss.

So als hätten sie Snow verstanden, eilen nur Sekunden später zwei Pinguine mit Silbertabletts herbei. Darauf stapeln sich: gelbe und hellblaue Buttercremetörtchen!

»Buttercremetörtchen!«, ruft Rapunzel verzückt.

Auch Asher klatscht vor Begeisterung in die Hände.

Nicht zu fassen!

Gerade als sich alle darauf stürzen wollen, hält Ever sie zurück. »Halt! Was, wenn das wieder Schrumpfkuchen sind? Oder Schlimmeres! Ihr wisst doch, dass man in Wonderland mit allem rechnen muss.«

Sogleich halten alle in ihrer Bewegung inne. Verfluchtes Wonderland und seine Schrumpftörtchen!

Wir tauschen Blicke. Niemand traut sich zuzugreifen.

Da zuckt der linke Pinguin mit den Schultern, nimmt sich ein Törtchen und wirft es sich in den geöffneten Schnabel.

Gebannt beobachten wir ihn. Dutzende Herzschläge vergehen, doch nichts geschieht. Alles noch beim Alten. Der Pinguin schrumpft nicht, wächst nicht, auch sprießen ihm weder zusätzliche Gliedmaßen noch Hörner. Das Einzige, was passiert, ist dass er einen niedlichen Schluckauf bekommt.

Asher gluckst, dann schnappt er sich selbst ein Törtchen. »Ich glaube, wir sind sicher.«

Die Pinguine nicken, scheinen den Kleinen anzustrahlen, der jetzt eine Hand ausstreckt und einen von ihnen oberhalb des Flügels streichelt.

So, als hätte er damit den Startschuss gegeben, stürzen sich alle auf die Törtchen. Nur ich werde von der herannahenden Müdigkeit beinahe erschlagen und schlafe daher kurz darauf auf Evers Schoß ein.

»Sie müssen hier irgendwo sein. Nur wer hat sie in ihrer Gewalt?«, weckt mich etwas später Rapunzels schrilles Stimmchen aus dem Schlaf.

Verwirrt blinzle ich. Mein Nacken ist ganz steif vom Liegen. Nach einem Blick auf die Sonne, die bereits hoch am Himmel steht, wird mir klar, dass es etwa Mittag sein muss.

Ever reicht mir eine Wasserflasche. Davon liegen ziemlich viele um uns herum im Gras verteilt. Wahrscheinlich ein Geschenk der Pinguine. Dankbar greife ich zu.

»Na, gut geschlafen?«, will er von mir wissen.

Ich setze die Wasserflasche ab, lächle dann zu ihm hoch. »So gut, wie man auf dem Schoß seiner wahren Liebe eben schlafen kann.«

Nach und nach komme ich wieder zu mir, greife nach meinem Rucksack, um mich ein wenig frisch zu machen und mein Handy mit der Powerbank zu laden. Ab und zu spüre ich, wie Ever mir über den Rücken streicht.

Wir bekommen das mit unseren jeweiligen Flüchen schon hin, versuche ich mir einzureden. Alles kein Problem. Dann schlafe ich eben eine Nacht im Monat in der Vollmondnacht nicht, sondern hole den Schlaf morgens nach, so wie jetzt.

»Ich weiß, was du denkst«, murmelt Ever. »Das ist zu gefährlich. Was, wenn du aus Versehen doch einschläfst?«

Uns bleibt allerdings keine Zeit, das Thema weiter zu vertiefen, denn Snow bittet mich in diesem Moment um meine Meinung. »Red, hör mal her. Was sagst du zu dem, was die Herzkönigin uns als Information gegeben hat?« Sie räuspert sich: »*Die Prinzen sind Gefangene und halten sich momentan in meinem Reich auf, aber ich bin es nicht, die sie verzaubert hat.*«

Ich überlege ein wenig. »Sie sind also verzaubert worden, sehen mittlerweile womöglich ganz anders aus … Aber Moment mal, zuerst hat die Herzkönigin doch noch gesagt, wir müssten inzwischen zwei und zwei zusammengezählt haben? Damit …« Ich tippe nachdenklich mit den Fingerspitzen auf das Gras. » … kann sie vermutlich nur meinen, dass … Also, sie will ja immer darauf hinaus, dass die Guten heutzutage die eigentlichen Bösen sind. Also wir sozusagen böse sind und die früheren Antihelden wie Fear, Bane und Rexia die Unschuldigen sind.«

»Ach, die Alte braucht doch eine Therapie«, winkt Cinder ab. Aus ihrer kunstvollen Frisur haben sich mittlerweile so viele Strähnen gelöst, dass sie mich mehr an eine Vogelscheuche als an eine Prinzessin erinnert.

»Eine Therapie!« Mit klopfendem Herzen springe ich auf. »Bei Frau Holle und den eisigen Winterstürmen! Ich hab's!«

Verwundert starren alle zu mir hoch. »Was hast du?«, fragt Ever sanft, nachdem ich mehrere Sekunden auf und ab gelaufen bin.

Die anderen murmeln schon darüber, wie schlau ich sei.

Rose berührt mich sanft am Ellenbogen. »Weißt du, wo unsere Ehemänner stecken?«

Ich drehe mich zu ihr und sehe sie bedauernd an. »Nein, tut mir leid, aber ich weiß, glaube ich, wer Ashers Mom ist.«

»Was?« Vor lauter Aufregung springt Asher auf, stolpert dann aber über seine eigenen Füße.

»Okay, Leute.« Beschwichtigend hebe ich beide Hände. »Mir ist gerade ein Zusammenhang klargeworden. Eins nach dem anderen. Wir klären erst das Geheimnis um Ashers Mom auf, die uns eventuell dabei helfen kann, Märchenwald und Neverland zu vereinen und einen Krieg zu gewinnen. Sagt mir nicht, dass ihr in letzter Zeit nicht schon geahnt hättet, dass Asher das verlorene Kind aus Spiegleins Traum sein muss. Mit einer Mutter aus Märchenwald und einem Vater aus Neverland.« Ungefähr die Hälfte aller Anwesenden nicken.

»Lasst uns das kurz durchsprechen.« Ich reibe meine Hände aneinander, als müsste ich Seife zwischen ihnen verteilen. Während ich meine Gedanken sortiere, wandere ich weiter im Kreis zwischen meinen Freunden umher, die mittlerweile alle Asher mit großen Augen anstarren. »Rexia hat eurem Bericht nach ausgesagt, sie hätte ihren Drang, Kinder zu fressen, also eine Art Kannibalismus-Störung, überwunden, indem sie ein eigenes Kind bekommen hat, richtig?«

»Ja, aber es war ein Mädchen«, antwortet Rose. »Es kann nicht Asher gewesen sein.«

»Das will ich damit auch gar nicht sagen.«

So als würde er bei einem Tennismatch zuschauen, springt Ashers Blick zwischen mir und Rose hin und her. »Meine Mutter ist also keine Hexe?«

»Nein«, sagt Rose.

»Doch«, antworte ich gleichzeitig.

Mit einem dramatischen Stöhnen lässt sich Snow rückwärts ins Gras fallen. »Also wie jetzt? Ihr verwirrt mich. Ashers Mom kann uns helfen, den Krieg gegen Jasemin zu gewinnen? Und dein Verehrer Jaz, der zufällig auch der Vater des Kinds ist, muss sich mit ihr vereinen?« Sie blickt mich vorwurfsvoll an. »Aber wer ist nun Ashers Mutter?«

Tolle Zusammenfassung. Herzlichen Dank, Snow.

»Ganz einfach«, beginne ich zu erklären. Um mich besser konzentrieren zu können, reibe ich Daumen und Zeigefinger aneinander. »Wenn Rexias Therapie die Geburt eines Kindes war, um ihre Kannibalismus-Störung zu überwinden, wieso soll es dann einer der anderen Hexen nicht auf dieselbe Art und Weise gelungen sein, ihre psychische Erkrankung zu überwinden? Durch die Geburt eines Kindes.«

Ich bemerke, wie es in den Köpfen meiner Zuhörer klick macht.

»Jaz hat mir erzählt, dass Ashers Mutter ihn nur benutzt hat, um einen Fluch zu lösen. Was, wenn damit ihre Störung gemeint war?

Pan, du hast Jaz doch das Mädchen ausgespannt, oder nicht? War sie eine Hexe?«

Pan zuckt mit den Schultern. »Ähm, keine Ahnung, sie hat mich damals mit einem Zauber und einem falschen Namen hinters Licht geführt. Ihr Aussehen magisch verändert. Ich wusste nicht, dass sie eine Hexe ist. Möglich wäre es.«

Meine Freunde hängen wie gebannt an meinen Lippen. »Okay, noch mal aus einer anderen Perspektive betrachtet: So viel wir wissen, hat das Kind, das uns im Krieg vereinen soll, eine Mutter aus dem Märchenwald. Asher hat eine Mutter aus dem Märchenwald und laut Aussage von Jaz wurde Asher von seiner Mom verlassen. Jaz hat außerdem angedeutet, dass er Angst hatte, Ashers Mutter könnte das Kind töten. Und welche der guten Mütter aus dem Märchenwald würde schon ihr Kind im Stich lassen oder gar töten?«

Snow nickt verstehend. »Genau: Niemand. Ashers Mom muss eine Hexe sein, Aber nicht Rexia. Eine Hexe, die sich selbst therapiert hat. Durch die Geburt eines Babys.«

»Genau«, schlussfolgere ich weiter. »Die Hexe muss also an einer Störung gelitten haben, die irgendetwas mit Kindern zu tun hat. Die Geburt eines eigenen Kindes ermöglichte ihr, sich selbst von der Störung zu befreien.«

»Sie war also krank und ich habe sie gesund gemacht?«, fragt Asher leise.

Er kann uns also halbwegs folgen. Da ich sein Weltbild nicht zerstören will, antworte ich: »Richtig. Du warst ihre Rettung.«

Asher lächelt. Ich sehe es und nicke. Es ist alles so eindeutig. Warum bin ich nicht schon früher darauf gekommen?

»Aber welche der Hexen …?« Offensichtlich bringt Cinder es nicht fertig, die Hinweise zusammenzuzählen.

Ich hebe den Kopf und sage nur ein einziges Wort.

»Fear.«

In einer verwirrten Geste streicht sich Rapunzel mit der Hand über das Gesicht. Ihre Wangen glänzen vor Schmutz und Schweiß. »Fear? Die erste Hexe, der wir einen Besuch abgestattet haben?«

»Ja«, nicke ich. »Ihr kennt doch das Märchen über sie. Die sechs Schwäne. Sie hat darin versucht, die Kinder ihres Ehemanns, des Königs, zu töten. Die Kinder seiner ersten Frau. Sie muss daher an dieser Kindstötungs-Störung gelitten haben. Ein Verlangen danach gehabt haben, Kinder zu töten. Man nennt es auch Filizid, glaube ich. Das ist der Fachbegriff.« Das habe ich soeben unauffällig auf meinem Smartphone gegoogelt. Jetzt lasse ich es zurück in meinen Rucksack gleiten.

So ziemlich allen um mich herum klappt der Mund auf.

»Außerdem«, fahre ich fort, »haben beide dieselben Grübchen, wenn sie lachen. Dieselbe Gesichtsmimik, auch wenn sie bei Fear durch das ganze Flohtox schon reichlich entstellt ist.«

Rose hält sich die Hand vor den Mund, reißt gleichzeitig die Augen auf. Sie sieht es also auch. Die Ähnlichkeit zwischen den beiden und den Zusammenhang. »Wir müssen Fear einen Besuch abstatten.«

Eigentlich möchte ich das überhaupt nicht. Und noch weniger möchte ich mir vorstellen, wie Fear und Jaz … Nein, allein der Gedanke daran löst ein Frösteln in mir aus. Andererseits müssen wir sie irgendwie auftreiben und von ihrer Fußfessel befreien. Himmel, dass ich das mal wollen würde! Laut Spieglein brauchen wir sie aber.

»Gehen wir jetzt meine Mom besuchen?«, will Asher aufgeregt wissen. Seine Augen glänzen.

»Nein, viel besser.« Ich streichle ihm über den Haarschopf. »Wir holen sie zu uns.«

Also angele ich seufzend nach Snows Puderdose, die vor ihr im Gras liegt. »Spieglein, Spieglein in meiner Hand, zeig mir den schlausten Spiegel im ganzen Land.«

Kaum habe ich ausgesprochen, erscheint auch schon mit einem lauten »Tataaaa« sein Antlitz. »Man hat mich gerufen?«

Ever prustet belustigt los, steht dann ebenfalls auf, um mir über die Schulter zu sehen. Ich lehne mich an ihn, genieße seine Nähe. »Hallo, Spieglein.« In kurzen Sätzen erkläre ich ihm unsere gegenwärtige Situation und was jetzt zu tun ist. »Glaubst du, du kannst dieses Programm hacken?«, frage ich ihn zum Schluss.

»Hat Bane Snow mit einem roten Apfel verführen können?«, fragt Spieglein altklug zurück. Also ja.

Da ich ihn nicht weiter nerven will, Genies soll man schließlich einfach machen lassen, wechsle ich das Thema. »Gibt es etwas Neues von Jasemin? Hast du mit ihr reden können?«

»Nein. Sie schaltet auf stur. Offenbar hat sie es sich in den Kopf gesetzt, euch zu vernichten. Ihr fünf seid ihr ein Dorn im Auge.« Spieglein schüttelt bedauernd den Kopf. »Sie wird aber am frühen Abend ihren Botschafter zur Grenze schicken. Nahe Candy Lane und Salzstangen-Fichtelgebirge. Wenn dort ihr Vater unversehrt an den Botschafter übergeben wird, sieht sie von einem Angriff auf euch ab. Das soll ich euch so ausrichten.«

Meine Freunde verfallen in kollektives Stöhnen. Ein wirklich super Friedensangebot. Reizend.

»Hm.« Nachdenklich massiere ich mir die dünne Haut am oberen Ende meiner Stirn. »Das wird nur etwas schwierig, weil wir den König überhaupt nicht bei uns haben!« Ich stöhne über all diesen Wahnsinn, der um mich herum geschieht. »Vermutlich rührt diese ganze Aggressivität von Jasemin nur von verletzter Eitelkeit her. Wir hätten sie mehr in unseren Freundeskreis integrieren müssen.« »Ja, oder nicht ihren Vater entführen sollen«, gibt Spieglein zu bedenken.

»Darüber scherzt man nicht«, sage ich. »Wir haben weder ihren Vater entführt noch ihre Angestellten in einen hundertjährigen Schlaf versetzt.«

»Wie du meinst, jedenfalls hat Jasemin zusätzliche Soldaten einberufen. Ihre Streitmacht ist riesig. Sobald sie den Marschbefehl gegen den Märchenwald erteilt, sind wir erledigt. Sämtliche Bewohner so gut wie tot.«

»Aber Spieglein, du hast doch sicher die anderen Prinzregenten und die Jäger im Wald gewarnt, wie wir es dir aufgetragen haben?«, fragt Snow. »Wir haben doch selbst eine Armee. Die Jäger müssen nur die Soldaten der einzelnen kleinen Königreiche im Märchenwald gegen den Feind aus Morgenland vereinen.«

»Selbstverständlich. Sie bereiten sich vor, aber wie gesagt: Morgenland ist uns deutlich überlegen.«

Wir tauschen Blicke. Nicht gut, gar nicht gut. Wir müssen die Prinzen und im besten Fall auch noch Prinzessin Jasemins Vater finden sowie Fear herschaffen.

Cinder kratzt sich mit ihrem Selfiestick am Rücken. »Wie sollen wir jetzt auch noch einen König finden? Oder hängt diese Entführung mit der Entführung unserer Ehemänner zusammen?«

»Möglich …«, murmle ich. Allerdings habe ich keine Lust, noch mehr Zeit mit dieser Frage zu verschwenden. Also schnipse ich mit dem Finger, um diese Diskussion effektvoll zu beenden. »Okay, Spieglein, dann mal ran an die Hacker- und Recherche-Arbeit. Wir haben einen König zu finden und einen Krieg zu gewinnen. Du weißt, was du zu tun hast. Bis später!« Bevor er noch etwas entgegnen kann, klappe ich den Spiegel einfach zu.

Ever legt einen Arm um mich, während Asher an meiner Bluse zupft. »Lerne ich meine Mom also bald kennen? Wirklich wahr?«

»Natürlich«, sage ich und lächele den Kleinen an. »Allerdings …« Ich stocke, weiß nicht so wirklich, wie ich es formulieren soll, schließlich brauchen wir Fear für den Kampf gegen Jasemin. »… willst du sie denn immer noch kennenlernen? Jetzt, da du weißt, dass deine Mom eine Hexe ist?«

Asher starrt mich an, bohrt seine Augen in meine. »Ich habe keine Angst vor ihr.«

Zwei Stunden später diskutieren wir immer noch darüber, wo wir mit der Suche nach den Prinzen in Wonderland anfangen sollten. Es ist ein einziges Hin und Her. Niemand hat eine Idee oder einen Plan. Die Aussage der Herzkönigin ist zu ungenau. Pan ist sogar noch einmal zu ihr hinab in den Keller gestiegen, aber sie hat nur so getan, als seien ihre Lippen versiegelt und keinen Ton gesagt. Sehr hilfreich, diese Verrückten in Wonderland. Wirklich.

Als ich vor lauter Enttäuschung und Wut gerade laut aufheulen möchte, stattdessen aber nur ein paar Grasbüschel herausreiße, huscht etwas Weißes über den Rasen. Ein Hase. Alice' Hase! Gerade kann ich noch hören, wie er vor sich hin plappert: »Keine Zeit, keine Zeit. Schnapp sie und schach sie.« Dann verschwindet er auch schon im Irrgarten.

Kopfschüttelnd sieht ihm Rapunzel ebenfalls hinterher. »Na sieh sich einer diese Verrückten an. Sicher unterwegs zur Nichtgeburtstags-Party!«

Snow und Cinder kichern.

Die Teeparty! »He, Leute, lasst uns doch Alice und den Hutmacher fragen. Vielleicht können sie mehr mit der Aussage der Herzkönigin anfangen? Oder sie haben die Prinzen hier irgendwo gesehen.«

Ever drückt meinen Oberarm. »Eine sehr gute Idee. Nur hoffentlich finden wir die beiden im Labyrinth.«

Laut Grinsekatze halten sie sich nachmittags genau in der Mitte des Labyrinths auf. Ich hebe den Kopf. Wie gern würde ich jetzt ein wenig Zeit alleine mit Ever verbringen. Meine Augen wandern zu seinen Lippen und mir wird ganz warm. Vielleicht an einem anderen Tag. Wenn wir all das hinter uns gebracht haben.

Also packen wir zusammen, verabschieden uns von den Pinguinen, und stehen keine zwei Minuten später am Eingang zum Heckenlabyrinth. Wenn man so hineinsieht, scheinen sich die Hecken zu bewegen, finde ich. Verschieben sich nach rechts und links. Aber dann blinzle ich und alles scheint wieder normal. Abgesehen von der Dunkelheit, die auf den Rindenmulchwegen zu liegen scheint. Zumindest sieht es düster im Labyrinth aus, als würde keine Sonne hineinfallen. Ob es wohl verzaubert ist?

»Okay, Leute«, meint Pan schließlich. »Wir sollten es wagen und einer von uns muss vorgehen.«

»Genau«, pflichtet ihm Snow bei und stößt ihn im selben Augenblick hinein.

»Snow!« Ich funkle sie wütend an, aber sie zuckt nur mit den Schultern. »Du hast ihn doch gehört! Einer muss vorgehen.« Tatsächlich betritt sie als Zweite das Labyrinth, hinter einem gehetzt wirkenden Pan. An seiner Stelle hätte ich schon vor Stunden das Weite gesucht, aber mir kommt es so vor, als würde er Cinders Nähe genießen, also stelle ich keine Fragen mehr.

Der Irrgarten scheint nicht nur sämtliches Licht, sondern auch beinahe alle Geräusche zu schlucken.

»Uhm«, hauche ich. »Nach rechts oder links?«

»Am besten legen wir eine Spur aus Brotkrumen«, schlägt Snow vor.

»Ich habe noch Chia-Samen.« Ever kramt in unserem Rucksack.

War ja klar.

Wir legen also eine Spur aus Chia-Samen, überall wo wir abbiegen. Da die meisten Gänge einfach nur Sackgassen sind und wir bald lernen, dass man einfach nur den breitesten Gang nehmen muss, um weiterzukommen, gelangen wir nach etwa einer Viertelstunde zum Ziel. Der Weg führt uns auf ein mit Rindenmulch ausgelegtes Areal, genau in der Mitte des Irrgartens. Zumindest fühlt es sich so an. Die Fläche wirkt wie ein ganzer ein Dorfplatz, so groß ist sie. Sogar ein kleiner steinerner Springbrunnen plätschert hier. Links davon steht ein riesiges Schachbrett mit lebensgroßen Figuren.

Wow!, denke ich.

In der hinteren rechten Ecke ist eine lange Teetafel aufgebaut, an der Alice und der Hutmacher sitzen. Sie werfen sich gegenseitig schwarze Johannisbeeren zu, die sie entweder mit dem Mund oder ihrer Teetasse auffangen. »Guter Wurf!«, lobt der Hutmacher Alice gerade. Auch der Hase, der mitten auf dem Tisch sitzt, applaudiert mit den Hinterläufen.

»Oh, Besuch!« Der Hutmacher dreht sich in unsere Richtung, bevor er seinen zerfledderten Cordzylinder abzieht und eine Verbeugung andeutet. Ganz in braunem Tweet und mit einem rosa Schal um den Hals, wirkt er auf mich wie ein bettelarmer Designer, der ausgefallene Kleider für die Märchenwald-Prinzessinnen näht.

Irgendwie bin ich so überrascht, dass wir sie gefunden haben, dass ich zunächst kein Wort herausbringe. Vielleicht ist es auch mein Kreislauf, der mich dazu bringt, mich an Ever festzuhalten. Wir haben die Verrückten aufgespürt.

»Und so viele Gäste auf einmal! Fein.« Alice wirft einfach die Teetasse hinter sich und klatscht dann in die Hände. Ihr hellblaues Kleid wirkt etwas schmuddelig. Genau wie Cinder trägt sie einen schwarzen Reif in ihren blonden Haaren, die ihr bis über die Schulterblätter reichen und deren Spitzen in weichen Locken enden. »Je mehr, desto lustiger. Setzt euch doch, Freunde.«

Damit liegt sie natürlich richtig. Wir sind ganz schön viele. Genau genommen acht Personen. Bisher hat sie uns ja ständig zu Besuch eingeladen und immer Absagen kassiert. Offensichtlich freut sie sich über so viel Andrang bei ihrer Teeparty an diesem Tag. Zwischen ihren Teetassen lugt eine Teekanne hervor, auf deren Deckel sich eine riesige Raupe niedergelassen hat. Eine Raupe, die ganz offensichtlich Wasserpfeife raucht.

Snow macht einen Schritt auf Alice zu.

»Hi, eigentlich sind wir nur gekommen, um dir eine Frage zu stellen …«

»Ein Quiz!« Wieder klatscht Alice in die Hände. »Was gibt es zu gewinnen?«

»Ähm …«, bringt Snow überrumpelt hervor. Bevor sie jedoch antworten kann, hören wir ein Zischen in der Luft.

Ich hebe den Kopf, drehe ihn in alle Richtungen, nur leider kann man nicht über die Hecken blicken. Aber dann, einen Atemzug später, als das Zischen lauter und lauter wird, sehe ich es. Oder besser gesagt: sie. Mehrere Gestalten kommen angeflogen, nein, fliegen kann man das nicht nennen, höchstens: angetrudelt. Eine große und viele kleine Gestalten.

»Ach so«, höre ich plötzlich Spieglein aus dem Handy in meiner Tasche quaken. »Ganz vergessen! Deinen anderen Auftrag von gestern Abend: Jaz zu besänftigen und ihn mit den Meerjungfrauen abzulenken, konnte ich leider nicht erfüllen.«

Dieser verdammte Spiegel! Dann kann dieses Surren nur eines bedeuten!

Ich reiße beide Augen auf: Jaz und die Tinkerfeen! Was in aller Zwerge Namen …?

Sie schlagen im Rindenmulch auf, schlittern ein paar Meter, wobei sie tiefe Bremsspuren hinterlassen.

Begeistertes Klatschen seitens Alice und dem Hutmacher. Der wirre Ausdruck in ihren Augen irritiert mich mindestens genauso wie Jaz' unsanfter Aufprall. Mitten in meinem Leben und dem Plan, den ich eigentlich verfolgen wollte.

»Daddy!«, kreischt Asher verzückt. Ohne zu zögern läuft er los, in Richtung seines stöhnenden Vaters. »Arrgh, und ich dachte, ihr verdammten Feen wisst, wie man fliegt.«

Die kleinen Feen scheinen weniger abbekommen zu haben als er. Wahrscheinlich wegen der weichen Spülschwämme und Topflappen, in die alle, bis auf eine, gehüllt sind. Tinkerneat. Sie steckt in ihrer üblichen Garnrolle. Einer ihrer braunen Schneckenzöpfe hat sich gelöst, sodass sie wie ein Widder mit gebrochenem Horn aussieht. Hinter Tinkerneat übergibt sich eine Fee im rosa Spülschwamm in einen Busch, der die Form einer Standuhr aufweist. Dabei murmelt sie etwas von »Wonderland«, »Flugturbulenzen« und »übelriechendem Schrumpfkuchen«.

»Hör auf uns anzuschreien!«, motzt eine Fee mit blonden Ringellöckchen los.

»Wir helfen dir nie wieder, Hook!«, pflichtet ihr die Fee mit dem Erdbeermuster-Topflappen bei, die bei unserer allerersten Begegnung Feenstaub über Ever gestreut hat.

Warum die Feen Jaz überhaupt geholfen und ihn hierhergeflogen haben, ist mir allerdings wirklich schleierhaft. Schließlich sind sie doch eigentlich Todfeinde und Fliegen ist in Wonderland zudem gefährlich. Wie uns gerade anschaulich demonstriert wurde …

»Asher!« Glücklich zieht Jaz seinen Sohn an sich. »Dir geht es gut!«

»Natürlich.« Der Kleine strahlt an seiner Schulter.

Als Nächstes findet Jaz' Blick mich. Eine Mischung aus Wut und Begehren blitzt mir aus seinen Augen entgegen. Oh, oh.

»Wir beide«, faucht er mich an, »haben einiges zu klären!«

Neben mir atmet Ever geräuschvoll ein, strafft dann seine Schultern, wobei er gleichzeitig einen Arm um mich legt. »Vergiss es, einarmiger Bandit. Sie redet nicht mit dir.«

Hm, mit wem ich rede, ist eigentlich ganz allein meine Sache, finde ich.

»Ich rede, mit wem ich will! Und so ein dürrer Hipster wie du hält mich sicher nicht auf!« Wütend setzt Jaz Asher auf dem Boden ab und kommt dann auf mich zugestapft. Die Grinsekatze, die direkt vor ihm aus dem Nichts auftaucht, faucht und geht in Deckung, bevor sie einen Tritt abbekommen kann.

»Wer möchte eine Tasse Tee?«, schreit der Hutmacher zu uns herüber.

Natürlich antwortet ihm niemand.

»O nein!« Pan stößt ein paar Flüche aus. »Nicht auch noch Hook.«

Die Feen umschwirren Jaz, als er näherkommt. »Peter, Hook ist hier, um unsere Welten zu retten«, ruft Tinkerneat.

»Ja und wegen dem Mädchen!« Die blonde Löckchenfee zeigt auf mich.

Oh. Dennoch, das ändert nichts daran, dass er mir bewusstseinsverändernden Feenstaub eingeflößt hat!

»Red!« Jaz brüllt meinen Namen und ich gehe hinter Ever in Deckung. Mein Herz pocht so laut. Um mich zu beruhigen, muss ich die Augen schließen. Warum ist er wirklich hier? Das wird mir langsam alles zu viel.

Inzwischen deckt der Hutmacher fleißig den Tisch.

»Wie viele Gäste kommen noch? Ojemine, ich glaube, wir haben zu wenig Geschirr!«

Ja. Zu wenige Tassen im Schrank.

Dann merke ich nur noch, wie Ever ausholt. Verwundert öffne ich meine Augen und werde Zeugin einer Prügelei zwischen Ever und Jaz. Nun ja, es ist mehr ein kleiner Schlagabtausch und Pan geht auch direkt dazwischen. »Nicht jetzt! Dafür habt ihr später immer noch Zeit!«

»Ja, genau. Dreht mal eure Hormone runter, Jungs«, mischt sich Snow ein.

Ich weiß wirklich nicht mehr, ob ich lachen oder weinen soll.

Leider hat Snow nicht vor, selbst die Klappe zu halten. »Sieh es mal so, Hook, oder meinetwegen Jaz: Du hast Reds Herz vielleicht verloren. Ever ist ihre wahre Liebe, aber du könntest immer noch in der Vollmondnacht ihr Bett teilen, damit der Fluch sie nicht umbringt.«

Ich schließe wieder die Augen. Einerseits nett, wie sie an mich denkt, und dass sie überhaupt denkt und dann auch noch so praktisch. Andererseits: Autsch! Ein Stöhnen entfährt meiner Kehle. Snow hat es anscheinend noch nicht mitbekommen, dass auch nur die wahre Liebe den Fluch umgehen kann. Jaz und ich … Das würde nicht funktionieren …

Verwirrt blinzelnd halten sowohl Ever als auch Jaz tatsächlich inne.

»Red!«, ergreift Jaz als Erster wieder das Wort. »Lass mich dir einfach erklären, was ich getan habe und warum. Und dann erwarte ich eine Entschuldigung wegen der Entführung meines Sohnes!«

»Sie schuldet dir gar nichts!«, blafft Ever ihn an.

Am liebsten würde ich mich einfach an ihn kuscheln. Wann genau ist mein Leben eigentlich so anstrengend geworden? Aber ich muss jetzt stark bleiben, also starre ich einfach stur geradeaus.

»Und was ist das für ein Fluch, von dem deine Freundin, ich nehme an, Schneewittchen«, mutmaßt Jaz und nickt in Richtung Snow, »gesprochen hat?«

»Snow. Aber für dich Snowwhite«, presst Snow hervor. Deutlich ist ihr die Ungeduld ins Gesicht geschrieben.

Reizend.

Asher, der inzwischen wieder zu seinem Vater aufgeschlossen hat, übernimmt das Antworten für mich. »Eine böse Fee hat Red verflucht. Sie darf nachts nicht allein schlafen, sonst stirbt sie.«

»Was?« Auf einmal entweicht jegliche Farbe aus Jaz' Gesicht. Seine Augen finden meine. »Ist das wahr?«

»Ähm, ganz so ist es nicht«, versuche ich mich herauszureden.

Ever strafft die Schultern. »Sie muss jede Nacht neben ihrer wahren Liebe schlafen, ansonsten stirbt sie.« Demonstrativ greift er nach meiner Hand.

»Was? Das ist nicht euer Ernst?« Jaz starrt von unseren Händen bis in unsere Gesichter. »Dein Wolf … das ist doch dieser Typ, der sich einmal im Monat in einen Wolf verwandelt, richtig?« Er schnappt nach Luft, als ihm der Zusammenhang klar wird. »Und dann, Red, was machst du dann?« Jaz steigert sich so in diese Sache hinein, dass er den letzten Satz hinausschreit.

Selbst meine Freundinnen wirken überrascht. Die Sache mit der wahren Liebe und dem Fluch hatte ich ihnen noch gar nicht gebeichtet.

Ein Vogelschwarm erhebt sich verschreckt kreischend aus der Labyrinth-Hecke direkt rechts von ihm.

»Vielleicht klärt ihr eure interkulturellen Beziehungsangelegenheiten später«, schlägt Rose ganz diplomatisch vor. »Wir sollten uns zunächst um die Prinzensuche kümmern und dann um Jasemin und Ashers Mom.«

»Was?«, schreit Jaz daraufhin erneut. Eine Zornesfalte bildet sich auf seiner Stirn.

Schnell erkläre ich ihm gemeinsam mit Asher, was wir vorhaben. Dass wir gemeinsam mit Fear womöglich einen Krieg verhindern können oder zumindest hunderte Tote.

Ungläubig hört er uns zu.

Irgendwann klatscht Snow in die Hände. »Ja, wie auch immer. Vielleicht kommen wir jetzt mal zum Grund unseres Besuchs bei Alice.«

»Prima!«, ruft Alice von der Tafel her. »Ich habe auch frische Hanfkekse da.« Sie hält einen Teller voll unförmiger Keksklumpen hoch.

Hervorragend. Ich verdrehe die Augen. Immerhin wird mich das von meinem eigenen jämmerlichen Dasein ablenken. Ich sehe zu Ever hoch.

Er zieht mich näher an sich und legt dann seinen Kopf auf meinem ab. »Wir schaffen das schon mit unseren Flüchen, keine Sorge. Lass dir nichts anderes einreden.«

Unsere Flüche. Plural. Ja, ich hoffe wirklich, wir kriegen das alles auf die Reihe. Ich seufze und kuschle mich enger an ihn. Immerhin habe ich ihn.

Aus den Augenwinkeln spüre ich Jaz' Blick auf mir. Die Hände zu Fäusten geballt, starrt er uns an.

In der Zwischenzeit hat Snow ihr Verhör begonnen. Um sicherzugehen, dass hier niemand aus Versehen ums Leben kommt, schließe ich mich ihr an.

Ever folgt mir, schirmt mich sogar vor Jaz' Blicken ab, wofür ich ihm wirklich dankbar bin. Um Jaz werde ich mich später kümmern. Sehr viel später.

Zunächst herrscht heilloses Chaos an der Teetafel. Ein paar Johannisbeeren fliegen von rechts nach links. »Habt ihr jetzt unsere Prinzen gesehen oder nicht?«, schreit Snow irgendwann so laut, dass sie das Chaos um sie herum übertönen kann.

Neugierig, wie wir alle sind, drehen wir uns zu ihr um, selbst die Tinkerfeen.

»Wen meinst du?« Der Hutmacher zeigt zwischen sich, Alice und Snow hin und her.

»Oh, ein neues Spiel?« Mehr als nur vergnügt klatscht Alice in die Hände. »Ich sehe einen Prinzen, den du nicht siehst, und er hält einen Stab in der Hand!«

Wie bitte? Ich muss mich verhört haben.

»Schluss mit diesem Unsinn!« Inzwischen ist Snow puterrot angelaufen. »Wisst ihr, wo unsere Ehemänner stecken, ja oder nein?«

»Ja«, antworten Hutmacher und Alice gleichzeitig.

Auf diese Ankündigung hin kommt es mir so vor, als würden wir alle gemeinschaftlich einmal heftig anfangen zu blinzeln. Kann das sein? Sind wir tatsächlich am Ziel angelangt? Und warum verhalten sich die beiden so merkwürdig?

Snows Hände ballen sich zu Fäusten. »Und wo?«

»Machen wir doch ein Spiel daraus«, schlägt der Hutmacher gut gelaunt vor.

»Nein!«, fährt Snow ihn an, dabei zückt sie den Hexenzauberstab von Bane. »Ihr rückt mit der Sprache raus, sonst verwandle ich euch in zwei hässliche Kröten!«

Immer schön mitanzusehen, wie sich Snow in Diplomatie übt. Aus einem mir unerfindlichen Grund hallen auf einmal die Worte der Herzkönigin in mir nach: »Wer sind jetzt die Guten und wer die Bösen in diesem Spiel?«

Sanft legt Rose Snow eine Hand auf den Arm.

»Ruhig bleiben. Du musst einfach nur nett sein, um ans Ziel zu gelangen.« Neben ihr sitzt die Grinsekatze auf dem Boden und nickt zustimmend.

»Nett?«, kreischt Snow. »Ich bin nicht nett!«

Stöhnend verdrehe ich die Augen zum Himmel. Wir brauchen diese Information und kein hirnrissiges »Ich sehe was, was du nicht siehst«-Spiel. Doch wie soll ich Alice und den Hutmacher zum Reden bringen? Momentan steht Alice stumm wie ein Fisch da, spielt mit den Fingern am Tischtuch herum. Sicher wartet sie darauf, dass wir der Spielerunde zustimmen. Mein Blick gleitet zu Ever und dann zu Jaz. Beide sehen so aus, als zermarterten sie sich das Gehirn, um eine Lösung für unser Dilemma zu finden. Hoffentlich eine politisch korrekte, denn ich kann nicht noch einen Krieg mit einem weiteren Land riskieren. Das wird mir langsam alles zu viel. Hinter Jaz steht Pan, um den wiederum die Feen in einem Halbkreis flattern. Ganz so wie eine Horde Glühwürmchen.

Ein Gackerhörnchen rennt über Pans Füße in Richtung des Schachbretts, wo es an der Waffe, die einer der schwarzen Springer in der Hand hält, nach oben klettert. Wieder blinzle ich, bis sich die Rädchen in meinem Kopf immer weiterdrehen. Oh, bei allen Schweinchen des Märchenwalds! Die Schachfiguren!

Vor Überraschung klappt mir der Unterkiefer herunter. Ist das …? Kann das …? Um nicht von einem plötzlich auftauchenden Schwindelgefühl übermannt zu werden, stütze ich mich auf Evers Unterarm. Dann passieren auf einmal mehrere Dinge gleichzeitig. Zuerst sagt

Alice in Richtung Tischtuch: »Nein, nicht den blauen Tabak, Herr Raupe. Das weißt du doch. Oder willst du wieder zwei Wochen lang schlafen?«

»O mein Gott!«, brüllt Snow daraufhin. Auch sie scheint etwas kapiert zu haben. »Ihr wart das im Morgenland! Ihr habt den blauen Tabak … irgendwie dazu benutzt, die halbe Belegschaft im Schloss einzuschläfern! Wegen euch entbrennt ein Krieg!« Mein Blick fällt von den Läufern zu den beiden Königen auf dem Schachbrett. Einer ist klein und dick und trägt einen Turban.

»Alice!«, sage ich so ruhig, wie es mir möglich ist. »Da auf deinem Spielfeld stehen vier versteinerte Märchenprinzen und der König des Morgenlands …« Mein Blick fällt auf die Bauern. Einige davon weisen nicht die symmetrisch genormte Form der anderen auf. »… und ein paar der verlorenen Jungs aus Neverland!« Ich erkenne sie an ihren Tierhüten.

»Was?« Auf einmal rufen alle durcheinander.

»Alice!« Verzweifelt versuche ich mir Gehör zu verschaffen. Warum artet eigentlich alles in Chaos aus, wenn wir zusammen sind? »Sind das da echte Menschen?«

»Ja«, nickt Alice ganz sachlich. »Das ist ein magisches Schachbrett mit ein paar Menschen aufgefüllt. Wir brauchten neue Schachfiguren.« Sie sagt das einfach so, als erkläre das alles.

Snow, die gerade in Richtung der Schachfiguren gesprintet ist, dreht sich mitten im Laufen um, so als hätte sie es sich gerade noch mal anders überlegt. Sie schwankt und rast dann mit ausgefahrenen Armen in Richtung Alice zurück. »Du bist doch verrückt!«

Pan schnappt sie sich gerade noch rechtzeitig. »Bleib ruhig. Wir müssen logisch vorgehen. Gewalt ist keine Lösung.«

Daraufhin wirft Snow ihm einen Blick zu, als würde sie das doch stark bezweifeln. »Diese Verrückten hier haben meinen Ehemann entführt und in ein magisches Schachbrett gesperrt!«

»Wenn ihr es so sehen wollt«, meint Alice leichthin. »Andererseits hättet ihr uns und damit auch eure Prinzen einfach mal so zum Tee besuchen können, findet ihr nicht?«

»Was hat das damit zu tun?«, fragt Cinder zurück. Sie hat die Augenbrauen so fest zusammengezogen, dass sie fast wie eine einzige wirken.

»Na, ganz einfach«, mischt sich der Hutmacher ein. »Immer habt ihr unsere Einladungen abgelehnt, aber sobald eure Ehemänner fort sind, schwupps, taucht ihr hier auf. Genau wie Prinzessin Jasemin.«

»Die hat gerade Wichtigeres zu tun«, erklärt Rapunzel. »Muss einen Krieg gegen uns planen.«

Inzwischen haben auch die Tinkerfeen begriffen, was los ist. Im Gegensatz zu uns, die noch mit Alice und dem Hutmacher diskutieren, fliegen sie auf die Bauernfiguren zu, die ganz eindeutig kleine verlorene Jungs aus Neverland sind. Jedoch trauen sie sich nicht bis ganz an sie heran. Dabei stoßen die Tinker wüste Flüche aus. Eine Fee mit brauner Bobfrisur mault: »Magie, hier liegt eindeutig Magie in der Luft!«

Snow verliert mehr und mehr die Geduld. Kein Wunder. »Alice! Du sagst mir jetzt auf der Stelle, wie wir unsere Ehemänner aus dem Schachbrett freibekommen!«

»Nein. Das ist eine Lektion. Ihr wisst es, wir wissen es, die Herzkönigin weiß es … Aus euch selbstgerechten Märchenwäldlern sind viel schlimmere Bösewichte geworden als die früheren Märchen-Antihelden! Erst wenn ihr wieder unschuldige Prinzessinnen seid, bekommt ihr eure Männer zurück.«

»Außerdem müssen die Figuren ihre gerechte Strafe absitzen«, fügt der Hutmacher nickend hinzu. Oben an seinem Cordzylinder löst sich bereits ein Stück, sodass der Hut wie eine geöffnete Sardinendose wirkt.

»Arggghhh!« Vor Wut reißt sich Snow an den Ebenholzhaaren, stößt dann ein paar sehr unschöne Flüche aus, die ihr sicher keine Pluspunkte einbringen.

»Das mit dem Tabak in Jasemins Schloss war übrigens nur ein Versehen!«, ruft der Hutmacher ihr über den Tumult hinweg zu. »Den haben wir aus Versehen irgendwo liegen gelassen. Die Medis müssen ihn gefunden und benutzt haben. Tut uns leid.«

Eine wirklich tolle Ausrede. Genau wie ich runzelt Snow nur die Stirn. Außerdem haben wir gerade ganz andere Probleme, nämlich die Frage zu klären, wie wir die Prinzen retten können. Wie bekommt man diese Statuen aufgebrochen? Und was passiert, wenn man das magische Schachbrett betritt?

Der Erste, der einen Versuch unternimmt, ist Ever. Nachdem eine Weile niemand mehr etwas gesagt hat, bückt er sich nach einem Stein und wirft ihn dann in die Mitte des Schachbretts, wo keine Figuren stehen. Es zischt, woraufhin ein Knall wie aus einer Pistole folgt. Der Stein wird umgehend wieder nach draußen katapultiert.

»Glaubt ihr uns jetzt?« Alice hat die Arme vor der Brust verschränkt und strahlt uns der Reihe nach an. »Es ist ein magisches Schachbrett.«

Am liebsten möchte ich sie packen und durchschütteln.

»Wie kommt man denn dann auf das Schachbrett, oder besser gesagt, wie kommt man da wieder raus?«, will Ever wissen. Neugierig umrundet er das Feld mit den ordentlich aufgereihten Figuren, immer darauf bedacht, nichts zu berühren.

Wie aus dem Nichts taucht plötzlich Jaz neben mir auf. »Wir zwei haben nachher einiges zu klären«, raunt er mir zu. »Glaub nicht, dass du mir einfach so davonkommst!« Seine tiefe Stimme sendet einen Schauer über meinen Rücken. Komisch. Der Feenstaubzauber müsste längst abgeklungen sein. Ich schiele auf meine Unterarme, auf denen sich eine Gänsehaut gebildet hat. Warum reagiert mein Körper immer noch so auf ihn?

»Wir haben überhaupt nichts zu klären«, zische ich ihm zu. Zumindest ist das meine Meinung. »Und das ist wohl kaum der richtige Zeitpunkt …«

»Der richtige Zeitpunkt, um mit seiner wahren Liebe zu sprechen, ist immer!«, hält er mir entgegen.

Wie? Ich muss mich verhört haben.

»Was willst du denn ohne mich machen, wenn Ever zum Wolf wird in der Vollmondnacht? Riskierst du es tatsächlich zu sterben, oder redest du endlich mit mir?«

Unter seinen Worten zucke ich zusammen.

»Bitte nicht jetzt«, murmle ich.

Glücklicherweise rettet mich Ever, der gerade etwas so laut brüllt, dass alle um ihn herum zusammenzucken. Ein einzelner Vogel flattert erschreckt davon.

»Ihr habt was?«

»Bösewichte gesammelt«, nickt der Hutmacher eifrig. »Was euch eure Jäger im Wald sind, ist uns unsere Schnapp-sie-und-schach-sie-Liste.«

Vollkommen entgeistert starren wir ihn an. Eine Schnapp-sie-und-schach-sie-Liste?

»Ja, und da wir in Wonderland keine Bösewichte mehr schnappen konnten, schließlich verbüßt die rote Königin schon ihre Hausarreststrafe, haben wir das in anderen Ländern getan. Wir brauchten neue Figuren. Und was liegt da näher, als ein paar Bösewichte zu sammeln?« Der Hutmacher wedelt mit einer Hand Richtung Schachbrett. »Schachbrett hergehört! Bauer von E2 auf E3!« Daraufhin bewegt sich ein Bauer mit Babyspeck und Hasenohren auf seiner Strickmütze nach vorn.

Ich bin sprachlos. Um mich davon abzuhalten, laut zu schreien, atme ich einmal tief ein. Schnapp-sie-und-schach-sie-Liste. Soso.

»Und weswegen genau«, zischt Snow gefährlich ruhig, »habt ihr unsere Ehemänner als Bösewichte deklariert und auf dieses Schachbrett verbannt? Das sind doch keine Verbrecher!« Sie gestikuliert in Richtung des weißen Läufers, der Prinz Philip verdächtig ähnlich sieht.

»Ganz einfach.« Alice zuckt mit den Schultern, so als müsste das doch auf der Hand liegen. »Weil sie Ehebruch begangen haben.«

»Was?« Auf einmal schreien alle Prinzessinnen durcheinander.

»Das kann nicht sein!«, jammert Rapunzel. Der Selfiestick entgleitet ihren Fingern und landet im Rindenmulch.

Lediglich Ever, Jaz und ich bleiben relativ gefasst. Ausrasten erscheint mir momentan auch als reichlich unklug.

»Ja, und die verlorenen Jungs haben Lollis und Perlen von den Tinkern geklaut«, fügt der Hutmacher entrüstet hinzu.

»Und warum habt ihr den König von Morgenland, diesen Sultan, geschnappt?«, will Ever wissen.

Bevor er antwortet, nippt der Hutmacher zunächst an seine Porzellantasse. Am Henkel zeichnet sich ein grauer Sprung ab. »Sonnenklar. Weil er euer Märchenland übernehmen wollte. Einfallen, Märchenfiguren töten, Krone grabschen. Alles an sich reißen. Vor allem die Obstplantagen.« Der Hutmacher gestikuliert wie Snow wild in der Luft herum. »Hat er im Schloss mit seiner Tochter besprochen. Der Hase hat es gehört.«

Langsam fällt mir nichts mehr ein. Jasemin und ihr Vater … Wie viele Enthüllungen wird es heute denn noch geben?

Die Frage stellt sich als durchaus berechtigt heraus, denn plötzlich ertönt ein wütendes Kreischen von irgendwo aus dem Labyrinth her. Synchron drehen wir alle die Köpfe.

Asher stellt sich auf die Zehenspitzen, greift dann nach der Hand seines Vaters. »Gibt es hier Monster?«

»Leider nein«, seufzt Alice. »Sonst könnten wir sie zum Tee einladen.«

In ihrer eigenen Logik sind Alice und der Hutmacher wirklich nicht zu schlagen.

Keine zwei Sekunden später ertönt das Kreischen erneut, dieses Mal von einer anderen Stelle des Labyrinths, aber deutlich näher. Wir drehen uns alle in die Richtung, aus der das Geräusch ertönt.

»Was in aller Feen Namen?«, haucht Cinder.

Im nächsten Moment bricht eine blonde Gestalt aus dem Zugang zwischen den Hecken hervor. Ein dürrer Körper im blauen Samtkleid mit zu viel Flohtox im Gesicht. O Schreck. Es ist Fear! Die geflohtoxte Hexe! Der Ursprung dieser wahnwitzigen Suche nach den vier Prinzen. Und Ashers Mom!

»Verflucht sollt ihr alle sein und vor allem dieser Spiegel!«, faucht sie. Als sie Snow, Rose, Rapunzel, Cinder und mich erblickt, deutet sie mit ihrem Zeigefinger auf uns. »Ihr!«

Geistesgegenwärtig zückt Snow ihren Spiegel und deutet mit der anderen Hand, in der Banes Zauberstab liegt, auf die Hexe.

Rose zieht ebenfalls den Feenzauberstab hervor.

Keiner von uns ist schon so weit, etwas zu sagen. Wir starren die wutentbrannte Hexe mit der elektronischen Fußfessel einfach nur an.

»Zu Diensten«, krächzt Spieglein aus dem Taschenspiegel in Snows Hand.

»Die Hexe ist da.«

»Sicher ist sie das!« Stolz schwingt in Spiegleins Stimme mit.

»Wie das?«, hakt Snow weiter nach. Sie schielt in Richtung von Fears Füßen, die in indianisch gemusterten Sandalen stecken.

»Ach, das war gar nicht so schwer«, winkt Spieglein ab. »Ein kleiner Hackertrick und die Software, die den Chip in der Fessel steuert und Stromschläge abgibt, ist darauf reingefallen.«

In Gedanken stelle ich mir vor, wie Spieglein dem Programm einen vergifteten Apfel reicht, um es zu infiltrieren. Als Hacker hat der Spiegel es echt drauf.

»Dann habe ich ein paar Algorithmen neu geschrieben und schon war die Fußfessel so eingestellt, dass sie Fear elektrische Impulse verpasst, so lange sie nicht in eure Richtung läuft. Das hat die Hexe auch schnell herausgefunden. Quasi blinde Kuh mit Stromschlägen.« Spieglein wirkt sehr zufrieden mit sich.

Insgeheim freue ich mich, dass er meinen Auftrag von heute Mittag so schnell erledigen konnte.

Ganz im Gegensatz zu Fear, die vor Wut kocht. »Ihr seid wohl alle verrückt geworden?«

»Sind wir nicht alle ein wenig durchgeknallt?«, mischt sich die Grinsekatze zu Rose Füßen ein. Gelassen leckt sie sich über die rechte Vorderpfote.

Wütend über diesen allgemeinen Wahnsinn brüllt Fear los, legt dabei den Kopf in den Nacken. Vielleicht hat sie aber auch nur Pan und Jaz entdeckt und kann es nicht fassen, gemeinsam mit uns und ihren beiden Ex-Freunden mitten auf einer Nichtgeburtstags-Party gelandet zu sein. Irgendwie kann ich es ihr das nicht verdenken.

Dann in der Stille, die sich nach Fears Schrei über die Lichtung legt, zupft Asher an meinem Shirt.

»Ist das meine Mom?« Oh, richtig … »Sie sieht aus wie ich.«

Ich schlucke, bin plötzlich unfähig, auch nur einen Ton hervorzubringen.

Wie in Zeitlupe senkt Fear ihren Blick auf das Kind, reißt dann Augen, Mund und Nasenlöcher auf. Ihr Gesicht spannt unnatürlich, als hätte man Frischhaltefolie darübergelegt. Erkennen blitzt in ihren Augen auf.

»Stimmt das?« Jetzt richtet Asher seine Frage direkt an die Hexe. »Bist du meine Mom?« Er macht einen Schritt auf sie zu, löst sich von der Hand seines Dads.

»Nicht!«, flüstert Jaz.

»Schon gut, Dad«, meint Asher lächelnd. »Ich habe keine Angst.«

Bei dem Anblick, wie der Kleine auf seine Mutter zugeht, muss ich erneut einen Kloß in meinem Hals herunterschlucken. Bei genauerem

Hinsehen, glaube ich einen feuchten Schimmer über Fears Pupillen zu erkennen. Sind das etwa Emotionen, die da bei ihr durchblitzen?

Dann wirft Fear Jaz einen gehetzten Blick zu, macht gleich darauf einen Schritt rückwärts. Sofort zischt und blitzt es aus ihrer Fußfessel.

»Ah, verdammt!«, flucht die Hexe, stolpert wieder nach vorne, genau auf ihren Sohn zu.

»Dein Name ist Fear, richtig? Ich bin Asher.« Er muss seinen Kopf in den Nacken legen, um ihr in die Augen sehen zu können.

Fear weicht seinem Blick aus, zupft an ihrem Kleid. »Ja.«

»Stimmt es, dass ich dich von deiner Krankheit geheilt habe? Von dieser Fili-Störung?«

»Filizid«, helfe ich nach.

Irritiert sucht Fear jetzt doch den Blickkontakt zu ihrem Kind. Sie scheint nur eine Millisekunde überrascht davon zu sein, was er alles weiß. »Ja, das stimmt.«

Asher lächelt, hebt dann eine Hand und berührt Fear am Unterarm.

Zwar zuckt die Hexe fast unmerklich zusammen, lässt die Berührung aber zu.

»Hattest du Angst, deswegen würde ich dich nicht lieb haben, Mom?«

Der Ausdruck in Fears Gesicht spiegelt puren Schock wieder.

»Ja, irgendwie schon«, gibt sie nach kurzem Überlegen zu. »Außerdem …« Sie stottert ein wenig herum, bevor es doch aus ihr herausbricht: »Na ja, ich wollte nicht, dass du mit einer verurteilten Verbrecherin aufwachsen musst. Irgendwann musste ich meine Einzelhaft antreten. Auch wenn es nur Hausarrest ist. Das wäre kein Leben für dich gewesen.«

Geräuschvoll schnäuzt sich Rapunzel im Hintergrund die Nase.

»Hach«, seufzt Cinder, bevor sie einen Arm um ihre beste Freundin legt. Die werden wohl jeden Moment vor Rührung losheulen. Ich erkenne es an ihren Gesichtern, die genauso zittern wie zu jedem ihrer sonntäglichen Schnulzfilm-Marathons.

»Ähäm.« Spieglein räuspert sich schließlich. Außer Jaz, der Fear wütend anfunkelt, ist er wohl der Einzige, der weder Tränen in den Augen noch einen Kloß im Hals sitzen hat. »Ich störe diese rührselige Familienzusammenführung ja nur höchst ungern …«

Na, da schlägt doch gleich meine Ironie-Wünschelrute aus! Als ob!

»… aber«, fährt Spieglein in geschäftsmäßigem Tonfall fort, »es gibt einen bestimmten Grund, weswegen wir dich hierhergebeten haben, Fear.«

Als er das Wort »hierhergebeten« ausspricht, schnaubt die Hexe verächtlich.

»Hier der Handel, den wir dir vorschlagen: Du hilfst uns, den aufkommenden Krieg mit Morgenland zu verhindern, dafür bekommst du Hafterleichterung. Bei guter Führung sogar frühzeitige Fußfesselentfernung.«

»Ach ja?«, faucht Fear. »Und so lange laufe ich wie ein dressiertes Hündchen in die Richtung, die du mir vorgibst?«

»Korrekt!«, freut sich Spieglein. »Eine gute Zusammenarbeit zwischen uns ist mir sehr wichtig.«

Langsam habe ich das Gefühl, in diese Unterhaltung eingreifen zu müssen, andererseits bin ich zu fasziniert davon, was sich da vor meinen Augen abspielt.

Ever legt einen Arm um mich, zieht mich ganz fest an sich. Vor lauter Rührung bringt auch er kein Wort hervor, mein kleiner Hipster. Mindestens ebenso gerührt wie er, kuschle ich mich an ihn.

»Habe ich denn eine Wahl?«, fragt Fear.

»Du hast deine Wahl vor vier Jahren getroffen«, fährt Jaz sie an. »Als du mich mit einem Zauber getäuscht hast, nur weil du ein Kind von mir wolltest!« Ganz offensichtlich meint er mit Zauber einen Liebeszauber oder zumindest einen Verschleierungszauber für Fear. Ansonsten kann ich mir nicht vorstellen, wie er und die viel ältere Fear jemals … Nein, nein, fort mit den Bildern! »Jetzt steh zu deiner Familie und zu deinem Land!«

Die Hexe schluckt.

»Du kannst dir übrigens sämtliche Entschuldigungen sparen«, fährt Jaz fort. Der blanke Hass springt ihm geradezu aus dem Gesicht.

»Okay. Das habe ich mir schon gedacht«, antwortet Fear.

Damit spielt Jaz offenbar auf ihre Beziehung an. Falls es jemals so etwas wie eine Beziehung zwischen den beiden gegeben hat.

Neben mir tippt Snow mit dem Fuß auf den Boden. »Also, bist du dabei? Schließt du dich uns an?«

»Ja«, willigt die Hexe ein. »Wobei ich mich frage, was wir noch hier machen, wo wir doch eigentlich an der Grenze zu Morgenland stehen sollten, oder nicht?«

»Jaaa«, sagt Snow. »Richtig, aber zuerst müssen wir noch ein anderes Problem aus der Welt schaffen. Das da …« Sie nickt in Richtung des Schachbretts. »… sind unsere Ehemänner.«

»Gefangen in den steinernen Läufern«, ergänzt Rose.

»Oh.« Fear dreht den Kopf in die angegebene Richtung. »Ist das ein Webezauber?«

»Nein«, antwortet Alice.

»Ja«, sagt der Hutmacher gleichzeitig.

»Was?«, echoen wir daraufhin alle bis auf Alice. Und den Hutmacher selbst natürlich.

Ever und ich wirbeln zu ihm herum. »Das ist dein Webezauber, richtig?«, rufe ich.

Der Hutmacher verzieht ertappt das Gesicht, schielt dann nach oben, Richtung Hutkrempe.

»O Himmel, es ist der Hut!«, schreie ich und deute wie eine Wahnsinnige auf den zerrupften Cordzylinder auf dem Kopf des Hutmachers. »Los Cinder, nimm ihm den Hut ab!« Er muss ihn schon oft eingesetzt haben, dieser verrückte Rechtsverdreher! Seit unserem letzten Besuch hier zeigt er deutliche Abnutzungserscheinungen.

»Nein!« Während er mit den Fingern seine Hutkrempe umfasst, sprintet der Hutmacher los, in Richtung eines abzweigenden Heckengangs. »Finger weg von meinem Hut! Das sind alles Verbrecher! Sie müssen ihre Strafe absitzen!« Unglücklicherweise ist er verdammt schnell.

Doch er hat nicht mit Rapunzel und Cinder gerechnet. Wie der Blitz schert Rapunzel zur Seite aus und wirft ihm ihren Selfiestick zwischen die Beine. Gleichzeitig holt Cinder aus, schwingt ihren eigenen Selfiestick wie einen Baseballschläger und brät dem Hutmacher geradewegs eins über. »Her mit dem Hut!«

Benommen geht der Hutmacher zu Boden, bleibt regungslos im Dreck liegen.

»Ihr seid die Nächsten!«, murmelt er noch schwach, bevor sich seine Augen verdrehen. »Schnapp sie und schach sie …« Eine Spuckeblase löst sich aus seinem Mundwinkel.

»Aha!« Cinder schnappt sich den Hut und Rapunzel ihren Selfiestick. Danach stoßen sie in einer Art Siegergeste die ausgefahrenen Stäbe gegeneinander.

»Ja Mädels, ihr wart klasse«, lobt Snow sie. »Gut gemacht.«

»Nein, ihr seid gemein!« Alice hat beide Arme in die Hüften gestemmt.

»Ach, reg dich nicht auf, Teekesselchen. Wir nehmen nur kurz unsere Ehemänner mit und verhindern dann einen Krieg. Das muss doch auch in deinem Interesse liegen.«

Alice beachtet sie nicht, kniet sich einfach neben ihren Freund, den verrückten Hutmacher, um ihn zu trösten und ihm den Dreck aus dem Gesicht zu wischen.

»Ihr seid echt schlimmer als die Pest«, meckert Fear.

»Jaja«, winkt Snow ab. »Wir sind die Beulenpest. Und jetzt sag mir, wie wir einen Webezauber lösen können, Hexe. Das ist doch dein Spezialgebiet.« Sie fängt den Hut auf, den Rapunzel ihr zuwirft, und dreht ihn zwischen den Händen hin und her. »Wie kehrt man den Zauber um?«

Schweigen.

»Je schneller du antwortest, desto schneller bist du wieder zu Hause«, lockt Snow die Hexe.

»Wir könnten auch Spieglein bitten, sich noch mal in deine Fußfessel zu hacken«, ergänzt Cinder.

Entweder wollen sie ihre Ehemänner einfach nur sehr dringend wiederhaben, Ehebruch hin oder her, oder meine besten Freundinnen sind in den letzten achtundvierzig Stunden einfach nur besonders grausam geworden.

»Ist ja schon gut«, seufzt die Hexe. »Ihr müsst ihnen den Hut nur überwerfen. Das sollte reichen.«

Snows Augen leuchten. Gerade sprintet sie auf das Schachbrett zu, hält kurz davor an und holt aus.

»Nein, stopp!«, ruft Asher sie zurück. »Sie lügt!«

Irritiert hält Snow inne.

Dann, zu Fear gewandt, fügt Asher hinzu: »Du weißt doch, dass man nicht lügen darf!« Er schüttelt seinen Kopf, sodass die Hälfte seiner längeren Haarsträhnen an seiner Unterlippe kleben bleiben. Er streicht sie sich hinters Ohr. »Du musst den Hut umdrehen, Snow, und dir dann ganz fest wünschen, was geschehen soll. Aber du musst den Kopf der Figur genau treffen!«

Fear reißt die Augen auf. Aha. Das heißt wohl, dass der Kleine richtigliegt. Faszinierend!

Asher ist wirklich der Sohn einer Weberhexe. Seine magische Intuition ist nicht von schlechten Eltern! Das ergibt alles Sinn. So wie der Hut aussieht, wurde er schon öfter auf links gedreht.

»Was? Treffen?« Snow wirft einen ratlosen Blick in die Runde, krempelt aber zumindest geistesgegenwärtig den Hut um. Das scheint nicht nur ihr unmöglich vorzukommen. Fast wie dieses Jahrmarktspiel, bei dem man nie gewinnt. Wirf den Ring.

Wir anderen schauen sie ebenso verwirrt an. Nur Asher nickt ihr aufmunternd zu, zeigt dann auf den Zauberstab in ihrer Hand.

»Ach so!« Snow richtet sich auf, zückt den Zauberstab ihrer Stiefmutter.

Wir alle sehen gebannt zu, wie sie sich in Zeitlupe zu dem weißen Läufer umdreht, der Prinz Philips Modelfrisur trägt. Sie zögert. Ein Spruch. Es fehlt der Spruch!

»Weiß, white, blanc!«, stößt sie mit zitternder Stimme hervor.

Nicht schlecht. So dumm ist sie wirklich nicht, muss ich zugeben.

Vor lauter Anspannung zerquetsche ich beinahe Evers Bizeps. Er drückt mir einen Kuss auf den Scheitel. »Schau doch nur, Red, wir haben es geschafft.«

Er hat recht. Auf dem Schachbrett entzündet sich in dieser Sekunde ein wahres Feuerwerk. Als hätte jemand eine Handvoll Knallfrösche und einige Raketen zwischen die Figuren geworfen. Dann bröckelt Stück für Stück Gestein von dem weißen Läufer, der nahe bei Snow steht. Ein völlig von Staub bedeckter Prinz Philip hustet in seine Faust.

»Gott sei Dank, Snow. Du hast mich gerettet.« Er macht einen Schritt auf sie zu, verlässt ohne Komplikationen das verzauberte Schachbrett. Gerade will er sie in seine staubigen Arme ziehen, da holt Snow aus und schlägt ihm mit der flachen Hand ins Gesicht. »Du hast mir einiges zu erklären, Ehemann. Und bevor du dich nicht als unschuldig herausstellst, fasst du mich nicht an, verstanden?«

Nach und nach befreien wir alle Prinzen und die verlorenen Jungs aus ihren steinernen Hüllen. Als Letztes ist der Sultan aus dem Morgenland dran. Zunächst sind wir uns unschlüssig, was wir mit ihm tun sollen. Falls der Hutmacher, der inzwischen mit einem Eisbeutel an der Stirn mitten auf seiner Tafel sitzt und sich von Alice Tee einflößen lässt, richtig liegt, plant der Sultan schon lange diesen Krieg gegen uns. Will vermutlich unser Land übernehmen. Da die Prinzen ohne Pause ihre Unschuld beteuern und behaupten, sie hätten lediglich eine heldenhafte Reise unternommen, um nach dem verlorenen Kind zu suchen, das Spieglein erwähnt hatte, und nur am Rand vielleicht ein klitzekleines bisschen mit den Meermädchen geflirtet, können wir uns kaum konzentrieren.

»Okay«, sagt Rose schließlich. »Solange wir keine nachhaltigen Beweise haben, gilt für den Sultan die Unschuldsvermutung, richtig?«

»Genau. So wie bei uns.« Nickend versucht Prinz Cedric den Arm um seine Ehefrau zu legen, doch Rose macht eilig einen Schritt zur Seite.

Die Grinsekatze faucht den Prinzen an, kuschelt sich dann wieder an Rose' Wade.

»Möglicherweise war das wirklich nur ein Missverständnis und der Hase hat nicht richtig hingehört«, überlege ich laut.

Snow wirbelt den Zauberstab zwischen ihren Fingern herum. Lässt ihn ab und zu absichtlich auf Prinz Philip deuten, der jedes Mal zusammenzuckt.

»Wie auch immer. Der Sultan besitzt keine magischen Kräfte und wir sind ihm zahlenmäßig überlegen. Lasst ihn uns befreien und verhören. Danach können wir ihn mithilfe des Huts immer noch zurück aufs Schachbrett bringen.«

Alle sind mit dem Vorschlag einverstanden.

Also wirft Rapunzel den Hut wie eine Frisbee in die Luft, während Snow »Angst, Fear, Bonjour!« ruft. Surrend wie eine Drohne schwirrt der umgekrempelte Zylinder auf den weißen König zu.

Keine drei Sekunden später taumelt der Sultan, Vater von Prinzessin Jasemin, vom Schachbrett. Bei jedem Huster hüpft seine gewaltige Wampe.

Wie kann ein kleiner Mann so dick sein und dabei nicht vornüberkippen?, frage ich mich.

Der König des Morgenlandes tut noch einen Huster, wird dann aber von einer Teetasse am Kopf getroffen. Offensichtlich ist der Hutmacher wieder fit.

»Du! Böser Mann, wirst dich nicht an unseren Freunden vergreifen!«

Immer noch hustend und prustend dreht der bärtige Sultan seinen Kopf.

»Wer seid ihr?«, röchelt er schließlich. Ob es am Staub liegt, dass er so alt aussieht? Auf mich wirkt der Sultan wie um die achtzig. Aber kann das sein? Jasemin ist neunzehn oder zwanzig, wenn ich richtigliege.

Sowohl Rapunzel als auch Cinder schwingen drohend ihre Selfiesticks. Snow stellt sich mit Banes Zauberstab zwischen sie, baut sich damit direkt vor dem Sultan auf. »Die Schneewittchen-Gang. Noch nie von uns gehört?«

Ich verdrehe die Augen. Manche von uns werden eben doch nie erwachsen.

Während der König noch verdattert den Blick über uns alle schweifen lässt, springt ihm die Grinsekatze mit ausgefahrenen Krallen auf die Brust.

»Erzittere lieber vor den Prinzessinnen. Oder verneige dich, alter Mann! Sie haben die Hälfte der Bösewichte im Märchenwald besiegt oder ausgelöscht. Du bist der Nächste!«

Erschrocken greift sich der Sultan an die Brust, versucht Grin abzuschütteln.

»Was bist du für ein Untier?«, brüllt er dabei. Je mehr er sich dreht und an den Pfoten der Katze reißt, desto unerbittlicher krallt sie sich fest.

Wir anderen beobachten das Schauspiel fasziniert.

Dann japst der Sultan noch einmal laut auf und geht gleich darauf wie ein Stein zu Boden.

Ich hebe eine Augenbraue. Die Grinsekatze sitzt jetzt auf seinem Bauch und wirft einen Blick auf ihr Opfer.

»Tot«, informiert sie uns sachlich. »Mausetot.«

O verflucht. Ein Herzinfarkt? Damit habe ich nicht gerechnet! Ich reiße Mund und Augen auf. Einen toten Sultan können wir Jasemins Botschafter nicht übergeben. Und jetzt?

Kapitel 16

Vier Stunden später

Wir stehen an der Grenze zum Morgenland. Außer dem Geräusch von Tinkerneats Feenflügeln ist nichts zu hören. Die anderen Feen haben sich bereit erklärt, die verlorenen Jungs zurück nach Neverland zu fliegen. Seit Kurzem sind sie nun fort. Nur Tinkerneat möchte uns bei unserem Jaseminproblem beistehen.

Seit wir die vier Prinzen befreit haben, herrscht eine Art eisiges Schweigen zwischen ihnen und ihren Ehefrauen. Vergleichbar mit dem eisigen Schweigen zwischen Fear und Jaz.

Spieglein hat vorausgesagt, dass in ein paar Minuten ein Bote von Jasemin auftauchen wird, der eine Nachricht für uns überbringen soll und unsere Antwort, samt dem Sultan, in Empfang nehmen wird. Alles schön offiziell mit beglaubigter Unterschrift. Traditionelle Kriegsführung.

Was mir an diesen altmodischen Sitten besonders missfällt, ist, dass wir uns hier dumm und dusselig warten! Außerdem mussten wir den Sultan in einem Sarg mitbringen, was mir auch außerordentlich missfällt. Das haben wir wirklich nicht gewollt.

Seufzend greife ich nach Evers Hand, der rechts von mir steht.

Er erwidert meinen Blick, küsst mich dann auf die Stirn.

Ein warmes Gefühl der Zufriedenheit durchflutet mich.

»Du bist es«, flüstere ich.

»Ach, wirklich?«, fragt er leise zurück. »Trotz des Werwolf-Fluchs?«

»Natürlich. Gerade deshalb!«, sage ich. »Ich könnte mir keine bessere Anti-Wolfphobie-Therapie vorstellen!«

Ich bin angekommen. Bei meinem Traummann. Egal, wohin unser Weg uns noch führen wird. Ich weiß es!

Kaum habe ich den Gedanken zu Ende gedacht, tippt mir jemand auf die Schulter. Jaz. Natürlich Jaz.

»Es wird Zeit für unser Gespräch, Red. Und jetzt wimmel mich nicht schon wieder mit einer Ausrede ab. Der Bote ist weit und breit noch nicht zu sehen. Damit gibt es nichts für dich zu tun.«

Ich beiße mir auf die Lippen. Na gut. Wenn er meint. Nachdem ich Ever, der mich nur ungern gehen lässt, einen entschuldigenden Blick zugeworfen habe, folge ich Jaz ein paar Meter weg von unserer Gruppe, die sich in einer Linie an der Grenze aufgebaut hat. Dort, wo das Salzstangen-Fichtelgebirge beginnt und winzig kleine Sandstürme über den Boden wehen. Ich schaue zur Seite. Asher klebt geradezu an seiner Mutter. Fears Lippen umspielt ein Lächeln. Einen Moment sieht sie mir in die Augen.

»Danke«, flüstert sie kaum hörbar. »Aber glaub nicht, dass der Gefallen, den du mir schuldest, damit erledigt ist!«

Ich nicke. Hätte ich auch nicht erwartet.

Wir passieren meine beste Freundin Rose, die ihren Ehemann Prinz Cedric ignoriert und stattdessen mit Spieglein und Grinsekatze in eine Diskussion vertieft ist.

»Verdammt, meint ihr wirklich?«, höre ich sie fragen.

»Ja«, antwortet der Spiegel. »Asher kann nicht das verlorene Kind sein, er ist zu jung …«

Was? Sofort will ich mich in die Diskussion einmischen, mehr darüber hören, doch Jaz zieht mich weiter, weswegen ich das auf später verschieben muss. Wenn Asher nicht das verlorene Kind sein sollte, fehlt uns damit der Trumpf, den wir brauchen, um diesen Krieg zu gewinnen. Übel. Ganz übel …

Unter einem Kastanienbaum nimmt Jaz meine Hände in seine. »Red.« Er schluckt. Sein Blick sucht meinen. »Es tut mir so unendlich leid, was auf meinem Schiff passiert ist. Was ich getan habe.«

Erstaunt hebe ich den Blick, lasse ihn aber weiterreden und unterbreche ihn nicht.

»Ich wusste einfach sofort, dass du meine wahre Liebe bist. Die magische wahre Liebe, du weißt schon. Die, die alles für dich ist.

Jedenfalls musste ich dich einfach für mich gewinnen und ich dachte, mit dem Feenstaub würde es schneller gehen. Bevor du mich wieder verlässt, weißt du? Wenn du erst einmal Gefallen an mir gefunden hättest …« Er beendet den Satz nicht.

Meine Zähne knirschen, während sich alle Muskeln in meinem Inneren zusammenziehen. Unfähig, meinen Blick von ihm zu lösen, höre ich einfach nur zu.

»Ich weiß, dass du jetzt mit dem Hipster-Wolf zusammen bist, der auch deine wahre Liebe ist. Aber glaubst du nicht, dass man auch zwei wahre Lieben im Leben haben kann?«

Ich blinzle. Zwei? Das gab es noch nie. In noch keinem Märchen bisher.

»Was ich damit sagen will: Ich biete dir hiermit an, dir in der Vollmondnacht Gesellschaft zu leisten, damit der Feenfluch dich nicht tötet. Denn du bist meine wahre Liebe und ich glaube fest daran, dass ich auch deine bin. Vielleicht siehst du es jetzt nur noch nicht, aber irgendwann.« Sein Blick verrät mir, dass er es ernst meint.

»Aber, aber«, stottere ich, »das wäre nur eine Nacht pro Monat, in der wir zusammen wären!« Nur mal angenommen, ich würde dieser wahnwitzigen Idee zustimmen und müsste mich nicht zwischen Jaz und Ever entscheiden, die mir unbestreitbar beide etwas bedeuten. Ich kann es nicht länger leugnen. Auch ohne Feenstaub empfinde ich noch viel zu viel für den Piraten, der da gerade meine Hand hält. Allerdings weiß ich, dass sich jeder Mensch irgendwann einmal entscheiden muss! Dass ich mich eines Tages entscheiden werde.

Als ich einen Blick zu Ever werfe, sehe ich seinen wutverzerrten Gesichtsausdruck. Sicher hat er uns mithilfe seines Wolfsgehörs belauscht. Nein, Ever wird sich ganz und gar nicht über diesen Deal freuen. Sollte ich ihn annehmen …

Jaz drückt meine Hände, legt all seine Liebe zu mir in die Geste. »Wenn das alles ist, was ich von dir bekommen kann, dann gebe ich mich damit zufrieden.«

Ende

(vorerst)

Danksagung

Wie immer gilt der letzte Teil meines Buches denjenigen, die mitunter auch in recht großem Maß daran beteiligt waren, dass dieses Buch entstehen konnte.

Zunächst wäre da Astrid aus dem Drachenmond Verlag, die diese Buchidee so klasse fand, dass sie »den Hipster-Wolf« wie das Buch in Verlags-Fachkreisen genannt wird (Fachbegriffe sind ja so wichtig!), nach dem Lesen des Klappentextes und den ersten drei Seiten direkt für ihr Verlagsprogramm haben wollte. Ich bin immer noch geplättet von diesem Vertrauensvorschuss! Bei unserem nächsten Treffen werde ich eine Runde Buttercremetörtchen schmeißen müssen! Und auch die Fortsetzung dieses Buches, also Band zwei der Hipster-Märchen-Reihe, wird im Drachenmond Verlag erscheinen. Obwohl noch kein Wort davon geschrieben ist und nur der vorläufige Titel »Aschenputtel und die Erbsen-Phobie« steht sowie das Buchcover kürzlich entworfen wurde. Astrid, du bist einfach umwerfend! Danke, danke, tausend Mal danke!

Ein galaktischer Dank geht an die Designerin der unglaublich schönen Buchcover der gesamten Hipster-Märchen-Reihe bisher! Und zwar an Marie Graßhoff! Ich gerate immer noch ins Schwärmen! Du bist so wahnsinnig talentiert!

Zusätzlich gilt mein Dank allen fleißigen Drachenmond-Verlagsmitarbeitern. Ihr seid spitze, einfach die Besten und leistet wirklich großartige Arbeit. (Himmel, mir gehen langsam die Superlative aus!)

Ein riesengroßes Dankeschön geht an die Künstler Mirjam H. Hüberli für die Illustrationen der Tinkerfeen und an Andrea Grautstück für die Illustrationen von Red und Ever im Wald sowie von Hase und Igel. Ich bin immer noch total begeistert von euren Kunstwerken!

Zusätzlich zu den Mitarbeitern möchte ich auch noch meinen Autorenfreunden aus dem Verlag danken. Wir Drachen sind zu so einer tollen familienähnlichen Gemeinschaft herangewachsen (eine Familie, die etwas viel auf WhatsApp spammt, aber dafür liebe ich euch, Leute)!

Besonderen Dank an die Drachenmond-Autorin Julia Desalles, die mir mit ihren witzigen Geschichten aus ihrem eigenen Leben die ein oder andere Vorlage für dieses Buch geliefert hat! Danke auch an Dirk B. Granzow, der mich daran erinnert hat, dieses spezielle Vorwort im Buch zu verfassen.

Mein zweiter großer Dank geht an meine fleißigen Testleser! Drei von ihnen haben die Rohfassung vom »Hipster-Wolf« in rekordverdächtigen 24 Stunden oder weniger gelesen! Ihr seid einfach unglaublich, Marie, Clara und Henni! Vielen, vielen Dank!

Ebenso meine anderen Testleser, die mir ausgesprochen hilfreiche Anmerkungen geliefert haben, ihr seid spitze, Mädels! Ja, damit meine ich euch: Delia, Luca, Tessa, Angela, Julia, Pia, Lina, Michelle, Paulina, Franzi, Angi, Mia, Mimi, Anna, Kea, Helli, Rebecca, Vicky, Lisa und April!

Durch euch konnte der Hipster-Wolf wachsen und einige Kinderkrankheiten ablegen. Außerdem wart ihr immer für mich da! Big Love an euch, Mädels!

Einen lieben, lieben Dank auch an Isabell Schmitt-Egner, Autorenfreundin und Lektorin dieses Buches, in Fachkreisen (=von mir) auch »das Brain« genannt. Du bist einfach unbeschreiblich fabelhaft! Ich liebe unsere stundenlangen Telefonate, egal ob es um Schreibprojekte, Buchmessen, Pferdephysiotherapie oder Welteroberungspläne geht! Ich liebe dich, Brain! Deine Pinky.

Ein riesiges, fettes Dankeschön ebenso an meine geniale Korrektorin Lillith Korn. So süß, wie du dich beim Korrigieren weggelacht hast! Außerdem kam ich durch dich auf die Idee, wie der Hexenzauberstab bedient werden muss, Pesto!

Außerdem möchte ich mich bei meiner Familie und meinen besten Freunden für ihre Unterstützung bedanken, die sie mir zukommen lassen. Manchmal quassle ich euch zu viel mit meinen Büchern zu, es tut mir leid!! Aber ihr ertragt mich und dafür hättet ihr alleine schon einen Orden verdient. Vor allem, wenn ich eure Kühlschränke leergeräumt habe und überall 15 Minuten zu spät auftauche (mindestens!) und ihr mich trotzdem noch lieb habt. (Auch mindestens!)

Mein letzter, aber deswegen nicht wenigster Dank geht an meine Leser. Danke, dass ihr zu diesem Buch gegriffen und im optimalen Fall bis zu dieser Stelle hier gelesen habt – Ich hoffe, euch hat das Buch und vor allem der Humor darin gefallen. Mich freut es immer zu hören, wenn Leser so richtig lachen konnten beim Lesen. Euer Lachen ist mein Lohn. Ohne euch wäre ich nichts!

Und so geht es weiter ...

»Spieglein möchte, dass wir ihn ab sofort ›Whistle-Blower‹ nennen«, unterbricht Rose meine Gedanken, »schon gehört?«

ALLE HAPPY ENDS SIND IN GEFAHR!

Reds Leben ist nicht gerade leichter geworden seit der Sache mit den verschwundenen Happy Ends und ihrer Reise nach Wonderland. Und nicht nur Red spürt die Nachwirkungen ihres letzten Abenteuers: Prinzessin Jasemin kocht vor Wut. Ein Krieg steht unmittelbar bevor! Red und ihrer Prinzessinnen-Gang bleibt keine Wahl – sie müssen die Hexen des Märchenwalds auf ihre Seite ziehen, denn die Angst vor der Märchen-Magie ist das Einzige, was die rachsüchtige Jasemin davon abhält, ins Land einzufallen.

Zumindest kann relativ bald eine Liste an möglichen Kandidaten erstellt werden, die für die Rolle des verlorenen Kindes, das den Krieg entscheiden soll, infrage kommen:

1. Robin Hood
2. Goldmarie
3. Gretel
4. Der verrückte Hutmacher

Nur leider kann Red nicht auf Evers Hilfe zählen, denn der möchte nach einem Zwischenfall Abstand zwischen sie beide bringen. Im Gegensatz zu Jaz, der hartnäckig daran arbeitet, Red von seiner Liebe zu überzeugen. Was ihm nicht so recht gelingen will, obwohl er nach Evers Verschwinden derjenige sein muss, der sie jede Nacht vor dem Fluch schützt. Doch dann naht die nächste Vollmondnacht ... Willkommen im Club der nicht ganz so anonymen Fluchgeschädigten.

Band 2 der Hipster-Märchen Reihe

ISBN 978-3-95991-990-6